# O Mapa de Um Desejo Impossível

# O Mapa de Um Desejo Impossível

ANURADHA ROY

Tradução
MARIA FERNANDA ABREU

Título original: An Atlas of Impossible Longing



Editora Nova Fronteira S.A.
Rua Bambina, 25 – Botafogo – 22251-050
Rio de Janeiro – RJ – Brasil
Tel.: (21) 2131-1111 – Fax: (21) 2286-6755
http://www.novafronteira.com.br
e-mail: sac@novafronteira.com.br

Texto revisto pelo novo Acordo Ortográfico

CIP-Brasil. Catalogação-na-fonte
Sindicato Nacional dos Editores de Livros, RJ.

R792m Roy, Anuradha
O mapa de um desejo impossível / Anuradha Roy; tradução Maria Fernanda Abreu. – Rio de Janeiro : Nova Fronteira, 2009

Tradução de: An Atlas of Impossible Longing

ISBN 978-85-209-2176-0

1. Órfãos - Índia - Ficção. 2. Índia – Condições sociais - Século XX - Ficção. 3. Romance indiano (inglês). I. Abreu, Maria Fernanda. II. Título.

CDD 828.99353
CDU 821.111(540)-3

Para *baba*, ainda conosco

# SUMÁRIO

# PRÓLOGO

A casa na fotografia flutua em um rio que tem a cor inócua do sépia escurecido.

A casa é uma extravagância, uma construção de aspecto romano e colunas afuniladas que sobem até o teto em arco. As palmeiras que a ladeiam roçam o céu, vergando-se bem perto, altas. Filetes de água congelados pelo disparo do obturador adornam os balaústres da longa varanda.

O rio vem mudando de rumo, fazendo curvas, saindo de seu curso ancestral, ávido por novas terras. Durante anos, a pequena cidade — é assim que a chamam, cidade, embora na verdade não passe de duas ou três casas feitas de tijolo, depois campos e casebres com telhado de palha — até onde a memória alcança, a cidade sempre observou e caçoou do rio indeciso. Agora todos podem ver que, a cada monção, o rio está um pouco mais ousado em seu progresso na direção da casa, tomando conta de quase meio metro, não mais de insignificantes centímetros. Na minha fotografia o rio ainda está bem distante, contido pela parede do *ghat*, lambendo os degraus de pedra cobertos de limo em que as mulheres pisavam quando iam lavar roupa.

Então o rio marrom da fotografia começa a subir, e os degraus da casa se transformam em rio, e a varanda também se transforma em rio. Este sobe até as janelas da varanda se abrirem para a água. Vejo pessoas nadando atrás das janelas submersas, aprisionadas pelos cômodos alagados como em uma Atlântida abandonada. Vejo as palmeiras desabarem por cima do teto trabalhado. Enquanto a casa se dissolve, o pé florido de *bakul* do lado esquerdo da fotografia sai flutuando pela água como um barco em uma viagem sem fim.

# PARTE I
## *A casa afogada*

# 1

À LUZ CÁLIDA DAS FOGUEIRAS QUE iluminavam a clareira no centro dos casebres de barro e telhado de palha, copos feitos de folha de palmeira contendo seiva fermentada passavam de mão em mão. Homens de tapa-sexo e mulheres de sári haviam começado a dançar descalços, levantando a poeira do chão. A fumaça do tabaco e das fogueiras onde se preparava comida subia em espiral. Os tambores, o lamento monótono de um instrumento de corda e cantos altos abafavam os sons da floresta.

Um homem de rosto magro, vincado de sulcos, encimado por cabelos escuros penteados para trás revelando uma testa alta, estava sentado no meio dos outros, imóvel como uma imagem de pedra, em uma cadeira que ainda tinha os braços mas havia perdido o encosto. Seu nariz comprido se destacava como uma flecha debaixo de olhos de órbitas profundas. Ele havia passado a noite inteira fumando um cachimbo, e segurava educadamente um copo de folha cheio de seiva que apenas fingira beber. Suas vestimentas, um *kurta* e um *dhoti*, eram de um branco austero; seu colete, negro como o de um juiz.

Ele não parecia escutar o canto. Mas seus olhos estavam vidrados nos dançarinos: aquela moça de sári vermelho não era a mesma que havia chegado com um cesto de hibiscos selvagens que jogara descuidadamente em um canto de sua fábrica? E aquele homem que dançava com o braço em volta da cintura da moça não era um dos coletores de mel? Era difícil dizer com os sáris e *dhotis* novos, as flores nos cabelos, as contas esvoaçando nos pescoços, a luz da fogueira. O homem inclinou-se para a frente, tentando distinguir quais dos rostos reluzentes de suor já havia encontrado antes em sua pequena força de trabalho.

A figura de terno marrom parecida com um sapo e aboletada em um banquinho ao seu lado cutucou-lhe as costelas.

— Essas garotas das tribos têm um não sei quê, hein, Amulya *babu*? Elas fazem os homens casados terem pensamentos impuros!

E vão para a cama com quantos homens quiserem, o senhor sabe! — Esvaziou o copo de seiva na goela e lambeu os beiços, dizendo: — Que bebida forte! Eu deveria vender isso na minha loja!

Um aldeão sem camisa tornou a encher-lhe o copo, dizendo:

— Venha dançar conosco, Cowasjee *sahib*! E Amulya *babu*, o senhor não está bebendo nada! Essa é a primeira vez que pessoas de fora da floresta comparecem como convidadas ao nosso festival da colheita. E só porque *eu insisti*. Eu disse: Cowasjee *sahib* e Amulya *babu* nos dão nosso *roti* e nosso sal! Precisamos retribuir à nossa maneira humilde!

Um homem alto, musculoso, estava em pé ali perto, ouvindo com os lábios franzidos de desprezo seu parente bajular os quatro ou cinco amigos que Cowasjee trouxera consigo, irradiando subserviência enquanto enchia seus copos. Fora da área iluminada pela fogueira, onde reinavam o cheiro de comida e o barulho, a floresta escurecia em sombras. Em algum lugar, um búfalo soltou um gemido triste, engasgado. Os tambores aumentaram o ritmo, as moças deram-se os braços por trás das cinturas umas das outras, ondulando ao ritmo da música, e os homens começaram a cantar:

*Uma moça de cintura tão fina que*
*Posso cingir com o dedo*
*Está indo buscar água no poço*
*Remexendo os quadris.*

*Minha vida arde de desejo.*
*Minha cama está pintada de vermelho.*
*Vermelhas são minhas cobertas.*
*Nestes quatro meses de chuva e felicidade*
*Fique, fique comigo.*

*Sem você não posso comer,*
*Sem você não posso beber.*
*Não encontro alegria em nada.*
*Então fique, fique nestes meses de chuva,*
*E nesta felicidade comigo.*

Uma das moças na fila de dançarinos separou-se das outras. Ela havia reparado na expressão preocupada de Amulya, e se perguntado como um homem conseguia ficar imune à música, não beber seu vinho. Avançou com um sorriso, as contas e os braceletes tilintando, os ombros nus reluzindo à luz do fogo, um sári laranja amarrado bem apertado em volta do corpo jovem. A bebida fez sua cabeça girar um pouco quando ela se curvou junto a Amulya. Enquanto ele tentava se esquivar, ela acariciou-lhe o rosto e disse:

— Pobre *babuji*, o senhor também está sofrendo por alguém? — Ela chegou mais perto e sussurrou em seu ouvido: — Não quer vir dançar? A dança leva a tristeza embora.

Amulya olhou por cima do rosto infantil da moça, emoldurado por cabelos cacheados que recendiam a um óleo pungente e doce, para a vistosa flor roxa presa a seu coque. Dentro das pétalas roxas havia um anel de outras mais claras e uma coroa de estames. *Passiflora*, claro. É, com certeza, *Passiflora*. Mas que espécie?

Apesar da névoa provocada pelo álcool, que fazia seus olhos deslizarem de um objeto para outro, a moça percebeu que o olhar do homem não estava pousado em seu rosto, mas na flor. Ela a soltou e estendeu-a para ele. Uma covinha funda surgiu em sua bochecha. Os tambores tornaram a rufar, uma nova canção começou, e ela voltou sorrindo para junto das amigas, olhando por cima do ombro uma vez.

— Ei, Amulya *babu*, a moça gostou do senhor! — exclamou Cowasjee, dando um tapa na coxa de Amulya. — Recusar comida e bebida ainda vai, mas como é que o senhor pode dizer não a uma mulher sedutora? Vá lá, dance com ela! É isso que se faz por estas bandas!

Amulya se levantou da cadeira e afastou-se da mão de Cowasjee.

— Preciso ir agora — disse, em tom peremptório. Na mão esquerda segurava a flor roxa. Com a outra, tateou à procura de sua sombrinha.

Amulya sabia que era uma anomalia. Quando ainda era recém-chegado à cidade que ficava junto da floresta, tentara se tornar parte da sociedade local frequentando algumas festas. Os ricos de Songarh também tinham esperanças em relação a ele, talvez por ser um dândi da metrópole, cheio de histórias e fofocas da cidade grande, conhecedor de suas modas, cheio de tiradas espirituosas; um tônico para seus apetites enfraquecidos de cidade pequena. Ele havia recebido muitos ávidos convites.

Depois das primeiras festas, em que havia recusado ofertas de uísque e gim rosado, e depois aguardado, sem conversar muito, o jantar ser servido e a noite terminar, percebera que talvez o fato de estar ali não estivesse sendo de nenhuma utilidade para ele. Será que o fato de comparecer àquelas festas o estava transformando realmente em um morador local de verdade, quando sua presença tinha um ar tão evidente de obrigação?

Nesse dia — naquela festa da aldeia onde as pessoas trabalhavam para ele — ele havia pensado que seria diferente. Ao contrário das outras vezes, tivera vontade de comparecer. Só tinha visto aquela gente das tribos durante o trabalho — como seriam durante seus momentos de lazer, como seriam suas casas? A oportunidade parecia boa demais para desperdiçar; mas Cowasjee, em quem as moças de ombro de fora da aldeia pareciam despertar mais do que sua falta de modos habitual, garantira-lhe que aquela noite seria igual a todas as outras.

Amulya olhou em volta à procura de alguém a quem agradecer, mas por toda parte as pessoas estavam de cócoras bebendo, ou então dançando, entretidas em mundos só seus. Os tambores haviam se acelerado, e o lamento das cordas mal conseguia acompanhá-los. Onde estaria sua sombrinha? E sua pasta de trabalho? Será que a *tonga* que o levaria de volta o estava esperando como combinado? Será que alguém estava sóbrio o bastante para iluminar seu caminho até a *tonga*?

— Ora, sente-se aí, Amulya *babu* — disse Cowasjee, puxando a manga de Amulya. — Não pode ir embora sem comer, eles vão achar que a comida era simples demais para o senhor, vão ficar ofendidos. A noite ainda é uma criança, e temos histórias para trocar! Já escutou esta? — Cowasjee já estava rindo, antecipando a própria piada.

Amulya tornou a se sentar, irritado e relutante, mal conseguindo estampar no rosto um sorriso forçado em resposta às sonoras risadas que acompanharam a subsequente história de por que os dois buracos de uma mulher tinham cheiros diferentes, apesar da proximidade geográfica.

— É igual à diferença entre os chás Darjeeling e Assam! — gritou um dos amigos de Cowasjee. — Ambos crescem nas colinas do leste da Índia, mas um mundo de diferença separa seus aromas!

O terceiro falou:

— Seu patife! Está mais para a diferença entre o fedor de um *nullah* de esgoto e um cano d'água!

Cutucavam-se uns aos outros e apontavam para as moças dançando junto à fogueira.

— Aquela dali é perfeita para você — disse um deles, rindo. — Que tal levá-la para casa e confirmar a hipótese Assam-Darjeeling?

O aldeão alto e musculoso emergiu das sombras com um dos punhos cerrados em volta de uma longa vara de bambu. Com dois passos largos, velozes, ele e sua arma vieram se erguer acima deles. Cowasjee se encolheu no banquinho. O obsequioso intermediário percebeu a ameaça e emergiu apressado de um canto. Disse alguma coisa ao percussionista por cima do ombro, em seguida a uma mulher que vigiava uma panela. Os tambores silenciaram de repente. Sem entender, os dançarinos estacaram no meio de um passo.

— Vamos comer, antes que as galinhas fujam correndo do arroz! — gritou a mulher.

O instrumento de cordas seguiu tocando, pois o músico estava embalado demais para parar. O homem com a vara de bambu deu um passo para o lado, sem desgrudar de Cowasjee os olhos inexpressivos.

Lá longe, Kananbala escutava o leve som de tambores, como uma pulsação na noite. Outra noite de espera. Às nove e meia, o carro do vizinho. Portas batendo. Gritos para o vigia. Dez. O ronrom do relógio juntando energia para a longa sucessão de badaladas que estava por vir. O estalo das árvores. Um único corvo, confundido pelo luar. O vento fazendo uma porta bater. Dez e meia. Corujas piando uma para a outra, afastando as raposas para longe. Depois a leve batida de cascos. Mais perto, a batida agora unida ao som de rodas girando sobre o asfalto, de um chicote sobre couro. Um *tongawallah* xingando. Amulya dizendo: "Pronto, é aqui!" Sua voz alta demais.

Kananbala largou seu exemplar do *Ramayana* amaciado pelo tempo e foi até a janela. Pôde ver o marido se encolhendo para sair da *tonga*, alto demais para a capota baixa. Virou-se novamente e voltou para a cama, tornando a pegar o *Ramayana*. Quando Amulya entrou no quarto a procura de seus chinelos, ela não lhe disse que os havia posto debaixo da mesa. Quando ele lhe perguntou "Você comeu?", fingiu estar entretida com o livro. Quando ele indagou "As crianças estão dormindo?", ela respondeu "É claro. Já está muito tarde."

— Só serviram o jantar às dez. Não me deixaram ir embora sem comer, o que você queria que eu fizesse?

— Nada — disse Kananbala. — Eu sei... — Alguma coisa chamou sua atenção e ela se interrompeu. — O que é isso?

— O quê? Isso? Ah, é uma flor.

A voz de Amulya saiu abafada pelo *kurta* que ele despia pela cabeça. Ela pôde ver sua camisa marcada pelo relevo das costelas, a barriga se encolhendo. Tornou a olhar para a flor, de um roxo escuro, já murcha. Ele a havia posicionado debaixo da lamparina na cabeceira da cama. À luz da lamparina, ela pôde ver um longo fio de cabelo negro preso ao caule grudento.

— Eu sei que é uma flor — disse ela. — Por que a trouxe para casa?

— Só queria identificá-la... — disse ele, saindo do quarto.

Ela já lhe havia perguntado muitas vezes: havia mulheres nas festas que ele frequentava? A esposa do anfitrião? Amigas, parentes? Por que ela, Kananbala, nunca podia comparecer? Ele sempre ria, condescendente, ou então dizia com irritação: "Eu nunca encontrei mulheres nessas festas, nem quero encontrar." Mas e nesse dia, no festival da aldeia tribal — ela não poderia ter ido? Se fosse uma mulher das tribos, não teria precisado da permissão de nenhum homem.

Amulya voltou para o quarto com um livro grande, de capa dura. Sentou-se junto à lamparina e o abriu; em seguida, colocou os óculos de aro preto. Segurou a flor em uma das mãos e foi virando as páginas do livro com a outra, ora olhando para as páginas, ora para as flores, dizendo entre os dentes:

— *Passiflora*, claro, mas *incarnata*? Nunca vi *essa* trepadeira em Songarh.

Kananbala virou-se para o outro lado, recostou-se no travesseiro e fechou os olhos. Podia ouvir o farfalhar das páginas, os murmúrios de Amulya entre os dentes. Com um súbito ardor impetuoso, desejou poder pisotear seus óculos e esmigalhá-los.

Amulya pousou a flor ao lado de uma ilustração do livro e sussurrou:

— Sim, *incarnata*, é mesmo *incarnata*. Roxburgh há de estar certo.

Por volta de 1907, quando Amulya se mudou de Calcutá para Songarh, ainda podia ver que a cidade fora escavada, cerca de cem anos antes, do meio da floresta e das rochas. A cidade ficava debruçada em um planalto rochoso, da beira do qual ele podia ver, mesmo de sua casa, uma faixa escura de floresta e as sombras irregulares e azuladas das colinas mais atrás. Ao longe, viam-se muros de pedra medievais em ruínas — o *garh*, forte abandonado que dava nome à cidade. Alguns muros e uma torre de vigia encimada por um domo, o bastante para instigar as fantasias de Amulya, ainda podiam ser discernidos em meio às ruínas. Na frente havia um fosso raso com desenhos de pedra incrustados nas bordas. Depois do forte ficava um leito de riacho muito antigo e seco, que o separava da floresta e das colinas. Dizia-se que algum dia uma cidade inteira seria encontrada enterrada ao redor do forte. Alguns diziam que Songarh no passado fora um dos centros de ensino budista, e que o próprio Buda havia descansado ali, debaixo de uma árvore, durante uma de suas viagens. Em sua primeira visita ao forte, Amulya viu que de fato lá havia uma antiquíssima e frondosa figueira-de-bengala, com sua floresta particular de raízes aéreas cor de pedra. A árvore exibia um nó no tronco principal que, dependendo da luz, parecia o rosto de um homem meditando.

Quando Amulya levou a família para Songarh, a cidade já não era mais um centro de ensino; sua importância havia crescido depois da descoberta de jazidas de mica pelos geólogos imperiais. Debaixo das florestas, um pouco mais além, havia um material ainda mais lucrativo: carvão. Entre os campos irregulares de painço e verduras brotou uma pequenina colônia britânica formada pelas pessoas que supervisionavam as minas de carvão e as jazidas de mica mais próximas do clima salubre de Songarh, onde no inverno fazia frio suficiente para se acender lareiras. Não demorou muito para a cidade ter uma área de brancos perto do forte onde viviam os poucos mineiros, formando uma sociedade compacta e isolada.

Com o tempo, Songarh ganhou uma rua principal com algumas lojas. Uma das primeiras, o armazém Finlays, era gerido por um pársi empreendedor, que atendia às necessidades exóticas dos expatriados: café, frutas, peixe enlatado, rendas e lingerie, melado e banha, cigarros e queijo. Indianos frequentavam o armazém para comprar tecidos e botões, remédios e cosméticos, e voltavam para casa com latas de pêssego em conserva, perguntando-se o que fazer com elas.

A floresta observava. Era sabido que leopardos percorriam seu interior desconhecido. Ouviam-se histórias de tigres e chacais bebendo juntos do regato que a percorria sobre um leito de seixos redondos, cinzentos e marrons. Vacas e cabras desapareciam, e algumas vezes cães. Era inútil procurar seus rastros. Até a chegada das minas, e com elas a segurança da quantidade, ninguém da cidade era temerário o bastante para se aventurar na mata que cercava suas casas: verde, escura, ignota, estendendo-se por muitos quilômetros, terminando apenas onde começavam as minas de carvão.

A floresta ainda era o território de tribos com a pele luzidia e escura como pedra molhada e corpos esguios, musculosos. Flores de pétalas plissadas enfeitavam os cabelos pretos das mulheres. Era uma gente pobre; muitos pareciam famintos. Mas seguiam vivendo na floresta, aventurando-se para fora dela apenas de vez em quando, em grupo. Algumas dessas pessoas foram forçadas a se mudar para a cidade quando as minas engoliram pedaços de sua floresta. Viviam em barracos improvisados e trabalhavam no que conseguissem encontrar. Amulya empregava muitas delas.

Ouvira falar de Songarh em Calcutá, fora até lá fazer uma visita, percorrera toda a cidadezinha e os campos em volta, e a certeza de que iria morar ali se apossara dele tal qual uma bênção. Da mesma forma que algumas pessoas têm efeito imediato sobre você sem dizer uma palavra, e você sente uma comunhão com elas tão concreta quanto o toque de sua mão, Amulya sentiu uma conexão com Songarh. Sabia que, caso virasse as costas à cidade naquela ocasião, nunca mais conseguiria parar de pensar nela, que durante toda a vida iria sentir que estava vivendo longe de seu centro.

Em Songarh, entre um povo cuja língua não falava, ele montou sua pequena fábrica de remédios e perfumes feitos de ervas, folhas e flores selvagens. O povo da floresta sabia onde encontrar flores de hibisco silvestre que soltavam um óleo vermelho aromático, flores noturnas para fabricar perfume, e as minúsculas ervas para preparar pastas verdes de cheiro forte capazes de fazer bolhas resistentes e duras explodirem delicadamente de um dia para o outro. Com uma persistência que não sabia possuir, Amulya aprendeu a língua dos santali, assim como o híndi, e aprendeu com eles o suficiente sobre suas plantas para poder expandir sua gama de produtos.

Os parentes de Calcutá encararam Amulya com uma incompreensão bem-humorada e alguma irritação. Ele não fizera nada de que precisasse fugir, então por que aquele exílio autoimposto, por que sair de uma grande metrópole e ir para o meio da selva? Será que havia alguma coisa no mundo que Calcutá não era capaz de oferecer a um homem como ele? Escondida logo abaixo da superfície daqueles comentários estava a sensação de que a partida de Amulya representava um desprezo por suas vidas, a reformulação de um padrão que já havia sido levado à perfeição.

A casa que Amulya construiu em Songarh parecia fora de lugar: uma casa de cidade, alta, com muitas janelas, no meio de descampados e plantações onde na época praticamente não se viam construções. Ele a projetou com a ajuda de um arquiteto anglo-indiano que havia estudado em Glasgow e cujo projeto parecia proporcionar uma mistura equilibrada entre Ocidente e Oriente. A casa seria erguida de frente para o sul, de costas para a estrada. Varandas margeariam toda a fachada sul, e a fachada norte teria fileiras de janelas. A oeste, sacadas e terraços deixariam entrar a luz do poente. Essas sacadas dariam para um quintal adjacente à cozinha, no térreo. Os lados sul e oeste seriam contornados por um jardim de árvores e arbustos de flor. Enquanto os outros batizavam suas casas com nomes pomposos, Amulya atribuiu-lhe um número. Embora houvesse apenas uma outra casa naquela rua, cravou uma placa no terreno vazio onde se lia "3 Dulganj Road" em grandes letras pretas. O "3" representava ele próprio e seus dois filhos.

Uma casa grande, "uma casa onde uma família pode crescer", dissera o arquiteto, satisfeito, ao concluir os desenhos. Apesar de todas as janelas e sacadas, a casa, uma vez traduzida em tijolo e gesso, revelou-se um lugar reservado — ninguém aparecia por impulso na porta principal do número 3 de Dulganj Road, Songarh, e dizia: "Pensamos que seria bom vir fazer uma visita." Com suas fileiras de janelas fechadas, o lado norte, que dava para a rua, parecia dizer aos visitantes que era mais agradável ficar vendo-os ir embora do andar de cima do que de fato mandá-los entrar.

Logo do outro lado da rua ficava a única casa da vizinhança próxima. Era um dos vários bangalôs que a empresa de mineração havia construído para seus funcionários administrativos, e o nome no portão dizia Digby Barnum. O sr. Barnum raramente era visto. A casa tinha uma *porte-cochère*, e sob o seu abrigo Barnum subia todos os dias no carro que o levaria até o trabalho. Saía de casa às nove e meia em ponto, sem olhar para a direita nem para a esquerda enquanto o carro saía pelos portões e seguia pela rua. Ninguém no bairro jamais havia cruzado olhares com ele.

Amulya viu Barnum pela primeira vez em seus primeiros dias em Songarh, quando passava a maior parte do tempo ao ar livre cuidando da obra da casa, horas sob o sol supervisionando o trabalho dos pedreiros. Em um desses dias, o carro de Barnum havia resfolegado durante sua saída silenciosa do pórtico e parado, silencioso, a poucos metros do portão. Amulya, que estava na rua esperando uma entrega, viu um homem abrir uma das portas traseiras do carro e descer, resmungando palavrões em inglês. "Mas que droga, maldição", disse Barnum, dando um chute no capô do carro, e em seguida unindo as mãos em prece e tentando uma abordagem diferente. "Por favor, sua porcaria de charanga, só desta vez..." Sob o sol forte da manhã, sua pele ia ficando mais vermelha a cada minuto. Fios de cabelo grudavam em seu crânio já meio calvo, formando listras úmidas. Suas faces luziam no calor, e dobras muito rosadas de pele cingiam-lhe o pescoço.

Apesar da tentação de encará-lo, Amulya virou-se para o outro lado.

O motorista desapareceu debaixo do capô enquanto Barnum se sentava ao volante para acionar a ignição. O carro não pegava. O motorista sacou uma chave inglesa, enfiou-a no motor do carro e começou a girá-la enquanto Barnum pisava no acelerador. O carro soltou alguns engasgos roucos, mas nenhum deles vingou.

Barnum tornou a descer do carro e encarou a rua deserta, preocupado. Não dera nenhum sinal de ter reparado na presença de Amulya. Amulya, sabendo que o escritório da mineradora ficava a alguns quilômetros de distância, do outro lado da cidade, permitiu-se um sorriso invisível de zombaria.

Mas então ouviu-se um barulho que fez Barnum ficar sobressaltado.

Ao longe, inconfundíveis, batidas de cascos.

Amulya lançou um olhar na direção do rosto ansioso de Barnum, saboreando a forma previsível como a expressão do homem desmoronou quando ele viu de onde vinham as batidas: não era uma *tonga*, mas uma carroça mambembe carregada de tijolos. Barnum esperou a carroça depositar sua carga, e o trabalho dos homens sob o calor foi lento, disfarçando a letargia com meticulosidade. O motorista desistira de tentar fazer o carro pegar, e estava curvado na sombra de uma bougainvíllea laranja-vivo.

Barnum entrou em casa correndo e logo saiu. Não olhou para Amulya, mas lançou um olhar irritadiço para os pedreiros que trabalhavam sem pressa e para o cavalo magro que farejava o conteúdo de um saco preso a seu focinho. Em algum lugar, a sineta de uma vaca tilintou, e esse som casual contrastou com a expressão raivosa e os movimentos irritados de Barnum. "*Juldi karo*", gritou ele para os pedreiros. "Andem logo, seus lerdos. Esvaziem essa porcaria dessa geringonça barata, *juldi karo*."

Depois de algum tempo, a carroça foi descarregada, e os pedreiros se afastaram. Empoleirados em trechos da casa parcialmente construídos, acenderam seus *beedies* com suspiros de exaustão. Embora isso não fosse do seu feitio, Amulya não deu atenção aos preguiçosos, fascinado que estava com os esforços corpulentos de Barnum para içar-se pela abertura traseira da carroça. Ele teve de se sentar na caçamba empoeirada onde os tijolos haviam sido transportados, de costas para o condutor, com as pernas da calça e os sapatos brilhantes dependurados para fora, de frente para Amulya e os pedreiros, mas dando um jeito de não cruzar olhares com ninguém. A carroça tomou lentamente o rumo da cidade.

Alguns dias depois, enquanto Amulya supervisionava a escavação de um poço no que viria a ser o seu jardim, um criado da casa de Barnum veio procurá-lo e gritou mais alto do que as batidas do pesado martelo e do que o canto forte e coletivo com que os pedreiros marcavam o ritmo da escavação:

— O *sahib* proibiu isso!

— O quê? — disse Amulya, tentando escutar apesar da zoeira. Gritou para os pedreiros: — Esperem. Parem!

— O *sahib* disse: nada de serviço barulhento à tarde. Ele vem almoçar e fazer a sesta em casa. Nada de serviço da uma às quatro da tarde.

Com um andar altivo de autoridade britânica afetada, o criado lançou um olhar decidido para Amulya e retirou-se antes que ele conseguisse reagir. Amulya olhou com raiva para as costas do criado que se afastava, impotente, sabendo que teria de obedecer.

Quando por fim ocuparam a casa nova e Kananbala se perguntou em voz alta certo dia se seria grosseiro não fazer pelo menos uma visita aos vizinhos, Amulya disparou: "Não precisa. Que ideia! Esqueceu que eles são britânicos? Para eles, não passamos de *junglees* incivilizados."

Amulya era o único indiano a ter construído sua casa naquela área, junto à mata próxima das casas dos mineiros e às tocas das raposas, bem longe do burburinho do mercado principal, dos tambores de Ram Navami, dos discursos e batuques dos patriotas, dos chamados anasalados dos sacerdotes mulçumanos, dos acordes dissonantes de trompetes das procissões de casamento, das luzes e explosões de fogos de artifício do Diwali. Ouvia esses barulhos todos os dias na fábrica. Quando sua *tonga* o levava sacolejando para casa ao final de cada dia, ele esperava pelo instante milagroso em que a cidade ruidosa ficaria para trás, substituída por árvores escuras e por um silêncio ecoante quebrado apenas pelos gritos vindos da floresta e pelo canto dos pássaros ao anoitecer.

Agora, porém, nos últimos meses, haviam surgido cicatrizes na superfície lisa de seu contentamento. Ele começara a admitir que era considerado um forasteiro em sua própria Dulganj Road, e sabia que, embora seu desejo de isolamento fosse motivo suficiente para ele querer continuar um forasteiro, para sua mulher a história era outra.

O silêncio que para Amulya representava a plenitude aprisionava Kananbala dentro de um jarro de vidro que ela sentia não conseguir abrir nem para respirar. Tudo a desagradara desde o início: a grande casa de cômodos vazios e cheios de ecos, o jardim selvagem e imenso onde as folhas farfalhavam e frutinhas desconhecidas caíam sobre a grama. A falta de visitas, a ausência de peças de teatro e festividades. Em vez disso, sinetas de vacas tilintando, as batidas ocasionais de cascos de cavalos, o pulsar fantasmagórico de tambores tribais ao longe. O coaxar de centenas de sapos depois da chuva, os sons inescrutáveis da floresta à noite. Em Calcutá, na movimentada casa de sua família, lotada de irmãs e irmãos, tias e tios, havia sempre a possibilidade de uma conversa, os sons reconfortantes de uma risada próxima, fofocas, barulho de panelas batendo, altercações entre cunhadas, o badalo de sinos de riquixá, o burburinho distante do aglomerado de lojas, os berros dos vendedores, os murmúrios vespertinos de um ferreiro decrépito que vinha visitá-los com caixas de badulaques novos e uma pequenina balança de prata para pesá-los.

Durante os primeiros meses em Songarh, o silêncio daquele lugar — silêncio em que ela podia se ouvir inspirar, no qual podia escutar o suor escorrendo pelo rosto, no qual podia ouvir folhas caindo e flores se abrindo —, a quietude ressonante, havia despertado nela uma verbosidade inesperada.

Só que ela não tinha com quem conversar. Praticamente não havia vizinhos que não fossem britânicos, e, mesmo que houvesse, Kananbala só falava bengali, e não teria tido como conversar com eles em outra língua. Três empregados bengaleses os haviam acompanhado de Calcutá, um deles uma criada de quarto que massageava a cabeça de Kananbala diariamente nas tardes de modorra. Kananbala tagarelava sem parar com a criada, e só parou depois de um dia escutar esta e o jardineiro zombando de alguma coisa que ela dissera. Depois disso, passou a esperar Amulya chegar em casa do trabalho e, no instante em que ouvia o portão ser destrancado, descia correndo a escada para pedir aos empregados que preparassem o chá do marido, em seguida corria até o portão para começar a matraquear: "O que aconteceu hoje? Chegou alguma carta de casa para mim? O que você acha que vamos comer no jantar? Sabe o que Gouranga disse hoje para Anubha quando ela estava lavando a roupa?"

E assim foi, até que um dia Amulya, exasperado, foi ríspido com ela. "Deixe-me em paz, será que não pode me deixar em paz um pouquinho? Só um pouquinho!"

Nessa mesma noite, ele parecia já ter esquecido o que lhe dissera quando acariciou-lhe os cabelos e puxou-a para si. Mas ela não havia esquecido. Virou o rosto de leve para o lado de modo que ele não conseguisse beijar-lhe a boca. Ao ouvir o "Deixe-me em paz!", ela havia sentido algo se torcer, revirar e mudar dentro de si. Passou o dia seguinte retraída, sem se sentir ela mesma, pensando demais para conseguir traduzir qualquer pensamento em palavras. Então, na calmaria da tarde, desencavou as velhas chaves que ainda guardava, tanto por esperança quanto por apego, as chaves dos cômodos nunca usados de Calcutá, e, segurando-as na mão com força, caminhou até o poço, parou, respirou fundo, e atirou-as na água profunda e negra.

Depois desse ato, os anos passaram mais depressa. Seu primogênito, Kamal, já havia se casado; o caçula, Nirmal, atravessara o estranho limiar entre a mocidade e a idade adulta; e sua própria estrutura delicada havia adquirido os contornos incertos do fim da meia-idade. Ela deveria ter estado o mais perto possível do contentamento. Mas agora, longos vinte anos após a mudança para Songarh, a verbosidade havia começado a tomar novamente conta dela, ameaçando romper as barricadas que ela erguera para se proteger.

Amulya passava cada vez mais tempo na fábrica. Ultimamente, saía cedo pela manhã e só voltava depois do anoitecer. Resmungava que agora a competição dos imitadores era grande demais. A menor falha no suprimento das lojas significava que algum outro fornecedor ocuparia o seu lugar.

— Mesmo assim, será que você não poderia chegar em casa mais cedo? — perguntou-lhe ela quando estavam deitados na cama certa noite.

— Não seja boba, Kanan — respondeu Amulya. — Não gosto de fazer serão, mas tenho trabalho a fazer. Quando você tiver de mandar os vinte e cinco sáris para seus parentes na celebração do próximo *puja*, de onde virá o dinheiro?

— Não foi isso que eu quis dizer — corrigiu-se Kananbala —, eu só estava me lembrando dos nossos primeiros tempos aqui, quando você chegava em casa cedo e ficávamos tomando nosso chá todo fim de tarde junto à janela.

— Já faz uns vinte anos esse chá — retrucou Amulya enquanto se virava de lado. — Nessa época a fábrica era menor, e havia menos trabalho a fazer.

— Parece tudo tão vazio, com Nirmal na universidade e Kamal no trabalho com você o dia inteiro: não que filhos homens sejam companhia para as mães. — Ela deu um suspiro. — Como eu queria ter tido uma filha...

Abafado por seu travesseiro, Amulya falou:

— Se você tivesse tido uma filha, ela estaria com o marido, não segurando a sua mão. Por que não conversa com sua nora? Manjula tem muita coisa a dizer.

— Não é a mesma coisa.

Ela ficou esperando uma resposta, então reuniu toda a assertividade de que era capaz.

— Era melhor quando morávamos em Calcutá — disse. — Meus parentes por perto, a casa sempre tão animada. — Então parou, sentindo as velhas incertezas voltarem com o som da própria voz.

Amulya sorriu.

— Se você ditasse as regras — disse ele —, não haveria Estados Unidos nem Austrália. Ninguém tomaria navios nem barcos para lugares distantes, simplesmente ficariam aninhados a vida inteira no colo das mães. Espere só para ver, daqui a alguns anos haverá gente da sua Calcutá enchendo esta cidade.

Amulya acomodou-se melhor debaixo do cobertor, respirando o ar frio da noite e esticando os dedos dos pés aquecidos.

— Por que você nunca me perguntou nada antes de nos mudarmos para cá? — continuou Kananbala quase em um sussurro. — Por que nunca me consultou em relação a construir esta casa? Eu teria gostado de estar mais perto dos meus parentes. Nunca pensou nisso?

Kananbala já tinha dito isso muitas vezes e queria parar, mas não conseguia.

— Você está dormindo? — sussurrou ela no escuro na direção de Amulya. — Escutou essa coruja?

Ela ouviu um ronco baixo seguido de um suspiro sibilante.

A noite rangia e farfalhava. O ar frio trazia até ela o lamento urgente de uma raposa. Outras raposas respondiam ao chamado, e seus gritos se multiplicavam pelas florestas e campos, formando círculos de som ao redor da casa. As raposas eram agora as companheiras de suas noites compridas e insones. Ela se lembrava de como, quando Amulya havia declarado sua intenção de viver em Songarh, todos o tinham fitado incrédulos, e o pai de Kananbala tinha rido. "*Arre*, tudo que você vai ouvir lá são raposas, Amulya." Não apenas raposas, ela quisera dizer ao pai depois. Nas horas que passava acordada sozinha, ficava olhando pela janela enquanto o rugido do que pensava ser um leão reverberava na floresta.

O rugido do leão era um segredo que não podia compartilhar com mais ninguém. Os outros dormiam, alheios à vigília pulsante da noite. Algumas vezes ela sentia que estava olhando para a casa de fora, com o olhar impessoal e avaliador de um chacal, ou mais de perto, junto às janelas, planando pelo ar da noite qual uma coruja, para encontrar o marido esparramado na cama do quarto, Kamal e a mulher, Manjula, abraçados em um canto da cama de casal, e Nirmal dormindo de boca aberta em seu quartinho do sótão, com os cigarros escondidos no fundo de uma gaveta onde achava que ninguém fosse saber. Era somente na janela de Nirmal que ela se demorava um pouco, mas então saía voando, afastando-se da casa com o movimento cortante de suas asas.

Um dia ela desapareceria entre as árvores de verdade, e ninguém nunca mais a encontraria.

— Sinto-me sozinha aqui — sussurrou Kananbala no escuro, e então, encabulada com o som da própria voz, virou-se para olhar pela janela comprida junto à cama, que emoldurava um pé de *neem* embaçado através da trama do mosquiteiro.

O ano era 1927, um dia de início de verão. Como de hábito, Amulya havia acordado às quatro e meia e saído para uma caminhada à meia-luz, praticamente antes de qualquer outra pessoa acordar. Era assim que sempre havia feito em Songarh — embora se lembrasse de nunca querer levantar a cabeça do travesseiro em Calcutá. Nessa hora, a floresta, o ar fresco, o céu arroxeado, tudo isso era só seu. Ficou vendo a crista baixa da colina ao longe, entre as ruínas, no início um calombo indistinto, começar a revelar os pontos escuros das árvores ao longo de sua extensão enquanto o céu ia clareando mais atrás, preparando-se para o sol. Em alguns dias, a crista não parecia uma crista, mas os resquícios de algum animal pré-histórico que somente ele conseguia ver. Conforme o céu ia ficando mais claro, ele voltava para tomar sua xícara de chá fumegante, cor de palha, e comer duas torradas com manteiga. Às oito e meia já havia saído de casa em uma *tonga* puxada a cavalo. Chegava ao trabalho uma hora antes de qualquer outra pessoa, verificava a contabilidade, inspecionava sozinho a sua fábrica.

Nessa manhã, porém, mal havia descido da *tonga* quando um homem surgiu do nada e jogou-se de cabeça no chão de terra batida, agarrando um dos tornozelos de Amulya como se fosse a beira de um precipício. Ao tentar desvencilhar o pé, sentindo uma das meias pretas começar a se soltar do calcanhar, Amulya baixou os olhos para a nuca do homem. Antes que este se levantasse de junto dos sapatos envernizados de couro preto de Amulya, não havia como saber quem era.

— Solte, *arre baba*, solte por gentileza — disse Amulya, ríspido. — Qual é o problema? Não pode se levantar daí?!

— O senhor é meu pai e minha mãe, *Sa'ab*, o senhor é tudo que eu tenho neste mundo! Não tenho mais ninguém!

Por fim, Amulya pensou ter reconhecido o homem pela voz, embora distorcida pelas lágrimas e alterada por sua exaltação: poucos dias antes, quando estava entrando na sala de engarrafamento da fábrica, ouvira a mesma voz rindo e dizendo:

— O velho patife não veio meter o bedelho aqui hoje. Será que morreu?

O homem que havia erguido a voz se coçava por baixo do *dhoti*.

— Esses homens enrugados e magros não morrem nunca — dissera seu companheiro.

— Então nós vamos viver cem anos, não é? — respondera o primeiro homem com um riso zombeteiro.

Ele havia parado de falar quando Amulya entrara. Amulya não sorriu. Achava difícil estabelecer algum tipo de familiaridade descontraída com seus funcionários. Era impossível dizer: "*Arre*, Ramcharan, como vai seu filho? Sua mulher ainda está na aldeia natal? Espero que não esteja correndo atrás de nenhuma garota bonita enquanto ela não está olhando!"

Amulya soltou o pé dos braços de Ramcharan.

— Qual o problema, Ramcharan? — perguntou com a voz severa. — Pare de choramingar e gemer.

Enfiou as chaves de latão uma por uma nos três cadeados de Aligarh da porta da fábrica, entrou, pendurou a sombrinha no gancho de sempre, e então, virando-se para Ramcharan, percebeu pela primeira vez que não estavam sozinhos.

Havia uma mulher a uma pequena distância da porta, com a pele escura realçada pelo amarelo encardido do velho sári, o cabelo, clareado pelo sol, escapando do coque. Era magra e jovem, pouco mais do que uma adolescente, com um sorriso que pareceu perder o rumo quando Amulya olhou na sua direção. Ele a reconheceu. Jamais poderia esquecer o rosto da moça que, naquela dança da colheita em sua aldeia, dois anos antes, tirara dos cabelos a flor roxa de maracujá para lhe dar. Mas onde estava a vivacidade de que se lembrava, o brilho de seu rosto onde se abria uma covinha, a risada provocante? Aquela mulher tinha um ar esfomeado, o mesmo olhar que se via muitas vezes em cadelas vadias que amamentavam suas ninhadas. Segurava nos braços uma pequena trouxa com tanto langor que Amulya pensou que pudesse largá-la a qualquer momento. Quando a trouxa se mexeu, ele percebeu que era um bebê.

— Ela diz que meu filho a engravidou, *Sa'ab*, e chegou hoje de manhã com o bebê... não pode ser... meu filho é casado, é um bom rapaz, tem seus próprios filhos, mas o covarde sequer se digna a sair de casa para mandá-la embora... o que vou fazer, *Sa'ab*? Se eu a levar de volta para a floresta, aquela gente vai nos matar com suas foices por causa disso... vão excomungá-la por ter se deitado com um forasteiro... ela diz que precisamos cuidar do bebê... mas o que vamos fazer, *Sa'ab*, nós somos gente pobre, já temos oito bocas para alimentar e um salário só, e o que nossos parentes vão dizer?!

A voz de Ramcharan foi ficando cada vez mais alta até Amulya dizer:

— Calado! Fique quieto!

Ramcharan sentou-se de cócoras em um canto do aposento e, enterrando o rosto nos joelhos, começou a gemer:

— Eles vão nos matar... vão nos matar se mandarmos o bebê de volta.

Amulya folheou o livro de encomendas e sua agenda. Concluiu que não havia jeito, teria de perder o dia inteiro. Rabiscou instruções para seu contador e, com a mulher e Ramcharan espremidos no banco da frente ao lado do *tongawallah*, foi sentado no banco de trás vendo a rua dar lugar a plantações e em seguida a descampados enquanto seguiam sacolejando até a missão cristã nos arredores de Songarh, onde funcionava um orfanato.

Nessa noite, Amulya chegou em casa bem depois do anoitecer e lavou-se do suor que havia se acumulado durante o dia todo, despejando canecas e mais canecas sobre o corpo magro, cor de avelã, e suspirando de alívio. Saiu do banheiro vestindo um *dhoti* e um *kurta* macios, sem engomar, sentindo algo dentro de si finalmente se soltar. Sabia que a nora teria lhe deixado uma grande xícara de chá e um pouco de comida. Amulya comeu sozinho, observando o cômodo que terminava ao leste em uma janela de vitrais de pé-direito inteiro, janela que ele havia posicionado ali; estava sentado diante de uma mesa redonda com patas de leão de bronze na ponta dos pés, uma mesa que comprara em um leilão. Enquanto mastigava, o nó dentro dele pareceu se desfazer, e a ansiedade causada pelos acontecimentos do dia começou a diminuir.

Depois de esvaziar a xícara, saiu para o jardim. Agora, onde antes havia ervas daninhas e *bathua*, crescia um macio tapete de grama. O jardim da cozinha era escurecido pelos enormes e esverdeados frutos da jaqueira presos ao tronco das árvores altas. Cocos verdes pendiam em cachos bem lá em cima, e de vez em quando o silêncio da tarde explodia com o barulho da queda de um deles. As mudas pareciam minúsculas ao serem plantadas, e era impossível imaginar que aqueles gravetos de quatro ou cinco folhas guardavam em si o poder de crescer dez metros. Seus galhos agora competiam por espaço, e mal se podia ver o céu através do toldo que as folhas haviam criado bem acima do chão.

À sombra dessas árvores ficava um balanço baixo, e foi para lá que Amulya se dirigiu nessa noite, como em todas as outras, depois de caminhar por seu jardim. Em geral, inspecionava uma árvore de cada vez, reparando em cada broto novo, em cada muda amarelada que desistira de tentar crescer, em cada enxerto que havia começado a se firmar. Olhava para eles com ternura, querendo acariciá-los e alisá-los como se fossem animais de estimação. Criara um jardim onde antes só havia mato. Limpara as ervas daninhas, plantara árvores frutíferas, arbustos de flores e trepadeiras. Mas não escolhera qualquer planta. Desdenhara a exuberância do *kachnar* cor-de-rosa, o forte laranja dos coités. Em vez disso, plantara seu jardim com flores cujo branco reluziria no escuro e que perfumariam o ar da noite. Sua única concessão à cor foram arbustos baixos de manacá-de-cheiro, *Franciscea hopeana*, encontradas com grande dificuldade, cujas flores passavam do roxo ao quase branco em três dias, perfumando o ar ao redor. O resto do jardim era puro branco: uma frondosa *Magnolia grandiflora* cujas pétalas cor de creme constrastavam com as folhas verdes brilhantes, os brotos parecendo neve do *Jasminum pubescens* derramando-se pela área do poço, e um *Jasminum sambac* para proporcionar aroma e flores aos deuses de Kananbala. Algumas gardênias. Duas *shefalikas*, nas quais ele pensava como *Nyctanthes arbortristis*, que faziam chover suas flores pequeninas, perfumadas — tinham o caule laranja, mas essa breve aparição de cor por baixo das pétalas brancas era perdoável como um tipo de poesia. Junto ao muro pusera um *Cestrum nocturnum*, que se dizia abrigar serpentes, mas Amulya estava disposto a arriscar ser envenenado em troca da fragrância de seus buquês de flores brancas.

Nessa noite, porém, não reparou que os botões do *gandharaj* estavam começando a se abrir, nem que a mangueira logo estaria em flor. Não conseguia pensar em nada a não ser naquele bebezinho ilegítimo, enrolado em um sári marrom rasgado e em sua mãe, que o havia impedido de chorar envolvendo-o com o sári e levando a boca do bebê ao seio com uma desenvoltura que parecia nascida de semanas, e não de dias de prática. Mostrara-se apática, quase sonolenta, até chegar o momento de se separar da criança. Então dera início a uma série de soluços engasgados e agudos que haviam durado todo o trajeto de *tonga* do orfanato distante de volta à cidade. Agora, horas depois, ainda eram esses soluços que ele escutava, não os cantos dos pássaros do anoitecer. Cravara os olhos estoicamente na estrada enquanto Ramcharan sibilava: "Pare de chorar, sua estúpida!", ao passo que o *tongawallah* passara a viagem inteira dirigindo-se apenas ao cavalo, como se estivesse alheio ou desaprovasse os passageiros e sua missão pecaminosa.

Terei de cuidar daquele bebê, pensou Amulya consigo mesmo, acomodando-se no banco do jardim, pegando o cachimbo e vasculhando o bolso em busca de fósforos. Não há outro jeito. As mensalidades... melhor lembrar de pedir ao escritório que pague o orfanato em dia. Então pensou se deveria incluir no testamento a questão das mensalidades, estipulando que estas deveriam ser pagas enquanto fosse necessário. Fez uma anotação mental de que era o melhor a fazer. Mas não havia necessidade de contar a ninguém sobre a criança, nem mesmo a Kamal. Não havia necessidade de expô-los a algo tão desagradável.

Da varanda do andar de cima, Kananbala podia ver o branco do *kurta* de algodão do marido, um borrão em meio às cores quase invisíveis da noite. Ela nunca interrompia sua solidão vespertina no jardim, mas nesse dia, movida por um impulso que não teria conseguido identificar, foi até onde ele estava, caminhando descalça pela grama. Ele não a viu chegar, e quando ela já estava na sua frente perguntando "Em que você está pensando?", ergueu os olhos como se estivesse assustado com a sua presença. Levou alguns instantes para focalizar o olhar em seu rosto, com a expressão inicialmente espantada de quem vê um desconhecido. Então respondeu: "Ah, é você. O que foi?" E então, como ela não disse nada, retomou o mapeamento das providências financeiras para a criança, pitando o cachimbo enquanto visualizava as colunas de seu livro-caixa.

Kananbala demorou-se ali por um ou dois minutos, em seguida virou-se para caminhar de volta até a casa, desejando que Amulya a chamasse, quase esperando que o fizesse. Mas ele não o fez. Olhou para trás, para sua forma imóvel, angulosa, uma sombra no banco do jardim, perdida para ela. Ele poderia muito bem ter sido mais uma de suas árvores, pensou ela, afastando-se. Os poucos metros que separavam a varanda de cima do banco do jardim transformaram-se em uma vastidão impossível de atravessar.

Em outubro desse ano, receberam os primeiros convidados em casa após um intervalo de sete anos. Parentes viriam de Calcutá fazer uma visita durante os feriados de *puja*: o primo de Amulya, a mulher e três filhos. Desacostumada a receber visitas, Kananbala havia passado todo o mês de setembro planejando a chegada deles. Descobriu que sentia mais ansiedade do que expectativa, mas não admitia isso para ninguém. Amulya teria dito: "Você está sempre reclamando. Diz que se sente sozinha, mas quando temos visitas, diz que não as quer."

Então Kananbala reclamava consigo mesma. Cada vez mais, encontrava alívio falando sozinha. Descobriu que conseguia sem esforço se transformar em duas pessoas e ter conversas que podiam durar uma tarde inteira.

Havia uma preocupação adicional. Os parentes tinham vindo com uma proposta de casamento. Nirmal estava agora com vinte e quatro anos e acabara de conseguir um emprego de professor de história na universidade distrital. O salário não era grande coisa, mas era uma universidade do governo, e, além do mais, ele era filho de um homem razoavelmente rico, o que o tornava um noivo cobiçado.

— Por que adiar algo que precisa ser feito? Ele já tem idade suficiente. O que você está esperando? Estou lhe dizendo, Amulya, moças dóceis, tímidas e de boa família são tão difíceis de encontrar quanto... — o primo de Amulya despedaçava um peixe em seu prato — ...um bom peixe fresco de rio em Songarh! — Ele riu da própria piada, e então, ao perceber que ninguém mais ria, explicou em tom conciliatório: — A comida de boudi é maravilhosa, mas o que se há de fazer com o peixe que tem por aqui? Simplesmente não é igual a...

— Sim, não é a mesma coisa que um peixe do *Ganges* — disse Amulya, tentando não soar agressivo. A visita estava chegando ao fim, e ele já ouvira várias vezes o mesmo comentário sobre o peixe.

— A sobrinha do Nihar... você se lembra de Nihar, não é?

— Sim, me lembro.

— Bem, a sobrinha do Nihar... o nome dela é Shanti ou Malati?... Shanti, sim, Shanti... ela tem dezesseis anos e, pelo que ouvi dizer, é uma moça agradável, caseira. Conheci-a alguns anos atrás, uma bonita moça. E que casa o pai dela tem, na beira do rio. Linda casa! É uma família de condição, uma família boa, da mesma casta que nós, naturalmente. Nirmal não poderia fazer escolha melhor... este *chutney* de tomate está bom, mas na minha opinião não há nada como um *chutney*...

— Feito com manga verde de Calcutá? Sim, concordo — disse Amulya.

O primo pareceu um pouco desconcertado, mas apenas por um minuto.

— Se vocês quiserem — continuou ele —, posso voltar para Calcutá e fazer algumas perguntas discretas. O que me dizem? Escrevo para vocês assim que descobrir o que eles pensam do assunto. Então Nirmal pode ir dar uma olhada na moça. Posso ir com ele, afinal de contas estamos falando do casamento de Nirmal! — O primo bebeu um copo d'água com ruidosa satisfação e levantou-se da mesa.

— Mas este lugar em que vocês moram — disse a cunhada de Kananbala mais tarde nessa mesma noite, empunhando um *shingara* e dando uma mordida na crosta morna do pastel. — Não sei, mas eu não conseguiria morar aqui... em Songarh, quero dizer. Sim, eu sei, é limpo e vazio, e Calcutá é suja, cheia e barulhenta. Mas as multidões e o barulho me mantêm viva! Aqui é tão silencioso, por um instante pensei que tivesse ficado surda! — A cunhada de Kananbala olhou na sua direção e arrematou. — E também não acho que esteja fazendo muito bem a você.

— O que posso dizer? — retrucou Kananbala, apressando-se em repelir a ameaça de uma análise sobre sua saúde. — Sei que em Calcutá vocês compram *shingaras* em qualquer loja, mas aqui não. Em Shyambazaar, eu mandava alguém descer a rua toda para montar um banquete com produtos de todas as lojas de doces. Aqui somos Manjula e eu que fazemos tudo.

— Bem — disse a cunhada, satisfeita —, estão *mesmo* deliciosos, e doces caseiros são sempre mais gostosos, não? Estou lhe dizendo, podemos comprar qualquer coisa, mas seu irmão não vai concordar nem morto em comer um *shingara* ou uma costeleta comprados prontos de loja. Ele consegue sentir o cheiro de comida ruim a mais de um quilômetro de distância.

Kananbala não sabia o que pensar, sentindo-se ao mesmo tempo menosprezada e elogiada. Levantou-se e chacoalhou o sári.

— Manjula — chamou do alto das escadas para a cozinha lá embaixo —, traga mais *shingara* se já tiver acabado de fritar.

Já fazia doze dias que os hóspedes haviam chegado. As ruínas de Songarh, declararam, não chegavam aos pés do Museu da Rainha Vitória, em Calcutá, nem a floresta podia se comparar ao Jardim Botânico. O cume da colina era cansativo demais para uma caminhada. No armazém Finlays, desdenharam da gama provinciana de mercadorias. "O que esse Finlays teria a dizer ao mercado de Hogg Market, hein?", perguntara o primo de Amulya à mulher, e em seguida dissera ao vendedor intrigado: "Nunca ouviu falar em queijo *bandel*? *B-a-n-d-e-l*? Não?"

Logo já haviam esgotado todas as coisas a fazer, e passaram as férias inteiras trancafiados na casa de Dulganj Road, exaurindo até mesmo seu estoque de fofocas sobre outros parentes. Confrontada com o tédio e o desprezo de seus hóspedes, Kananbala havia começado a ansiar perversamente pela solidão de sua vida cotidiana.

As duas semanas chegaram ao fim, e chegou a hora de os hóspedes irem embora. Duas *tongas* haviam sido chamadas para as quatro da tarde. Amulya e Kamal iriam até a estação junto com um criado, levando uma cesta de comida para a viagem, que duraria até o dia seguinte: havia o suficiente para o jantar e o café da manhã, além de uma jarra de barro com água fresca. Uma pequena confusão se formou quando descobriram que um dos cavalos estava manco. Um criado seguiu na outra *tonga* para arrumar uma terceira.

Enquanto esperavam, o primo de Amulya disse para Kananbala:

— *Boudi*, vou lhe mandar um retrato da moça assim que chegar a Calcutá. Tenho certeza de que vai gostar dela. Conheço sua casa, sei que ela vai ser uma nora perfeita. Tenho certeza de que se chama Shanti... canta bem, cozinha bem e sempre levou uma vida reservada. Tão inocente. Nada parecida com as nossas moças de Calcutá. Quanto a esse patife — disse, dando uma risadinha para Nirmal, que estava parado fitando a estrada vazia, torcendo para a *tonga* aparecer —, ele precisa de alguém para mantê-lo na linha. Vou tomar as providências!

Depois de as *tongas* partirem, Kananbala recolheu-se ao andar de cima e foi se postar à janela com o que lhe restava do sorriso de despedida. Quando se virou para entrar, percebeu de relance o próprio reflexo desenhado na porta de teca reluzente do armário. Sua cabeça estava invisível, perdida nos complicados relevos que começavam a meia altura das portas. Sem cabeça, o corpo era o de uma desconhecida, grotesco nas protuberâncias que o constituíam: uma grande — grande não, imensa — protuberância no peito, uma curva quase igualmente opulenta na barriga, e em seguida as pernas finas, que desapareciam sob um sári de algodão.

Kananbala virou-se para o espelho ao lado do armário. Quando aquela papada havia se instalado ali? Quando aqueles dois pelos haviam brotado do queixo? Quando sua pele havia ficado da cor do tabaco que o marido fumava? Continuou observando fixamente a imagem refletida, notando que ficava ofegante, sentindo a garganta se contrair.

Como todas as visitas, as suas haviam prestado atenção detalhada na aparência dos anfitriões. "Você já está engordando, Kamal, que barriga de respeito essa sua, hein? O primeiro sinal de riqueza e tranquilidade!", haviam observado em uma direção, e na outra: "Puxa, Amulya, o sol escureceu tanto a sua pele que você ficou invisível no escuro!" Mas foram os comentários sobre sua mulher que haviam tocado uma ferida aberta em Amulya. Ouvira a cunhada dizer para Kananbala: "*Didi*, eu só tinha ouvido boatos de que você não andava bem... mas olhe só para você! Parece estar com cem anos em vez de cinquenta! É claro que você sempre teve a pele escura, nunca teve a tez clara da sua mãe, mas olhe só para você agora! Sua pele parece um couro ressecado, e isso é o seu crânio que estou vendo através dos cabelos? A água de Songarh é ruim, eu sei, vi que metade dos meus cabelos já caiu em apenas duas semanas aqui! Venha para Calcutá comigo e vou cuidar de você, vou mesmo. Massagens com óleo, creme e farinha para o seu rosto, banhos de água de rosas... quando eu mandar você de volta, Amulya *babu* vai achar que ganhou uma nova noiva!"

Amulya se lembrava de uma época em que Kananbala era *mignon* e graciosa, com cabelos cacheados que se recusavam a ser domados por grampos, e olhos lustrosos, de pálpebras pesadas, delineados dia e noite com *kajal*. Ela subia correndo a escada em Shyambazaar — era uma escada íngreme, antiquada, escura e sinuosa —, subia correndo os degraus de dois em dois, equilibrando travessas de metal cheias de comida e certa vez até mesmo um harmônio — sempre impaciente demais para esperar os criados fazerem o trabalho. Uma época em que ela saía na varanda para vê-lo percorrer o estreito caminho até a casa e perguntava assim que ele chegava: "Lembrou-se de trazer a minha renda?"

E agora? Ele não levou muito tempo para digerir os comentários dos parentes. Ficou a ouvi-los dentro de sua cabeça por muitos dias depois de eles irem embora. Deu-se conta de que, ao longo dos dois últimos meses, ele também havia percebido mudanças na mulher, e não somente na aparência. Durante todos aqueles anos — anos em que montara a fábrica, construíra a casa, plantara o jardim, anos de muito trabalho —, é claro que não havia se esquecido de Kananbala. "Como poderia me esquecer", pensou, "já que passei todos os dias da minha vida ao lado dela desde que tinha dezenove anos e ela dezesseis?" Mas era verdade, reconheceu: da mesma forma que a língua sempre se dirige obsessivamente para o dente dolorido em vez do saudável, agora que Kananbala não parecia mais ser ela mesma, Amulya tinha a impressão de passar o dia inteiro pensando nela, até mesmo no trabalho.

Começou a tomar notas em sua agenda; isso iria ajudar a entender exatamente o que estava acontecendo, a sistematizar um pouco a situação. Escolheu uma página correspondente a um domingo, de modo a não precisar usá-la para assuntos de trabalho, e fez observações em sua caligrafia angulosa, nervosa.

> *K. hoje arrastando os pés mais do que caminhando. Ontem a vi apoiando-se na parede enquanto descia a escada para a cozinha. Perguntei qual era o problema. Ela disse que estava tonta, bamba, com os joelhos fracos. Parece saudável, mas reclama de estar doente.*

*Sáris parecem sempre amarrotados ou manchados, de açafrão-da-terra etc. Desagradável. Disse-lhe isso ontem à noite, e ela perguntou: "Eu estou cheirando mal?"*

*Percebo seus lábios se mexendo mesmo quando ela acha que não há mais ninguém por perto. Falando sozinha, talvez? Perturbador. Os dedos também se movem sem cessar, sobre a mobília, sobre o próprio corpo etc., mesmo quando alguém está lhe dirigindo a palavra, como se estivessem sempre a escrever alguma coisa. Tento decifrar essa atitude, mas é impossível. Ela reclama menos, mas está mais calada. Será que alguém mais percebe? Como perguntar?*

Anotações desse tipo encheram a página correspondente ao domingo. A página seguinte dizia: *Encomendei óleo de coco, 25 galões; paguei Salim; livro de encomendas em dia, pagamento do orfanato deste mês já feito*. E assim por diante. A quarta-feira tinha apenas uma palavra rabiscada diagonalmente na página: *Médico*.

Amulya ligou para o médico, que verificou a pressão sanguínea de Kananbala e perguntou-lhe sobre constipação e gases. Testou seus joelhos e a fez caminhar em linha reta pelo piso do quarto. Por fim, virou-se para Amulya e disse:

— Nada de errado, senhor, nada mesmo. Está tudo na mente. As senhoras se entediam em lugares pequenos. Madame precisa de diversão!

— Talvez você devesse arrumar alguma coisa para fazer — comentou Amulya com a mulher, desanimado, enquanto a *tonga* do médico se afastava aos solavancos. — Tudo isso é porque você tem tempo livre demais.

— Mas eu passo o dia inteiro trabalhando — disse Kananbala. — Sabe quanto trabalho preciso fazer para manter esta casa funcionando?

— Isso não basta — disse Amulya. — Você precisa fazer alguma outra coisa. Por que não arranja um *hobby*? Costura? Tricô? Desenho? Veja as mulheres *brahmo*: elas leem, tocam piano, conversam sobre qualquer assunto, igualzinho aos homens.

— Você me deixaria fazer tudo que as *brahmos* fazem? Você sequer me deixa ir sozinha a Calcutá. Kamal precisa ir comigo... ou até mesmo Nirmal. E eles nunca querem.

— Você nunca conseguiria ir sozinha. Eu os mando ir com você para sua própria segurança. — Amulya enfiou os pés dentro de seus chinelos. — Me diga uma coisa — continuou ele, em tom indulgente —, você por acaso conseguiria encontrar o caminho para *algum lugar*? Pode até estar com cinquenta anos, mas ainda seria uma menininha perdida nas ruas de qualquer cidade grande, mesmo com o seu Shyambazaar do outro lado da estação de Howrah. Vamos, peça a Manjula para me trazer uma xícara de chá.

Ele pôs o cachimbo no bolso e saiu para o jardim.

Um mês depois de os parentes irem embora, chegou um envelope mais grosso e mais rígido do que de costume. Dentro havia duas folhas de um bloco de anotações azul cobertas com uma caligrafia apertada e uma foto. Amulya entregou a foto a Kananbala e começou a ler a carta. Enquanto a mulher procurava os óculos, aos quais ainda não havia se acostumado, ele exclamou:

— Que coincidência, o pai da menina era advogado do meu tio antes de se aposentar! Ajudou-o com aquele caso dos Pukurbari.

Kananbala moveu a fotografia da possível noiva de Nirmal até o círculo bruxuleante de luz amarela da lamparina ao lado da qual estava sentada. Estendeu o braço, aumentou um pouco a mecha de luz e pôs os óculos.

Amulya observou:

— Parece que a casa que eles têm em Manoharpur, perto do rio, é como um palácio, e essa moça, Shanti, é filha única. Ela não tem mãe, nem irmãos ou irmãs. É bom quando uma moça não tem parentes demais. — Então, depois de uma curta pausa e da satisfação que advém de encontrar a palavra certa, completou: — *Descomplicada*.

Kananbala examinou a fotografia à luz da lamparina. Era um rosto oval, que poderia ser um pouco menos ossudo. Os cabelos da moça estavam presos para trás em uma trança que dava a volta pelas costas, formando uma curva serpenteante por cima do ombro até a frente de um sári simples, de borda estreita. Não era a última moda nem no penteado nem nas roupas — embora eu mal saiba em que consiste a última moda, pensou Kananbala. O rosto não tinha nada de notável a não ser a expressão pensativa e os olhos, que pareciam ter uma cor estranha e clara, ela não saberia dizer qual. As íris particularmente grandes enchiam os olhos; os cílios eram muito compridos. O olhar era ligeiramente desestabilizante por causa das sobrancelhas retas e grossas, que faziam pressão sobre os olhos. Kananbala se perguntou se a fotografia havia sido retocada em estúdio.

Nirmal tinha quase oito anos a menos do que o irmão mais velho, um temporão, mais precioso ainda para Kananbala pelo fato de ter chegado tarde. Ela ainda se pegava examinando cada traço de seu rosto de forma tão amorosamente detalhada quanto fazia quando ele era bebê. Enquanto Kamal havia se transformado em um homem sem maiores atrativos, mal-humorado, dispéptico e já dando mostras de flacidez nas bochechas, as linhas bem marcadas do rosto de Nirmal, seus movimentos rápidos, seu ar de irresponsabilidade e uma risada repentina, barulhenta, que fazia seus olhos dançarem, convenciam Kananbala de que ela não estava sendo parcial quando tinha a impressão de que ele havia se transformado em um homem bonito. Sabia que mães não deveriam ter preferências, mas era Nirmal que vinha diretamente ao seu encontro quando chegava da escola, depois da universidade, e agora do trabalho, para lhe contar histórias sobre tudo o que havia acontecido durante o dia. Não fazia nada sem primeiro consultá-la, e sua dependência mútua era absoluta, nisso ela acreditava.

Tornou a olhar para o retrato que tinha na mão, o retrato da mulher a quem Nirmal iria pertencer. Sentiu-se demasiado cansada para pensar naquilo tudo.

— Deixe-me ver o retrato — disse Amulya, estendendo a mão. — O que você diz? Acho que deveríamos mandar Nirmal ver a moça. Estou com um bom pressentimento sobre essa união.

Do mesmo jeito que tinha sobre Songarh, disse Kananbala para si mesma.

Nirmal casou-se com Shanti em março de 1928. O casamento foi celebrado em Manoharpur. O pai da noiva, disseram, saíra de anos de isolamento e convidara todos os parentes esquecidos e moradores das aldeias vizinhas. Acendeu a margem do rio com mais de cem lamparinas a óleo. Uma semana antes do casamento, já havia tocadores de *shehnai* sentados em plataformas de bambu em frente à casa, tocando suas flautas. Bikash *babu* não gostava do lamento do *shehnai*, mas estava decidido a corresponder a cada expectativa convencional que a família do noivo pudesse ter. O grupo do noivo — Amulya, Nirmal, Kamal e Manjula — pegou o trem noturno de Songarh para Calcutá. Lá iriam encontrar outros parentes, e em seguida o grupo alegre e festivo tomaria o trem para Manoharpur.

A magnífica casa da futura nora, sua escadaria de madeira, seus espelhos e candelabros, sua localização à beira do rio e seu esplêndido jardim permaneceriam na imaginação de Kananbala. Embora algumas mulheres ignorassem tais superstições, ela sabia, como boa mãe, que a sua presença no casamento só traria azar para Nirmal. Assim, respeitando a tradição, ela ficou para trás, sozinha em Songarh com os dois empregados da casa e três cozinheiros temporários, resignada ao costume mas ansiosa e febril, preparando-se para a volta do grupo que tinha ido ao casamento. Durante as duas semanas que os outros passaram fora, nada fez a não ser dar ordens aos empregados, mandar preparar comida e aprontar a casa com uma energia que teve de ir buscar no próprio passado. Acordava cedo e ia se deitar exausta todas as noites. Os *rossogullas* tinham de estar cremosos o suficiente para se dissolverem na boca, e os aperitivos salgados, crocantes o suficiente para serem ouvidos no cômodo ao lado. Deveria haver enormes quantidades de tudo. Os cozinheiros oriás contratados em Calcutá foram instruídos a preparar a melhor lagosta que jamais haviam feito. O peixe seria trazido de Calcutá no trem noturno, embalado em gelo. Ela fazia listas de coisas das quais precisava se lembrar.

Nas horas mais calmas, depois de os empregados terem se recolhido para a noite e deixado-a sozinha com a sonolenta criada de quarto, ela pegava sua caixa de joias e começava a separar todos os adornos do próprio enxoval que iria dar de presente para a noiva. Demorou-se admirando os pesados braceletes de ouro com cabeça de cobra que adorava, com seu formato sólido e redondo e esmeraldas no lugar dos olhos das cobras. A mulher de Nirmal deveria usá-los.

Segurou os braceletes na mão e experimentou-os pela última vez antes de pô-los de lado.

Na véspera da chegada do grupo do casamento, o canto da coruja interrompeu os sonhos de Kananbala entre o sono e a vigília. Ela estava ofegante e com sede, e enrolou-se no lençol ao acordar. Do lado de fora estava escuro, mas ela teve um impulso de sair da casa e ir até a floresta.

Como uma sonâmbula, Kananbala levantou-se da cama e passou por cima da criada que dormia no chão. Abriu a porta do quarto e desceu a escada. Na porta da frente, deparou-se com um pesado cadeado preso a uma corrente. O empregado mais velho, Gouranga, estava esparramado em frente à porta, roncando. Ela havia se esquecido de que a porta da frente ficava bem trancada durante a noite. Tentou pensar em onde ficava guardada a chave — na cintura do empregado, é claro. Lembrou-se da porta lateral e chegou a correr até ela, mas encontrou-a também trancada.

A imobilidade da noite, pontuada pelo pio da coruja, explodiu com um rugido: o leão! O leão que ninguém conseguia escutar! Ela subiu correndo a escada, esquecendo-se de arrastar os pés, e saiu para o telhado.

Finalmente estava ao ar livre, sob a noite negra onde boiava uma nesga de nuvem, olhando para a escuridão disforme da floresta. O leão tornou a rugir. Nenhuma coruja ou raposa lhe respondeu. Ela ficou ali, com a mente cheia de pensamentos que não lhe permitiam pensar em nada, até o horizonte empalidecer e o primeiro pássaro cantar.

Nirmal e Shanti receberam um quarto ao final do andar da cobertura, o único daquele lado do telhado. Passaram sua primeira noite juntos em uma cama tornada áspera e úmida pelas flores tradicionais, e o barulho e a diversão dos primos hospedados na casa penetrou no sono dos dois. Nos instantes frios que antecedem a aurora, Nirmal descobriu, semidesperto, que ele e sua nova esposa haviam se aninhado um junto ao outro para se aquecer. Tomou coragem e beijou-a na testa. Shanti continuou a dormir.

Logo depois, uma estrondosa batida fez Nirmal afastar o braço de Shanti com um safanão e correr até a porta. Shanti sentou-se na cama, esfregando discretamente os olhos grudados de sono. Quando Nirmal abriu a porta, sua mãe entrou correndo.

— Vamos, já é tarde — exclamou ela. — Não vê que o sol já está bem alto no céu? Seu pai logo vai voltar da caminhada.

— *Ma*, ainda são... — Nirmal espiou o relógio na parede — ...cinco e meia da manhã!

— Não discuta — disparou Kananbala. — A casa está cheia de parentes. Eles logo irão acordar, e você quer ser pego ainda roncando? Há muita coisa a fazer!

Nirmal ficou olhando estupefato para a mãe, que agora começara a zanzar pelo quarto, arrumando tudo. Viu-a catar e começar a dobrar o sári que Shanti deixara cair sobre uma cadeira na noite anterior. Ao seu lado, no chão, estavam as roupas que ele havia usado, o *kurta* e o *dhoti* de seda embolados e jogados em um canto, como se ele os houvesse despido com pressa. Seu olhar encabulado abarcou a cama com seus lençóis amarfanhados, os dois travesseiros muito juntos, ainda com as marcas de onde suas cabeças haviam repousado, e, espalhadas por todo o quarto, as flores esmagadas, que começavam a exalar um cheiro de podre. Foi incapaz de olhar para Shanti, que, conforme ele viu com o canto do olho, fazia tentativas fúteis de imitar os esforços da sogra para arrumar o quarto.

Antes de conseguir se conter, ele falou:

— Não precisa fazer tudo isso, *ma*, você nunca arruma o meu quarto, então pode deixar! Eu faço isso mais tarde.

Queria despachar a mãe do quarto e fechar a porta atrás dela. Teve vontade de morar em uma ilha muito longe da família, dos pais, dos olhares de soslaio dos primos que aguardavam no andar de baixo.

— Meu filho crescido, já me dizendo o que fazer um dia depois do casamento! — disse Kananbala com um sorriso zombeteiro. Deu meia-volta e virou-se para Shanti, que agora havia começado a esticar os lençóis e remover as flores. — Shanti *bouma*, vá tomar seu banho, a água está quente. O criado não pode ficar esquentando várias vezes.

Ela virou-se para Nirmal.

— Você também, vá tomar seu banho no banheiro de baixo. E mande Manjula subir. Manjula vai mostrar a você, Shanti, onde fica tudo. Vai levá-la até lá embaixo para tomar café da manhã quando estiver pronta.

Kananbala estava postada junto à porta como uma sentinela, observando Shanti procurar as chaves de seu novo armário. Então, em um instante de confusão em que sentiu que estava recuperando a consciência, ou emergindo de águas profundas para sorver uma golfada de ar, viu o desespero crescente de Shanti: com sua nova casa, com as pessoas ao seu redor, com o novo homem que era seu marido, com a distância de seu pai e de tudo que conhecia antes, com a incapacidade de encontrar a chave certa. Em Shanti, viu a si própria aos dezesseis anos, na manhã em que acordara com Amulya ao seu lado, ossudo, desconhecido, seu marido da noite para o dia, um homem que só vira de relance através do véu durante o casamento, na noite anterior. Uma onda de ternura varou seu corpo, transfigurando o semblante severo. Ela se aproximou de Shanti e pegou as chaves, separando a certa. Com a voz suave que reservava para as crianças, disse:

— Você logo vai se familiarizar com a casa, e então as coisas não vão mais parecer tão estranhas.

Shanti havia se mostrado estoica durante todos os procedimentos, mesmo a despedida do pai e de seu quarto com vista para o rio. No entanto, diante da simpatia inesperada de Kananbala, sentiu os lábios tremerem, e, antes de conseguir se conter, enterrou o rosto no sári todo amarfanhado de sono e desatou a chorar.

Duas semanas depois, Kananbala estava sentada como de hábito esperando Nirmal com seu chá da tarde. Os convidados do casamento tinham ido embora, com exceção de um único parente. As coisas estavam começando a entrar nos eixos, mas não exatamente, Kananbala sabia. Nirmal havia passado a voltar mais cedo para casa, embora seu emprego fosse novo; o que os alunos vão pensar, perguntou-se Kananbala, ao ver Nirmal sair de fininho da universidade meia hora ou às vezes até uma hora mais cedo? Com certeza os meninos para quem lecionava, rapazes inteligentes e pouco mais novos do que ele, estavam zombando do professor apressado para chegar em casa e encontrar a esposa.

Como toda noite, Nirmal entrou primeiro no quarto da mãe e ficou sentado conversando com ela. Mas ela pôde ver que o filho não estava muito empolgado contando as histórias de seu dia. Estava sentado na beirada da cadeira, como se se acomodar direito ali fosse obrigá-lo a ficar mais tempo. Lançou alguns olhares furtivos para o relógio na parede do canto e então, fazendo menção de se levantar, disse: "Estou cansado, preciso de um banho", antes de sair apressado para o quarto. A tirar pelas noites anteriores, Kananbala podia prever que ele só seria visto de novo na hora do jantar.

Nessa noite, a varanda era um espaço mais escuro e mais vazio. Kananbala caminhou até o final dela e debruçou-se no parapeito baixo. Dali, quase podia ver o interior da casa dos Barnum, onde luzes iluminavam cada janela e o gramado se enchia, esvaziava e tornava a se encher de pessoas segurando copos. Depois da casa, sob o que restava de luz do dia, as ruínas do forte ainda podiam ser distinguidas por quem soubesse que estavam ali. Ela atravessou a varanda até o quarto que Nirmal e Shanti ocupavam. O quarto tinha altas janelas de pé-direito inteiro, quatro ao todo, que se abriam para a varanda. As persianas estavam tão cerradas quanto olhos que dormiam.

Kananbala empurrou a porta para abri-la. Ninguém na casa batia; além do mais, eram sete e meia, e aquele não era horário para portas trancadas.

Nirmal estava deitado na cama, com a cabeça meio recostada no colo de Shanti. Esta cantava alguma coisa enquanto fazia cafuné em Nirmal, com o rosto junto ao seu. Seu sári havia escorregado do ombro.

Os dois ergueram os olhos quando Kananbala entrou e, assustados, afastaram-se rapidamente um do outro, como para dizer que sequer haviam se tocado. Shanti parou de cantar na metade de uma sílaba. Com os olhos arregalados, pulou da cama e em seguida se virou para o outro lado, afogueada, e começou a remexer em alguma coisa perto da penteadeira.

— *Ma* — disse Nirmal depois de uma pausa —, nós já íamos descer.

— Você não precisa vir — respondeu Kananbala. — Mas Shanti, já está na hora de você começar a ajudar com o jantar.

Kananbala acordou na manhã seguinte com os membros pesados, e ao mesmo tempo esvaziada pelo espaço escuro dentro de si. Mal conseguiu se levantar da cama, exaurida por suas batalhas noturnas. O teto a havia pressionado lá de cima, com vigas de metal e tudo, e as colunas em espiral da cama de baldaquino, flexíveis e maleáveis, haviam tentado estrangulá-la. Ela acordou com um susto, arquejando em busca de ar, com o coração aos pulos. Quando olhou para o outro lado da cama, percebeu que não era o meio da noite, pois o lugar de Amulya estava vazio: ele já saíra para sua caminhada, então devia estar quase amanhecendo.

Ela se lembrou do parente que continuara hospedado com eles depois do casamento, um primo que chamavam de Chotu-*da*. Estavam achando difícil se livrar do sujeito, embora ele fosse médico e todos imaginassem que fosse um homem atarefado. Era roliço e falastrão, sempre esperando a hora das refeições e dormindo entre uma e outra. Kananbala decidiu deixar de lado a antipatia que sentia por ele e revelou-lhe alguns de seus sintomas.

Chotu-*da* pressionou um estetoscópio em seu peito, admirando outra vez a protuberância macia e opulenta de seu seio.

— Apenas palpitações, normais na sua idade — diagnosticou ao final do que Kananbala considerou um exame particularmente demorado de seus pulmões e coração. — E talvez um pouco de gases. Peça a Amulya para lhe comprar sais de frutas. Ou quem sabe alguma coisa de sua famosa fábrica... ele tem uma cura para tudo, não tem? — Chotu-*da* riu. Seu rosto redondo e alegre reluzia de suor, seus olhos se esbugalhavam por trás de grossos óculos. Perguntou-se por que estava com fome tão pouco tempo depois do café da manhã.

— Talvez — sugeriu ele em tom casual — Manjula pudesse me preparar uma bebida gelada e... quanto ar puro por aqui. Nunca é possível se sentir assim em Calcutá.

— Até o arroz tem um sabor melhor, não é mesmo, Chotu-*da*? É impossível resistir! — disse Kananbala com um lampejo da antiga impertinência, que ela julgava para sempre esgotada.

O médico lançou-lhe um olhar cauteloso, mas então pensou que tivesse entendido mal: a mulher parecia tão inofensivamente preocupada quanto sempre estava. Levantou-se para ir embora. Pensou que pudesse esperar a bebida gelada na varanda, torcendo para que viesse acompanhada de alguma coisinha para comer.

— Eu deveria ir embora — disse ele a Kananbala. — Meu consultório deve estar sofrendo. Mas vocês não estão me deixando ir embora! E este menino! — Deu uma risadinha para seu jovem filho, curvado diante da mesa lá fora, fitando um livro com olhos arregalados. — Ele tomou tanta afeição por vocês!

Ele mostrou ao menino seu anel de topázio e disse, com o rosnado que geralmente acompanhava aquele seu ritual:

— Está vendo, isto aqui é o olho de um tigre que eu cacei e matei na floresta ontem à noite. O outro olho ainda está na cabeça do tigre. Os dois olhos ainda veem e são capazes de encontrar meninos travessos!

O menino, a essa altura já com nove anos e sem acreditar mais em faz de conta, olhou para o pai com desdém.

O salão de jantar do andar de cima era margeado por amplas janelas que recebiam a luz ainda fresca da manhã. Chotu-*da* havia partido na véspera. Kananbala acabara de tomar banho e pusera um sári limpo. Começou a caminhada em direção à escada, apoiando-se nas paredes e cadeiras pelo caminho e em seguida no corrimão. Desceu os treze degraus do primeiro lance e os quinze do lance seguinte. As paredes pareciam se inclinar até demasiado junto dela. No saguão, parou e ficou arfando, olhando, sem nada ver, pela janela que clareava a escada e emoldurava a árvore acima da pequena varanda do primeiro andar. Pôde ouvir Shanti cantando na cozinha. A moça era *mignon* e tinha a voz suave ao falar, mas quando cantava a voz que emergia era grave e potente, e parecia pertencer a um corpo muito maior. A música que estava cantando falava de férias e de nuvens no céu.

Kananbala arrastou-se na direção da cozinha, depois parou no corredor do lado de fora para recuperar o fôlego. Pôde ouvir Manjula, sentada picando legumes, dizer:

— Ah, eu cantava isso também, muito tempo atrás, quando ainda tinha voz. Cante outra. Pelo menos agora temos alguma diversão nesta casa velha e sem graça. Você logo vai saber como esta cidade perdida nos confins do Hindustão pode ser sufocante. Que falta eu sinto dos meus parentes, mal os vejo, uma vez a cada três anos.

— Estou acostumada a lugares pequenos. Sempre que ia a Calcutá, tinha vontade de voltar correndo para minha aldeia junto ao rio — disse Shanti com voz branda.

— Ah, espere só para ver. Você agora está feliz, recém-casada, com Nirmal correndo para casa para vê-la, para ficar sentado ao seu lado, conversar e fazer Deus sabe mais o quê, não é...?

— Ah, não! — Shanti parecia estar rindo.

— Mas espere até ter alguns anos de casada, e este lugar vai começar a lhe mostrar sua verdadeira índole.

Ninguém disse nada durante algum tempo. Kananbala ouviu o moedor ser acionado contra a base, um ruído suave, como se algo úmido estivesse sendo moído. Há de ser mostarda para o peixe, pensou. Perguntou-se, como em um transe, se o peixe havia sido cortado. Sua mente ensaiou o ritual diário. Gouranga chegava de manhã cedo com o peixe que havia comprado — em Songarh, geralmente carpas — e mostrava-o a Manjula para obter sua aprovação. Manjula se mantinha afastada, protegendo das impurezas do peixe o sári limpo que pusera depois do banho. Seus lábios se franziam em um esgar impaciente, e ela dizia: "*Rui* outra vez! E Gouranga não poderia ter encontrado um peixe menor? Ou mais morto? Hein? Diga-me: eles mataram esses animais de fome antes de venderem para você? Sugaram o sangue deles primeiro? Ah, o que eu não daria por peixes vivos que nadassem em um balde um pouquinho e vertessem sangue de verdade quando cortados!"

Kananbala vacilou, nauseada pela lembrança do ritual diário de cortar o peixe. Segurou a porta para se equilibrar. Havia delegado aquele trabalho à nora assim que ganhara uma. Sempre ficara enjoada com o cheiro de peixe cru, com a viscosidade de sua textura. Nunca fora capaz de se forçar a lavá-lo ou cozinhá-lo, embora o comesse — todas as partes, menos a cabeça — com tolerância, ainda que não com deleite.

Então, com aquela conhecida sensação de espichar a cabeça para fora d'água para tomar ar, ela arquejou e tomou consciência das vozes das noras na cozinha.

Manjula dizia:

— Vamos, cante outra para nós.

Mais uma vez aquela voz grave e rouca emanou da cozinha, dessa vez cantando uma canção triste. Kananbala chegou mais perto. Shanti seguiu cantando enquanto cortava uma jaca gosmenta, parecendo alheia às mãos pegajosas e às outras pessoas na cozinha. Grossos sacos úmidos de legumes estavam espalhados à sua volta, com o conteúdo derramado. De um dos sacos despontavam cabelos de cebolas ao lado de pés branquinhos de couve-flor. Ela cantava como se houvesse sido transportada para um lugar e uma época diferentes, com o queixo apoiado no joelho erguido, os olhos concentrados na jaca que cortava, mas muito distantes da fruta, de Songarh e de Manjula, que cortava batatas com um bonti sentada ali perto. Shibu moía o *masala* no quintal do lado de fora, tentando fazer menos barulho do que habitualmente fazia.

Kananbala ficou parada na soleira da porta, massageando o joelho e olhando para a cena tranquila.

— Que voz — falou. — Sua puta, por que não arruma um trabalho na rua?

O *bonti* de Manjula caiu no chão com um tinido. Shibu entrou correndo do quintal e ficou postado no vão da porta, boquiaberto. A canção de Shanti parou e transformou-se em um arquejo breve e engasgado quando ela se levantou com um pulo e saiu correndo da cozinha, sujando o sári novo com as mãos meladas.

— A jaca está cortada? Deixe-me ver os temperos que você moeu, Shibu. Por que é que tudo hoje está uma bagunça? — Kananbala continuou, como se não houvesse dito nada fora do normal.

No dia seguinte, quando Amulya estava se vestindo para sair para a fábrica, Kananbala lhe perguntou:

— Seu dândi, com quem anda trepando ultimamente? Alguma *brahmo* de sári de crepe?

Virou as costas antes de o atônito Amulya poder dizer qualquer coisa e foi para a varanda. Amulya saiu correndo atrás dela. Nirmal estava sentado à mesa de jantar no final da varanda, com as palavras cruzadas do *Stateman* abertas ao seu lado, novamente abandonadas sem um quadradinho sequer preenchido.

— *Você tem noção do que disse?* — Amulya olhou para ela como se estivesse olhando para um monstro no qual houvessem brotado quatro cabeças em vez de duas.

Nirmal levantou-se da cadeira tão depressa que quase a derrubou no chão. Esticou-se para impedi-la de cair.

— *Baba* — disse ele, com a voz trêmula —, eu não disse nada.

Amulya não lhe deu atenção. Agarrou o braço de Kananbala. Nirmal olhava para eles sem acreditar. Em seus vinte e quatro anos de vida, só vira os pais se tocarem uma única vez, muitos anos antes, quando entrara correndo no quarto deles atrás de uma bolinha de gude.

Amulya sacudia o braço de Kananbala.

— Você tem noção do que disse? — repetiu, com o rosto distorcido a ponto de ficar irreconhecível, a poucos centímetros do dela. Mechas de seus cabelos alisados com cera estavam arrepiadas onde ele os havia agarrado.

— Só perguntei quando é que você vai voltar — disse Kananbala, parecendo não entender. — Por que está tão agitado? Vai chegar muito tarde?

— Não foi isso que você disse! — gritou Amulya.

— Por que está gritando? O que foi que eu disse?

— O que foi que você disse? Será que não tem vergonha? Como é que eu posso repetir uma coisa dessas na frente dos outros?

— Mas não tem ninguém aqui — disse ela. — Só Nirmal. Nós lá temos segredos para nossos filhos?

Shanti havia parado de cantar.

Ela já havia parado de cantar uma vez, quando sua mãe morreu. Na época, pensara que nunca mais fosse querer sorrir, muito menos cantar.

Mas aos poucos as canções foram voltando. Seu pai a havia incentivado assim que se sentira forte o bastante. "Preciso ouvir as suas músicas", dizia-lhe ele. "Já é ruim o suficiente ter de me acostumar com a ausência da sua mãe, mas com as suas músicas também?" Ela tentara, e sua voz no início falhava depois de poucas estrofes, mas depois começara a se disciplinar com severidade, indo passear sozinha pela beira do rio toda tarde, cantando para a água. Sem que nem ela própria percebesse, havia começado a cantarolar baixinho enquanto realizava suas tarefas. Certo dia, ao surpreender o pai olhando para ela, percebeu o que estava fazendo e virou-se para o outro lado para esconder a vergonha que sentia por estar feliz novamente.

Minha sogra me chamou de puta. Esse pensamento não lhe saía da cabeça. Ela me viu cantando para o filho, entrou no nosso quarto sem bater, não uma, mas duas vezes, e no dia seguinte me chamou de puta. Aquele menino, o empregado, o que ele deve estar pensando? Ser chamada de puta na frente de todo mundo pela própria sogra. E Nirmal — como vou poder lhe contar uma coisa dessas? Será que ele iria acreditar em mim? Ele morre de amores pela mãe. E mal me conhece. E eu? Na verdade, também mal o conheço. Apesar de todas as coisas que ele me diz e de todas as coisas que fazemos. Somos desconhecidos. Que casa é esta onde vim me casar? O que estou fazendo aqui, sem um único amigo? Se eu pudesse voltar correndo por um dia e rever todo mundo, e entrar no meu próprio quarto em Manoharpur! Será que mudaram alguma coisa no quarto? E Mala, Khuku, Bini, será que eles pensam em mim? Será que alguma outra amiga me substituiu? Será que ainda passeiam pela beira do rio rindo de todo mundo em Manoharpur? Será que eu deveria falar com *baba* sobre isso? Não, isso só iria deixá-lo preocupado. Será que ele está sozinho? O que estará fazendo assim tão sozinho? Será que Kripa se lembra de que ele gostava da conserva de limão que eu costumava fazer? E suas mudas de mangueira? Será que ele ainda as mede toda semana com aquele metro?

Ela sentou-se na cama com um baque e recostou a cabeça na parte interna do braço, exausta.

Os dez dias seguintes transcorreram sem novos extravasamentos da parte de sua mulher, e Amulya começou a pensar que havia sonhado o que Kananbala tinha lhe dito naquela manhã inacreditável. Será que ela dissera mesmo "trepando"? Seria possível?

Seria possível ele ter imaginado tudo, talvez sonhado acordado? Era bem verdade que sua memória andava falhando. Às vezes, coisas de que ele precisava se lembrar lhe escapavam como a bruma da aurora: ele as via, sabia que estavam ali — tal fato, tal expressão, tal palavra, tal nome de que precisava —, mas quando tentava agarrá-las, pronunciá-las, haviam desaparecido. Não fazia duas semanas que dissera para seu contador, Shrikant:

— Eu fiz o pagamento mensal àquele orfanato. Onde está o recibo?

Amulya fora meticuloso em relação a pagar ao orfanato a soma que haviam combinado, para garantir que a criança fosse bem tratada.

— O senhor não fez o pagamento — respondeu Shrikant, sem erguer os olhos enquanto continuava a adicionar suas colunas de números.

— Que bobagem, eu preenchi o cheque aqui mesmo, em cima desta mesa. Lembro-me de tê-lo preenchido junto com todos os outros cheques dos salários.

— Senhor... — Shrikant hesitou —, o senhor disse que o faria, mas estava tarde e deixou para...

— Traga-me o talão de cheques, vou lhe mostrar — disse Amulya.

Shrikant tinha razão. Amulya não havia preenchido o cheque.

Nessa noite, no jardim, a ansiedade de Amulya em relação a sua memória vacilante impediu-lhe de reparar em qualquer outra coisa, mesmo nas pequeninas mangas que haviam começado a substituir as flores das mangueiras. Estava tão perturbado com o incidente que permaneceu fechado dentro do próprio casulo durante todo o jantar, enquanto cada membro da família tentava separadamente se lembrar se havia feito alguma coisa para despertar a sua ira.

Foi no dia seguinte à sua discussão com Shrikant a respeito do cheque, calculou ele então, que Kananbala pronunciou aquelas palavras inomináveis. Ela não dissera nada fora do comum desde então. Amulya estava achando cada vez mais difícil acreditar que a mulher de fato tivesse dito o que ele achava que dissera; talvez, assim como o cheque não preenchido, tudo fosse apenas a sua imaginação. O caos pareceu recuar até os cantos escuros e cheios de teias de aranha do teto. Assim como todos os segredos que parecia capaz de encerrar dentro de si, a casa havia absorvido os singulares comentários de Kananbala, escondendo tudo do mundo exterior a suas paredes.

"É claro que isso não põe um ponto final na história", pensou Amulya, "pois a memória se mostra de uma exatidão notável justamente quando se deseja que ela falhe."

Duas semanas depois, Shanti testemunhou a sogra chamar Kamal de jumento sifilítico.

No dia seguinte, ela disse a Manjula:

— Pele branca como leite, humm, igualzinho a uma vaca branca. Em toda Songarh, não há ninguém mais vaidoso do que essa vadia afetada!

Na semana seguinte, durante o jantar, Kananbala falou em tom razoavelmente agradável com Amulya, mas suas palavras foram:

— Se eu partisse a sua cabeça ao meio com um cutelo, tenho certeza de que não acharia nada lá dentro a não ser estrume de vaca.

A essa altura, não era mais segredo. Amulya tinha certeza de que as duas moças, suas noras, estavam fazendo comentários. Mais do que Manjula, estava preocupado com Shanti. Imaginando sua desilusão e espanto certos, sentia-se particularmente culpado: uma nova esposa que trouxera para dentro de casa... ser insultada como ela o havia sido! E além disso, havia os empregados. Era pouco provável que valorizassem a discrição e a lealdade mais do que o impulso humano de contar uma história interessante — muito menos em Songarh, ávida por acontecimentos, onde a doença de alguma vaca das redondezas ou uma altercação entre parentes fornecia matéria-prima para dias de conversa.

— Sabe o que ela disse hoje? — disse Manjula para Shanti certa tarde pouco depois, com um suspiro, enquanto se sentava na cama, dobrando folhas de bétel meticulosamente em três para fazer um *paan* e mascando.

O aroma do tabaco do *paan* flutuou na direção de Shanti. Ela pegou uma almofada e levou-a até o colo, acomodando-se melhor.

— O quê? — quis saber, enquanto o *paan* por alguns instantes só permitia a Manjula balbuciar palavras incompreensíveis.

— Ouvi-a dizer ao pai de Kamal que ele tem os testículos de um bode! E depois lá embaixo, no quintal, ela acariciou a cabeça de Shibu. Imagine só! Acariciou a cabeça do menino empregado! E disse...

— Ah, sim, isso eu também ouvi — disse Shanti, sem querer escutar novamente.

— ... que ele é seu único filho de verdade, o único menino que tem carinho por ela! Os outros são filhos ilegítimos do *tongawallah*!

Abalada, Shanti ergueu os olhos para a expressão alegre de Manjula.

— Você não acha isso preocupante? — indagou. — O que vai acontecer agora?

— Ah, bobagem, o que pode acontecer? Não vai acontecer nada. A velha está ficando lelé. Todas elas ficam — disse Manjula. — Vamos ter de cuidar bastante dela, espere só para ver, ela vai ter o troco. Parece que teve de trabalhar feito uma escrava para a sogra... e que a sogra estava completamente senil aos cinquenta e cinco anos de idade. Espalhava a própria merda pela parede, e nossa sogra tinha de limpar. Não é de espantar que ela tenha ficado louca agora... mas está cinco anos adiantada, pois só tem cinquenta.

Manjula enfiou outro *paan* na boca e, mascando, disse:

— Você conhece aquele ditado, não conhece?

Shanti nunca conhecia nenhum dos ditados de Manjula, e raramente conseguia entendê-los; achava que Manjula os inventava todos.

— Que ditado?

— Quando os calados começam a falar, a mangueira dá frutos no inverno.

Ela não está louca, não pode estar, dizia Amulya furioso para si mesmo naquela tarde enquanto caminhava a passos largos pelos campos crivados de sulcos até a beira da floresta, na mesma hora em que Shanti e Manjula estavam sentadas fofocando em cima da cama de Manjula. Não fora capaz de se acalmar o suficiente para fazer qualquer trabalho na fábrica e, para espanto de Shrikant, havia se levantado, recolhido a sombrinha, chamado uma *tonga* e ido embora.

Estava a caminho do forte em ruínas. Reconfortava-o ficar sentado em silêncio entre as pedras caídas, sem pensar em nada específico, esperando a sensação de calma voltar. O forte era sua torre de marfim;

ia lá sempre que precisava refletir sozinho sobre alguma coisa. Talvez fosse a sugestão de impérios evanescentes, a aspereza de pedras com muitos séculos de idade, ou talvez a lembrança das pessoas que, naqueles cômodos arruinados e passagens escuras, haviam levado vidas tão reais quanto a sua. Talvez fosse a árvore cuja casca rugosa, entre o cinza e o marrom, lembrava o rosto do Buda.

Chegou ao fosso do forte e sentou-se sobre um bloco de pedra caído, uma figura alta, grisalha e angulosa admirando o clarão azul e marrom de um martim-pescador mergulhando em uma grande poça rasa no canto, que nessa época do ano ainda continha um pouco d'água. As dobras de seu *dhoti* derramaram-se como uma onda sobre essa pedra, erguendo-se de leve com a brisa de vez em quando, juntando poeira. Amulya não percebeu. Dali a mais ou menos uma hora, o sol começaria a se pôr. Os pássaros iriam saber e começariam a chamar uns aos outros.

Ele se forçou a escutar os pássaros e a não pensar em mais nada, mas mesmo assim ondas contínuas de anseio reviravam-lhe as entranhas enquanto ele ansiava pela volta da Kanan que havia conhecido. Como é que a deixara ir embora? Para ele, ela continuava sendo a adolescente com quem se casara, de clavículas salientes, covinhas nas bochechas, a coluna vertebral se destacando nas costas quando ela se curvava, os olhos cheios de dúvida quando ele fazia alguma piada, com aquele segundo de atraso antes de compreender, e depois rir. Eu a vi virar mulher, mãe. Ela sempre foi tão sensata, tão prática, tão delicada. Quase nunca discutiu comigo, nunca disse nada cruel, mesmo quando repreendia os meninos.

Será que estou esquecendo? Será que houve sinais durante esse tempo todo...?

Ele tentou destrinchar o que havia acontecido com ela, culpou a si mesmo, perdoou-se, culpou a idade dela, a fase difícil por que ela estava passando, pensou que deveria ter passado mais tempo com ela, pensou que não deveria tê-la levado para tão longe da família em Calcutá.

Por fim, levantou-se e esticou as costas enrijecidas. Começou a andar para casa. Tinha resolvido que ela não teria mais permissão para passear pela casa. Não a deixaria se transformar na piada da cidade.

# 2

Nirmal estava escrevendo uma carta de candidatura à Missão Arqueológica da Índia. "Prezado senhor...", começou, e em seguida parou, dedos suspensos acima da máquina de escrever. "Venho lhe rogar que avalie minha candidatura ao cargo de..." Riscou a frase e tornou a batucar nas teclas. "Prezado senhor, tenho a honra de..." Parou, recomeçou: "Sou professor de História na Universidade de Songarh..."

Já fazia cinco anos desde que John Marshall escrevera na imprensa sobre a descoberta de antigas civilizações em Mohenjodaro e Harappa, e na época Nirmal havia recortado e guardado o artigo de Marshall publicado no *Statesman*. Passara então a colecionar recortes de tudo que conseguia encontrar, embora a Songarh chegassem poucos jornais. A edição do *Illustrated London News*, na qual Marshall havia publicado pela primeira vez sua descoberta em 1924, fora a mais difícil de encontrar. Depois de algum tempo, tendo perguntado a um amigo de Amulya que conhecia um funcionário público local, Nirmal conseguira um exemplar do jornal com suas exuberantes imagens de todos os selos do Indo e dos enormes montes.

Dentro do pacote que enviara para Nirmal, o funcionário público havia incluído também uma carta escrita por um oficial britânico alguns anos antes. A carta descrevia montes parecidos com colinas espalhados por todo o norte da Índia, que as pessoas pensavam ser formações naturais, quando, na verdade, eram vestígios de antigas civilizações. "Quando lobos ainda uivavam onde agora estão as igrejas de Notre-Dame e St. Paul", dizia a carta, "e mesmo os nomes de Atenas e Roma eram desconhecidos, nesses lugares viviam e trabalhavam os distantes ancestrais dos aldeões que hoje os ocupam. É com uma atitude de certa reverência, portanto, que o *parvenu* ocidental deve olhar para essas populosas ruínas e saber que ele próprio não passa de uma criatura de ontem".

Ultimamente, Nirmal vinha pensando na desproporção entre a brevidade da carta e o apocalipse conceitual que ela havia provocado dentro dele. Lera-a uma vez, examinara no *Illustrated London News* as imagens de selos, potes e tijolos cintilando contra um fundo preto, depois voltara à carta e lera de novo, e ainda outra vez. Era como se houvesse sido simultaneamente privado de qualquer vontade própria — pois seu futuro havia sido decidido por ele naquele instante — e carregado com uma energia que jamais conhecera antes. Ao longo dos três anos seguintes, fez expedições particulares, usando como modelo para suas técnicas qualquer coisa que pudesse ter pesquisado na leitura de artigos aqui e acolá. Foi às ruínas de Songarh e examinou com novos olhos as colinas ao fundo, como se uma camada de névoa houvesse sido retirada da frente de seus olhos. Começou a chamá-las de montes em vez de colinas, e ansiava pelo dia em que poderia começar a escavar para encontrar o que escondiam. Foi até os arredores de Songarh, onde se erguiam velhos templos e ruínas esparsas, e escavou como pôde o terreno com uma *khurpi* de jardinagem e uma fita métrica, até grupos de crianças das aldeias se juntarem e começarem a tagarelar umas com as outras e a rir dele.

Havia pouco tempo, lera que, com a descoberta de Mohenjodaro e Harappa, a Missão Arqueológica havia recebido mais financiamento para o trabalho no Vale do Indo. Se tinham dinheiro, raciocinou Nirmal, talvez aceitassem aprendizes. Ele não tinha experiência, mas tinha um diploma de história. No entanto, por que iriam contratá-lo, um professorzinho universitário de cidade pequena, quando provavelmente havia estudiosos de sânscrito, especialistas em numismática e acadêmicos de outro tipo se digladiando para fazer parte do passado de três mil anos do Vale do Indo?

— Eles podiam me mandar começar em *algum* lugar, mesmo que não fosse o Indo — raciocinou. — Então, aos poucos... — A ideia de sua provável rejeição pela Missão encheu-o de pessimismo em um segundo. Acendeu um cigarro e ficou manuseando a cigarreira. Bocejou e olhou para os cabelos de Shanti, uma cascata negra sobre travesseiros e lençóis. Ela estava quase dormindo. Ele tragou fundo, soprando fumaça pelo nariz, e lançou um olhar de irritação para a máquina de escrever. Então afastou-a e chegou perto da mulher.

— Você não acha — murmurou, acariciando seus cabelos — que é possível transformar qualquer coisa em hábito?

— Como assim? — perguntou ela com a voz pastosa de sono.

— Aqui estamos, você e eu — disse ele. — Um ano e meio atrás, não nos conhecíamos, e agora não consigo sequer escrever uma carta, de tanto que quero olhar para você...

— Vá terminar sua carta — disse Shanti, levantando a cabeça. — Vamos, arqueólogos precisam de persistência. Como é que você algum dia vai desencavar ruínas da terra se não perseverar?

— Eu persevero nas coisas que quero — disse Nirmal. Tateou por debaixo do sári de Shanti na área de sua barriga. — Agora imagine se isto aqui fosse o monte em Harappa, como eu iria fazer para encontrar o caminho até...

Shanti deu-lhe um tapa na mão para afastá-la.

— Se você é capaz de se acostumar com tudo, é capaz de se acostumar a ficar sem *isso*! — Ela riu, escondendo o rosto no travesseiro. Então ergueu os olhos, com o rosto ainda meio escondido, e disse: — E não tenho nem mais certeza se agora é seguro, com o bebê a caminho.

— Imagine — disse Nirmal, recostando-se na cabeceira da cama e tirando o cigarro do cinzeiro. — Um ano e meio atrás, eu não era nem casado. Agora vou ser pai daqui a poucos meses. Um ano e meio atrás, eu não conhecia você. Um ano e meio atrás, minha mãe era normal. Agora, faz um ano e meio que ela não sai do quarto... e tudo parece rotina. Sinto-me até feliz. Esqueço-me dela, de que está aprisionada. Sinto-me enjaulado quando tenho de ficar em casa durante um dia inteiro, e esqueço que ela nunca pode sair e encontrar outras pessoas ou ver outras coisas.

Shanti sentiu pontadas de irritação revirarem suas entranhas diante da súbita transferência de atenção de Nirmal dela para a mãe. Tentou sorrir e tocou-lhe a mão.

— Shh, vamos mudar de assunto — disse. — Você não sabe que os bebês escutam dentro do útero? Quer que o nosso cresça com pensamentos tristes? Eu só quero que o bebê escute música e risos. Venha cá para junto de mim.

No andar de cima, Kananbala andava de um lado para o outro do quarto esperando os Barnum chegarem. Todo fim de semana, Digby Barnum saía com a mulher. Kananbala, que passava a maioria das noites acordada, adquirira o hábito de se sentar no peitoril da janela e ver seu carro se afastar, misterioso, cheio de promessa, rumo a destinos além do alcance da sua imaginação. Eles voltariam muito tarde e buzinariam do lado de fora até o vigia destrancar o portão para deixá-los entrar.

Nessa noite, apesar de toda a buzinaria, o vigia não apareceu no portão. Barnum desceu cambaleando do carro, e seu motorista precipitou-se atrás dele pelo outro lado. Era a primeira vez que Kananbala o via. Ficou com os olhos esbugalhados de espanto, pois nunca tinha visto nenhum homem bêbado.

— Fora daqui! — gritava Barnum para o motorista. — Fora daqui, seus pretos miseráveis, dormindo em serviço!

Ele empurrou para o lado o motorista, que deu um passo para trás, parecendo hesitar, enquanto o patrão trocava as pernas até chegar ao portão, um portão que parecia um muro de madeira, e em seguida começou a esmurrá-lo, gritando xingamentos.

Sem entender uma palavra, Kananbala estava fascinada. Amulya se remexeu na cama e colocou o travesseiro sobre a cabeça. Kananbala torceu para que ele continuasse dormindo e a deixasse em paz para passar a noite como ela sempre fazia, suspensa em um mundo que ninguém mais conhecia.

Então Kananbala viu pela primeira vez a mulher de Digby Barnum, uma mulher alongada e pálida como uma folha de eucalipto. Usava um vestido dentro do qual suas curvas se transformavam em algo liso e fluido, e a seda cintilava sob os faróis do carro. Seus sapatos tinham saltos sobre os quais ela caminhou vacilante e apressada até o marido, dizendo algo que Kananbala não conseguiu escutar.

A sra. Barnum alcançou o marido e puxou-lhe a manga para fazê-lo parar de esmurrar o portão.

O braço dele voou e atingiu-a no rosto.

Kananbala levou a mão à própria face como se houvesse sido ferida.

A mulher deu um passo para trás, segurando o queixo. Assustado, o motorista encolheu-se junto ao carro.

— Um homem de verdade, como sempre — disse a sra. Barnum com uma voz tão límpida quanto o barulho de uma colher batendo em um copo.

Barnum não lhe deu mais atenção. Voltou para o portão fechado.

— Ramlal, seu fodedor de irmãs, abra isto! Está me ouvindo? Está no olho da rua!

A sra. Barnum andava de um lado para o outro da rua como se nada disso lhe importasse. Seu marido continuava a gritar. Amulya balbuciou:

— Malditos *sahibs*, acham que são os donos do país inteiro.

Kananbala teve vontade de dizer: "E são." Mas havia quase parado de respirar para que ele voltasse a dormir. Amulya virou-se de lado, e dali a um minuto Kananbala ouviu-o roncar novamente.

O portão se abriu com um rangido. Barnum empurrou o vigia magricelo para o lado, fazendo-o cair, e ele e a mulher entraram. O carro entrou atrás. O vigia se levantou, bocejou e sacudiu a poeira da roupa.

— Maldito — disse o vigia em híndi na direção da casa. — Beberrão — disse ele, tornando a fechar o portão.

As janelas eram a única visão que Kananbala tinha do mundo. Caso atravessasse o quarto e olhasse por todas as três janelas, debruçando-se o máximo possível, podia ver até o final da curva da rua de ambos os lados. Ela passava o dia inteiro à janela, e com frequência a maior parte da noite.

Quase ao amanhecer, quando o ar ainda guardava uma lembrança do frescor da noite, ela esperava o céu escuro, cor de beringela, ir ficando cada vez mais claro e brilhante. Quando o céu ficava azul de verdade chegava o homem que jurava que seus mamões vinham de Ranchi, e em seguida o *bhutawala*, o vendedor de milho, com tênues fiapos despontando das espigas qual cabelos dourados do cesto que trazia na cabeça. No início, quando haviam acabado de se mudar para Songarh, os vendedores de porta em porta nunca iam tão longe. Agora, segundo ela ouvira dizer, havia mais abaixo na rua um outro agrupamento de casas que pertenciam a indianos, funcionários de escritório e professores, aqueles que compravam de ambulantes.

Kananbala podia saber as horas pelos gritos dos ambulantes: o vendedor de flores logo depois do amanhecer, o de frutas pela manhã, o de legumes entre um e outro. O pão, vindo de uma padaria no mercado, chegava em uma lata de metal presa a uma bicicleta que rangia. Um vendedor de braceletes e tornozeleiras, cujo carrinho reluzia de vermelho e dourado, às vezes aparecia no portão e passava uns bons cinco minutos gritando, pois via uma mulher à janela e farejava uma venda.

Ela sabia que não podia ir até o portão para comprar braceletes.

Não saía de casa desde o casamento de Nirmal, e tampouco saía muito do quarto. Sabia que tinha dito coisas que não deveria ter dito. Não conseguia pensar de onde tinham vindo as palavras, e tampouco conseguia se lembrar de quais tinham sido exatamente. Mas, pela expressão das pessoas, sempre conseguia perceber quando alguma coisa errada lhe escapava. Elas não pareciam mais tão chocadas, mas mesmo assim não a deixavam se encontrar com gente de fora da casa. O telhado também era território proibido. Tinham medo de que ela pulasse, como certa vez ameaçara fazer.

Amulya voltava da fábrica diariamente ao meio-dia e ficava sentado fazendo-lhe companhia enquanto ela almoçava, voltando para o trabalho em seguida no calor da tarde, depois de tê-la acomodado para fazer a sesta. Todas as noites, depois de o jardineiro ir embora, ele a conduzia escada abaixo até o jardim para dar quarenta e três passos em uma direção e quarenta e três na outra, durante uma longa meia hora. Ela ficava cansada e ofegante, seus joelhos fraquejavam, então ele muitas vezes tinha de ampará-la durante a última parte da caminhada. Incentivava-a dizendo: "Você precisa fazer isso, precisa se obrigar a fazê-lo, senão seus músculos vão apodrecer."

— Por quê? — suplicava ela. — Por que tenho de andar neste calor? Eu nunca vou a lugar nenhum. Por que preciso andar?

— Um dia você vai perceber que não consegue nem se levantar da cama — dizia ele.

Às vezes, zangada por causa de seu cansaço, ela ficava parada e sibilava para ele: "Sua bicheira de vaca! Sua hiena fedida!" Ele fazia uma careta, mas continuava a guiá-la para a frente.

Depois de terminada a meia hora, ele a fazia se sentar no balanço e acendia o cachimbo. Então lhe contava tudo que havia acontecido durante o dia e falava-lhe sobre as duas novas casas na vizinhança próxima. Uma das casas, na verdade, era ocupada por indianos, não por ingleses, disse ele certa vez: um casal aposentado de algum lugar, sem filhos.

— Está vendo, eu disse a você que construir aqui era a decisão certa. — Ele exalou uma nuvem de fumaça. — Você vai ver só como esta área agora vai mudar.

Ela escutava, às vezes respondendo com um comentário, outras vezes cuspindo um "filho de jumento" ou "rabo de rato de esgoto" ou "sapo verruguento" — palavras que a sua mente criava por iniciativa própria. Quando ela fazia isso, Amulya apertava sua mão para fazê-la parar. Ao sentir a pressão da mão dele, ela sabia que tinha dito algo que não deveria, e tentava ficar calada. Questionava a ironia desse carinho que se manifestava depois do tempo apropriado, mas nunca o fazia em voz alta.

Manjula, vendo-os todos os dias sentados no banco do jardim, dizia a Shanti:

— Olhe só, agora a velha conseguiu o que queria. Faz-nos trabalhar para ela noite e dia, e o marido ficou romântico depois de velho. Ah, *ma*, o que eu não daria para ser ela. Você não conhece o ditado? Frutos maduros ganham cestas forradas.

Shanti agora fazia força para pensar em outras coisas quando Manjula falava na sogra com a maldade habitual. Dali a dois meses, Nirmal a levaria de volta até Manoharpur e ela tornaria a passear à beira de seu rio, para esperar o filho nascer. Até lá, fecharia os ouvidos, cantarolaria as antigas canções e protegeria a barriga com as mãos, como para fechar os ouvidos do bebê ainda por nascer. Lá dentro, logo abaixo da pele muito retesada de sua barriga, sentia que podia escutar um coração pequenino galopando feito um cavalo, e uma boca ainda não formada tentando articular palavras para dizer à mãe.

Em alguns fins de semana havia festas na casa dos Barnum, e nessas noites primeiro surgia a caminhonete do armazém Finlays, em seguida o eletricista para instalar as luzes, e por fim o cheiro de comidas desconhecidas. À noite, havia luzinhas iluminando o gramado e as formas brilhantes e indistintas dos amigos dos Barnum indo e vindo em carros que nunca os deixavam do lado de fora do portão, mas sempre debaixo do pórtico coberto cujo interior não se conseguia ver. Kananbala esperava, e observava, e esperava, torcendo para ver alguém, alguma coisa.

A sra. Barnum agora era vista com frequência. Havia adquirido o costume de descer do carro quando voltavam de suas festas e parar em frente ao portão para chamar o vigia; então percorria a pé o caminho até a casa, atravessando o gramado antes de concordar em entrar em casa, com os longos vestidos de seda arrastando pela grama, os ombros brancos luzindo na escuridão. Kananbala a espiava com olhos cheios de cobiça.

Certos meses, em intervalos curtos entre eles, Digby Barnum se ausentava durante uma ou duas semanas, talvez para as minas no interior. Nessas semanas, à tarde, a sra. Barnum saía de casa sozinha e voltava em um carro comprido, diferente, dirigido por um rapaz que poderia ser tibetano. Em uma dessas noites, Kananbala viu a sra. Barnum se debruçar pela janela do carro e falar com um desconhecido antes de começar a andar em direção à casa. Por acaso virou o rosto e viu uma mulher indiana a encará-la fixamente de uma janela do outro lado da rua silenciosa e escura.

— Que extraordinário — murmurou, mas mesmo assim, talvez por ser apenas meio inglesa, e a outra metade de origem desconhecida, tornou a se virar e acenou para a sombra escura e imóvel de Kananbala.

Nunca em sua vida Kananbala tinha acenado para quem quer que fosse. Não estava segura sobre o que fazer. Mal conseguia levantar a mão. Em um impulso, porém, esticou um dos braços por entre as barras da janela e acenou também, desajeitada, como uma criança dentro de um ônibus.

No dia seguinte, quando a sra. Barnum voltou com o desconhecido, apontou-lhe Kananbala, e ele também olhou para cima e acenou, com um largo sorriso a enrugar-lhe os olhos. Ele e a sra. Barnum se entreolharam e, rindo, a sra. Barnum disse-lhe algo em inglês. A noite estava parada e silenciosa, e Kananbala pôde ouvir cada palavra, mas não entendia inglês.

A sra. Barnum disse:

— Coitadinha, Ramlal falou que ela é completamente doida, que fica falando obscenidades para os outros; que coisa engraçada, você não acha, querido? Gostaria que eu fizesse isso com você?

Os dois riram juntos e o homem disse:

— Vamos lá, diga alguma coisa, vai ser uma delícia.

A sra. Barnum acenava para Kananbala todas as noites, sempre que voltava de qualquer lugar. Kananbala ficava na janela à sua espera. Barnum achava sua esposa muito estranha por descer do carro do lado de fora do portão; para que isso? Certa vez, quando a viu acenando para cima depois de voltarem de uma ida às compras, decidiu que estava na hora de ser severo. Larissa não tinha mesmo qualquer noção sobre o que era adequado. O que os criados deveriam estar pensando, ao ver a patroa acenar para a louca do bairro? Havia um fundo de verdade em tudo aquilo que se dizia sobre a mestiçagem. Quanto mais tempo ele passava casado, mais certeza tinha disso.

Na semana seguinte, Barnum partiu em uma de suas longas viagens. Kananbala já se acostumara a ver a sra. Barnum sair todas as tardes e voltar todas as noites, cada vez mais tarde, na companhia de seu jovem amigo. Fora divertido ficar esperando para ver que vestido novo e de brilho sutil a sra. Barnum estaria usando cada noite ao chegar, e quando iria vê-la na janela e acenar.

Mas nessa noite foi diferente. Nessa noite, a garganta de Kananbala se contraiu, seu coração disparou e seus dedos ficaram gelados quando ela viu a sra. Barnum e o rapaz voltando no carro dele.

Devia ser por volta de uma da manhã. A noite estava luminosa, com uma lua imensa, ondulante, amarela como a gema de um ovo, que subia e descia por trás de árvores que oscilavam ao vento. Kananbala debruçou-se para fora quanto lhe permitia o corpo roliço e acenou com os dois braços quando o carro parou e ela viu o casal na rua, a poucos metros do portão da casa dos Barnum. Sabia que precisava detê-los.

Naquela tarde, Kananbala tinha visto o sr. Barnum. Ele chegara em casa antes do previsto e encontrara a sra. Barnum ausente. Kananbala o vira sair de carro logo depois de chegar, talvez à procura da mulher, e voltar sem ela. Um pouco depois da meia-noite, Barnum ficara esperando do lado de fora do portão, escondido em meio a uma cascata de bougainvílleas. Pela forma como ele estava escondido, Kananbala podia ver que pretendia flagrar a sra. Barnum e o amante juntos e depois... o quê? Kananbala olhava hipnotizada para o ponto em meio às bougainvílleas onde ele havia desaparecido.

A sra. Barnum perguntou-se por que a indiana estava acenando com os dois braços. Então, com um riso feliz, ergueu os dois braços também, imitando-a. Seu amante desceu do carro depressa e saiu correndo atrás dela. Kananbala viu seus dentes luzirem quando ele riu. A rua estava iluminada pelo luar, e sombras de contorno preciso os seguiam. A sra. Barnum ria e fingia empurrar o rapaz para longe. Seus saltos altos estalavam no asfalto.

Chegaram ao portão. Ele beijou as pontas dos dedos da sra. Barnum e murmurou algo que Kananbala achou que a brisa fez flutuar na sua direção. Em pânico, ela desviou os olhos para o contorno distante e negro do forte e para a massa escura da floresta, desejando que algo viesse interromper o que sabia estar prestes a acontecer.

Barnum saiu do meio das folhas e flores cor de laranja.

A sra. Barnum girou o corpo em direção ao marido. Em rápida sucessão, exclamou:

— Querido... está tudo bem? A festa dos Munby... acabou tão tarde...

O sr. Barnum tirou a mão do bolso, pressionou a lateral de seu revólver contra a face da mulher e disse com um rosnado:

— Cale a boca.

Sua mulher cambaleou para trás com um arquejo de dor. Antes de Barnum poder virar a pistola, Kananbala viu o amante se jogar em cima dele. A sra. Barnum soltou outro grito. Aterrorizada, Kananbala fechou os olhos e, quando os abriu, no instante seguinte, viu o amante mergulhando novamente dentro do carro e indo embora. Barnum estava deitado no chão, sangrando pela garganta. Ao seu lado, Kananbala pôde ver o luar se refletir no brilho curvo de uma faca.

A sra. Barnum olhou em volta, e seu rosto, iluminado pela lua, parecia o de um fantasma. Arrancou um dos longos brincos e olhou para a mão como se estivesse espantada com aquele objeto. Segurando o brinco, ajoelhou-se por alguns instantes ao lado de Barnum. Então correu até o portão e para dentro de casa.

Que sorte, pensou Kananbala, que ela não deixa o vigia trancar o portão nas noites em que sai.

O homem assassinado continuou deitado na rua, com uma poça escura e reluzente a se formar ao lado de sua barriga enquanto as corujas recomeçavam seus suaves pios noturnos.

Kananbala deitou-se ao lado de Amulya no outro canto de sua cama grande e, tentando respirar o mais silenciosamente que os arquejos permitiam, começou a inventar uma história dentro da cabeça.

Na manhã seguinte, Amulya estava sentado diante de uma mesa no quarto de dormir, tomando a primeira xícara de chá e desdobrando o jornal, quando Nirmal entrou correndo.

Amulya olhou por cima do jornal com o cenho franzido.

— Qual o problema, Nirmal, não consegue andar? Precisa sempre correr? Quem acreditaria que você está prestes a ser pai?

Amulya tomou um gole do chá fazendo uma careta:

— Este chá está forte demais, está amargo. Quem preparou?

— *Baba* — começou Nirmal, ofegante —, o senhor sabia que houve um assassinato na casa em frente à nossa? Eles acham que a mulher matou o marido. Ele foi largado morto na rua ontem à noite, e ela estava sentada no andar de cima escovando os cabelos, como se nada tivesse acontecido.

— O quê? Barnum? — exclamou Amulya. — Não pode ser!

— É sério, *baba* — disse Nirmal. — É verdade. O senhor não olhou pela janela nenhuma vez hoje de manhã? Está uma confusão. Vi alguns policiais graduados entrarem no terreno, e há três outros dentro da casa, procurando a arma do crime.

— Arma? Como foi que ele morreu? — perguntou Amulya, levantando-se para ir até uma janela, sentindo-se dominar pela curiosidade.

— Com uma faca — respondeu Nirmal com satisfação. — Parece que foi esfaqueado na barriga e nas costelas. A polícia está levando a senhora para ser interrogada. Ela não pára de dizer que passou a noite fora e que, quando voltou, subiu direto para o andar de cima e não sabe nada sobre o que aconteceu, que só esperava o marido voltar daqui a uma semana.

Nirmal foi se postar junto a outra janela e olhou para fora, o corpo alto vestido com o *kurta* fino e amarrotado da noite destacado pelo sol. Kananbala foi se postar ao seu lado. Reparou que sua cabeça não chegava aos ombros do filho, e ergueu os olhos para Nirmal com uma onda de orgulho e indulgência.

— Não é bem feito aquele homem ter morrido? Ele era mesmo um filho de uma égua — disse-lhe ela, carinhosa, confidente.

Amulya deu um muxoxo.

— Com certeza parecia ser! Um mau *shaheb* a menos! Quem sabe agora a mulher vai embora dessa casa grande e...

— O mais provável é que a ponham na cadeia. Ou que a mandem para as Ilhas Andaman — disse Nirmal. — Os britânicos têm cadeias até mesmo para suas assassinas mulheres... e a sra. Barnum não passa de uma anglo... eles odeiam mesmo anglo-indianos, não é?

— Eles têm cadeias especiais, de fato — disse Amulya. — Acho que têm cadeias especiais para criminosos ingleses... nas estações de montanha.

— Para os assassinos deles não sofrerem com o calor? — indagou Nirmal, rindo.

Amulya franziu o cenho para o filho com ar desaprovador e continuou a olhar pela janela para a casa em frente. Dali a um minuto, tornou a pôr os óculos e voltou ao seu jornal.

Nirmal afastou-se da janela.

— A polícia está vindo para a nossa casa! — disse.

— Eu quero falar com a polícia — anunciou Kananbala.

Amulya tirou os óculos, pousou-os sobre a mesa com um baque e abandonou o jornal embolado, que saiu flutuando pelo quarto com a brisa. Ele voltou à janela que dava para a casa em frente: parecia mais ou menos igual a antes, a não ser pelo fato de o portão estar aberto e de haver pessoas entrando e saindo. Parecia haver uma mancha escura na rua junto ao portão. A mancha fora contornada de branco. Um guardinha sem graça estava em pé à sombra das flores cor de laranja da bougainvíllea, tragando seu *beedi*. Alguma coisa na forma como os brotos despontavam desordenadamente de trás da cabeça do guarda, como se ele estivesse usando uma flor aqui e outra ali, lembrou a Amulya outra flor nos cabelos de uma moça das tribos, a moça que tentara fazê-lo dançar na clareira de uma floresta. Ele sorriu para si mesmo ao pensar nas idiossincrasias da memória, em sua insensibilidade em relação ao passar do tempo.

Voltou ao presente com um choque: seu próprio portão estava se abrindo, e a pessoa que o abria era um policial.

— Ninguém deve incomodar a sua mãe — disse Amulya para Nirmal. Virou-se para a mulher. — Você não deve falar com ninguém, entendeu? E a água do meu banho, está pronta ou não está? O que aconteceu hoje? Está todo mundo colado a uma janela?

Sem receber resposta nem de Nirmal nem de Kananbala, ele saiu do quarto, foi até o alto da escada e berrou:

— Shibu! Tem alguém por aí? Tragam a água do meu banho. Que bando de bobalhões, acontece alguma coisa com um desconhecido e eles esquecem todo o resto.

Kananbala encarava a janela da casa em frente com o olhar tão firme que Nirmal perguntou:

— Você está se sentindo bem?

— *Babu*, a polícia está aqui — chamou Shibu pouco depois, do andar de baixo, com a voz alta e trêmula. Amulya esqueceu-se por completo do banho. Alisou as roupas e desceu para a sala íntima.

O policial acabou fazendo perguntas a todos, até mesmo a Gouranga, que respondeu gaguejando estar sempre dormindo às nove e meia e não ter visto nada. O policial tamborilou com um dedo impaciente no braço da cadeira e, com ar preocupado, recusou mais uma oferta de chá, em seguida chamou o criado e disse:

— Está bem, chá, traga-me uma xícara, minha garganta está seca de tanto falar. — Virou-se para Amulya, correndo os dedos pelos cabelos molhados de suor. — Só isso? Mora mais alguém nesta casa?

— Somente minha esposa, mas não há motivo para incomodá-la, não é mesmo, *sahib* inspetor? — disse Amulya. — Ela está doente e nunca sai de casa. Na verdade, nenhum de nós aqui nesta casa tem nada a ver com aquelas pessoas.

— Justamente, Amulya *babu*, justamente! — disse o policial com uma energia renovada. — Ela nunca sai e o senhor disse que o seu quarto fica bem em frente à casa. Em que isso a transforma?

— Como? — indagou Amulya.

— Isso a transforma em uma testemunha. Visão desimpedida. Uma testemunha ideal. Precisamos lhe perguntar se ela viu alguma coisa.

— Mas ela não está bem — repetiu Amulya, cheio de ansiedade.

— Não precisa se preocupar, Amulya *babu* — disse o policial em tom apaziguador. — Nós também somos humanos. Dê-nos uma chance, somos funcionários do Estado fazendo o nosso trabalho.

Kananbala olhou para a sala íntima com olhos curiosos. Fazia mais ou menos um ano que não entrava naquele cômodo. Pareceu-lhe escuro, um pouco bolorento. Pareceu-lhe ter muito mais cadeiras acolchoadas, de braços muito esculpidos despontando por baixo dos lençóis que as cobriam. Por que estavam cobertas?, perguntou-se ela. Será que nunca recebiam visitas? Será que nunca usavam aquele cômodo?

— Por que os lençóis? — perguntou com um sussurro, e Amulya respondeu, seco: — Pó.

Ela viu que os tampos encerados das mesas estavam cobertos de pó. O que suas noras andavam fazendo?

Kamal guiou-a pelo cotovelo até uma cadeira. O rosto de Kananbala estava protegido pelo *aanchal*, uma das pontas do sári. Dali debaixo daquela cobertura, ela lançou um olhar rápido para o policial.

— Então, *mataji* — disse o inspetor. — A senhora viu alguma coisa? Conte-me tudo. Até mesmo o que não considera importante. *Principalmente* o que não considera importante. — Ele se virou para Amulya e Kamal. — Com o passar dos anos, o trabalho ensina que as testemunhas muitas vezes deixam de lado os detalhes mais importantes. Elas não têm como saber o que é útil para uma investigação policial.

— É claro, é claro — disse Kamal, passando os polegares pelos suspensórios listrados da calça. — Testemunhas não têm consciência do valor de determinadas pistas.

Kananbala tentava acalmar seu coração disparado. Depois de todo o seu isolamento, ter de falar com um desconhecido, e sobre um assunto tão importante, um assunto que poderia salvar a vida de sua amiga. Ela certamente iria se atrapalhar. Depois de respirar fundo, disse:

— Por que uma velha iria mentir? Sim, eu vi alguma coisa.

— Continue, *mataji* — disse o policial, com um olhar de aviso para Amulya.

— O pobre homem tinha acabado de chegar. Devia estar cansado, esses britânicos trabalham tanto. Tinha passado vários dias fora.

— Quantos dias? — perguntou o policial e, virando-se para o ajudante, disparou: — Está anotando tudo, não está?

— Acho que uns três ou quatro dias.

— Continue.

— Havia alguns moradores das tribos esperando em frente ao seu portão. O vigia não estava. Já era bem tarde, e a rua estava escura. Eles o cercaram, e começaram a discutir e brigar. Um deles era muito alto, de cabelos escuros, muito moreno.

— A senhora ouviu o que eles disseram, *mataji*? — perguntou o policial. — Algum deles tinha uma faca? Conseguiu ver os rostos? Seria capaz de reconhecê-los?

Kananbala pareceu vergar-se sob a enxurrada de perguntas, emitindo alguns ruídos incoerentes em resposta. Alarmado, Amulya fez menção de se levantar para levá-la embora. O policial deteve-o com um gesto e tornou a se dirigir à mulher.

— A senhora viu alguma arma?

— O homem alto tinha alguma coisa presa à cintura. Mas eu não saberia dizer. Estava escuro. Não pude ver muito bem. Minha vista... o médico falou que eu preciso trocar de óculos, mas que preciso mandar examinar meus olhos e... E eles estavam brigando: alguma coisa sobre a mina na floresta, e dinheiro. Afinal de contas, é uma gente pobre, e eles têm casas na floresta...

— O que aconteceu então, *mataji*? — tentou saber o policial, paciente. Velhas senhoras precisavam ser tratadas com delicadeza.

— Houve um tumulto, alguma confusão, mas não consegui ver o que aconteceu no meio do grupo. Mas todos foram embora depressa, saíram correndo. E o homem estava caído no chão.

— Onde estava a sra. Barnum? O vigia diz que ela havia saído e lhe dado a noite de folga, como sempre fazia quando o marido estava viajando. — O policial virou-se para Amulya e arrematou. — Que coisa mais estranha de se fazer, não é? O mais normal seria que ela precisasse do vigia quando o marido estivesse viajando.

— Ah, ela passou a noite inteira em casa depois de chegar. Eu a vi chegando. Devia ser bem cedo ainda... eu ainda não havia jantado. Depois ela ficou lá em cima — disse Kananbala, fazendo uma pausa, como quem tentava se lembrar. — Posso vê-la bastante bem da janela do meu quarto quando ela está com a luz acesa. Ela muitas vezes se esquece de fechar a cortina. Estava sentada junto à janela, e sim, é claro! Tocou um pouco de piano. Você não escutou? — perguntou Kananbala a Amulya.

Amulya olhou para ela e indagou: "Piano?" Queria dizer à mulher para não falar tanto. Será que ela iria demorar muito a deixar escapar alguma das suas vulgaridades? E se ela chamasse o policial de corno imbecil, como tinha feito com o jardineiro pouco antes de este ir embora?

— Bem, ela toca alguma coisa toda noite, e Nirmal me disse que é um piano. O que eu sei sobre essas coisas?

— A senhora viu a sra. Barnum descer?

— Ela não sabia que o marido havia voltado, eu acho. Pobrezinha! Talvez nem tenha ouvido o carro por causa do som do piano! — disse Kananbala. — E pensar que ela passou a noite inteira acordada no quarto sem saber que o marido estava sangrando até a morte na rua. Ela talvez pudesse tê-lo salvado. Como deve estar se atormentando com esse pensamento. — Kananbala deu um suspiro.

O policial rabiscou o bloco de anotações e em seguida virou-se para Amulya:

— Ela vai ter de testemunhar.

— Isso está fora de cogitação — disse Amulya.

# 3

Um mês se passou, e metade de outro. O assassinato de Barnum começou a ser esquecido. Na falta de testemunhas confiáveis, a investigação perdeu seu status de prioridade máxima e foi passando de mesa em mesa, perdendo uma página aqui, ganhando uma orelha e a marca de uma rodela de xícara acolá. Era uma história complicada, que a mineradora não fez pressão para que fosse investigada em demasia. O pavio curto de Digby Barnum e sua boca suja não lhe haviam valido muitos amigos em seu local de trabalho, e, além do mais, havia outros assuntos obscuros que poderiam ser expostos inadvertidamente. O homem com fama de ser amante da sra. Barnum saiu da cidade. A polícia perdeu seu rastro em Calcutá — de onde, dizia-se, ele havia pegado um avião para Sydney. A casa em frente ao número 3 da Dulganj Road parecia ter desaparecido da cidade. Não havia mais festas, e a sra. Barnum mal saía. As pessoas pararam de falar sobre o assassinato.

A vida retomou seu curso. Amulya assinou um lucrativo contrato com uma loja importante de Lucknow. Nirmal foi para Manoharpur e deixou Shanti com o pai para o nascimento de seu filho. Como mandava a tradição, o primeiro filho da moça nasceria na casa onde ela fora criada, muito embora Nirmal não aprovasse esse costume, dizendo que Manoharpur não era lugar para se ter um bebê; o hospital mais próximo ficava na cidade vizinha, que era longe.

Alheia à chegada iminente do bebê, Kananbala imaginava se a sra. Barnum sabia o que ela dissera à polícia. Talvez houvesse lhe causado problemas. Talvez as suas versões não batessem. Durante algum tempo, Kananbala ficou tão ansiosa que parou de xingar. Quando Amulya a levava para passear no fim do dia, encontrava-a agitada e desatenta. Caso ele parasse de falar e ficasse simplesmente fumando seu cachimbo, ela não parecia notar.

Nesse ano, a monção demorou a chegar em Songarh, e fez um calor incandescente. No entanto, embora a luz da tarde ainda fosse ofuscante, as noites, com uma fraca brisa que parecia vir de algum outro lugar, traziam esperança de chuva e anseios por coisas impossíveis.

No número 3 da Dulganj Road, o ar parecia particularmente carregado enquanto a casa aguardava a chegada de seu primeiro bebê. Manjula nunca havia gerado um filho. Depois de três anos de casada, passara a considerar sua falta de descendência uma prova de que havia, sem perceber, desagradado a Deus. Procurara se redimir. Fizera Kamal levá-la em uma travessia do país para amarrar barbantes em volta de árvores em santuários sufistas e sinetas de metal em templos das colinas dedicados a *devis*; jejuara e rezara, e recolhera todo tipo de bênçãos de homens de Deus. Mas nada havia funcionado.

Agora que haveria um bebê, Manjula suspirava e levava mais tempo fazendo as coisas; ela descobriu que isso às vezes a deixava distraída, fazia-a parar na varanda entre uma tarefa e outra e erguer os olhos por mais tempo do que percebia para as nuvens que avançavam devagar no céu. E então dizia a si mesma: vou precisar de um pano velho para cortar em pequenos lençóis. Um travesseiro teria de ser feito, enchido com sementes pretas de mostarda para moldar a cabeça do bebê em um formato perfeito. Ela se recolhia exausta para a sesta vespertina, pensando que deveria sair atrás de velhos sáris e costurá-los para fazer *kanthas*, finas mantas de bordado. Por acaso uma mulher só consegue dar conta de uma casa deste tamanho?, resmungava. Que bela avó minha sogra vai ser, incapaz de levantar um dedo pelo bebê.

Nirmal apertou os olhos para o espelho enquanto fazia a barba, imaginando se estaria com um aspecto diferente, mais paternal. Talvez aquilo fosse parecer real quando ele visse a criança. Seria um menino? Pouco importava se fosse menino ou menina. Mas se fosse um menino! Ele o levaria para viajar, juntos escalariam montanhas, visitariam ruínas. Ao pensar nisso, Nirmal começou a sentir um leve tremor de empolgação em algum lugar dentro de si. Penteou o cabelo para trás, puxando-o da testa alta herdada do pai, e foi até a varanda para o segundo cigarro da manhã. Ao examinar o horizonte, percebeu que havia nuvens cinzentas por cima das ruínas e do cume, e que o resto do céu, embora estivesse azul, parecia ter escurecido um pouco com nuvens esparsas, nuvens que pareciam leite coalhado. A luz estava mais suave, e a brisa do início da manhã parecia ter uma textura de pluma.

Nirmal suspirou de prazer e sentou-se no parapeito, onde acendeu o cigarro. Shanti não estava presente para torcer o nariz e dizer: "Que cheiro horrível, como é que você pode fumar isso?" Ela havia experimentado uma vez, depois outra, e para a própria surpresa havia gostado bastante. Nirmal achara a tentativa de fumar da mulher ao mesmo tempo chocante e divertida. Uma vez superado seu horror, ele rira.

— Vou tirar uma foto — dissera, por provocação — e mostrar para *baba*. Ele vai mandar você ser atriz no Star Theatre.

— Bem, a sua mãe já me chama de puta... — retrucara Shanti sem demora.

— Você sabe que ela não tem noção do que está dizendo.

— Mesmo assim não é agradável ser chamada dessas coisas — dissera Shanti. — Eu nunca ouvi palavras assim durante todos os meus anos em Manoharpur.

— Nem sempre conseguimos ter o que queremos — dissera Nirmal desviando os olhos, irritado. — Também é doloroso para *mim* ver minha mãe sem conseguir se controlar.

— Ela nunca xinga *você* de nada.

A conversa havia se transformado em discussão. Os dois nunca tinham discutido exceto por brincadeira, e o fato pegara a ambos de surpresa. Agora, enquanto fumava na varanda, Nirmal pegou-se morto de saudades de Shanti, mesmo para discutir. Iria para Manoharpur dali a três semanas, quando o bebê deveria nascer. Perguntou-se como se manter ocupado até lá. Talvez fosse antes. Talvez seu pai o deixasse ir antes, e o diretor de seu departamento na universidade também. Tudo era permitido a um futuro pai. Começou a bolar a melhor forma de falar com o pai.

As primeiras gotas de uma chuva fina molharam seu rosto. Ele ergueu os olhos para o céu, deixando a chuva cair sobre suas faces e molhar o cigarro entre seus dedos.

# 4

A CHUVA QUE DESABAVA SOBRE SONGARH ainda não havia chegado à distante Manoharpur. O ar pairava acima da cidade espesso e imóvel. O calor coloria as mangas em tons de fogo, transformando frutos duros, verdes e jovens em suculentos amarelos e vermelhos que perfumavam o ar. Jamais houvera um ano tão bom para mangas. Elas pendiam em cachos de duas ou três, tornando as árvores pesadas, tão abundantes que os zeladores sequer se davam ao trabalho de vigiá-las, e meninos trepavam em galhos para comê-las e arremessar os caroços duros em passantes desavisados.

Shanti olhava pensativa para o jardim e o rio. Sem dar ouvidos às opiniões sensatas sobre seu estado, caminhava até a beira da água com a precisão de alguém indeciso. Como o rio parecia próximo, pensou, aquele rio da sua infância. Todo ano ele parecia chegar um pouco mais perto, e, com um fatalismo pelo qual ridicularizava a si mesma, Shanti sentia que o seu destino e o daquela larga fita líquida estavam interligados. Os degraus onde se lembrava de ter brincado com as amigas haviam desaparecido debaixo d'água. Se ela espiasse, da varanda, a água marrom-acinzentada, tinha a impressão de poder ver as três amigas boiando etéreas sob a superfície, envoltas por samambaias musguentas. Ao olhar para baixo, viu o próprio rosto poucos metros abaixo do espelho d'água, com os cabelos flutuando como fumaça, a pele áspera de limo, cobras serpenteando para dentro e para fora de suas orelhas mortas. Correu para o quarto de *puja* o mais rápido que sua barriga estufada lhe permitia e rezou para aquela imagem ser apagada da sua memória, para o bebê nascer, para Nirmal chegar a tempo do parto.

No andar de baixo, em uma das amplas varandas da mansão, estava sentado Bikash *babu*, pai de Shanti, na companhia de Ashwin Mullick, o outro homem de posses do vilarejo. Potol *babu*, professor primário, o terceiro membro do grupo daquela tarde — somente por ser instruído, de casta elevada e natural de Calcutá —, torcia para algum antigo conhecido aparecer de surpresa para que na sua cidade natal, Baghbazar, todos soubessem como as suas companhias eram distintas.

Bikash *babu* sentia-se um pouco na defensiva na companhia de Ashwin Mullick. O dinheiro da sua própria família, dinheiro que construíra os pilares e o arco romano, dinheiro que construíra o imponente *ghat*, vinha minguando ao longo dos anos. Já Ashwin Mullick fora alvo de certa zombaria quando começara sua empresa de óleo de coco: óleo era o ramo certo para aquele homem seboso, diziam. Mas agora era incontestável que ele tinha motivos para se orgulhar. Não apenas estava fazendo empréstimos aos amigos, dispensando os juros com um dar de ombros magnânimo, como também sua casa ficava em um terreno alto, e ele observava a subida do rio com bem-humorada complacência. A casa de Bikash *babu*, cheia de arcadas, pitoresca em seu isolamento ali sozinha a encarar o rio, cercada por arrozais onde despontavam caules verdes e delicados, era a mais vulnerável.

— Que pena por essas suas mangueiras — dizia Ashwin Mullick. — Não era uma experiência em que estava interessado?

— Bem — respondeu Bikash *babu* —, eu só queria plantar a variedade *Dusseri* de Uttar Pradesh no meu pequeno jardim bengalês. As árvores pareciam estar indo bem até o rio alagar o canto mais afastado do jardim.

Potol *babu* deu um suspiro.

— Que triste ironia — entoou em inglês — a água, que é nossa Salvadora, se transformar com tanta facilidade em Destruidora. Realmente, como o Senhor Shiva...

— O que aconteceu com aquele projeto que você tinha, Bikash — interrompeu Ashwin Mullick —, de construir uma represa, ou era um dique? — Ele tragou o cachimbo. O tabaco era aromático, importado.

— Será que alguém pode querer deter o poderoso Ganges? — ensaiou Potol *babu* em tom pesaroso. — Eu acredito que...

— Aquele engenheiro da Braithwaite & Sons veio aqui — respondeu Bikash *babu*. — Ele disse...

— Eles mandaram um *sahib* ou um nativo? — perguntou Ashwin Mullick, já sabendo a resposta.

— Mandaram o dr. Mitra, um engenheiro de grande talento — respondeu Bikash *babu* depressa, consciente de que a Braithwaite não havia dedicado a atenção que o problema merecia, que não julgara necessário enviar seu engenheiro-chefe escocês. A sensação de Bikash *babu* de ter sido ridicularizado ainda estava fresca. Quando se espalhou a notícia de que ele havia contratado uma empresa inglesa para avaliar o seu problema, pessoas haviam aparecido para ver o engenheiro. Mas o homem se parecia muito com eles. Era baixo e corpulento para a frente e para os lados. Sua cabeça calva reluzia sob o sol forte. Sequer usava terno, apenas um *dhoti,* como todo mundo.

— Ele se formou na Escócia — disse Bikash *babu* a seus companheiros céticos. — Eles o têm na mais alta conta. Ele passou vários dias aqui examinando o problema... ah, passou várias horas na beira do rio com instrumentos complicados. Segundo ele, um rio importante assim que muda de curso não pode ser detido. Mas ele disse que, no ritmo atual do movimento, o rio...

— Esses engenheiros — desdenhou Ashwin Mullick. — Eles hoje em dia entendem de geologia também?

— ...não vai prejudicar a casa pelas duas próximas gerações.

— É uma bela casa — disse Potol *babu*, notando a expressão de Bikash *babu* ficar sombria. — Uma bela casa que as futuras gerações irão ver e admirar. Essa escadaria central de teca da Birmânia, essas imensas colunas romanas, esses espelhos belgas, essa sala de bilhar! A casa não tem rival em Manoharpur... com exceção da maravilhosa residência de Ashwin *babu*, claro.

Os três se calaram, cada qual irritado por um motivo diferente que achavam difícil identificar. Ashwin *babu* com uma suspeita de desdém, sabendo que a sua própria casa era mais nova e tinha uma escadaria feita apenas de tijolo e mármore, não de teca da Birmânia, por causa de um instante fatal de economia; Bikash *babu* consciente de que as pessoas o viam como um velho excêntrico que precisava ser apaziguado; e Potol *babu* imaginando se teria soado covarde, quando na verdade admirava a arquitetura de ambas as casas.

O céu da tarde foi ficando mais baixo por sobre os três, e o ar morno os envolveu mais de perto, úmido e irrespirável, como um abraço suado. Uma mosca gorda, azul-turquesa, afogou-se na borra do chá.

Enquanto o aroma de milho assado perfumava a tarde, as mulheres curvadas em seus arrozais, as crianças que brigavam no pátio de terra batida de sua pequena escola, sua professora que brandia a palmatória, as garças que procuravam comida, todos paravam e olhavam para o céu. A cada dia, ele descia um pouco mais. Nesse dia, seu azul alto, plano, estava inchado e escurecido. O calor havia aumentado, o ar estava mais palpável, mais inerte. Recendia a umidade.

Shanti estava deitada olhando pela janela, acariciando distraidamente a barriga, mordiscando bagas de jamelão que se multiplicavam em uma profusão de bolotas roxas contra as laterais da tigela de metal. Da janela, podia ver sociáveis *bulbuls* de penacho trinando uns para os outros dos galhos do pé de *bakul*. A árvore agora havia chegado à janela do primeiro andar. Era uma arvorezinha, lembrou Shanti, na época em que a regava, uma menina passeando pelo jardim desordenado à procura de plantas bonitas. Ela fez as bolotas de jamelão rolarem pela tigela e escolheu uma gorda e reluzente para chupar, preparando-se para o sabor ácido na garganta.

Bikash *babu* estava sentado em seu quarto no andar de baixo, com um livro no colo. Não estava olhando para as linhas do livro, mas para as linhas finas e brancas do chão vermelho encerado do escritório. Pareciam inócuas, como contornos de giz traçados por uma criança descuidada e que ninguém houvesse limpado. Mas ele sabia que era a água. A água havia encharcado a terra, subido pelas raízes da casa enterradas bem fundo no solo e estava agora deixando um rastro úmido no chão vermelho. Nos cantos do cômodo, a água espalhava sombras escuras, irregulares, que iam subindo pelas paredes, fazendo o gesso criar bolhas como se houvesse algo lá embaixo tentando sair. Bikash *babu* não precisava tocar de novo nessas bolhas para saber que estavam úmidas como a testa de um doente, frias como a de um morto.

Em algum momento do início da noite, as árvores começaram a se vergar e oscilar, e uma brisa diferente com cheiro de mar e plantas, terra e lugares distantes remexeu os papéis sobre a escrivaninha de Bikash *babu*, moveu-se como um espírito pelas cortinas imóveis, desarrumou fios de cabelo na cabeça de Shanti enquanto ela dormia, e fez a porta da varanda bater com força.

A empregada, Kripa, que mascava *paan* na varanda e fitava com um olhar vazio pós-refeição a vastidão do céu cor de chumbo acima do rio, viu uma nuvem distante que foi ficando escura e volumosa, ganhando velocidade e força à medida que corria em direção à casa. Antes de o tabaco do *paan* ter iniciado seu efeito, a nuvem encheu o céu. A superfície do rio tranquilo cintilou, e em seguida explodiu com o choque de água batendo em água. O vento ficou mais forte. Os coqueiros na lateral da casa se curvaram como mulheres loucas de cabelos revoltos tentando tocar o chão. Em algum lugar ali perto, algo se partiu e caiu.

O criado, um menino, subiu os degraus de dois em dois, tentando conter os sáris rebeldes pendurados para secar em varais que iam de uma ponta à outra do telhado. Arrebatou-os e embolou-os sobre os ombros, parando apenas para se debruçar por cima do parapeito e gritar para Kripa lá embaixo: "Olhe, a chuva!" O aguaceiro aumentou enquanto ele descia correndo, cada gota grande o suficiente para fazer uma flor estremecer e se vergar sob seu peso. Céu e rio haviam se juntado.

Depois de três dias chovendo, as pessoas já comentavam como a chuva estava forte e implacável, mais do que o normal. Os telhados de palha seca dos casebres de barro haviam sido levados embora pelo vento, e os relâmpagos que riscavam os campos haviam queimado todo um grupo de pés de noz-de-areca.

Bikash *babu* chamou o menino e o jardineiro até a varanda. Seu rosto tranquilo estava distorcido por uma careta severa.

— Nenhum de vocês percebeu nada? — rugiu. — Não estão vendo que as poltronas estão dentro d'água?

Os dois olharam para os próprios pés.

— Por que estão olhando para o chão agora? Tirem as poltronas de lá! Ponham-nas para dentro! Os pés delas vão apodrecer. Vamos — disse, começando a levantar uma das pesadas cadeiras, mas sem conseguir avançar no movimento.

— Não, não, *babu*, o que está fazendo? — exclamou o jardineiro, correndo até as cadeiras e gritando para o menino: — Vamos lá, rapaz, elas não vão entrar sozinhas!

As cadeiras eram grandes e pesadas. Reclinavam-se para trás o suficiente para uma sesta confortável. Os empregados se esfalfaram sob seu peso.

Quando a semana terminou, os tapetes tiveram de ser enrolados e guardados. Bikash *babu* começou a usar seu *dhoti* com a bainha um pouco mais para cima, expondo um trecho de canela magra e lisa. Shanti tentava não reparar nisso quando o pai subia ao andar de cima e se sentava na beirada de uma cadeira ao lado da filha, distraído pelos próprios pensamentos.

Olharam pela janela, e então, como às vezes acontece, falaram ao mesmo tempo.

Bikash *babu* disse:

— Como está se sentindo? Se pelo menos a sua mãe estivesse viva, eu não iria me preocupar.

— *Baba*, o senhor acha que a casa está correndo perigo? — disse Shanti.

— Por que deveria estar? Por acaso ela é feita de barro? — A voz de Bikash *babu* saiu mais ríspida do que ele pretendia. — Não viu com seus próprios olhos como as paredes são sólidas? Não se lembra de como as duras ferramentas de ferro dos pedreiros se quebraram quando eles tentaram derrubar a antiga parede da cozinha?

— Eu só estava pensando — começou Shanti — que talvez devêssemos nos mudar para...

— Não há nada em que pensar — interrompeu Bikash *babu*. — Nós temos a mesma conversa sem sentido a cada monção. Assim como faziam meu pai e meu avô. Daqui a uma ou duas semanas, a chuva vai diminuir, então a água vai baixar. Só alguns dias secos entre as chuvas já vão bastar.

Bikash *babu* arrastou a cadeira para trás e saiu do quarto para almoçar. Shanti virou o rosto para o travesseiro. Nos primeiros seis meses da gravidez, havia passado quase o dia inteiro de pé. Agora tinha enxaquecas que lhe partiam o rosto ao meio e faziam-na querer arrancar fora a própria cabeça. Sua pele estava muito retesada, brilhante e fina, parecendo um lenço a conter a subida da maré. Caso se furasse com uma agulha, pensou, suas entranhas iriam se esvair. À noite, tinha sonhos que a deixavam com medo de voltar a dormir. Em algumas noites, os braceletes de cabeça de cobra que sua sogra lhe dera de presente se apertavam como uma forca em volta do seu pescoço e ela acordava, com o coração acelerado, ainda com a voz da sogra a ecoar nos ouvidos, vendo-lhe a boca franzida de desprezo enquanto repetia sem parar a mesma palavra. "Puta", cuspia ela, com o rosto escuro contorcido, "puta, vá cantar na rua". Em outra noite, Shanti viu Nirmal afundando no rio aos poucos, chamando desesperadamente o seu nome. "Me tire daqui", gritava ele. "Me ajude, vá chamar alguém." Ele erguia os olhos para ela, suplicante, mas, incapaz de se mover, ela permanecia parada e via a água cobrir o alto de sua cabeça, correr por cima dela, correr pela frente da casa, carregando um hibisco vermelho.

Shanti se forçou a abrir os olhos e fitar os *bulbuls* de olhos alertas empoleirados no pé de *bakul* para esvaziar a mente das imagens que a enchiam.

Kripa servia peixe a Bikash *babu* na sala de jantar. Era alguns anos mais velha do que ele, então se achava no direito de dizer o que pensava.

— Mais alguns dias e o senhor nem vai precisar comprar o peixe, o peixe vai simplesmente nadar até o seu prato.

Vendo que não obtinha resposta, ela continuou.

— Tive de pôr vários tijolos debaixo do fogão para erguê-lo acima d'água. Estou cortando e picando em cima de uma mesa, não consigo mais me agachar no chão. Na minha idade, por acaso é possível trabalhar em pé durante tanto tempo?

Bikash *babu* manteve-se inflexível.

— De que adianta reclamar? — disse. — O que eu posso fazer? Não estou fazendo a chuva cair, estou? E para onde poderíamos ir se abandonássemos a nossa casa? São só algumas semanas.

— Daqui a algumas semanas — disse Kripa — escamas e nadadeiras vão brotar do meu corpo. Estou dizendo ao senhor, eu só estou aqui por causa daquela pobre menina, frágil como uma flor, sem mãe. Se a mãe dela estivesse aqui...

Kripa voltou para a cozinha, com os pés formando redemoinhos na água que cobria o chão. Virando-se para olhar para Bikash *babu*, resmungou:

— Só o Senhor sabe como é que ele consegue comer feito uma cegonha, bicando a comida com água até os tornozelos.

E continuou chovendo.

Mais alto do que o barulho da água que tamborilava, Kripa ouviu um grito, e seu nome em meio ao grito. Subiu correndo a escada escutando os chamados lancinantes de "Kripa-*di*, Kripa-*di*!" irem chegando mais perto. No andar de cima, encontrou Shanti agarrada a uma mesa para se sustentar, hipnotizada por uma poça a seus pés, com o sári todo molhado.

— O que está acontecendo comigo, Kripa-*di*? — gemeu Shanti. — O que está saindo de mim?

Kripa gritou para um empregado no andar de baixo:

— Corra, menino, onde está você? Vá chamar a mãe de Jonaki!

O menino arregaçou o *dhoti*. A mãe de Jonaki, parteira do vilarejo, morava depois dos arrozais e do lago, distância difícil de percorrer sob chuva forte. O menino correu para pegar um guarda-chuva, embora não fosse adiantar muito para protegê-lo das cortinas d'água que cascateavam do céu.

Kripa correu até o escritório, onde pensou que fosse encontrar Bikash *babu*. Não havia ninguém ali, mas mesmo assim ela se deteve, paralisada. As prateleiras mais baixas de livros só eram visíveis pela metade através da água barrenta que parecia estar subindo diante de seus olhos. Uma folha de papel passou boiando, e a caligrafia nela gravada tremeluziu antes de a tinta se desfazer, diluindo-se em uma voluta azul. Uma folha de árvore flutuou por entre as pernas da poltrona. Sobre a mesa havia dois retratos, um de Shanti e outro de sua mãe. Ambas sorriam para a água, serenas. Kripa pegou os retratos e saiu do aposento chapinhando, desesperada.

Deu de cara com o menino junto à escada e olhou para ele com uma expressão de horror.

— Ainda está aqui, seu bobo? Como é que acha que o bebê vai sair se continuar aí? Vá chamar a mãe de Jonaki!

— Mas o rio... — choramingou o menino. — O rio transbordou. Se eu sair, a água vai chegar no meu pescoço. Nosso térreo agora vai ficar completamente alagado.

Kripa tornou a subir correndo a escada, arquejante. Seus joelhos doíam. A meio caminho, sentiu uma pontada tão agonizante no joelho que teve de parar e cerrar os dentes até ele se destravar. Encontrou Bikash *babu* apoiado em uma das colunas da varanda de cima, fitando a cheia do rio. Seus olhos haviam afundado mais para dentro das órbitas. A pele à sua volta parecia crivada de verrugas. Kripa não viu nada disso. Nesse momento, esqueceu uma vida inteira tentando cultivar a deferência em relação ao patrão:

— *Olhe só em que situação o senhor foi nos meter!* — Não estava falando, mas gritando. — Teimoso feito uma vaca empacada no meio da rua! O que vamos fazer agora? Eu não disse que deveríamos ter ido embora? Agora olhe só para essa enchente, e com o bebê a caminho!

— O bebê — repetiu Bikash *babu*.

— O senhor nem sabe que a pobre Shanti entrou em trabalho de parto? Um mês antes da hora! Será que não percebe nada? E ninguém consegue sair para ir chamar a parteira. O senhor esperava que eu fosse me lembrar de como fazer o parto de um bebê?

Bikash *babu* dera-lhe as costas e estava olhando novamente para fora. Seu *kurta* de algodão fino estava transparente com a água da chuva, e a pele aparecia nos trechos em que o tecido se colava ao corpo.

— O rio vai afogar a casa hoje, ele transbordou, está encontrando um novo curso — disse ele com um murmúrio.

Ela mal conseguia escutá-lo, tamanho o barulho da chuva.

— Está ouvindo o rugido? Está sentindo o poder?

Kripa tentou interromper, então desistiu e começou a mancar de volta para junto de Shanti.

— O rio vai tomar esta casa para si. O que são essas casas grandiosas senão arrogância? Meu avô se gabava do mármore italiano. Esse mármore agora será o leito do rio. Peixes vão nadar entre as nossas melhores prateleiras de teca e mordiscar nossos bibelôs de marfim. Sapos vão desovar em nossa porcelana inglesa, serpentes aquáticas vão se enroscar em nossos pilares. As janelas vão cair e sair flutuando correnteza abaixo até o mar. O busto do meu avô passará a fitar plantas aquáticas, a tinta de nossos papéis tingirá a água de preto, vai brotar musgo em colchões rasgados, camas e cadeiras flutuarão como barcos, os cômodos ficarão vazios para os peixes neles se reproduzirem.

Riscos nítidos de chuva zuniam varanda adentro. A brisa encharcava as roupas de Bikash *babu* e sua expressão enfeitiçada. Seus lábios se moviam sem ninguém escutar.

— Quanta arrogância — sussurrava ele —, quanta arrogância.

# 5

As nuvens que se juntaram e explodiram sobre Manoharpur duas semanas antes mal haviam se detido acima de Songarh. Houvera chuva apenas o suficiente para encher o fosso raso do forte, limpar a poeira das árvores e fazer a terra exalar um hálito morno, úmido. Depois de passada a chuva rápida, Nirmal foi para sua universidade, e Kamal e Amulya, para a fábrica.

A casa silenciou, como sempre acontecia depois de os homens saírem para trabalhar. Uma vez terminada a azáfama de água quente para banhos, café da manhã, roupa passada a ferro no último minuto, a casa pareceu suspirar de alívio ao se esvaziar, e houve um hiato antes de começarem os barulhos de comida sendo moída ou frita, ou outros serviços de cozinha. Pôde-se ouvir o jardineiro tirando água do poço para regar as plantas que murchavam com o calor do final de verão. A corda gemeu e rangeu com uma sequência de notas ao descer e com uma cadência diferente ao subir. A criada de quarto brigou com um dos empregados em um canto do quintal. Manjula terminou sua contenda diária com Gouranga em relação a quanto tempo fazia que os peixes estavam mortos antes de ele os comprar. Então entrou na cozinha praguejando: "Não tenho mais ninguém para me ajudar a cortar os legumes, Shanti foi embora, e os outros estão doentes... seu imbecil, moa a mostarda com a pimenta verde, *com a pimenta verde*!" Em pouco tempo, o óleo pôs-se a chiar e respingar com legumes e peixe. O tempo passou. Um marmelo-de-bengala caiu com um baque seco no jardim. Gouranga saiu de casa e catou-o para preparar uma bebida gelada com a polpa perfumada e cor de laranja.

Por fim, Manjula terminou de besuntar o rosto de creme e farinha e foi tomar um segundo banho.

A campainha tocou.

Gouranga foi abrir e deu um pulo para se afastar da porta. Era Larissa Barnum, acompanhada por seu *khansama*, seu empregado, que usava um uniforme cinza completo, incluindo os botões de latão sem brilho e o quepe cinza.

— Pergunte! — ordenou ela.

O *khansama* dirigiu-se a Gouranga:

— Onde está sua mãe, sua *mataji*? A *memsahib* precisa vê-la.

O criado gaguejou.

— Lá em cima, mas...

— O que ele está dizendo? — quis saber a sra. Barnum.

— ...ela não vê ninguém.

O *khansama* traduziu.

— Que bobagem — exclamou a sra. Barnum. — Preciso vê-la. Se ela está lá em cima, eu vou até lá.

E foi assim que o número 3 da Dulganj Road recebeu sua primeira visita britânica, visita esta que subiu até os quartos no andar de cima. Enquanto subia a escadaria escura que se abria para a varanda de vitrais de Amulya e conduzia ao seu quarto de dormir, a sra. Barnum lançava olhares curiosos pela primeira residência indiana na qual havia entrado. Seus saltos estalavam no piso frio e duro. Ao ouvir no banheiro o som desconhecido através de uma cascata d'água, Manjula perguntou-se o que seria, em seguida voltou para seu balde e sua caneca de metal.

A sra. Barnum entrou decidida no quarto de Kananbala e entoou com uma voz alegre:

— Ora, ora, aqui está você, finalmente nos encontramos!

Kananbala, espantada, levantou-se com um pulo e exclamou:

— Ah, *ma*, o que está acontecendo?

— Diga a ela — ordenou a sra. Barnum ao *khansama*, que esperava junto à porta.

— Minha *memsahib* gostaria que a senhora a acompanhasse por um instante, por favor — disse o *khansama* em híndi. — Não vai demorar.

Kananbala entendia híndi, embora só falasse bengali. Olhou para o *khansama* e para a sra. Barnum com um espanto mudo. Parecia uma eternidade desde a última vez em que saíra de casa, quanto mais com desconhecidos. Era impossível. Ela disse isso.

— Que absurdo, um absurdo mesmo — disse a sra. Barnum, e aproximou-se de Kananbala. Com firmeza, segurou seu braço, tentando conduzi-la para fora do quarto. — Não se preocupe — disse, com uma voz tranquilizadora. — É logo ali do outro lado da rua, não há nada com que se preocupar. Antes de qualquer um perceber a senhora já vai estar de volta. Tem noção de que nos conhecemos há séculos e nunca nos encontramos?

Kananbala ergueu os olhos para o rosto sorridente e confiante da sra. Barnum, que se movia consideravelmente acima do seu. Quanta estranheza! Suas roupas, a cor de sua pele, a forma como ela caminhava, com os ombros jogados para trás. Percebeu que os lóbulos das orelhas da sra. Barnum eram compridos e furados, enfeitados com pedras verdes, que seus dentes da frente tinham manchas amareladas, que ela recendia a rosas e fumaça. Kananbala havia passado tantas noites e tardes olhando para a sra. Barnum separada pela rua, pela grade da janela e pela distância, que tê-la assim tão perto parecia uma revelação. Impelida por alguma força irracional, Kananbala sentiu que não podia mais continuar dentro do quarto. Teve a sensação de que seria capaz de fazer qualquer coisa, *qualquer coisa* para sair de casa. Baixou os olhos para o sári, que não era um dos seus sáris de sair, e alisou-o dizendo: "Eu deveria mudar de roupa..." Mas ninguém escutou seu murmúrio ansioso.

A sra. Barnum, que havia soltado o braço de Kananbala, estava em pé junto à sua janela, a mesma janela da qual vira Kananbala olhando para fora todas as noites, acenando para ela. Examinou a vista que aquela janela proporcionava de sua própria casa, do outro lado da rua, da bougainvíllea no portão, da janela no andar de cima protegida do mundo por uma cortina, da *porte-cochère*. Quanto Kananbala teria visto naquela noite?, perguntou-se Larissa Barnum. Como tudo parecia diferente dali daquele lado da rua! Então ela escutou um murmúrio de vozes atrás de si e chamou o criado:

— Sapatos, pegue os sapatos dela, *joota*, *joota*!

Kananbala adivinhou o necessário e foi calçar os sapatos de veludo de boa qualidade, cor de vinho, que Amulya lhe comprara certa vez na Whiteways de Calcutá, um par que ela nunca havia usado. Atravessou a varanda, desceu a escada, saiu pelo portão e chegou à rua, tomada por uma sensação de irrealidade que a fez titubear. A luz era forte demais, as árvores muito altas, a rua demasiado comprida e plana. Fazia muitos meses que ela não saía de casa antes do crepúsculo. Durante meses, vira o mundo do lado de fora pela janela, ou então à luz do início da noite, quando Amulya a levava até o jardim para fazê-la caminhar. Tornou a titubear. A sra. Barnum segurou seu cotovelo e disse:

— Pronto, vai ficar tudo bem, só é estranho no começo. Que canalhas, trancafiarem você desse jeito.

O *khansama* achou melhor não traduzir tudo.

O carro estava estacionado em frente ao portão. O *khansama* sentou-se no banco do motorista enquanto as duas mulheres se acomodavam atrás. Kananbala começou a entrar em pânico e olhou para a sra. Barnum com os olhos arregalados e cheios de perguntas.

— Para onde estamos indo? — indagou com a voz trêmula.

Apesar de não falar a língua, a sra. Barnum entendeu a pergunta. Bem-humorada, riu e disse:

— Surpresa, é surpresa!

O *khansama* traduziu obedientemente a resposta enquanto dava a partida.

O carro saiu roncando pela rua. Começou a andar mais depressa, depressa demais para Kananbala, que olhava atônita pela janela com o coração disparado diante de tanta novidade, de tanta velocidade. Mal havia conseguido se concentrar em uma árvore, prédio ou aglomerado de arbustos, e estes já faziam parte do passado. O vento soprava em seus cabelos e soltava alguns fios do coque apertado. O *aanchal* escorregou da sua cabeça; não havia nada que pudesse fazer para mantê-lo no lugar. De cabeça descoberta, cabelos ao vento, ela estendeu o rosto para o ar veloz que fez seus olhos lacrimejarem. Foi tomada por uma grande exaltação, algo irresistível, algo que não se lembrava de sentir desde que era recém-casada.

Amulya voltou para casa ao meio-dia, como sempre fazia. Sentou-se no banco junto à porta da frente, tirou os sapatos e chamou:

— *Arre o*, Gouranga, onde está você? Traga-me um pouco d'água!

Levantou-se e, calçando um par de chinelos, subiu a escada até seu quarto. Na varanda comprida, a luz que entrava pelos vitrais da janela tinha uma cor suave de monção. Amulya parou para admirá-la, saboreando a ideia de pelo menos um mês de chuva, e estendeu a mão para pegar o copo d'água que Gouranga havia trazido.

— Onde está todo mundo? — perguntou. — A casa está muito silenciosa, o que está acontecendo?

— N... nn... nada, *babu* — respondeu Gouranga e, quase arrancando o copo vazio da mão de Amulya, retirou-se depressa da varanda como se o estivessem perseguindo. Amulya o viu desaparecer e pôs-se a murmurar. — Bobalhão... quinze anos e ainda não aprendeu... é simplesmente impossível transformar esse jumento em cavalo.

Foi entrando no quarto e chamou:

— Você está aí? Já cheguei.

Entrou.

— Está aí dentro? — tornou a perguntar, espiando para dentro da área de vestir protegida por uma cortina.

Amulya parou, intrigado, com o cenho franzido, perguntando-se onde estaria Kananbala. Então, pensando que ela pudesse estar com Manjula na sua ala da casa — o que seria atípico, reconheceu —, sentou-se com o jornal para esperar Manjula chamá-lo para o almoço. Abriu na página dos editoriais e começou a ler. O silêncio era quebrado apenas pelo farfalhar do jornal e pelo ruído monótono das sinetas das vacas.

Muito tempo havia se passado, informou-lhe seu estômago faminto. Ele pôs o jornal de lado, como se nada do que estava escrito ali fizesse sentido, e se levantou.

Olhando para o corredor, bradou "*Bouma!*" na direção da nora ausente.

Manjula apareceu limpando as mãos no sári, parecendo tomada de preocupação. Assim como o restante da casa, ela morria de medo do temperamento de Amulya.

— *Ma* saiu — gaguejou ela quando ele perguntou. — Eu estava no banho... a sra. Barnum...

Amulya permaneceu totalmente imóvel por alguns instantes, depois deu-lhe as costas sem dizer nada. A ideia de sua mulher ter saído de casa, desafiando-o — mesmo em seu estado perturbado, ela conhecia as regras —, de estar fazendo papel de boba diante de uma desconhecida, de essa desconhecida ser uma assassina anglo-indiana! Ele não conseguia abrir a mente o suficiente para acomodar todos esses fatos juntos. Chamou Gouranga e mandou-o até o outro lado da rua para chamá-la de volta. Dali a dez minutos, Gouranga voltou sem coragem de falar.

Na casa da sra. Barnum eles não sabiam onde estava Kananbala. Ela havia saído de carro com a sra. Barnum e seu *khansama*.

Amulya foi se sentar na poltrona junto à janela e ficou encarando a parede oposta, congelado em um estado de inação pela fúria e pelo espanto. Não conseguia pensar em voltar à fábrica. Onde é que iria começar a procurar a mulher? O que aquela sujeita Barnum pretendia fazer com ela? Talvez tivesse havido algum progresso na investigação policial, e ela quisesse silenciar Kananbala? Talvez a polícia houvesse mentido para a sra. Barnum e lhe dito que Kananbala estava prestes a testemunhar contra ela? Do que não seria capaz uma mulher que havia matado o marido por causa do amante?

Ficou sentado com as costas retas, sem dizer nada a ninguém, incapaz de tranquilizar a mente. Manjula deu uma espiada pela porta em seu rosto preocupado, seu corpo rígido, e foi embora. Sentou-se no quarto para fazer um lanche apressado, roubado da cozinha, e compensar o almoço esquecido. Seu cochilo da tarde estava fora de cogitação. E se o sogro a chamasse?

— Mas que amolação essa mulher — balbuciou Manjula entre os dentes, irritada. — Que diabos a velha está aprontando?

O carro percorreu depressa a rua plana e entrou em outra mais estreita e acidentada. À sua volta havia campos de vegetação rasteira, e a terra estava úmida, exalando vapor, a grama brotando quase diante dos olhos com a chuva recente. Haviam deixado as casas para trás, e agora, com exceção do casebre de algum aldeão ou do barracão de algum vigia de plantação, não havia construção alguma. O carro seguiu sacolejando e avançando cada vez mais até passarem primeiro pela sombra farfalhante de um bosque de eucaliptos, em seguida por um trecho de campo aberto, e então Kananbala percebeu onde estavam, embora mal conseguisse acreditar.

Lá em cima, espalhada pelo horizonte, estava a cresta das colinas, e o resto de seu volume também aparecia, mais perto do que ela jamais tinha visto. Dessa distância, podia ver que os declives eram cobertos por árvores e arbustos, e que as árvores seguiam descendo até o terreno plano, onde se transformavam em floresta e se juntavam a um leito de riacho seco. A mesma floresta que via de sua janela, a floresta onde vivia seu leão.

O carro girou na estradinha de terra e fez a curva, e a sra. Barnum disse:

— Pronto! Então, já viu isso antes?

Estavam diante das ruínas do forte. O carro havia parado. Kananbala não deu atenção à sra. Barnum, que a ajudou a descer do carro, e avançou, de início hesitante, depois a passos largos, em direção aos antigos muros de pedra. Tocou a pedra com a mão curiosa e olhou em volta. Viu o imenso e velho pé de figueira-de-bengala que havia criado centenas de raízes aéreas, agora unidas ao chão. Kananbala ficou em pé entre as raízes, com olhos erguidos para sua forma muito alta, uma floresta criada por uma única árvore gigante. Reparou que a casca do tronco principal da árvore havia se retorcido em um formato estranho, e examinou mais de perto.

— Supostamente, é o rosto de Buda. — O *khansama* traduziu o que a sra. Barnum dizia. — Dizem que ele meditou aqui. Esta árvore supostamente traz paz para as pessoas. Para mim traz, com certeza! — Ela riu, então fez uma pergunta. — Vamos mais longe ou paramos aqui?

— Paramos! — disse Kananbala.

— Certo! Traga a cesta, *khansama*, e o tapete, sim? — A sra. Barnum saiu saltitando na frente e chamou. — Venha, tem mais!

Tornou a estender a mão para segurar a de Kananbala e quase a puxou. Kananbala viu o veludo cor de vinho dos sapatos que haviam descansado perfeitos durante tantos anos, envoltos em papel de seda, ir ficando bege de lama. Deu um sorriso repentino e radiante de felicidade descomplicada, e então viu um fosso raso d'água com arabescos apagados no chão em volta. Quase correu na direção da água, desgraciosa, desajeitada, com o sári a se enroscar nas pernas. A sra. Barnum a soltou e ficou olhando. O fosso estava fresco com a água da chuva recente, e não era mais profundo do que uma poça grande, mas Kananbala, esquecendo-se de que era uma mulher de cinquenta e poucos anos, tirou os sapatos como fazem as crianças e sentou-se com os dedos dos pés tocando a água, depois deixou os pés mergulharem, estremecendo com o contato da água.

A sra. Barnum estava ocupada com o cesto. O *khansama* estendeu um tapete, um *duree* brilhante e listrado, e sobre este uma toalha de mesa que cobria um pedaço no meio. Tirou da cesta algumas caixas e uma garrafa. Arrumou garfos e guardanapos. Então deu um passo para trás e perguntou, em inglês:

— Devo esperar no carro?

— Sim, acho que sim... — A sra. Barnum pareceu indecisa por um instante, então concluiu. — Sim, vá para o carro. Se eu precisar de você, eu o chamo, obrigada.

Kananbala viu a sra. Barnum se agachar ao seu lado, com o vestido azul-pavão a roçar no chão de terra. A sra. Barnum segurava na mão uma garrafa e um barbante.

— Ah — murmurou ela para si mesma. — Vejamos então... hum, sim. — Amarrou o gargalo da garrafa com o barbante e mergulhou-a na água do fosso. Pegou a outra ponta e amarrou-a a uma das raízes da árvore. Então esfregou as mãos de alegria e soltou uma exclamação. — Agora nosso piquenique vai começar!

Quando a tarde estava em seu momento mais silencioso, eles ouviram alguém à porta do número 3 da Dulganj Road. Um empregado subiu a escada até o quarto de Amulya, seguido por um desconhecido. Era um homem magro, um pouco calvo, usando um *dhoti* amarrotado e uma camisa cinza manchada de suor. Debaixo do braço trazia um guarda-chuva fechado, comprido e preto, com cabo de madeira. Na outra mão segurava uma sacola de pano muito pequena e surrada, do tipo que se usa para comprar legumes no mercado. Entrou no quarto e passou alguns minutos de pé em silêncio, abrindo a boca como para dizer alguma coisa, depois tornando a fechá-la. Depois de isso acontecer algumas vezes, Amulya falou:

— Sente-se. De onde está vindo?

O homem continuou em pé.

— Por favor, sente-se! — repetiu Amulya, soando um pouco impaciente. — Qual é o problema?

Amulya não achava que o homem fosse de Songarh. Suas roupas o identificavam como alguém que vivia na zona rural de Bengala. Amulya teve um mau pressentimento.

Então o homem começou a falar.

Depois de vários minutos, terminou o que tinha a dizer e saiu do aposento. As costas normalmente rígidas de Amulya se curvaram em semicírculo, e seu rosto esquelético ficou ainda mais emaciado. Ele pôs as mãos diante dos olhos como se não conseguisse mais suportar a luz do dia.

Gouranga, que esperava logo do lado de fora da porta, ouviu um ruído de angústia emanar de dentro do quarto, algo entre um grunhido e um grito, e recuou alguns passos, espantado. O que Kananbala poderia ter feito, perguntou-se, para que Amulya *babu* se sentisse assim, e onde ela poderia estar?

Ficaram as duas sentadas sobre o *duree* à sombra de uma grande árvore frondosa. Kananbala não reconheceu a maioria das coisas que a sra. Barnum espalhou sobre a toalha. Havia sanduíches cortados bem finos, embrulhados em panos de prato úmidos. Marmitas revelaram biscoitos doces e bombas de chocolate. Uma das caixas estava cheia de bolinhos encimados por uvas-passas vermelhas como rubis. A sra. Barnum surgiu com um queijo e uma faca. Abriu uma lata de leite condensado e mergulhou um dedo lá dentro dizendo: "Experimente, uma delícia!" Tornou a mergulhar o dedo.

Isso fez Kananbala ter um calafrio. Como é que poderia comer qualquer coisa contaminada com a saliva de outra pessoa? Tentou sorrir e pegou um biscoito. Mas e se as fatias de pão contivessem carne no recheio? E se o bolo tivesse levado ovos? No entanto, se não comesse, será que a sra. Barnum não iria ficar contrariada?

Começou a balbuciar, aflita.

— Vadia, puta, filha do demo, galinha sifilítica.

— É uma pena não conseguirmos nos entender! — disse a sra. Barnum. — Iríamos nos divertir tanto...

Kananbala mordeu o biscoito balbuciando outros comentários horrorizados, com a boca cheia de farelo.

A sra. Barnum disse:

— O vinho agora já deve ter esfriado um pouco, deixe-me ver. — Tirou a garrafa da água e testou-a. — Sim, vai ter de servir.

Tirou um saca-rolhas da cesta e abriu a garrafa enquanto Kananbala observava, intrigada. A sra. Barnum serviu o líquido vermelho-escuro dentro de dois copos de vinho de cristal, e então, cerimoniosa, estendeu um deles para Kananbala.

— Saúde — disse ela. — Vamos lá, não tem ninguém olhando, experimente!

Kananbala entendia de copos de vinho. As revistas tinham ilustrações mostrando homens degenerados bebendo de copos assim. Atrizes de teatro de Calcutá, voluptuosas e de moral duvidosa, tinham reputação de beber em copos como aquele. Ela sacudiu a cabeça, fazendo que não.

— Está tudo bem — disse a sra. Barnum sorrindo, gentil. — É só vinho. Não é nenhum álcool forte. *Theek hai!*, está tudo bem! — falou, esperando que isso fosse tranquilizar Kananbala.

Sem entender, Kananbala tornou a sacudir a cabeça e virou-se para o fosso.

— Eu deveria ter trazido limonada — disse a sra. Barnum, cabisbaixa. — Que boba eu sou às vezes. Digby tinha razão, eu tenho a cabeça oca, não reflito direito sobre as coisas. Você é uma tola, uma imbecil, ele sempre dizia o tempo todo, sem motivo nenhum, meu sangue mestiço, meu sangue ruim, minha burrice.

A sra. Barnum estava quase falando sozinha, tomando goles rápidos de vinho, sem tocar na comida.

Kananbala ergueu os olhos para a mulher ao seu lado. Ela parece jovem, deve ter apenas trinta e poucos anos, pensou, ou quem sabe um pouco mais — talvez essa cor em suas faces seja ruge.

A sra. Barnum tinha um rosto de ossatura elegante sobre um pescoço comprido que emergia do vestido como um caule. Quando ela falava, um pequeno calombo em sua garganta se agitava um pouco sob a superfície fina da pele. Seus dedos apertavam o copo com força excessiva, e ela movia a cabeça ab-ruptamente quando falava, calava-se e tornava a falar. Kananbala a observava, fascinada. O fato de não entender nada não parecia ter importância. Sabia que a sra. Barnum estava dizendo algo que precisava dizer, algo que só podia dizer a ela, Kananbala.

Um martim-pescador mergulhou no fosso depois de ter passado vários minutos empoleirado em uma árvore sem se mexer. O azul de suas asas era o mesmo azul do vestido da sra. Barnum, e Kananbala, animada, puxou uma ponta do vestido e apontou para o pássaro. A jovem baixou os olhos para a mais velha com um sobressalto, como se houvesse acabado de perceber que não estava sozinha. Então, pensando compreender o que Kananbala estava dizendo, respondeu com uma risada:

— Sim, Digby achava que eu era um pássaro vaidoso e convencido... acho que sou mesmo.

Ela tomou mais um gole do vinho e deu um suspiro.

— Em que situação fui me meter. Que situação infernal.

Passou algum tempo contemplativa, escutando os pássaros. Então pôs-se a falar — e falar —, começando a se sentir invadida por uma curiosa sensação de leveza. Talvez por causa da incompreensão de Kananbala, sentia-se totalmente compreendida. Falou para as ruínas e para Kananbala, sem parar exceto para molhar a garganta com o vinho. Falou sobre sua infância, sobre a época em que Digby a cortejava, sobre como Digby batia nela com um cinto e certa vez havia esmagado seu rosto contra uma porta. Falou sobre o amante, sobre as coisas que ele fazia e que Digby jamais tinha feito. Disse palavras que nunca pensou que fosse dizer. Falou da facilidade com que a faca havia penetrado em seu marido, primeiro na barriga, depois em algum outro lugar, não sabia onde. Falou do sangue, da resistência da pele, da obstrução dos ossos, da dor funda que sentira no coração, entre as pernas e na boca do estômago, por causa do amante que tivera de fugir.

Kananbala escutou.

Por fim, exaurida, a sra. Barnum esticou os braços para a frente sobre os joelhos e enterrou a cabeça neles.

Olhando para aquela cabeça baixada, Kananbala pareceu decidir alguma coisa. Pegou seu copo de cristal delicadamente pela haste e sorveu um grande gole de vinho, franzindo a boca por causa do gosto. Arquejou ao sentir dentro de si um calor desconhecido. O ruído fez a sra. Barnum erguer os olhos. Kananbala fez uma careta, e a sra. Barnum lhe retribuiu com um sorriso, incrédula. Kananbala sorveu outro grande gole, o que fez a sra. Barnum exibir uma expressão mista de medo e triunfo.

A sra. Barnum abriu mais o sorriso, com os olhos brilhando por causa do vinho e da luz do sol encoberto. Curvando-se, levou a boca manchada de vinho à bochecha de Kananbala e deu-lhe um beijo de leve.

No mesmo instante em que Kananbala tomava seu primeiro gole de vinho, Amulya saía do quarto, com a expressão recomposta e as costas novamente retas.

— Venha cá — disse para Gouranga, ainda parado junto à porta. — Mande alguém até a universidade de *Dadababu*. Ele tem de vir correndo e, se puder encontrar uma *tonga*, diga-lhe para vir de *tonga*, e traga Nirmal para casa. Se ele estiver dando aula, diga-lhe para interromper e vir. Traga-o para casa imediatamente. Entendeu?

Gouranga aquiesceu e desceu cambaleando a escada com a maior velocidade que seus joelhos artríticos lhe permitiam. Sabia que o estranho visitante deveria estar em algum lugar no andar de baixo, e iria saber por ele o que havia acontecido.

Era na cozinha, como ele imaginava, que o desconhecido estava sentado segurando um copo de alguma coisa. À sua volta, em um semicírculo fascinado, estavam Shibu, o jardineiro e a criada de quarto. Gouranga irrompeu no recinto e gritou:

— *Arre o*, vá embora daqui, você tem trabalho a fazer, menino!

Então, depois de mandar Shibu até a universidade de Nirmal e deixar claro quem mandava na cozinha, sentou-se ao lado do desconhecido com um grunhido e falou:

— Então, diga-me. Que notícia foi essa que o senhor trouxe? Não é nada bom, pelo que vejo, nada bom. — Ele acendeu um *beedi*.

Agora, depois de ter contado muitas vezes, o desconhecido já estava mais desenvolto. O ocorrido, muito verdadeiro cinco dias antes, quase real demais para ser absorvido, parecia ter se transformado em uma história, algo que acontecera com os personagens de um livro.

Ele tornou a segurar a cabeça com as mãos, simulando o desespero que de fato sentira nos primeiros dias, e com um profundo suspiro que era uma imitação inconsciente do ator principal de uma *jatra* à qual havia assistido no teatro, começou mais uma vez a falar.

Quando Nirmal finalmente voltou para casa e foi correndo ter com o pai, Amulya, ao contrário do desconhecido, ainda não era capaz de traduzir em palavras o que havia escutado. Ser capaz de articular o que acontecera significava ser capaz de compreendê-lo, abarcá-lo, digeri-lo e até mesmo, em certa medida, aceitá-lo. Ele pigarreou, disse ao filho para se sentar, foi até a janela e voltou. Depois de algum tempo, pela primeira vez na vida, Nirmal foi ríspido com o pai:

— O que foi? Não pode me dizer o que aconteceu? Qual é o problema?

Houvera uma grande enchente em Manoharpur, disse a voz do pai de Nirmal. A água havia subido até a casa e a deixado isolada. Shanti havia entrado em trabalho de parto cedo demais, um mês antes da hora. Ninguém conseguiu sair de casa para chamar um médico a tempo. A criada, que tinha alguma experiência como parteira, fizera o melhor possível, mas... somente o bebê pudera ser salvo. Shanti não. Um bebê saudável, mas a que custo? Shanti havia morrido dando à luz. Nirmal precisava ir até Manoharpur imediatamente, embora fosse tarde demais para ele sequer ver o corpo morto de Shanti... a zona rural ficara alagada demais para qualquer um conseguir chegar à cidade vizinha, onde ficavam três telefones... um telegrama ou carta... nada fora possível.

Mas havia seu bebê. Ele tinha de ir lá e trazer de volta o bebê, uma menininha chamada Bakul, como Shanti sempre quisera.

Mais ou menos uma hora depois disso, às quatro da tarde, ouviu-se o barulho de portas de carro batendo. Então, depois de uma longa pausa, os passos de Kananbala foram ouvidos se arrastando escada acima. Ela entrou cambaleando no quarto, um pouco desequilibrada, com as faces quentes, os sapatos de veludo irreconhecíveis, os cabelos se soltando dos grampos, o sári todo torto.

O silêncio estava prenhe de palavras não ditas. Ela sabia que estava em apuros. Nunca deveria ter saído de casa. Será que havia se esquecido de como Amulya podia ficar furioso? A sua fúria era mais potente e mais assustadora do que a do sábio Durvasa Muni, famoso por seu temperamento. E a fúria era pior quando ele não dizia nada. Ela olhou na sua direção. Durante todo o trajeto de volta do piquenique, só conseguira pensar em seu rosto. Desejara poder sorver as últimas rajadas de vento pela janela do carro veloz, gravar aquela paisagem na mente antes de ser novamente trancafiada no quarto, mas, apesar de tentar sentir a alegria que sentira a caminho do forte, fora tomada por medo ao pensar que Amulya, nesse entretempo, teria chegado em casa para almoçar sem encontrá-la no lugar onde deveria ter estado.

Amulya não olhava para ela. Estava sentado com as mãos segurando a cabeça, de olhos fechados. Ninguém deu a ela qualquer atenção. O seu ato, que parecera uma rebelião desesperada, a sua embriaguez, os sapatos de veludo estragados, tudo isso passou despercebido.

Nirmal partiu nessa mesma noite para Manoharpur. A casa iniciou uma vigília por seu bebê sem mãe.

Esperaram duas semanas, que depois viraram um mês. Ninguém apareceu.

No trigésimo primeiro dia, Amulya escreveu para Bikash *babu* perguntando educadamente: "Se o senhor pudesse descobrir com Nirmal quais são seus planos, seria um grande alívio para nós", escreveu. "Ele estava em estado de choque quando saiu de Songarh, e nós, sua mãe e eu, temos andado preocupados. É claro que sabemos que, enquanto ele estiver com o senhor, está nas melhores mãos possíveis, mas mesmo assim pais e mães ficam preocupados. Desejaríamos poder estar também ao seu lado nessa hora de tristeza que devastou nossas duas famílias..."

Contaram os dias à espera da resposta. Cinco ou seis dias para a carta chegar a Manoharpur... ou talvez sete ou oito, já que passaria de uma cidadezinha para outra, e depois o mesmo tempo para uma resposta chegar. Dali a duas semanas seria razoável esperar notícias.

Todos os dias, quando o carteiro passava por Dulganj Road tocando sua sineta, Kananbala ficava esperando à janela, desejando que ele parasse em frente ao seu portão. Amulya vasculhava sua correspondência diariamente pela manhã ao chegar à fábrica, antes mesmo de pendurar a sombrinha em um gancho. Iniciava cada manhã com esperança, mas estava preparado para a decepção.

Ao cabo de vinte dias, uma resposta chegou.

"Isso é muito intrigante e extremamente preocupante", dizia a tinta azul de Bikash *babu*, deixando de lado os cumprimentos e as perguntas de praxe sobre a saúde.

*Nirmal foi praticamente incapaz de olhar para a filha. Mostrou-se perturbado durante o tempo que passou aqui, e não falou muito. Quando falava, mostrava-se incoerente. Recusou-se a sair do quarto onde Shanti passou seu último dia. Não podíamos invadir sua privacidade. Nirmal passou uma noite aqui, mas na manhã seguinte, quando acordamos, já havia ido embora. Não nos disse nada. Durante esse tempo todo, ao longo do mês, imaginei que ele houvesse voltado para junto de vocês — para se acalmar — e que viria para cá de novo para buscar seu bebê quando pudesse... Entendo o pesar dele, pois eu também o sinto, eu que perdi minha filha, minha única filha. Mas o pesar é maior para ele, que perdeu a mãe de sua filha, e estamos de coração partido pela pequenina que nunca conhecerá a mãe.*

*A antiga criada de Shanti, Kripa, está cuidando do bebê. Por favor, não se preocupem com essa parte. Quanto ao resto, o que há para dizer? Os caminhos de Deus são insondáveis; nós pensamos n'Ele como misericordioso, mas, nessas horas em que as trevas não parecem ter fim, duvidamos.*

Ninguém sabia onde estava Nirmal, nem em Manoharpur, nem em Songarh. Fazia um mês que ninguém o via.

Será que deveriam avisar à polícia? Verificar nos hospitais? Nos necrotérios? Em que cidade? Perguntar aos parentes em Calcutá? Procurar seus amigos da universidade? Por onde poderiam começar a procura?

Kananbala e Amulya passaram as três semanas seguintes olhando para uma rua vazia, como se Nirmal fosse se materializar nela. Sempre que alguém aparecia à porta, eles erguiam os olhos. Amulya tentava imitar a normalidade: ia para a fábrica diariamente como de hábito, mas ficava sentado à mesa de trabalho, esquecido do que deveria fazer. Pegava os velhos exemplares de Roxburgh e Hooker e procurava ilustrações de plantas, mas os livros passavam horas abertos na mesma página. Era como se a mão de alguém, fria e morta, o estivesse apertando por dentro, dificultando sua respiração. Ele começou a ter medo de sair de casa, e depois de algum tempo parou de ir à fábrica.

A casa ecoava silêncio. Todos se moviam sorrateiramente. A criada de quarto e o jardineiro pararam de brigar, sentindo o silêncio devorar tudo.

Certa tarde, a imobilidade foi rompida por um grunhido gutural vindo bem lá do fundo de Amulya. Ele arquejou, dizendo que um leão estava dilacerando seu peito. Sua pulsação fraquejou, voltou, depois tornou a fraquejar, dessa vez por um tempo longo demais.

O médico veio, bombeou o peito de Amulya e pôs um espelho brilhante na frente do seu nariz. Ergueu o pulso inerte de Amulya e pressionou-o com o dedo, à procura do batimento cardíaco. Tentou mais uma vez ressuscitá-lo bombeando-lhe o peito, em seguida sacudiu a cabeça, fechou os olhos vidrados de Amulya com uma das mãos e virou-se para guardar o estetoscópio em sua caixa.

Kananbala olhou pela janela e exclamou com uma risada feliz:

— Aquele não é Nirmal descendo a rua?

Mas Nirmal não voltou.

# PARTE II
## *O forte em ruínas*

# 1

Um menino de topete no cabelo, usando um suéter fino e um short folgado, entrou na sala de *puja* trazendo um pano de limpeza na mão. Pequenas estátuas e retratos de deuses e deusas estavam arrumados sobre uma plataforma em um dos lados do aposento em forma de L, e do outro estava sentado um sacerdote, que vasculhava uma bolsa de tecido da qual tirava e ia empilhando um punhado de livros de mantras com orelhas nos cantos. Costelas proeminentes riscavam seu peito ossudo, cingido por uma faixa sagrada de uma cor cinza encardida. Tinha uma boca elástica, de lábios compridos e carnudos, desenhada como se pudesse acomodar uma banana no sentido do comprimento. Quando viu o menino entrar, a boca se esticou em uma expressão de repulsa, e ele se levantou e saiu rapidamente para a varanda adjacente à sala de *puja*.

O menino ouviu o sacerdote murmurar "*Hari*, *hari*", e com o canto do olho pôde vê-lo salpicar *gangajal* sobre si mesmo. Deu um sorriso e passou a cabeça para fora da sala, dizendo em voz alta: "Tenho certeza de que o toquei, *purohitmoshai*. Agora vai precisar de um banho, não vai? E não temos mais água quente!" O sacerdote lançou-lhe um olhar mau e disse, ríspido: "Pode fechar essa matraca, seu imprestável! Vou lhe ensinar a não ser atrevido!"

O menino riu e tornou a entrar na sala de *puja*, onde começou a esfregar o chao com o pano imundo e fedendo a peixe. Retirou-se para a varanda para esperar. A manhã ainda transmitia uma sensação de novidade; o contorno do prédio em frente estava borrado; o horizonte distante da colina e da floresta, esbranquiçado de névoa. Um sol que parecia uma lua havia se erguido com dificuldade, ainda fraco demais para secar a grama molhada de orvalho. Ele soprou para ver se o hálito morno iria se condensar. Foi o que aconteceu.

Uma voz de mulher atrás dele o fez parar. Ela fazia cara feia para o suéter fino do menino e ralhava com ele. "Não vê que está frio?

Vá vestir alguma outra coisa!" Ela apertou mais o xale marrom em volta de si e entrou na sala de *puja*. Sentou-se um pouco afastada do sacerdote e disse: "Sim, *purohitmoshai*, podemos começar agora."

O sacerdote tateou a bolsa de pano laranja que trazia a tiracolo e sacou outro livro cheio de orelhas. Do espaço entre as orelhas peludas e a cabeça calva, tirou um cotoco de lápis e levou-o até junto do bloco de anotações.

— Vamos começar pelo começo — falou. — Diga-me os seus nomes para eu não precisar ficar perguntando a cada *puja* que for fazer. Conheço a sua casta e a sua *gotra*, é claro, então não precisa se preocupar com isso.

Ele era novo na casa e havia assumido os deveres religiosos da família naquela mesma manhã.

— O chefe da casa é Kamal *babu* — começou a mulher. — E...

— Devagar — disse o sacerdote, repetindo o nome à mesma velocidade lenta com que o escrevia, com a pontinha da língua aparecendo entre os lábios. — Kamal Kumar Mukho...

— E há também Nirmal *babu*, seu irmão caçula, mas ele não estará aqui hoje.

— Não estará aqui hoje? — O sacerdote ergueu os olhos. — Não estará aqui para o *puja* de Saraswati? Por acaso ele é moderno demais para Deus?

— Não. Ele só trabalha em outra cidade — disse ela.

— Ah, está bem, quem mais? — perguntou o sacerdote, decepcionado com a explicação neutra.

— Depois disso há as mulheres — respondeu ela. Foi desfiando a lista. — Manjula, esposa de Kamal; Kananbala, mãe de Kamal; Bakul, filha de Nirmal, ainda criança, onze anos apenas.

— Bakul não tem mãe? E Kamal *babu*? Não tem filhos, hum? Esposa estéril? — O sacerdote ergueu os olhos do bloco de anotações.

Ela se empertigou e disse:

— Acho que é só isso.

— Só? E a senhora? Não se inclui entre as mulheres? Qual é o seu nome? — Ele a olhou de cima a baixo, para o sári cor de marfim, a falta de braceletes e de *sindoor*. — Vejo que a senhora é viúva — disse. — E também não tem filhos? Ah, mas todo desejo de Deus tem algum objetivo.

— Meu nome é Meera e eu não faço parte desta família — disse ela, soando direta. — Não precisa me incluir. — Ela começou a se levantar, em seguida parou. — Mas, sim, há também Mukunda — disse.

— Mukunda?

— O menino que acabou de limpar o chão. Ele também mora aqui. As provas escolares dele estão chegando, então ele precisa das bênçãos de Saraswati! — Ela olhou com um sorriso na direção da silhueta de Mukunda na varanda.

— Casta?

— Não sei ao certo.

— Não sabe ao certo?

— Ele é só uma criança! Isso tem mesmo importância? Ele é um órfão que nós...

— Alguém a quem vocês dão abrigo? — O sacerdote fechou o bloco com um estalo e estendeu a mão para pegar a bolsa. — Por que ele tem permissão para entrar na sala de *puja*? Não há nada de errado com caridade, mas será que isso é capaz de mudar a casta dele?

Mukunda, o bebê que Amulya havia posto no orfanato dos missionários, estava agora com treze anos. Mas o segredo de suas origens tinha morrido junto com Amulya. Seu lugar na família era ambíguo. Ele comia a comida deles, mas em um prato reservado; morava na casa agora, mas em um quartinho no quintal; davam-lhe roupas, mas de segunda mão; tinha dever de casa a fazer, mas também tarefas domésticas. Era desengonçado, alto e sem jeito, fácil de ofender. Algumas vezes ele se sentia cheio de arestas, todas doloridas. Sabia que vinha de ali por perto, talvez nascido de mãe santali. Com certeza, as proeminentes maçãs do rosto e a pele escura como chá levavam-no a se comparar à gente das tribos que via, mas era impossível saber ao certo. Será que algum dia alguém iria sair da floresta e dizer que ele era seu filho?

Meera olhou para a varanda, preocupada. Teve certeza de que Mukunda podia escutá-los, sentiu algo latejar na base do pescoço, a conhecida raiva, e soube que não deveria dizer nada ou...

— Por favor — falou, ríspida, sem conseguir se conter. — Não preciso de conselhos em relação a Mukunda.

— Arrá, mas o que temos aqui? Uma verdadeira pimentinha! — A boca de banana do sacerdote se contorceu de irritação. — Se a senhora não mantiver essas pessoas no lugar delas — disse —, elas logo vão estar ocupando o seu! Mas isso é assunto da senhora, só mantenha-o longe de mim e desta sala de *puja*. — Ele baixou a voz. — Ele já quase me tocou uma vez — sibilou.

Antes de a discussão avançar mais, o restante da família entrou na sala de *puja* e foi até o retrato da deusa Saraswati, cujos olhos grandes e tranquilos fitavam-nos de sua cadeira de lótus cor-de-rosa em meio a um mar de ondas azuis-turquesa, alheios ao peso da esperança e dos anseios contidos na heterogênea coleção de tubos de tinta, livros, frascos de tinta e canetas empilhados na sua frente para a sua bênção. Os livros e lápis de Bakul, é claro, mas também os livros-caixa de Kamal, só para o caso de a deusa do aprendizado ter bênçãos sobrando. Meera havia acrescentado alguns de seus próprios cadernos à pilha.

O padre esticou a boca retorcida outra vez e perguntou para Manjula — quadris largos, voz portentosa, pescoço cingido por uma grossa corrente de ouro, claramente a matriarca:

— A senhora tem certeza de que os cadernos do menino não estão aqui?

— Ah, *purohitmoshai*, é claro que não — disse Manjula. — Por que estariam?

O sacerdote murmurou alguns mantras com a voz anasalada e voltou a picar flores de calêndula e folhas de marmelo-de-bengala para o *puja*. De algum lugar do andar de baixo, uma voz aguda gritou:

— Sapo verruguento, escória miserável!

O padre ergueu os olhos, alarmado, mas a voz silenciou com a mesma rapidez com que havia surgido.

Da varanda, Mukunda os ouviu começar a cantar o hino a Saraswati conduzido pelo padre: "*Jaya jayo devi, chara chara shaarey, kucho jugo shobhita mukta haare, veena, ranjita, pustaka haste...*" Sentiu uma bola de fogo de raiva em algum lugar dentro de seu corpo de treze anos de idade, sentiu-a girar, crescer, aumentar de temperatura. Afastou-se até o canto mais distante da varanda, onde não podia mais ouvi-los, e olhou na direção do forte de Songarh, imaginando poder ver daquela distância a antiquíssima figueira-de-bengala que se erguia ao seu lado. Subiu no parapeito do telhado e foi se postar bem na beirada, abrindo os braços como se fossem duas asas. Sentia-se perigosamente leve, entre o cair e o alçar voo. Ali, fora da linha de visão da deusa, com o sol ainda fraco a encher o céu úmido atrás de si, fechou os olhos com força e também entoou um cântico.

— Você não é minha deusa, não fez nada por mim — disse Mukunda. — Mas, apesar de você, eu vou ser melhor do que todos eles. Um dia não vou precisar mais deles. Um dia serei eu que lhes darei abrigo.

Nessa tarde, Mukunda esgueirou-se portão afora, torcendo para o trinco não ranger, depois saiu correndo pela rua e entrou na outra casa, onde ninguém exceto Bakul sabia que ele ia naquela hora do dia. Ele sabia que as tardes — quando escolas, escritórios e fábricas esvaziavam boa parte da casa — eram a hora dos segredos. Era quando Manjula aplicava sua máscara facial, e Meera fantasiava sobre uma fuga. Quando os passarinhos brigavam e as frutas caíam das árvores no chão poeirento sem ninguém perceber. Quando os gatos reviravam escondidos as latas de lixo do almoço em busca de ossos de peixe.

A residência da sra. Barnum erguia-se desprotegida sob o sol inclemente da tarde. A casa de dois andares fora amarela um dia, mas, nos onze anos desde a morte do sr. Barnum, nunca mais havia sido pintada, e agora estava toda rachada com manchas pretas de mofo. Faltavam pedaços do portão de madeira que não haviam sido substituídos, e os buracos davam aos passantes uma visão desimpedida da *porte-cochère* que costumava proteger a sra. Barnum dos olhares da rua. Pelas rachaduras e fendas das paredes, pequeninos e resistentes pés de *peepal* haviam começado a esticar suas folhas e caules. Era apenas uma questão de tempo para as árvores fazerem a casa rachar e derrubá-la.

Mukunda não percebia nada disso. Entrou pela porta da frente alta e aberta da sra. Barnum e subiu os degraus de dois em dois, como sempre fazia. Abriu a porta da sala de estar vazia com um empurrão e foi direto para uma prateleira no canto escuro junto à velha lareira. Pegou um livro, o terceiro a partir da esquerda, de lombada azul gravada com dourado, sentou-se à mesa de jantar e, abrindo o livro na página que havia marcado, curvou-se por cima dele. Seu dedo começou a acompanhar uma linha impressa, e seus lábios começaram a articular as palavras em sussurros.

Algum tempo depois, a sra. Barnum entrou na sala e olhou por cima do ombro do menino para ver o que ele estava lendo.

— Está se entendendo direitinho com Nelson? — perguntou ela com sua voz rouca de fumante. Pousou uma das mãos no ombro de Mukunda. Suas unhas compridas brincaram com fios de cabelo em sua nuca. — Procure no dicionário o significado de 'mezena', sim? E de 'mastaréu'.

— Ele levou um tiro na coluna — disse Mukunda. — Vai morrer.

— É claro que ele vai morrer — disse a sra. Barnum, rindo e acendendo um cigarro. — Se não, como é que ele teria uma praça com seu nome em Londres?

Nelson era o herói de Mukunda desde que ele chegara à Batalha de Trafalgar, no *Livro de histórias de aventura*, mas mesmo assim a sra. Barnum sempre parecia estar rindo dele. Mukunda voltou ao livro que estava lendo, tentando ignorar a presença zombeteira dela. Precisava terminar o capítulo naquela tarde, além de decorar o poema daquela semana, antes de voltar para casa a tempo de preparar o chá. Não havia um instante a perder.

Dois anos antes, a sra. Barnum pegara Mukunda em flagrante — ele tirou um livro de sua estante quando achou que ela não estava olhando, e tentou lê-lo, sem sucesso. Você não vai à escola?, perguntara ela. Por que não consegue ler esse livro? Não é tão difícil assim.

Ele balbuciara alguma coisa, tentara sair de fininho. Ela agarrara o seu braço para detê-lo. Fale-me sobre a sua escola, dissera, eu lhe fiz uma pergunta e você não vai ser mal-educado, menino.

A escola era um casebre, dissera ele, e a sala de aula, um quadro-negro compartilhado por meninos com idades entre quatro e quinze anos. Havia apenas um professor, que batia neles com uma palmatória sempre que tinha vontade e depois saía para tomar chá no salão da esquina.

E Bakul?, quisera saber a sra. Barnum. Ela também não sabia ler? Bakul frequentava uma escola diferente, com muitas professoras, todas freiras, respondera ele. Também tinha um professor particular, que lhe dava aulas tarde sim, tarde não. Mukunda tentara aprender entreouvindo o que o professor dizia, mas não tinha funcionado. Não se atrevera a pedir a Manjula e Kamal para ter um professor particular também.

A sra. Barnum não dissera nada, mas seu pescoço ficara teso de raiva. A partir de amanhã você vai estudar comigo, afirmara. Vou tornar você tão bom quanto qualquer outra pessoa, melhor até.

Desde então, com medo de que o proibissem, Mukunda vinha se esgueirando toda tarde até a casa da sra. Barnum. O método da sra. Barnum era simples. Ela lhe dizia para vasculhar suas estantes e ler qualquer coisa que o agradasse, e para lhe perguntar se alguma coisa fosse demasiado difícil de entender. Mostrou-lhe como usar o grande dicionário que o marido ganhara muitos anos antes como brinde junto com alguma outra coisa. Ria junto com ele de coisas que ele achava engraçadas, e enxugava lágrimas falsas quando liam trechos de Dickens nos quais morriam crianças. Algumas vezes, ela pegava grandes livros de figuras e lhe mostrava navios, cangurus e cidades da Europa.

As estantes da sra. Barnum tinham uma variedade de livros: os velhos volumes de Barnum sobre mineração de carvão, romances e livros de mistério, antologias de grande literatura, edições amareladas de semanários femininos com suplementos de tricô e receitas de carne assada. Mukunda percorria todos eles com uma diligência indiscriminada, enquanto a sra. Barnum observava, com um sorriso pensativo a franzir seus lábios pintados de rosa. De vez em quando, ela tocava uma sineta que ficava em cima de uma bandeja ao lado da mesa e chamava o *khansama* para pedir refrescos de limão, o dela com um pouco de gim, o de Mukunda sem.

O ano era 1940. Fazia onze anos desde o assassinato de Barnum. A casa de Amulya em Songarh era agora uma das mais antigas daquele trecho da cidade. As décadas de 1920 e 1930 haviam ficado para trás, os anos de prosperidade em que a Dulganj Road ganhara grandes casas habitadas por todos os brancos das mineradoras e suas *memsahibs*, aqueles que ocupavam as alturas celestes e nunca precisavam descer às minas de carvão que proporcionavam seu uísque escocês e suas camisas brancas e macias. Então, em 1935, uma das minas de carvão a alguns quilômetros de distância desabou. Quarenta e oito mineiros ficaram presos debaixo da terra durante cinco dias, até se esgotarem os esforços para resgatá-los. Houve um escândalo. Pensou-se que, como os mineiros eram indianos pobres e os administradores das minas eram britânicos expatriados que estavam sempre indo e vindo, a segurança não tivesse sido uma prioridade. Um dos administradores, que se considerava diferente, sentiu-se tomado por compaixão depois do acidente e foi visitar a família de um dos mineiros mortos levando uma indenização. Quase foi linchado. A polícia disciplinou rapidamente os mineiros.

De toda forma, as minas excessivamente exploradas estavam quase exauridas e foram fechadas nos anos seguintes; os administradores britânicos partiram. Um fungo escuro de desolação e pobreza começou a cobrir a cidade. De um lugar aonde antes se ia procurar trabalho, as pessoas começaram a ir embora.

Dulganj Road, sempre isolada, deveria ter se transformado em um rico subúrbio. Agora, depois da partida dos expatriados, que haviam deixado para trás suas casas vazias, o armazém Finlays parou de estocar melado e banha, os jardins voltaram ao estado selvagem, a rua se encheu de buracos por falta de manutenção e, depois de escurecer, era difícil fazer um *tongawallah* concordar em ir até lá. No número 3 da Dulganj Road, depois da morte de Amulya, o jardim continuou algum tempo a ser mantido, mas por um jardineiro itinerante que teve de ser demitido depois que se descobriu que ele estava cultivando uma próspera plantação de maconha em um canto ensolarado. Logo a grama tornou a alcançar a altura dos joelhos, e os arbustos de frutinhas selvagens dos cantos atraíam pássaros e ruidosos macacos.

A casa da sra. Barnum, em frente à de Amulya, era conhecida como a casa de *Sahib* Bahu, louca, malvada, solitária. Somente a família de Amulya ainda se referia a ela pelo seu nome verdadeiro; todos os outros que a haviam conhecido como Larissa Barnum já tinham ido embora de Songarh para outros lugares. Ela morava sozinha, e o *khansama* era seu único empregado. Havia duas casas depois da sua que, após a partida dos britânicos, tinham ganhado uma profusão de ocupantes indianos. Um destes, Afsal Mian, era um músico jovem e melancólico que lecionava canto. Passeava pela cidade com ares de um homem cujos talentos estavam sendo desperdiçados no ar filisteu de Songarh. Tinha motivos para se sentir assim; enquanto tentava inculcar aos alunos a necessidade da *riyaaz* e de aperfeiçoar as notas praticando-as diariamente, os pais de seus alunos perguntavam ao lhe entregar seu salário: "Quantas canções novas este mês, Ustad? Quantas ela vai saber quando começar a receber os pedidos de casamento?" À noite, sentado na ampla e velha varanda vestido com seu *lungi*, ele cantava de frustração com uma voz profunda e triste, que flutuava até a casa de Amulya.

As pessoas diziam que nunca acontecia nada em Songarh; se não houvesse relógios, ninguém iria perceber que o tempo passava. Diziam que, se alguém quisesse fazer alguma coisa da vida, era preciso ir embora. Vá embora, Mukunda, sempre dizia a sra. Barnum depois de um de seus refrescos de limão especiais, vá embora antes de criar raízes, vá embora antes de não servir mais para nenhum outro lugar.

Mukunda ainda não conseguia imaginar nenhum outro lugar. Songarh era tudo que ele e Bakul conheciam, a cidade que para eles definia todas as outras. O seu mundo era circunscrito por Arunagar à esquerda, com seu emaranhado de lojas e casinhas, pela casa da sra. Barnum na frente, com o forte e a crista das colinas atrás, e mais além pelo Finlays e pelo cinema Apsara, que não tinham permissão para frequentar sozinhos. Ruas estreitas serpenteavam pelo terreno ondulante da cidade, passando pelas pequenas aldeias que ainda restavam. Era impossível separar cidade e campo; lojas e casas formavam uma linha esparsa que bordejava plantações de mostarda.

Bakul e Mukunda haviam povoado Songarh com seus próprios lugares e pessoas secretas. Para eles, o lugar pulsava de magia e significados que só os dois eram capazes de compartilhar. Haviam estado sempre juntos, desde que Mukunda fora morar na casa, quando tinha seis anos de idade e Bakul quatro. Haviam concordado que eram *os dois* órfãos: afinal de contas, raciocinara Bakul, ela também era órfã, porque sua mãe havia morrido e seu pai, arqueólogo, passava tantos anos escavando outros cantos do país que ela esquecia seu rosto entre as visitas.

# 2

— A NOITE ESTÁ ESCURA. VOCÊ É UM ladrão de sepulturas de um olho só que está se esgueirando para roubar uma pirâmide no deserto, e eu estou indo atrás, vou pegar você. — O olhar de Mukunda passou por Bakul sem lhe dar atenção.

— Não está de noite, está de tarde, e por que eu deveria ter um olho só? — Bakul soava desconfiada.

Mukunda não a havia escutado. Apontou para uma mangueira no meio do jardim. A árvore se erguia sob o sol da tarde, inócua, abrigando uma família de pássaros que entrava e saía voando de sua copa e começou a piar quando ele se aproximou.

— Aquilo ali é a pirâmide — disse ele, animado. — Em volta há só areia. E olhe, eu trouxe uma coisa... isso é tudo que temos para comer durante os dias que passarmos no deserto. — Ele estendeu duas cebolas e um punhado de amendoins secos.

Era domingo à tarde. O resto da família, com a barriga cheia de comida, flutuava no reino semidesperto da sesta vespertina enquanto os dois passeavam pelo jardim de velhas árvores e grama alta. Emaranhados de flores selvagens se vergavam com o peso das borboletas que pousavam neles.

— Amendoins? — indagou Bakul, desdenhosa. — Por acaso ladrões comiam amendoins antigamente?

— Não sei. — Mukunda soava preocupado. — Podemos fingir que eles são aquilo que os ladrões comiam.

— Você não sabe? Mas eu pensei que você soubesse *tudo*!

— Tenho que estudar. Você quer brincar ou não?

Mukunda estava ofendido. Atirou uma cebola para Bakul e caminhou até o poço a passos largos. Era um poço grande, de paredes de pedra, muito fundo. Nos mais ou menos trinta anos desde que Amulya o havia cavado, não secara sequer uma vez, embora nos meses de verão a água se transformasse em um círculo distante de luz muito lá embaixo, e a grossa corda fosse se soltando mais e mais até parecer que o balde de ferro nunca fosse encontrar o fundo; e quando finalmente se ouvia o barulho de água e balde se encontrando, este vinha de muito longe. Durante a monção, a água do poço subia todos os dias, primeiro pouco e depois mais, até chegar tão perto que parecia que apenas a borda estava contendo a água e que qualquer um poderia estender a mão lá para dentro e colher água como de um lago. Acima do poço havia uma trepadeira de jasmim branco, cujas flores cheirosas passavam o dia inteiro caindo na água.

Uma das obrigações de Mukunda era garantir que os banheiros e a cozinha mantivessem sempre um estoque de baldes cheios d'água do poço. Era ele quem tirava água do poço várias vezes por dia, fazendo o balde de ferro descer com grande alarde enquanto a polia rangia e chiava. Agora, irritado com Bakul, jogou o balde lá dentro e foi soltando a corda cada vez mais depressa, de modo que o rangido abafasse a voz dela.

Nenhum dos dois ouviu o portão se abrir.

Nenhum dos dois viu um homem pagar um *tongawallah* e entrar no jardim, olhando em volta como se não tivesse certeza de onde estava.

O homem era magro, a camisa de mangas curtas, grande demais, como se houvesse encolhido dentro dela. Seus olhos lançavam sombras cinzentas sobre as pálpebras inferiores, e seus cabelos estavam secos e malcortados. Sua altura o fazia se curvar um pouco, ou talvez fosse exaustão. Ele parecia cansado demais para passar pelo portão e subir o caminho comprido e tomado pela vegetação que conduzia até a casa. Ficou ali parado, ladeado por dois grandes baús de viagem e um colchão enrolado, como se estivesse tentando decidir o que fazer, como se não soubesse em que direção tinha de ir. Viu as duas crianças junto ao poço e começou a cruzar o jardim na sua direção, parando de vez em quando como se tivesse visto alguma coisa que o chamasse.

Bakul gritava mais alto do que o rangido da polia e o estardalhaço do balde.

— Por que não podemos brincar de crocodilo? Você nunca quer brincar disso.

— Essa brincadeira é chata — disse Mukunda, ríspido. — É para bebês.

Bakul olhou para ele, sem sorrir, e deu-lhe as costas.

Quando se virou, viu-se cara a cara com o homem. Já o tinha visto antes. Sabia que sim. O homem abaixou-se e sentou-se de cócoras diante dela. Quando sorriu, as sombras cinzentas pareceram escurecer, os olhos quase desapareceram, e um sulco fundo surgiu em cada face.

— Não se lembra de quem eu sou? — perguntou-lhe quase em um sussurro.

Bakul fitava-o com um olhar mudo. Tinha uma mecha de cabelos caindo nos olhos que lhe fazia cócegas, mas não a afastou. Uma mosca zumbia em volta de seu rosto. O homem a espantou.

— Nirmal *babu* — disse Mukunda.

Fazia cinco anos que Nirmal não via a filha — desde que Bakul tinha seis anos —, e mesmo assim fora por poucas semanas, e ele não soubera o que dizer nem o que fazer. Levara essa imagem consigo em seus cargos e viagens, a imagem de Bakul aos seis anos, seguindo-o por toda parte, sem se divertir com nada do que ele tinha a lhe dizer, mas próxima dele, e sempre atenta. Na época, confrontado a seus membros roliços de criança e aos seus silêncios, ele se sentira tão desconcertado quanto agora. Hoje via que ela havia se tornado uma menina, uma menina magra, de membros compridos, usando um vestido que escorregava do ombro, com um nariz que tinha uma pequena bolota na ponta e uma cabeça cheia de cachos desalinhados, uma boca solene e sobrancelhas grossas e retas que agora estavam franzidas, encarando-o com os olhos brilhantes de cor estranha. Ele se lembrava da cor dos olhos da filha: era a mesma dos de Shanti. Carregara aquela cor dentro de si durante suas viagens. Então tirou alguma coisa do bolso e, segurando a mão de Bakul, depositou um pequeno objeto dentro dela. A menina baixou os olhos para ver. Era uma pedra.

— É uma cor muito rara de quartzo — disse Nirmal. — Eu me lembrei dos seus olhos quando a encontrei, então mandei lapidar e polir para você.

Bakul fechou o punho ao redor da pedra.

— O senhor me trouxe a arma? — perguntou Mukunda. — Disse que iria me trazer uma arma da Idade da Pedra!

— Acho que tenho alguma coisa para você — disse Nirmal com um sorriso. — Mas talvez não seja uma arma pré-histórica. Vá chamar alguém para me ajudar com os baús, depois vamos ver o que é.

— Está bem, Nirmal *babu* — Bakul ouviu Mukunda gritar. — Quanto tempo o senhor vai ficar? — ouviu-o perguntar em seguida.

— Para sempre — respondeu Nirmal. — Agora voltei de vez.

Bakul deu as costas às vozes que iam diminuindo e olhou para a pedra brilhante em sua mão. Tinha uma cor entre o marrom e o creme, e suas facetas lapidadas refletiam o sol da tarde. Em alguns lugares, era translúcida o suficiente para revelar suas profundezas, que pareciam feitas de estilhaços do mesmo marrom. Quando se levantava a pedra para o sol e se olhava para dentro dela, podia-se ver uma cidade de prédios altos, cintilante, vivendo uma vida de pedra secreta.

A pedra produziu um barulho baixo e distante ao bater na água quando Bakul ergueu a mão bem alto acima da cabeça e jogou-a dentro do poço.

Mais do que a maioria das crianças, Bakul tinha motivos para acreditar que havia sido abandonada, que não tinha mãe e, para todos os efeitos, tampouco pai. Fazia parte do folclore da família o fato de que seu pai desaparecera depois de ela nascer e fora dado por morto. Voltara por um período curto depois de sete meses e dezesseis dias, e em seguida tornara a ir embora, dessa vez para assumir um novo emprego, e desde então só voltara para férias curtas. A cada mês, graças a uma ordem de pagamento que ele enviava, sabiam para onde suas últimas errâncias arqueológicas o haviam levado, mas era só.

Nirmal havia apresentado duas pessoas novas à casa: Meera, uma parente distante que era viúva e precisava de um lugar para morar, e Mukunda, que até os seis anos de idade vivera em um orfanato sem ter conhecimento da existência de Nirmal. A piada preferida de Kamal era dizer que, depois de dar a Bakul uma mãe que não era mãe e um irmão que não era irmão, Nirmal havia considerado o seu dever cumprido e consumado sua fuga.

Bakul se mostrava arredia, e sua solidão lhe parecia ao mesmo tempo romântica e inevitável. No entanto, não estava inteiramente sozinha. Tinha Mukunda. E tinha a avó. Desde que era bebê, Bakul soubera que, apesar de as outras pessoas irem e virem, a avó estava lá, sempre no mesmo lugar, sozinha em um quartinho no canto de uma varanda do qual só saía para tomar banho. Bakul nunca chegara a conhecer o avô, nunca soubera como, ao morrer, ele havia mudado a avó mais ainda do que fizera em vida. Para ela, Kananbala sempre tinha sido assim — clavículas saltadas no pescoço, olhos invisíveis por trás dos óculos, uma rede de veias serpenteando em tons de verde por baixo da pele fina como nata de leite, sáris brancos sem debrum refletindo a luz da janela.

Sua avó não havia cumprido as obrigações tradicionais de avó — tais como contar-lhe histórias ou ensinar-lhe versos. Em vez disso, Bakul aprendera com ela uma farta coleção de xingamentos, palavras com as quais ainda brincava na boca, embora não as pronunciasse mais inocentemente na escola. Quando Bakul era pequena, os joelhos da avó ainda tinham força suficiente para sustentá-la. Sentada ali, a menininha de pronúncia infantil trocava injúrias com a velha e ria de satisfação. Se Kananbala a chamasse de monte de estrume de vaca, Bakul a chamava de velha jumenta; se Kananbala respondesse com: "E você é uma coruja feia", Bakul, subitamente, sem ter certeza se aquilo era uma brincadeira, desconfiava que estavam zombando dela e gritava: "Você também!" E assim a coisa prosseguia, até Manjula as escutar e tirar Bakul do quarto sob os veementes protestos da menina.

Quando Bakul ia a seu quarto, Kananbala pegava uma das quatro latas amassadas onde guardava as coisas que a sra. Barnum lhe mandava todo mês: balas de hortelã, torrone, biscoitos, até chocolate. Embora as duas mulheres só houvessem se encontrado uma única vez, mensalmente a casa sabia que a ida da sra. Barnum ao Finlays havia ocorrido quando um embrulho de papel marrom chegava repleto de artigos exóticos, trazido pelo *khansama* dela. Por trás da primeira fileira de latas na estante de Kananbala havia outras vindas do outro lado da rua — leite condensado Milkmaid, geleia Hartley's com raspas de laranja suspensas como em um limbo —, embalagens que ela nunca se atrevia a abrir.

Bakul também tinha sua própria lata, que guardava sob uma pilha de sáris velhos no baú da avó. Abria-a nos dias em que precisava de reconforto, e a tarde em que Nirmal voltou foi uma dessas ocasiões. A caixa continha alguns objetos diversos, que Bakul teve de empurrar para o lado de modo a alcançar o que havia embaixo. Era um envelope grande e rasgado nas bordas, de dentro do qual ela retirou uma fotografia.

A foto mostrava uma casa. A casa de sua mãe. Fora tirada do outro lado do rio, ou de um barco no meio da correnteza, pensava Bakul, porque entre ela e a casa da fotografia havia uma faixa de água do rio. A casa se parecia com aquelas sobre as quais ela havia lido nas histórias: imensos pilares, uma ampla varanda, janelas compridas, colunas de árvores nas laterais.

O indicador encardido de preto de Bakul, com a unha roída em um formato irregular, acompanhou o caminho até o andar de cima. Quando ela era mais nova e conseguia acreditar em contos de fadas, Kananbala lhe dissera que aquela fotografia era mágica, chegando a convencê-la de que sua mãe de fato *vivia* dentro da fotografia e podia vê-los, podia ouvir tudo o que diziam; somente Bakul não conseguia vê-la nem ouvir sua voz.

— Aqui — dissera-lhe Kananbala —, atrás desse pé de *bakul*... a árvore a quem você deve seu nome... está vendo uma janela, meu pequeno grilo?

A janela não aparecia na fotografia, mas Kananbala a fazia acreditar que estava ali.

— Sua mãe está aqui no quarto atrás da janela que você não consegue ver. Mas *ela* consegue ver *você*.

Fora por aquela janela, Bakul agora sabia, que sua mãe ficara olhando durante aquelas últimas semanas enquanto a água subia, cada vez mais alta, até não haver mais como fugir. Ela desejava poder afastar a árvore, abrir a janela e entrar na fotografia, entrar naquele quarto. Lá haveria uma cama grande onde sua mãe estaria deitada, e ela se deitaria na cama aninhada junto à mãe e ficaria escutando sua respiração.

— A sua mãe tinha cabelos cacheados — disse-lhe Kananbala, erguendo um cacho dos cabelos de Bakul. — Iguaizinhos aos seus. Os cabelos dela também eram rebeldes. Sabe de que os professores a chamavam na escola?

— De quê?

— *Pagli*, é disso que os professores chamavam a sua mãe — respondera Kananbala. — E é disso que vão chamar você se sair por aí desgrenhada desse jeito.

A mãe de Bakul tinha cabelos cacheados que se espalhavam formando uma nuvem negra sobre o travesseiro. Tinha cheiro de óleo

Jabakusum para cabelos e sabonete Pears, e de *paan* com tabaco aromatizado. E a sua voz? Como era a sua voz? Bakul a ouvia contar coisas, histórias, coisas que seu pai nunca contava mesmo quando estava em Songarh. Quando era mais nova, havia tentado perguntar a Nirmal sobre a mãe e sobre Manoharpur, mas ele sempre mudava de assunto ou então se tornava mais distante do que de costume.

No final das contas, foi algo que a sra. Barnum lhe disse que fez Bakul compreender a ausência da mãe, e que lhe garantiu que era apenas uma questão de tempo para as duas tornarem a se encontrar. Na casa da sra. Barnum, na parede acima da lareira da sala, havia dois relógios. Cada um dava uma hora diferente. A sra. Barnum havia explicado que o tempo era diferente em diferentes lugares do mundo. Os seus relógios lhe diziam que horas eram na Grã-Bretanha e que horas eram em Songarh. Disse que gostava de saber o que os ingleses estavam fazendo durante o dia — quando ela estava almoçando, eles estavam saindo da cama, quando ela estava jantando, eles mal haviam começado a tomar o chá. "O nosso passado é o futuro deles", ela gostava de dizer. Para Bakul, isso significava apenas uma coisa: que Manoharpur ainda estava no passado, um passado em que sua mãe vivia esperando, esperando ele se transformar no futuro em que Bakul iria se juntar a ela.

— Você não se veste mais do mesmo jeito. O que aconteceu? — perguntou Nirmal ao irmão. Ao longo de toda sua vida adulta, Nirmal vira Kamal de calça comprida e suspensórios, com camisas e gravatas combinando.

Kamal baixou os olhos para o *kurta* e o *dhoti* brancos. Deu uma risadinha e falou: "É por causa de Gandhi e tal, sabe. Com tanto nacionalismo no ar, pensei que, como fabricante de remédios naturais, fosse melhor eu estar vestido de acordo." Mas ele se recusava a usar um *khadi* grosseiro, tecido à mão. Seus *kurtas* e *dhotis* eram feitos de *mulmul* da melhor qualidade no verão e de *tussar* igualmente elegante no inverno — ambos também tecidos à mão, o que, segundo ele julgava, era mais adequado. Nesse dia, seu *dhoti* tinha uma estreita borda cor de vinho, e um toque de vermelho no mesmo tom espiava de dentro do bolso do *kurta*, que se erguia qual uma colina por cima da barriga e depois baixava. Sairia para a fábrica dali a pouco, pensou — eram quase onze horas, mas, como em todos os outros dias, não estava com vontade de ir. Aquilo o cansava, todas aquelas pílulas e poções em embalagens de aspecto barato.

— E os seus ternos? — perguntou Nirmal. — Você os jogou em alguma fogueira patriótica?

— Ah, não — respondeu Kamal, arregalando os olhos de peixe morto. — Ficou maluco? São ternos caros, posso voltar a precisar deles. E toda essa história de *swadeshi* logo vai evaporar... e então? Não posso me dar ao luxo de me vestir como você.

Nirmal olhou com espanto para a própria camisa de calça larga cor marrom indefinida.

— Aliás, também não acho que *você* possa mais se dar ao luxo de se vestir como se veste. Os seus trajes com certeza não combinam com seu novo cargo.

— Ainda preciso passar muito tempo supervisionando as escavações — disse Nirmal. — Seria um pouco difícil me ajoelhar no chão usando um terno risca-de-giz.

— Que estranho — disse Kamal depois de uma pausa. — Se a Missão Arqueológica queria procurar civilizações perdidas em Songarh, por que esperar tanto? Afinal de contas, as ruínas já existem há muitos séculos, não? A Europa está em guerra, e do jeito que Hitler vai todos nós logo logo vamos fazer parte das suas civilizações perdidas!

— Bom, só financiaram a escavação agora porque eu redigi uma proposta e ela foi aceita.

— Proposta aceita, hein? — comentou Kamal. — E pelos *burra sahibs* britânicos ainda por cima, imagino! Nesse caso, por que você não redigiu a proposta antes? Pelo menos poderia ter ficado morando aqui e cuidando da sua filha em vez de passar metade da vida perambulando pelos cafundós da Índia.

Kamal se levantou, satisfeito com a provocação, e afastou-se da mesa antes de Nirmal conseguir pensar em uma resposta, uma resposta tanto para si mesmo quanto para Kamal, e talvez também uma resposta para Bakul.

Durante seus dez anos na Missão, para a qual havia entrado depois de se demitir do emprego na universidade, ele evitara Songarh. Em vez de ficar na cidade, imitara seu sumiço logo depois da morte de Shanti e candidatara-se a trabalhos mais longos do que o necessário no Rajastão, em Madhya Pradesh ou no Punjab, revirando a terra em busca de vidas passadas. Qualquer folga que tivesse do trabalho era passada percorrendo o Himalaia, a pé e a lombo de mula, passando por campos floridos, densas florestas e encostas nuas e geladas, colecionando folhas, pedras, fósseis e penas de aves. Tinha dois baús cheios com as coisas que havia juntado, cuidadosamente catalogadas. Os baús o acompanhavam aonde quer que ele fosse, e ficavam guardados em sua barraca mesmo quando ele saía para as escavações.

No ano anterior, porém, alguma coisa o levara a apresentar a proposta relativa a Songarh, argumentando que os restos visíveis do forte e os montes mais atrás talvez escondessem uma cidade antiga, e que a Missão Arqueológica precisava pelo menos montar um acampamento para investigar a questão. Nirmal conhecia o perigo: caso a proposta fosse aceita, seria mandado para Songarh. Teria de voltar para casa.

A proposta fora descrita como "brilhante" e "persuasiva". Nirmal deveria ter ficado radiante, mas tudo que experimentou foi uma sensação de inevitabilidade. Fazia muitos anos que desejava escavar a terra em volta do forte em ruínas de Songarh para encontrar sua cidade perdida, mas não fora o ardor profissional que o levara finalmente a redigir a proposta. Fora algo sem relação com a arqueologia, algum poderoso impulso intraduzível em palavras. Será que ele poderia dizer que, durante uma de suas viagens ao Rajastão, entre as rochas escarpadas e ancestrais da cordilheira de Aravalli, onde a paisagem ocre se incendiava com o amarelo-esverdeado dos campos de mostarda diante dos quais cachos de bougainvílleas cor de magenta cascateavam como sangue, finalmente se sentira libertado de Shanti? Seria capaz de admitir para si mesmo a sensação de completude que o havia penetrado então, inesperada? Finalmente a tranquilidade — dos primeiros contrafortes das fortalezas rajaputras, dos camelos sorridentes, dos gritos desafortunados dos pavões à luz do crepúsculo — de ver e escutar sem querer arrancar o coração do peito e atirá-lo para longe.

Apresentou a proposta algumas semanas depois. Sentia-se pronto para enfrentar sua casa, e sua filha.

Nirmal foi até o forte para examinar pessoalmente o local. Já havia solicitado dois ou três funcionários do Departamento de Obras Públicas para ajudá-lo com as escavações. Teria também dois arqueólogos menos graduados, ambos historiadores, que nunca haviam participado de uma escavação. Não era muito, mas era um começo, pensou Nirmal enquanto caminhava. Logo teria de começar a requisitar equipamento, tudo que pudesse obter dentro do seu orçamento.

Sua primeira visão das muralhas baixas e desmoronadas do forte e dos morros mais atrás fez com que apressasse o passo, como sempre. Como estivera trabalhando em Bikaner e Sindh, fazia seis anos que não os via. Agora, mais uma vez, a empolgação tomou conta dele ao pensar que estava prestes a realizar uma fantasia. Havia sonhado com aquilo durante anos quando jovem; agora iria descobrir se os morros escondiam cidades e culturas, se o leito seco do riacho era o resquício de algum rio antigo que mudara de curso, forçando as pessoas que viviam às suas margens a abandonarem seu povoado.

Deu uma volta rápida em torno do forte; depois, tentando se acalmar, sentou-se junto ao fosso raso e acendeu um cigarro. Não parecia fazer tanto tempo, pensou Nirmal, desde que se sentara à beira daquele fosso com Shanti, fitando a luz que caía, as linhas irregulares da ruína sendo lentamente apagadas pelo crepúsculo. No entanto, as lembranças que tinha dessa época estavam se desgastando nas beiradas, e pequenos detalhes que ele antes julgava inesquecíveis haviam despencado pelas bordas rumo ao esquecimento.

Irritado pelo fato de esses pensamentos o distraírem do trabalho que devia fazer, Nirmal pegou um lápis e começou a rabiscar em um bloco de anotações que trouxera consigo. Fez uma lista do equipamento, material e mão-de-obra necessários, listou livros e artigos que precisava pesquisar. Depois de algum tempo, aceitando-os como parte da paisagem, pombos cinza e roliços começaram a ciscar o chão à sua volta. Ele viu os flashes verdes dos periquitos voando e tagarelando lá em cima, disputando comida.

Mas então foi distraído por um barulho estranho ali perto, algo entre um ganido e um choramingo. Ergueu os olhos, surpreso.

Em seguida, ouviu uma voz de mulher dizendo: "Chega, deixe-me em paz."

Houve um silêncio, então a mulher tornou a exclamar: "Eu disse já chega, quer parar?"

Nirmal se levantou e limpou a poeira da calça. Seria alguém em apuros? A voz tinha vindo de um espaço abobadado dentro da ruína, uma das poucas estruturas cujo telhado estava intacto. Ele adentrou a escuridão, onde reinava um forte cheiro de excrementos de pombo e poeira. Lá dentro, por alguns instantes, não conseguiu ver nada em meio ao súbito breu. Pôde ouvir uma voz de mulher nas sombras da abóbada, amplificada pelo vazio.

— Nirmal *babu* — disse a voz —, por favor não chegue mais perto.

— Meera? — disse Nirmal. — É você? — Seus olhos se acostumaram à falta de luz, e ele viu que era de fato Meera. Sentiu-se ofendido por ela ter lhe dito para ficar afastado. — Eu não ia... chegar mais perto — falou. — Só ouvi alguma coisa e pensei que talvez houvesse alguém em apuros. Melhor eu deixar você em paz. — Ele se virou para voltar para o fosso.

— Ah, não, não foi isso que eu quis dizer — exclamou ela, indo atrás dele com uma risada. — Por favor, não me entenda mal... É só que...

Mancando atrás dela vinha uma cadela magérrima, preta e marrom, com a pelagem falhada em vários trechos, as tetas inchadas pendendo até o chão. O animal cutucou a mão de Meera com o focinho ansioso, ganindo.

Meera ainda segurava um pedaço de *roti*. Largou-o no chão para a cadela e disse:

— Ela teve cria ali dentro, e pode ficar bem brava por causa dos filhotes. Foi por isso que tive de pedir para você não chegar perto.

Nirmal olhou para a cadela, perguntando-se o que Meera via nela. Parecia cheia de sarnas e exalava um cheiro forte, desagradável. A educação levou-o a perguntar:

— E você tem vindo dar comida a ela todos os dias?

— Quase... mas às vezes é difícil sair de casa. Fico preocupada nos dias em que não consigo vir. — Ela parou de falar e deu um sorriso encabulado. — Eu sei que é bobagem. Eles sobreviveriam comigo ou sem mim.

— E você anda isso tudo para dar comida a esta cadela? Deve gostar muito de cachorros.

— Não é só para dar comida a eles — respondeu Meera. — Eu gosto de caminhar... sem isso me sinto presa... e também algumas vezes fico sentada aqui desenhando. É um descanso das tarefas domésticas.

Nirmal reparou em uma sacola de tecido pendurada no ombro da mulher e ficou curioso.

— O que você está desenhando? — perguntou-lhe. — Pode me mostrar?

— Ah, não — disse Meera. — Não é nada de mais. Só alguns esboços. — Ela apertou mais a sacola junto ao corpo e riu, envergonhada. — Muitas colegiais desenham como eu. É só para me divertir. — Então, para mudar de assunto, ela continuou. — Você estava aqui para inspecionar o local da escavação? Imagino que isto aqui agora seja um sítio arqueológico, não é, não apenas a velha ruína de Songarh?

— Bom, não é bem inspecionar... — começou a explicar Nirmal. Vinte minutos mais tarde, percebeu que estavam sentados debaixo da figueira-de-bengala, e ele continuava falando: contou como havia passeado por aquelas ruínas quando era menino; como havia encontrado alguns pedaços de metal brilhante ali certa vez e pensado se tratar de uma arma antiga; como tentara escavar ali com uma *khurpi* de jardim depois de ler sobre Marshall e Mohenjodaro; como havia se candidatado a um emprego na Missão Arqueológica sem nunca pensar que iria obtê-lo. Parou, envergonhado da própria tagarelice, e disse:

— Não tenho o hábito de falar. Das duas, uma: ou não consigo pensar em nada para dizer, ou então falo sem parar. Muito sem modos.

— Não, não — protestou ela. — Eu o teria feito parar se estivesse entediada. Não estou. Mas já é tarde. Preciso mesmo ir. Está na hora de Bakul chegar da escola. Vou deixar você com seu trabalho, já o incomodei o suficiente.

Antes de ele conseguir protestar ou se oferecer para acompanhá-la, ela já havia se levantado e iniciado o caminho de volta. "Eu a entediei", pensou ele. "Ela mal podia esperar para ir embora."

Seus olhos a acompanharam enquanto ela se afastava depressa. Imaginou se aquela teria sido a primeira conversa de verdade que tinha tido com ela. Sentou-se novamente junto ao fosso e tentou retornar a suas anotações, mas voltou a pensar em Meera sem que pudesse evitar. Ela vinha cuidando de Bakul durante os últimos seis — ou seriam sete? — anos, mas ele mal a conhecia. Sabia que ficara viúva cedo — mesmo agora, provavelmente não tinha mais de vinte e cinco ou vinte e seis anos. Um parente em comum, que se tornara da família por meio de casamento, havia lhe falado sobre ela. Nirmal tinha escrito para Meera perguntando se ela se disporia a ir morar em Dulganj Road para cuidar de Bakul. Lembrava-se do breve cartão-postal que chegara com a resposta, escrito em uma caligrafia que fazia as letras parecerem pinceladas. Agora, pensando nessa caligrafia, achou que fazia sentido Meera gostar de desenhar. A caligrafia dela era um conjunto de belas linhas que se podia olhar e admirar mesmo sem compreender o significado. Mas ele havia compreendido o significado, e o que o postal de Meera dizia, além das palavras, era que ela ficaria feliz em se mudar para Songarh para cuidar de uma casa e de uma criança em troca de um lar.

Fazia um ano que seu marido havia morrido quando Meera recebeu a carta de Nirmal perguntando se ela gostaria de ir morar em Songarh como parte da sua família e cuidar de Bakul. A sua mulher havia morrido de parto, escrevia ele, e seu trabalho o fazia passar longos períodos fora de casa. A mulher que cuidara de Bakul durante os últimos quatro anos já estava velha demais e, além disso, Bakul precisava de alguém que lhe proporcionasse mais do que os cuidados básicos — logo iria precisar de ajuda com os deveres de casa, de alguém com quem conversar e em quem confiar. Meera reparou que ele não escreveu que a menina precisava de alguém que lhe desse afeto, embora com certeza fosse isso que a carta quisesse dizer em última instância.

A mãe de Meera, também viúva e financeiramente dependente do filho, havia incentivado Meera a aceitar a oferta de Nirmal:

— A menina vai ser como uma filha para você. Você nunca vai ter seus próprios filhos, então faça dessa órfã de mãe a sua filha! Quem sabe é isso que Deus reservou para você desde o início?

Meera não queria uma filha. Queria era fugir dos pais do marido, para quem o simples fato de seu filho estar morto e ela estar viva era um ultraje. Meera não havia demorado muito para decidir; levara duas semanas para arrumar um pequeno baú e pegar os dois trens até Songarh.

Agora fazia oito anos que seu marido havia morrido. Ela sabia que deveria guardar luto para sempre, mas ele já estava desaparecendo de sua mente culpada. Só se lembrava dele de forma fragmentada. A forma como sua barriga — aos vinte e três anos, ele já tinha uma barriguinha — se pendurava por cima da calça. Ou sua incapacidade de comer sem mastigar uma pilha de pimentas verdes junto com a comida. Mas a sua voz — não conseguia mais escutá-la em seus ouvidos como antes, mesmo que se concentrasse. Qual era a sensação quando ele a tocava? Que cheiro ele tinha quando acordava e se aninhava junto dela? Seu estoque de lembranças, percorrido com demasiada frequência, agora havia estagnado, perdido o poder encantatório de trazer de volta a presença dele.

Durante seus primeiros dias na Dulganj Road, ela havia começado a sentir que Nirmal, que na verdade *não* era seu parente exceto por casamento, era sua alma gêmea. Nirmal não falava muito com ninguém, mas apesar disso os dois sempre pareciam ter o que dizer um ao outro quando se encontravam por acaso na escada ou no jardim. Mas quem já ouvira falar em viúvas se casando em segundas núpcias? Quem já ouvira falar em uma viúva se casando com um parente? Ela já tinha entreouvido as pessoas elogiarem a compaixão de Nirmal por tê-la acolhido.

E então, para pôr um fim às suas elucubrações, Nirmal tinha ido embora de Songarh rumo a seu novo trabalho, como se para nunca mais voltar.

Com o passar dos anos, os ataques de descontentamento e raiva de Meera foram diminuindo até ela se sentir acomodada em uma rotina confortável, mesmo que enfadonha. Na última semana, porém, desde a volta de Nirmal, ela sentira o turbilhão retornar, sentira uma pequena chama tremeluzir em algum lugar dentro de si, uma chama que ela sabia que iria incendiar tudo à sua volta caso não fosse apagada.

Meera se espreguiçou para se livrar do formigamento que começava a sentir entre os ombros. Sem motivo, andou até o jardim, onde viu Bakul balançando as pernas trepada no segundo galho da mangueira.

— Por que você tem sempre de ser avisada que está na hora da sua aula? Não sabe que Chaubey *Sir* está esperando? — disse, com mais rispidez do que pretendia, quando Bakul fingiu não notar sua presença. Não conseguia entender a raiva que brotava dentro dela, quente e pesada nos ombros e no pescoço. Olhou para Bakul, irritada. Meera havia tentado muitas vezes ser sua amiga, mas havia dentro da menina um núcleo duro, recalcitrante, que tornava difícil a aproximação de outras pessoas. Longe de se confidenciar com Meera, Bakul mal lhe dirigia a palavra, a menos que fosse necessário.

Agora, ela continuou trepada no galho da mangueira por tempo suficiente para deixar claro que não estava descendo porque havia levado bronca, mas porque era isso que tinha decidido fazer.

Bakul não gostava de professores particulares, não gostava da forma como o grosso bigode de Chaubey *Sir* mergulhava dentro de seu chá, nem da forma como os farelos de biscoito se prendiam aos pelos, nem da forma como ele entoava: "Se não decorar as tabuadas, nunca vai conseguir terminar o dever de matemática." No instante em que o professor a dispensou, ela arrastou a cadeira para trás, enfiou os pés dentro dos chinelos e correu até o outro lado da rua para a casa da sra. Barnum; sabia que Mukunda já havia tomado refresco de limão e lido livros de figuras enquanto ela fazia multiplicações e estudava metáforas compostas. Além do mais, era aniversário da sra. Barnum de novo, e, se chegasse atrasada, não comeria nenhum pedaço do bolo.

— Você chegou cedo — disse a sra. Barnum assim que viu Bakul. — Só vai começar às cinco. — Imperiosa, sacudiu a sineta de bronze que segurava e arrematou. — Já que está aqui, menina, seja útil... vá correndo até a cozinha para buscar os sanduíches.

A sala onde estavam era ampla, com janelas de divisórias verticais que davam para o jardim e, mais além, para a casa de Bakul do outro lado da rua. As janelas tinham cortinas verdes, sempre muito fechadas, e isso dava ao aposento a sensação de ser um aquário escuro e excessivamente decorado. De um lado havia uma lareira, com algumas cadeiras em volta. Acima da lareira, um parapeito, no centro do qual havia um globo de vidro, meio inclinado sobre o suporte dourado encardido, que tinha relevos na superfície representando os continentes, os oceanos e as cordilheiras. Ao seu lado havia dois outros globos de vidro menores, um dos quais continha uma pequenina Torre de Pisa, o outro um chalezinho de telhado vermelho. Quando esses globos de vidro eram sacudidos, flocos de neve frágeis e minúsculos desciam flutuando, encobrindo os prédios pequeninos em suas tempestades íntimas.

Acima do parapeito, na parede branca meio cinza, reluzia a lâmina curva de uma *kukri* dourada ornamental. Bakul e Mukunda tinham ficado fascinados por ela. Logo depois de começarem a frequentar a casa da sra. Barnum para brincar, o *khansama* lhes dissera com sua voz rascante: "Esta é a *kukri* com a qual o *sahib* foi morto. O seu fantasma ainda vagueia por Dulganj em busca de justiça. A terra onde seu sangue se derramou nunca seca, nem mesmo no mais quente dos verões. Um dia eu mostro a vocês."

Do outro lado da sala havia uma mesa redonda de madeira com seis cadeiras. A mesa tinha perdido uma das pernas para os cupins, e tinha uma perna substituta em madeira mais clara que havia encolhido depois de colocada, o que fazia o móvel se inclinar para um dos lados. Bakul viu que a mesa já estava posta com guardanapos e talheres para seis pessoas, e o centro era ocupado por um bolo disposto em um prato de vários andares umas seis vezes maior que ele. Arrumados em volta do bolo estavam pratos vazios com desenhos de rosas e videiras.

A sra. Barnum tornou a tocar a sineta, e Mukunda apareceu de uma alcova escura no final da sala.

— Parabéns, sra. Barnum — entoou ele.

O *khansama*, que esperava do lado de fora da porta da sala, entrou pigarreando e disse:

— Parabéns, senhora.

— Parabéns, sra. Barnum — repetiu Bakul depois dele —, e muitos anos de vida.

— Obrigada, querida, obrigada — disse a sra. Barnum, levantando-se e alisando o vestido amarelo-claro. — Que gentileza terem se lembrado! Que gentileza estarem todos aqui!

O *khansama* avançou em direção ao bolo, que tinha uma única vela alta espetada no meio, parecendo um pinheiro sobre uma pilha de estrume de vaca.

— Devo acender a vela, senhora?

A sra. Barnum tinha um ar zangado.

— Por que os outros não chegaram na hora? Não podemos fazer as pessoas esperarem, não é mesmo? — Ela se sentou e agitou uma das mãos para Bakul. — Sentem-se, sentem-se! Nada de fazer as pessoas esperarem!

Bakul e Mukunda já conheciam a rotina e sentaram-se. A sra. Barnum gostava de comemorar seu aniversário todo mês, em um dia surpresa. Independentemente dos convidados, todos os pratos eram servidos com um pedaço de bolo e sanduíches de ovo cozido ligeiramente secos. Um refresco de limão doce e espesso era oferecido em copos de vinho. Nas primeiras semanas, Bakul e Mukunda haviam se mostrado hesitantes, entreolhando-se para tentar saber que atitude tomar, sem atinar o que fazer com guardanapos presos em porta-guardanapos circulares, garfos ou facas. Agora, esperavam mensalmente pelo dia em que poderiam comer bolo e sanduíches, coisas que em casa ninguém nunca lhes dava. A sra. Barnum passeou os olhos em volta da mesa, sorriu graciosamente para as cadeiras vazias e para Bakul e disse:

— Que gentileza de vocês todos terem se lembrado! Não consigo pensar em um aniversário melhor! — Ela ajeitou as esmeraldas, alisou os cabelos e mordiscou a beirada de um sanduíche.

Quando terminaram de comer, o *khansama* teve de dar a volta na mesa perguntando "Posso?" antes de tirar os pratos. Uma vez a mesa tirada, a sra. Barnum transferiu a vela do bolo para o centro da mesa enquanto Mukunda ia até a estante da alcova escura e trazia um quadro com números e letras, e uma pesada moeda de prata da época Mughal. Uma moeda cheia de calombos, com as bordas irregulares, uma moeda que dava a sensação de ser dinheiro de verdade. A sra. Barnum ajeitou o quadro e fez uma pausa, como prestes a iniciar uma tarefa importante. Olhou em volta para os rostos de Bakul e Mukunda, iluminados pela luz da vela.

— Agora silêncio, e pensem!

Bakul fechou os olhos com força, franzindo o cenho por causa do esforço de pensar apenas no quadro e em seus números. A cabeça da sra. Barnum estava abaixada, apoiada em seus dedos finos e compridos. Mukunda podia ouvir sua respiração. Olhou de relance para Bakul, em seguida fechou os olhos, culpado. Depois de um tempo, ouviu alguma coisa sendo arrastada e movida e olhou. A moeda se movia pela mesa de número para letra, de número para letra. A sra. Barnum acompanhava cada movimento e murmurava entre os dentes: "Não, você não pode dizer isso! Não foi o que aconteceu. É mesmo? De verdade? Irei lá amanhã. Veneno de rato? Veneno de rato? Pode ser. Estrelas caindo, sobre o campo, caindo. Está na hora do trem, terça-feira é o dia, pegue o trem na terça-feira."

Enquanto a sra. Barnum continuava a murmurar e os movimentos da moeda ficavam mais frenéticos, seus olhos chispavam de um lado para o outro do quarto, enquanto fios de cabelo se soltavam da rede que os prendia. A vela projetava sombras altas. Bakul não gostava de dizer que estava com medo, mas sempre desviava os olhos nessa hora. E se o espírito resolvesse não sair da sala? Algumas vezes, a sra. Barnum permanecia em transe durante meia hora ou mais. E, se eles chegassem atrasados, observara Bakul nos últimos meses, Manjula os repreendia e passava o jantar inteiro resmungando que já era hora de a liberdade de Bakul ser restringida e de lhe ensinarem a ser uma mocinha. Pensou que, levando tudo isso em consideração, o melhor era ir embora.

Ela puxou o pulso de Mukunda por debaixo da mesa. Os dois se levantaram e saíram sem fazer barulho. Uma vez fora do raio de escuta da casa, Bakul disse:

— Eu sei que você não gosta disso, então fiz você ir embora. Você parecia assustado.

— Eu? — retorquiu Mukunda. — Eu, assustado? Ha! A covarde é você!

Algum tempo depois de eles saírem, Larissa Barnum despiu o vestido de seda e sentou-se em frente à penteadeira usando sua velha combinação de cetim com renda nas bordas. Começou a tirar os grampos dos cabelos, olhando para o próprio reflexo com um ar intrigado. Um rosto comprido, de olhos castanho-claros argutos, estreitados, divididos por um nariz ossudo e proeminente, e sobrancelhas grossas, arqueadas e já um pouco grisalhas. A pele do pescoço fino dava uma certa impressão de estar sendo puxada por alguém na direção da clavícula. Ela tocou o pescoço, beliscando a pele solta, em seguida soltou os cabelos da rede e semicerrou os olhos para o espelho, examinando os fios brancos nas têmporas. Retirou as esmeraldas das orelhas e brincou com elas como se fosse perdê-las em breve. Já fazia algum tempo que a sua casa era financiada pelas joias que ela mandava o *khansama* empenhar em seu nome.

À noite, já tarde, quando o *khansama* se recolhia a seus aposentos, a casa parecia maior e mais vazia. A sra. Barnum vestiu um roupão por cima da combinação de cetim, foi até a cômoda e pegou um copinho de cristal lascado no fundo. Encheu-o até a metade com uísque tirado de uma garrafa de aspecto atarracado, depois foi até a sala sentar-se diante do piano. Pensou em tocar alguma coisa com notas fortes, enérgicas, em encher a casa de barulho, imaginou pessoas em uma festa. Começou a folhear as partituras.

Debruçado no parapeito do telhado, Nirmal abriu o terceiro maço de cigarros. Ouviu o piano da sra. Barnum atravessar a rua com suas ruidosas dissonâncias e, de uma forma hesitante, relutante, incerta, começou a ter a sensação de que tinha voltado para casa.

Bakul empurrava um pedaço de peixe de um lado para o outro do prato como se isso fosse fazê-lo desaparecer. Mukunda, que ultimamente estava sempre com fome, imaginava se poderia pegar mais arroz.

— Esse menino vai nos obrigar a vender a casa de tanto comer! — exclamou Manjula.

Era um domingo, algumas semanas depois de Nirmal voltar para Songarh. Nirmal estava sentado em frente ao irmão, demorando-se após o almoço, achando graça nos esforços dissimulados de

Bakul para esconder seu peixe no prato debaixo de uma folha de espinafre.

— Então, Nirmal — disse Kamal com uma risadinha. — Que emprego confortável esse que você arrumou. Não precisa fazer nada a não ser passear até aquele escritório! Quisera eu ter uma vida assim tão fácil. A fábrica está cheia de problemas. Há versões mais baratas dos nossos produtos por toda parte, feitos com ingredientes artificiais, mas quem liga para isso? E depois tem essa guerra, que limita o orçamento dos governos, e para completar ainda nos pedem para lutar contra os britânicos... como se não bastasse, Salim agora está doente demais para trabalhar. — Ele sorveu um ruidoso gole d'água e pousou o copo na mesa com um baque.

— Vamos começar a escavar daqui a algumas semanas — disse Nirmal. — Nem todo o trabalho é visível, há muito material a ser comprado, muita coisa a organizar. — Tudo estava progredindo mais devagar do que ele gostaria; devagar demais, ele sabia. Seus pedidos não eram tratados com urgência suficiente na sede. Estavam todos preocupados com a guerra na Europa; ele morava em uma cidade pequena, e talvez ninguém mais desse valor àquela sua escavação. Além disso, parecia que cada objeto que ele requisitava precisava ser liberado por cinco departamentos diferentes.

— Ah, vamos, não me leve a sério, Nirmal, por que está ficando irritado? — perguntou Kamal com uma voz tranquilizadora. — Então o fim da nossa atração turística é iminente? O castelo em ruínas vai sumir?

— O senhor está escavando as ruínas? — perguntou Bakul ao pai, acusadora. — Como é que pode fazer uma coisa dessas?

— Não fale de assuntos que você não entende, Bakul — disse Nirmal com a voz ríspida, impaciente. — E não se intrometa nas conversas dos adultos. Já notei essa tendência em você.

— Não estou me intrometendo, estou só perguntando — balbuciou ela.

— Mais tarde eu explico — disse Nirmal. — Agora coma.

Bakul empurrou o prato para o lado e arrastou a cadeira para trás, depois se deteve ao ver o cenho franzido e o gesto de Meera. Esperou o tio se levantar primeiro, desenhando círculos no prato enquanto isso.

— Não brinque com a comida, Bakul — disse Manjula. — Crocodilos que brincam com a presa logo são devorados, você não sabia?

— Você não sabia? — repetiu Kamal, imitando o tom de Manjula enquanto ela erguia os olhos para ele, zangada. — Não sabia, Bakul, que o seu pai está aqui para escavar aquela ruína e ver se embaixo dela existe outra ruína? Em que coisas o governo gasta dinheiro enquanto tantas pessoas neste país não têm o que comer!

— Nós não estamos escavando a ruína. — Nirmal soava cansado. Já tivera de explicar isso a muitas pessoas. — Não é assim que se faz.

— Então *como é* que se faz? — indagou Kamal em tom de lamúria. — Se você quiser ver se existe alguma coisa debaixo de outra coisa não precisa escavar a primeira coisa? Eu posso não ser nenhum *arqueólogo* de Sua Majestade Imperial, mas não sou burro, sou? E, afinal de contas, o que vocês esperam encontrar?

— Talvez haja uma civilização muito mais antiga que desconhecemos. As colinas mais baixas em frente à cresta podem ser montes que escondem cidades antigas, quem sabe?

— E quem precisa saber?

— Se os arqueólogos não tivessem escavado em lugar nenhum, não teríamos ideia da antiguidade da Índia — disse Nirmal, e percebeu que estava soando pomposo.

— Humpf — fez Manjula, dando um arroto fundo. — Querem acabar para Meera e eu podermos comer?

Nirmal empurrou a cadeira para trás e começou a se levantar. Olhou para Meera, que estava sentada ali, de concha na mão, esperando para servir mais comida caso alguém pedisse. Reparou pela primeira vez em como ela era magra, com as clavículas salientes, os olhos grandes demais e rodeados de olheiras no rosto pequeno. Parecia frágil ao lado da robusta segurança de Manjula. A dieta da viúva, pensou ele, cheia de jejuns e quase sem proteínas. Quando é que as coisas iriam mudar?

Nesse mesmo dia, depois do almoço, Nirmal esvaziou os baús que continham sua coleção. Enquanto ia arrumando as coisas em fileiras, impressionou-se com a própria meticulosidade. As suas estantes tinham um aspecto muito diferente quando ele era mais jovem. Naquela época, bastava abrir um armário para uma profusão de roupas, livros e implementos de escavação se derramarem lá de dentro em desordem. Mas a sua profissão e as suas viagens o haviam tornado uma pessoa metódica. Seu pai sempre o havia considerado um imprestável sem remédio, mesmo depois de ele virar um homem casado. O que pensaria se o visse agora?

Nirmal fez uma pausa e sentou-se para fumar um cigarro. Pensou no trabalho que tinha pela frente: nunca tinha sido responsável por uma escavação. Lembrou-se do tempo passado nas ruínas, primeiro quando era menino, depois já rapaz, fumando escondido, passeando por cima das muralhas desmoronadas fingindo ser um antigo rei, depois cavoucando a terra, imaginando poder ver o brilho de uma moeda antiga. Certa vez havia encontrado uma peça curva de metal parecida com uma arma. Possivelmente bronze. Foi só depois de levá-la animadamente para casa e lavá-la que percebeu ser uma reles lata, parte de uma lata na verdade. Mesmo assim, guardara-a por anos.

Levantou-se, apagou o cigarro. O baú continha pedras e fósseis, lascas de sílex e cacos de cerâmica, coisas que ele havia juntado durante as escavações. Ele foi desembrulhando os objetos do algodão e arrumando-os sobre o peitoril da janela onde podia vê-los. Alguma coisa chamou sua atenção, interrompendo seus movimentos ordenados. Ele esticou a cabeça para a escada que descia do telhado até o primeiro andar e chamou:

— Bakul? Você está aí?

Um minuto depois, agora irritado, tornou a chamar, mais alto:

— Bakul!

Viu o rosto da filha surgir no pé da escada, virado para cima.

— Que foi? — perguntou ela.

— Suba aqui — disse ele.

— Para quê?

— Não faça tantas perguntas, Bakul.

— Por que não? — indagou ela, mas ele pôde vê-la subindo a escada.

— Preciso de ajuda para desfazer as malas — disse-lhe Nirmal quando ela chegou ao telhado.

— Preciso terminar meu dever de casa. Chaubey *Sir* vai chegar daqui a pouco.

— Não vai demorar, Bakul, vamos só guardar algumas coisas no armário lá de baixo. Eu vou ter de descer a escada uma dezena de vezes se ninguém me ajudar.

— Não pode esperar Shibu?

— Não pode ser menos emburrada para variar um pouco? Por que nunca consigo ouvir uma resposta direta sua?

Ele imediatamente tentou apaziguá-la.

— Olhe aqui — disse —, eu sei...

Mas Bakul tornara a descer correndo a escada. Nirmal sentiu um calor subir-lhe pelo rosto, e sua testa começou a doer. Ele a seguiu até a escada. Precisava ser firme. Tornou a chamá-la, ouviu um severo: "Bakul, *venha cá.*" Bakul tornou a subir a escada, com o cenho franzido a encarar os próprios dedos sobre o corrimão.

— Quando eu lhe pedir para fazer alguma coisa, você não pode sair correndo. Já é hora de começar a se comportar. Está claro?

Bakul não disse nada.

— O que foi que eu falei? — indagou Nirmal. — Não está me escutando?

— Tudo bem, *tudo bem*, diga-me o que fazer, eu preciso ir.

Nirmal havia perdido o interesse em esvaziar o baú e mostrar a Bakul as coisas que ele continha. É tudo um erro, começou a pensar: imaginara que fosse ser um pai diferente, diferente do pai que ele próprio tivera. Não seria severo, distante e temível, mas faria coisas interessantes com Bakul, e os dois seriam amigos, especialmente já que ela não tinha mãe para ser sua amiga. Será que ele havia deixado passar tempo demais?

Bakul olhou ressentida para o baú de metal vermelho, com a tinta mais lascada do que antes. Já o vira muitas vezes. O baú ia e vinha junto com Nirmal a cada viagem sua. Ela ainda estava com muita raiva por ele tê-la repreendido durante o almoço. Como ele se atreve, como se atreve a fazer isso comigo na frente de todo mundo, e ficaram todos rindo de mim, como ele se atreve?! Sentiu vontade de cuspir no baú. Não iria falar, havia decidido isso, não iria falar com ninguém.

— Sabe, Bakul — insistiu Nirmal, ajoelhando-se junto ao baú para abri-lo —, nós íamos a lugares muito distantes para nossas escavações. A poeira, o calor, as barracas sacudidas pelo vento. E dias comendo apenas *roti* com cebolas e um pouco de *daal*. Foi assim que tive insolação certa vez. Mas tudo isso vale a pena quando você acha um pedacinho de cerâmica, mesmo um pedacinho quebrado. Um dia vou levar você para ver uma escavação, aquela aqui perto.

Ele estava esperando ser interrompido por perguntas ansiosas. Mas Bakul seguiu empilhando os livros que emergiam do baú, parando apenas para coçar uma casquinha no joelho de vez em quando. Não o encarava nos olhos. Isso fez Nirmal sentir vontade de abraçar a filha e apertá-la com força. Em vez disso, ao vê-la tirar do baú um volume surrado, de encadernação dura, falou:

— Isso não é apenas um livro de exercícios, sabe. Abra.

Bakul fitou-o com uma expressão ensaiada de tédio.

— Venha, deixe eu mostrar a você. Tenho sete cadernos desses.

Ele abriu um dos cadernos e começou a virar as páginas. Cada uma revelava a forma frágil de uma folha seca. Em algumas páginas, ainda se podia discernir de leve a cor da folha quando era fresca e viva em alguma árvore do Himalaia. Mesmo secas, algumas tinham pontinhos vermelhos, outras eram de um ocre claro salpicado de preto, e em algumas as veias se destacavam como esqueletos, enquanto o corpo era inteiramente descorado. Em cada página, Nirmal havia anotado a espécie e o lugar onde encontrara a folha. Primeiro vinham a castanheira e o carvalho, depois tesouros que haviam sido mais difíceis de obter: os restos de uma papoula azul, lascas da casca de uma bétula, uma folha de *Brahma Kamal*, todas do alto do Himalaia. Suas anotações pareciam supérfluas: ele se recordava nos mínimos detalhes de onde havia colhido e guardado cada folha, da cor da luz nesse dia, da temperatura gelada do vento, da solidão da encosta íngreme.

Nirmal seguiu virando as páginas, esquecendo-se de Bakul. Algumas vezes, seu indicador tocava uma das folhas secas com infinita delicadeza. Acariciou uma que ainda conservava um pouco de vermelho e verde e sorriu para si mesmo. Não percebeu quando a filha saiu do quarto.

Nessa noite, Nirmal sentou-se em seu quarto recém-arrumado no telhado e começou a examinar seus discos. Desde a morte de Shanti que não tocava na caixa de discos. Não sabia se a vitrola ainda funcionava: ela já chiava e arranhava na época em que os dois ficavam deitados na cama escutando o *sarangi*, vendo o céu noturno luminoso recortado pela grade da janela. Agora que tornara a abrir a caixa de discos, pensou que a próxima coisa que faria seria examinar a vitrola, quem sabe comprar uma agulha nova para ela, limpá-la e lubrificá-la, e em seguida tentar girar novamente a manivela. Costumava ter talento para esse tipo de serviço.

Nirmal serviu-se uma bebida e, com a fumaça do cigarro a subir em espiral na direção da porta aberta da varanda, vasculhou os antigos discos e descobriu tesouros que havia esquecido. Acomodou-se em uma cadeira com quatro deles para ler o texto das capas.

O tempo passou. O jantar já estava sendo servido e Nirmal ainda não descera.

Mukunda foi despachado para chamá-lo. Subiu até o telhado, espiou para dentro do quarto de Nirmal e então desceu correndo a escada até o térreo, onde Manjula estava sentada atrás dos *dekchis* tentando encontrar as conchas. A cozinha recendia a *moong* assado e *ghee*, folhas de louro e peixe frito. Manjula sentia fome pelo simples fato de estar ali, e torcia para os homens comerem depressa para ela poder começar. Sorrateiramente, jogou um pedaço de batata dentro da boca.

— Nirmal *babu* vai comer mais tarde. Ele está bebendo — anunciou Mukunda.

— O quê? — indagou Manjula com um arquejo. — Bebendo? *Hari*, *hari*! Dentro de casa?

Deixando cair a concha com alarde, ela empurrou a cadeira para trás, segurou o sári e subiu pesadamente a escada. Meera foi atrás, pedindo:

— *Didi*, *didi*, deixe estar, ele pode comer mais tarde, eu esquento...

— Calada! — sibilou Manjula. Chegando ao quarto do telhado, marchou até a porta e abriu-a de supetão. Queria ver com os próprios olhos.

Viu que Nirmal não estava apenas bebendo. Estava fumando também. A garrafa de rum incriminatória estava em cima da mesa, e não houvera nenhuma tentativa de escondê-la. Para ela, o quarto tinha o mesmo cheiro de uma casa de perdição. Até então ela só fizera imaginar como poderiam ser lugares assim.

— Meu Deus! — exclamou Manjula com um ganido, fechando os olhos de tão alarmada. Sorveu uma nova golfada determinada de ar e prendeu o sári com firmeza em volta do corpo. — Nirmal — disse em voz alta, tornando a abrir a porta, mas sem entrar no quarto. Nirmal havia apagado o cigarro e estava em pé, espantado com aquela intromissão.

— Você não se lembra de que há crianças em casa? Crianças ainda pequenas! Como é que pode fazer uma coisa dessas?

Meera gesticulava atrás de Manjula dizendo:

— Acalme-se, por favor, vamos lá para baixo.

Mukunda as havia seguido até o terraço. Deu uma outra espiada rápida para dentro do quarto com o pretexto de anunciar:

— Kamal *babu* está esperando o jantar.

— Desça correndo e comece a servir o arroz — ordenou-lhe Manjula. — Já estamos indo.

Virando-se para ir embora, ela disparou um último olhar na direção de Nirmal.

— O que o seu pai teria dito, Nirmal? Esta é uma casa decente. Se você precisar fazer... isso tudo... vá fazer em outro lugar! — Manjula tornou a juntar o sári e retirou-se atabalhoadamente, lançando um derradeiro olhar reprovador na direção da garrafa de rum.

Nirmal debruçou-se no parapeito e olhou para fora, com os ombros curvados de irritação. A noite estava particularmente clara, com estrelas a perfurar as sombras pretas das árvores, e a Lua se pendurava no céu como um melão gordo e amarelo.

— Não ligue para Manjula — disse a voz de Meera no escuro. — Ela não faz por mal.

Nirmal virou-se e se deparou com seu rosto banhado de luar, surpreso com o fato de ela não ter ido embora. Deu uma risadinha seguida de um suspiro.

— Nós devemos parecer uns selvagens para você. Como é que aguenta morar conosco?

Por alguns instantes, ficaram escutando as raposas que iniciavam seu diálogo na floresta.

— Você gosta daqui? De Songarh, quero dizer — perguntou Nirmal para preencher o silêncio.

— Gosto — respondeu Meera. — É claro que gosto. Contanto que possa dar minhas caminhadas, gostaria de qualquer lugar.

— Você veio para cá... quando foi?... no mesmo ano que Mukunda, não é? — disse Nirmal. — Sim, foi no mesmo ano. Eu estava aqui em Songarh, esperando... na verdade esperando você escrever e me dizer se poderia vir. Foi então que fui buscar Mukunda. Fazia algumas semanas que estava em casa. Estava muito irrequieto. Então, um dia, sem nada mais para fazer, fui ao orfanato para ver quem a nossa família vinha sustentando havia tanto tempo. Vi o menino, simpatizamos um com o outro, e voltei para casa com ele. E você chegou logo depois, não foi?

— Foi bom ele ter saído de lá — disse Meera.

— Sim, claro, foi então que você chegou — disse Nirmal. — Você o encontrou antes de vermos Bakul e disse: "Achei que eu fosse ter de cuidar de uma menina."

— Você se lembra disso? — Meera riu. — Eu fiquei realmente surpresa.

— Fui para o Rajastão muito aliviado — disse Nirmal. — Eu...

A voz de Mukunda flutuou até eles pela escuridão, hesitante:

— O jantar está esfriando... Manjula *didi* está muito zangada, diz que vai tirar a comida da mesa...

Nessa noite, enquanto a casa dormia, Meera acordou. Não teve certeza, mas sentiu que Bakul não estava em sua cama do outro lado do quarto. Talvez estivesse no banheiro, pensou, e voltou a dormir. Mas em poucos instantes tornou a acordar. Levantou-se e cambaleou até a cama de Bakul para verificar. Será que a menina havia caído da cama, como já acontecera antes? Os lençóis estavam amarrotados, o travesseiro jogado de lado, a cama vazia.

Será que ela está doente?, perguntou-se Meera, em pânico. Por que não me acordou?

No escuro, o quarto parecia ameaçador. Meera nunca havia gostado daquela casa. Desde o começo, ela lhe parecera sombria e cheia de maus presságios. Relutou em abrir a porta que separava o quarto de dormir das duas e o corredor, mas foi até lá e empurrou-a para abrir uma fresta. Manjula e Kamal dormiam no quarto ao lado. Ela não quis acordá-los, e obrigou-se a seguir no escuro.

O corredor do lado de fora tinha um ar fantasmagórico, o teto alto se perdia na escuridão, o chão estava banhado pela luz da lua. Ela não conseguia evitar olhar para trás, tensa com cada rangido. Podia ouvir alguma coisa vinda da escada, e seguiu nessa direção. Seria possível a casa ser assombrada? Não pense nessas coisas, não seja boba, simplesmente encontre-a. Foi tateando escada acima até seus olhos se acostumarem ao brilho diferente do luar, e descobriu que estava começando a ver com bastante clareza. Subiu mais um lance de degraus e chegou ao final da escada.

Viu o armário junto à escada, aberto, e Bakul ajoelhada no chão logo em frente. Estava sentada no meio de uma pilha de papéis rasgados e fragmentos de folhas. Com selvageria, ofegante, rasgava os cadernos de Nirmal. Quando percebeu a presença de Meera e ergueu o rosto, seus olhos cintilavam sem ver nada.

Antes de ir para a escola no dia seguinte, Bakul espiou para dentro do quarto de Kananbala. A avó estava dormindo e balbuciando palavras desconexas enquanto uma baba lhe escorria do canto da boca e escurecia o travesseiro. "Levem o leão embora", murmurava ela. "Olhem ele ali de novo, tão grande, com os dentes vermelhos... vermelhos de sangue, olhem, está arranhando o peito dele, assim vai matá-lo. Tem alguém aí, alguém está me ouvindo? Ninguém me ouve..." Kananbala esforçou-se para abrir os olhos; sabia que estava acordada, mas mesmo assim não conseguia acordar. Podia ver a luz do sol entrando pela janela, estava com frio e queria puxar o cobertor mais para junto do peito. Sentiu a presença de Bakul no quarto, mas havia o leão para espantar.

Bakul aproximou-se da avó e acariciou-lhe a cabeça.

— O *Thakuma* — disse ele. — Acorde, a senhora está sonhando.

Kananbala resmungou e grunhiu, e Bakul sacudiu-a com um pouco mais de força.

— Acorde, não tem leão nenhum, sou eu, Bakul! Acorde, tenho de ir para a escola já, já!

Um pouco depois, Bakul estava em pé atrás de Kananbala, penteando-lhe os cabelos brancos. A cabeleira havia rareado em alguns pontos, o suficiente para expôr pedaços do couro cabeludo.

— A senhora está ficando careca, *Thakuma*.

— Eu por acaso sou uma jovem beldade? — retrucou Kananbala, fechando os olhos de prazer enquanto o pente lhe massageava a cabeça. Como era bom quando... — O pente pressionou seu crânio com força. Kananbala fez uma careta e soltou uma exclamação. — Ai!

— Doeu?

— O que você acha? — A voz de Kananbala soava irritada. — Não faça com tanta força!

— A sua mãe tinha uma senhora cabeleira de cabelos encaracolados — continuou ela. — Você herdou isso dela. Pobre moça. Não viveu para aproveitar nada. Nunca viu você.

Bakul, que já havia escutado isso antes, ficava impaciente com a avó por ela repetir as coisas. Algumas vezes desconversava e dizia: "Sim, sim, você já me disse isso."

— O seu pai era tão diferente antigamente — prosseguiu Kananbala, ainda de olhos fechados, sentindo o toque delicado dos dedos de Bakul nos cabelos e ombros. — Um menino tão despreocupado, tão brincalhão. Ele nunca andava, só corria. Nunca falava sem estar com os olhos cheios de riso. Quem iria reconhecê-lo agora?

Atrás dela, Bakul franziu o cenho e fez uma careta.

— Na época eu não contei a ninguém — continuou Kananbala. — Mas um dia vou contar a você. Eu sei quem matou aquele homem na casa em frente.

— Foi você! — disse Bakul, rindo. — Você sempre diz isso. Você não sabe de nada.

— E depois fui fazer um piquenique — prosseguiu Kananbala com sua voz nostálgica. — Você nunca viu nada igual. Foi...

Em meio a seu estupor semi-sonolento, Kananbala ouviu alguém entrar no quarto e se agitar em algum lugar logo atrás dela. Abriu os olhos ao sentir a cama dar um solavanco e ser sacudida.

— Ai, Bakul — exclamou, estremecendo. — Um terremoto, acuda! — Olhou em volta, alarmada, agarrando-se às laterais da cama que se movia.

Viu a forma curvada de Nirmal sair de debaixo da cama e se endireitar. Ele havia arrastado o baú da mãe lá de baixo. Enquanto ela olhava, horrorizada, abriu-o e começou a tirar todos os seus sáris. Sequer parecia reparar na presença da mãe.

— O quê? Nirmal? O que você está...

Debaixo dos sáris de Kananbala, Nirmal desenterrou a preciosa caixa de Bakul.

— O que está fazendo, Nirmal? — perguntou Kananbala, frenética. — O que está fazendo debaixo da cama com meu baú?

— Vou mostrar a você o que significa perder uma coisa preciosa — disse Nirmal com a voz entrecortada para Bakul enquanto tirava a caixa de alumínio de dentro do baú de Kananbala. — Agora vai aprender a ser responsável com as coisas dos outros.

— Não pegue isso — gritou Bakul, e projetou-se para a frente. — É a minha caixa, não toque na minha caixa.

Ela mergulhou por cima da cama na direção de Nirmal e tentou arrancar a caixa dele.

— Nirmal! — exclamou Kananbala. — O que está fazendo, você perdeu a razão?

— Se perdi a razão, *ma*? — perguntou ele enquanto saía do quarto. — Por acaso ainda existe alguém são aqui nesta casa?

O novo escritório de Nirmal ficava no limite de Songarh, um prédio pequeno que, além dele, abrigava dois outros funcionários, um assistente júnior, um escrivão e um homem que se revezava entre levar recados e preparar o chá. A escrivaninha de Nirmal estava limpa, com exceção de uma pilha de papéis de um dos lados e de uns poucos livros. Os outros funcionários, Sharma e Negi, conversavam junto à janela. Assuntos de escritório, pôde perceber Nirmal pelos fragmentos esparsos que chegavam a seus ouvidos. "O sr. Bullock sempre protege Banerji", dizia um deles. "*Arre bhai*, você não sabia que Banerji foi aluno dele? É por isso que sempre consegue os melhores cargos."

Nirmal tomou outro gole d'água enquanto tentava acalmar a fúria que ainda ardia dentro dele. Quantos anos havia demorado para juntar a coleção? Doze? Quinze? Quando a havia começado? Aquele carvalho sob o qual se sentara ao passear pelo Himalaia ocidental. Aquele bordo, os rododendros, todos de cores diferentes. Eram em sua maioria folhas de grande altitude, de ocasiões em que ele havia escapulido de seus aposentos para caminhar pelas colinas, mesmo que para chegar lá tivesse de fazer uma viagem de trem, depois outra de ônibus, e em seguida uma terceira de carroça.

Bakul destruíra tudo.

Ele arrastou a cadeira para trás. A cadeira caiu.

— Tenho de ir — disse Nirmal.

Os outros o observaram ir embora.

— Que homem mais estranho — comentou Negi. — Não conversa, não gosta de companhia.

Nirmal saiu andando a passos largos. Sacou a fina cigarreira de prata, um dos raros presentes de aniversário do irmão. Acendeu um cigarro e soltou a fumaça com um suspiro fundo. A faixa em torno de sua testa pareceu ceder um pouco. Ele reparou que as margens da estrada de terra vermelha exibiam aqui e ali pilhas de fragmentos de mica, brilhantes espelhos refletindo o sol da manhã.

Por que Bakul resolvera destruir a coleção que ele tanto valorizava? Ela sabia o que a coleção significava para ele, ele lhe falara a respeito no dia anterior! Não conseguia imaginar tamanha malevolência em uma criança de onze anos... ou seriam doze? De manhã, quando Meera havia lhe contado o ocorrido — o que ela dissera mesmo? "*Dada*, acho que Bakul estragou um ou dois dos seus cadernos" —, ele tivera a sensação de que iria explodir. Um ou dois dos meus cadernos!

Não longe dali, Mukunda estava sentado à mesa da sra. Barnum tentando ler. Ela ainda não havia aparecido nessa tarde, e ele sentia que a página não parava de flutuar para longe. As palavras eram difíceis e pouco conhecidas, e o trecho ao qual chegara no volume um da Biblioteca de Literatura não lhe interessava. Tudo em que conseguia pensar era na confusão ocorrida em casa naquela manhã. Tinha visto Nirmal ajoelhado diante de seus cadernos rasgados, com pedacinhos de folhas despedaçadas, velhas e secas esvoaçando ao seu redor à suave brisa da manhã. Mukunda estava com medo da raiva que certamente iria sufocar a casa. Por que Bakul tinha feito aquilo?

Fechou o livro com um baque e caminhou até a janela dos fundos que dava para o jardim da sra. Barnum, um jardim diferente de todos os outros. Era mais uma floresta selvagem de árvores altas, com um grande lago em um dos cantos cheio de exuberantes ninfeias. Um lago escondido bem atrás da casa, difícil de ver, a não ser de uma das janelas superiores. Nesse dia, ao olhar para a água, Mukunda viu algo se mexer dentro dela. Desceu correndo a escada e saiu para o jardim o mais depressa que conseguiu. Teve certeza de que Bakul estava lá dentro, e sabia que ela não nadava. Teve uma certeza irracional de que ela estava tentando se afogar por causa dos problemas que tivera naquela manhã.

Arrancou a camisa e, quando tentou entrar no laguinho, percebeu que a água era bem funda, funda demais para dar pé. Deixou-se flutuar, envolvido pelo súbito silêncio da água. Plantas aquáticas se agitavam à sua volta, cheias de sombras, etéreas. Algo passou roçando nele, um peixe, pensou. Pôde ver Bakul se debatendo a poucos metros, e disparou na sua direção. Os caules das ninfeias ondulavam, escuros e gordos. Ele a alcançou e segurou sua mão, tentando forçá-la a sair da água. Ela emergiu engasgando e cuspindo, empurrando-o para longe.

— O que está fazendo? — gritou ela. — Deixe-me em paz! Eu estava só começando a boiar!

Ela tornou a mergulhar na água, agitou os braços e voltou à tona cuspindo água e com ânsias de vômito.

— Acho que engoli alguma coisa.

Os cabelos de Bakul estavam colados em sua cabeça mecha por mecha. Uma planta aquática pendia de sua orelha, e ela atirou-a em Mukunda. Seu fino vestido de verão grudava nos seios recém-despontados, do tamanho de pêssegos. Mukunda ficou olhando para eles, para o tom escuro dos mamilos, para as curvas. Como se fossem independentes dele, suas mãos se estenderam para tocá-los.

— Não faça isso — disse Bakul, dando um tapa na mão dele para afastá-la. — Eu sinto cócegas.

Mukunda apertou delicadamente os seios de Bakul.

— Não é macio — sussurrou. — Pensei que fosse.

Quando chegaram em casa, tentaram entrar despercebidos, sabendo que as roupas molhadas lhes valeriam uma bronca. Mas Manjula estava esperando do lado de fora, e Meera também.

— Vocês sabem que horas são? — perguntou Manjula. — E sabem o estado lamentável em que estão, os dois? Por que suas roupas estão molhadas? O que estavam fazendo?

— Você vai se resfriar, Bakul, vá secar os cabelos agora mesmo — disse Meera, tentando amenizar a ácida reprimenda de Manjula.

— Eu caí dentro do lago — disse Bakul, olhando para Meera de cara feia —, e ele teve de entrar para me pegar. — Ela passou pela tia, cujos tapas eram rápidos e ardidos quando ela decidia desferi-los. A voz de Manjula a seguiu vinda do jardim:

— Desta vez para mim chega. Eu já disse a Nirmal uma vez, mais de uma vez, que eles precisam de um pouco de disciplina, que não são mais crianças, mas por acaso alguém me escuta nesta casa? Será que eu não significo nada?

Amarga, ela murmurou:

— Os caminhos de Deus são mesmo estranhos para fazê-Lo dar filhos a quem não liga a mínima e me deixar sem nenhum.

No dia seguinte, em seu quarto no telhado, Nirmal estava deitado na cama tentando ler a tradução de um conto de Tchekhov, "A estepe", mas os vastos espaços abertos e as errâncias dos personagens sob os imensos céus da Rússia fizeram-no se sentir ainda mais sufocado do que o normal em Songarh. Ansiou novamente pelo céu do deserto do Rajastão, onde os olhos eram incapazes de alcançar o horizonte. Deixou o livro de lado e levantou-se, perguntando-se o que fazer.

Era feriado no escritório. Os dois outros homens que lá trabalhavam adoravam feriados, embora os seus dias de trabalho fossem bastante indolentes. Iam para casa encontrar as esposas, as demandas das crianças, a confusão das famílias numerosas. Muita coisa que eles adoravam parecia acontecer nas vidas de Negi e Sharma: visitas de parentes, casamentos no bairro, idas ao bazar; até mesmo as doenças pareciam proporcionar alvoroço e fofocas. Em contraste, pensou Nirmal, fazia muitos anos que ele próprio era um observador. Os outros julgavam-no arredio, ele sabia, e talvez arrogante. Ele não ligava para isso. No entanto, às vezes ansiava pela populosa cacofonia da vida de outras pessoas, apesar de saber que ela com certeza o deixaria infeliz.

Deu a volta no quarto atrás da caixa de fósforos, segurando entre os dedos um cigarro apagado, e seu olhar se deparou com a caixa de alumínio. A caixa de Bakul! Estava sobre o parapeito. Ele havia se esquecido completamente dela. Pegou-a na mão. A caixa chacoalhou. Ele a levou até a cama e examinou-a: estava amassada em um dos cantos, com a superfície de alumínio riscada, o fecho torto.

A caixa de Bakul continha muitas coisas cujas origens até mesmo ela esquecera. Nirmal as foi pegando, uma por uma: um colar de plástico cor-de-rosa, algumas sementes achatadas e marrons que ele reconheceu como sendo de tamarindo, uma boneca de pano de cara triste usando um sári vermelho, um pequeno vagão de bonde — com uma menina sorridente de olhos brilhantes e cabelos louros atrás das janelas que dizia "Torrone Perkins" em um balão de diálogo.

No fundo da caixa, encontrou três envelopes. Em um deles, para seu espanto, reconheceu a própria caligrafia. O carimbo postal dizia Bikaner. Abriu o envelope e viu que havia escrito, em grandes letras de fôrma: "Querida Bakul, estou em um lugar que tem bichos chamados camelos e árvores chamadas palmeiras." Havia algo parecido com um camelo desenhado ao lado das palavras, em pé ao lado de uma palmeira.

Quando sacudiu o segundo envelope, três fotografias caíram lá de dentro. A menor, dobrada nos cantos, mostrava a casa de Shanti em Manoharpur. Fazia doze anos que ele não via a casa ou uma fotografia dela. Quase havia se esquecido — nunca queria se lembrar — daquela casa. No entanto, ao olhar para a fotografia, tudo lhe voltou à mente, cada detalhe. Ele viu a árvore junto à janela de Shanti, a árvore em homenagem à qual ela havia escolhido o nome de Bakul. Viu a varanda onde ele e o sogro costumavam ficar sentados conversando durante o chá, quando aqueles vizinhos de Bikash *babu* apareciam para começar suas intermináveis conversas sobre as mesmas coisas todos os dias: a cheia iminente; a empresa escocesa de engenharia; os pés de manga e de coco; como andava o processo do vizinho, e se chegara às mãos do juiz distrital.

Nirmal ficou olhando para o retrato por mais tempo do que percebeu. Então, deixando-o de lado, voltou a atenção para os outros dois. Um era de Shanti: o mesmo que chegara com a proposta de casamento. Nirmal fez uma pausa, sorrindo da expressão recalcitrante no rosto de Shanti. Como seria ter a própria foto enviada para um estranho aprovar? Imaginou se outros homens, outros maridos em potencial, teriam visto aquele retrato de Shanti. Será que algum deles ainda o guardava em casa? Ou será que suas eventuais esposas o haviam jogado fora ou rasgado?

A terceira fotografia mostrava o casal encarando o fotógrafo matrimonial. Nirmal olhou-a rapidamente e deixou-a de lado. Aquele rosto magro, jovem, o farto topete, aquele era eu? Foi até o espelho do armário e estudou o rosto cheio de sombras que o encarava. Os cabelos estavam penteados totalmente para trás, como os do pai. Em suas faces havia linhas fundas, servindo de suporte para o nariz. O rosto ainda era magro, mas não tão magro quanto na fotografia. Emaciado. Velho. Um rosto velho. Com apenas trinta e sete anos, ele era um velho. No entanto, não era um patriarca como havia sido o pai, nem mesmo um autoritário como o irmão.

Seus pensamentos recuaram dois dias. Tinha escutado uma batida na porta e se preparado para outra invasão de Manjula, mas era Meera. Ficou encabulado por estar mal-ajambrado, e não quis lhe dizer para entrar em seu quarto bagunçado, com a cama desfeita, embora soubesse que era ela quem o teria arrumado mais cedo no mesmo dia, mandado a empregada fazer a cama e tirar os cinzeiros cheios de baixo das cadeiras e mesas. Saíra para o telhado, estremecendo de leve com o frio do início da manhã, e perguntara:

— Algum problema?

— Eu...

À luz suave da manhã, a pele de Meera parecia luminosa. Viu que ela já estava de banho tomado, e os cabelos soltos, molhados, haviam pintado uma rodela de umidade sobre seus ombros. Gotinhas d'água pendiam dos fios como diamantes. Ela em geral tinha um olhar direto, mas nesse dia não quis encará-lo.

— Na verdade, eu subi para pôr as roupas para secar...

Nirmal reparou em um pequeno balde de ferro ao seu lado, cheio de roupas molhadas e torcidas. Esperou, ainda a se perguntar por que ela o havia chamado.

— ...e achei que devesse avisar a você... por favor, não se zangue com ela, ela é jovem e não sabe das coisas... Bakul, ela estragou alguns dos seus cadernos...

— Cadernos? Que cadernos?

— Do armário da escada, os cadernos que estavam lá, eu...

Antes de ela conseguir terminar o que estava dizendo, ele já tinha descido correndo a escada até lá embaixo. Alguém havia começado a juntar os cadernos despedaçados em um canto, formando pilhas com os fragmentos. Nirmal tinha se ajoelhado no chão e espalhado os pedaços para lá e para cá até o pequeno espaço ao pé da escada estar coberto de papel picado, e ficara sentado no meio do papel sentindo a raiva começar a brotar dentro de si.

Sentia-se encabulado por isso agora, por Meera tê-lo visto, ter tentado acalmá-lo, tentado salvar o pouco que parecia recuperável. Nessa noite, ao chegar em casa do trabalho, ele vira que três dos cadernos, cuidadosamente colados, haviam sido deixados sobre um parapeito de seu quarto. Ninguém a não ser Meera teria feito aquilo.

O que ela pensava a seu respeito?, perguntou-se ele. Um homem de meia-idade que nutria sentimentos em relação a folhas prensadas? Um homem estúpido que havia tentado repreender a filha rebaixando-se ao nível da criança? Meera devia ter levado o dia inteiro colando aquelas páginas. Por que fizera aquilo? E Bakul, será que ela o odiava tanto a ponto de atacá-lo da única forma que pensava poder feri-lo?

Tornou a olhar para as fotografias que tinha nas mãos, e pela primeira vez avaliou a própria culpa. Aquela pequena caixa de alumínio continha todas as lembranças que Bakul tinha da mãe, seus pertences mais preciosos. Qual fora a contribuição de Nirmal para aquilo? Será que haveria algum jeito de ele compensar a própria negligência? Nirmal permaneceu sentado, alternando-se entre fumar, olhar para as fotografias e fumar novamente. Então, em um instante, pareceu tomar uma decisão e levantou-se da cama.

Preciso mostrar a casa de Shanti para Bakul, pensou. É o único jeito que tenho de lhe proporcionar algum vínculo de verdade com a mãe. Eu deveria tê-la levado lá muito tempo atrás. Ela ainda tem um avô; precisa conhecê-lo.

Teve a sensação de que algo dentro de si havia se soltado, dando-lhe novamente espaço para respirar. Uma onda de empolgação o fez afastar a caixa de si e sair para a varanda. Iria reservar passagens de trem, seria a primeira viagem dos dois juntos. Levaria Mukunda também, para ampliar os horizontes do garoto. No caminho, parariam em Calcutá, e ele lhes mostraria o Museu da Rainha Vitória, mostraria a Bakul um bonde de verdade, não uma caixa de metal.

E, como não teria condições de cuidar sozinho de duas crianças, levaria Meera também. Mal podia esperar para lhe contar, para ver seus olhos se arregalarem e seu rosto se iluminar.

Estimulado pela perspectiva da viagem, já ansiando pelo barulho conhecido de um trem, Nirmal calçou os sapatos e desceu a escada. Por que passar o feriado inteiro em casa?, pensou, e começou a andar rapidamente em direção ao Finlays, à procura de uma *tonga* que pudesse pegar no caminho.

Meera alisava com os dedos um sári enrolado em volta de um manequim no armazém Finlays. O manequim estava disposto sobre um pedestal ao lado da porta, mais de meio metro mais alto do que Meera, e tinha a pele branca feito farinha e lábios vermelhos como uma maçã. Um sári cor de laranja debruado de dourado envolvia-lhe o corpo voluptuoso. Meera baixou os olhos para o próprio sári, da habitual cor creme, dessa vez com uma estreita borda marrom. Algum dia, fantasiou, vou tornar a usar laranja da cor do sol poente, verde da cor de mangas jovens, e o forte vermelho das flores de *semul*. Talvez somente em segredo, para mim mesma. Quando ninguém estiver olhando, mas vou.

Sem que ela percebesse, Nirmal a observava do lado de fora da loja. Aquilo o havia deixado paralisado, vê-la fazer algo tão comum, admirar um sári, o tipo de sári que uma viúva jamais poderia usar. Ao lado do imenso manequim laranja e dourado, Meera parecia diminuta e sem graça, segurando a bolsa a tiracolo com força enquanto as pessoas se juntavam ao seu redor para examinar coisas, comprar coisas. Vendedores e clientes passavam roçando nela, indiferentes. Estava claro para eles, assim como para Nirmal, que Meera não estava ali para comprar nada. Ele foi invadido por uma onda inesperada de ternura diante daquela presença fora de lugar, da solidão dela naquela loja cheia.

Entrou e disse:

— Que surpresa!

Meera deu um pulo para longe do manequim, como se houvesse sido maculada pelo simples fato de estar perto dele.

— Eu... hum... tive de trazer as crianças para sair... hoje é feriado... — gaguejou ela. — Elas estão logo ali, na livraria.

Nirmal hesitou, imaginando se seria adequado, e então, deixando de lado a apreensão, disse:

— Do lado de fora há uma barraca que vende chá. Aceita um?

Havia dois conjuntos de mesas de metal dobráveis e cadeiras debaixo de um toldo. Olhando em volta, sentindo-se envergonhada, Meera sentou-se em uma das cadeiras, esperando que não fosse rasgar seu sári nem manchar o branco de ferrugem. Que estranho isso iria parecer para quem a conhecesse: ela, Meera, tomando chá em público com o pai de Bakul. Que conclusões as pessoas iriam tirar?

— Eu trouxe as crianças para lhes fazer um agrado. Elas não saem muito... — disse ela.

— Não quer ir à livraria também? Eu me lembro que você costumava ler os livros do meu pai. Com certeza nestes seis anos já terminou todos.

O fato de ele se lembrar de como a havia surpreendido certa vez saqueando os velhos armários de livros de porta de vidro de Amulya fez Meera sorrir para dentro do chá.

— Bom, estou lendo alguns deles pela terceira ou quarta vez. Não compro muitos livros novos. — Ela olhou para o outro lado.

— Os livros de *baba* eram bons o bastante para serem relidos? O que ele tinha? Na verdade, eu mal olhei. Lembro-me de muita... botânica.

— Ah, você ficaria surpreso — disse Meera, rindo. — Muitos livros solenes. Mas também romances! É, sim. *Jane Eyre*, *O morro dos ventos uivantes*... esses romances ingleses. Um chamado *As rosas de cetim do Cairo*. Todos com o nome dele escrito. — Ela parou, pensando que estava sendo imprópria. — Imagino onde estarão as crianças — falou. — Eu deveria ir à livraria buscá-las. — Ela começou a recolher suas coisas.

— Quer uma bomba de creme? — perguntou ele, por impulso. — Sabia que o Finlays faz ótimas bombas de creme? Bom, pelo menos tão boas quanto qualquer outra que se possa comprar em Songarh.

Ela pousou a bolsa, mas continuou a tocá-la como se fosse se levantar a qualquer momento.

— Bombas de creme? — indagou. — Na nossa idade?

Mas ela comeu uma, limpando discretamente o creme que se derramava usando um lenço branco bordado com rosas cor-de-rosa. Imaginou se o lenço estaria limpo. Nirmal reparou que era o único toque de cor em sua toalete, e ficou olhando o lenço tocar seus lábios.

Quando terminaram os doces, a luz cor de limão da tarde de março havia se dissolvido sem aviso para se transformar em crepúsculo. Meera perguntou-se o que deveria dizer em casa sobre aquele tempo passado fora. Quem iria preparar o chá antes de Kamal chegar em casa? O que Manjula diria sobre essa longa ausência? E o que diriam quando vissem eles todos voltando *juntos*?

O que havia na escuridão, pensou Meera, que lhe dava o poder de alterar tudo em volta? Sempre aquelas mesmas instruções de pais, marido, parentes: *Volte antes de escurecer!* O que exatamente, perguntava-se ela, iria acontecer no escuro que não poderia acontecer durante o dia? Mas o pânico em relação ao pôr e ao nascer do sol a acompanhava até onde sua memória alcançava. Alguém passou roçando nela. Meera reprimiu um grito. Era uma figura coberta por um xale de cor indefinida.

— *Tonga, Mataji*? — perguntou o homem com uma voz esganiçada.

Finalmente estavam dentro de uma *tonga*. Havia dois bancos compridos e duros, de costas um para o outro, virados em direções opostas mas unidos pelo mesmo encosto. Meera ficou escutando o ranger discreto das rodas, as batidas rápidas dos cascos, o toque alegre da sineta. O cheiro pungente do cavalo, a mistura característica de estrume, suor e ar livre, flutuava em sua direção trazido pela brisa, e ela o aspirava, relaxada pelo movimento da charrete. Estava sentada no banco de trás com Bakul, ouvindo Mukunda conversar com Nirmal na frente sobre cavalos e chicotes. Chegaram ao declive que subia e se transformava no caminho de casa. O *tongawallah* magro e coberto pelo xale açoitava o cavalo, e as veias serpenteavam por seus pulsos como rios. Apesar do ar frio do início da noite, o cavalo reluzia de suor. A *tonga* se precipitou para a frente, ganhando velocidade à medida que o declive ia se inclinando cada vez mais para baixo antes de tornar a subir. Meera respirou uma grande golfada de ar veloz e tentou prender os cabelos nos grampos.

Separado dela apenas por uma placa de madeira fina e dura estava Nirmal. Se ela inclinasse a cabeça para trás, só um pouquinho, poderia recostá-la no seu ombro.

Ela fechou os olhos por alguns instantes e segurou firme o braço do assento.

# 3

Desde aquele chá com Meera, Nirmal descobriu-se incapaz de se concentrar no trabalho burocrático que tinha a fazer antes de o menino aparecer às quatro da tarde diariamente com suas xícaras marrons fumegantes. Que tipo de teodolito? Quantos? Barracas ou não? Havia trabalhadores suficientes disponíveis na região? Tinha formulários de requisição a preencher, cartas a escrever, mas seus pensamentos não paravam de voltar às ruínas ou, se fosse honesto consigo mesmo, à consciência de que Meera talvez estivesse na ruína naquele instante, sozinha, dando comida aos cachorros, fazendo seus desenhos.

Na quarta tarde, desistiu de lutar e saiu cedo do escritório, dizendo que precisava avaliar o local da escavação. Deu uma volta inteira na ruína, mas não viu nem sinal de Meera. Entrou no domo, mas ouviu apenas uns choramingos e um rosnado baixo. Pensou que ela houvesse ido mais longe e foi até o leito seco do riacho, mas tampouco a encontrou ali. Desconsolado, e agora muito consciente, pela sensação de desapontamento, de que sua ida até ali não tivera absolutamente nenhum objetivo profissional, começou a fazer o caminho de volta até a entrada do forte.

Dessa vez, ali estava ela, caminhando apressada em direção ao domo como se estivesse atrasada, partindo *rotis* enquanto andava. Sua bolsa de tecido balançava e quicava em seu quadril a cada passo rápido que ela dava.

Ele parou e esgueirou-se até atrás de um muro desmoronado, com a testa se cobrindo de suor. O que estava pensando? Por que fora até ali? Era ridículo. Ela era uma parente distante, viúva; se detectasse nele o menor indício de desejo, ficaria ofendida e deixaria de falar com ele. Se alguém da família dele ou da vizinhança ficasse sabendo, seria o caos; Meera certamente seria relegada ao ostracismo, e talvez ele também.

Espiou pelo canto do muro, percebendo o absurdo da própria situação: como poderia ir embora sem que ela o visse? Se não saísse agora, teria de continuar ali pelo tempo que ela resolvesse ficar desenhando. Podia ver que ela havia se acomodado, recostada na figueira-de-bengala. A cadela estava sentada ao seu lado, alternadamente coçando a orelha e cheirando as partes traseiras.

Ele respirou fundo e tentou aparecer como se estivesse surpreso. Ela o viu e largou o caderno de desenho.

— Desculpe — falou. — Eu deveria ter percebido que isto agora virou um local de trabalho... eu realmente não deveria ficar aqui sem fazer nada.

Suas palavras fizeram uma ideia surgir na cabeça de Nirmal, e ele a expôs antes mesmo de ter pensado no assunto.

— Na verdade, você não está sem fazer nada. O que está fazendo poderia ser trabalho!

— Como assim? — A essa altura, ele já estava ao seu lado, curvando-se na direção da cadela em uma tentativa de amizade à qual esta reagiu abanando o rabo de forma imperceptível.

— Estou querendo dizer que precisamos de esboços do local da escavação antes de começarmos, esboços detalhados. Você acha que poderia fazê-los para mim?

— Você não iria precisar de um profissional? — perguntou Meera. — Eu só faço esboços, não sou desenhista.

Nirmal sentou-se ao seu lado e disse:

— Se você concordasse em me mostrar alguns dos seus desenhos, eu poderia dizer.

Com alguma ansiedade, ela abriu o caderno de esboços e começou a virar as páginas. Havia desenhos de árvores e flores, alguns da cadela. As linhas eram precisas e fluidas. Ela também havia desenhado a ruína de vários ângulos. Nirmal viu que os desenhos eram mais atmosféricos do que exatos. Por exemplo, qual era o aspecto *exato* do domo? Qual era o seu tamanho em relação aos pilares? Meera havia esfumaçado algumas linhas, suavizado os desenhos ao estilo dos esboços feitos em grafite, escondido detalhes arquitetônicos por trás de árvores e nuvens desenhadas em pastel. Perguntou-se como lhe dizer que ela precisava mudar de estilo para os desenhos de que ele precisava. É claro que também poderia pedir a um profissional para fazê-los, e fotografias seriam tiradas diariamente.

Meera ficou olhando para seu rosto enquanto ele virava as páginas. Quando virou a décima página, ela quase lhe arrancou o caderno das mãos.

— Eu vi alguma coisa que não deveria? — Nirmal soava ofendido.

Ela deu uma risadinha nervosa e disse:

— Acho que é só isso, depois são só páginas em branco.

— São esboços maravilhosos, eles realmente transmitem a atmosfera deste lugar.

Meera olhou para o outro lado, incapaz de esconder um sorriso. Vinha desenhando desde que chegara a Songarh, mas não achava que ninguém fosse ficar interessado.

— Será que você poderia tentar fazer isso de forma um pouco mais sistemática? — perguntou Nirmal. — Faça primeiro a frente, depois uma lateral, em seguida a outra, mantenha as linhas precisas como se fosse um diagrama, transmita o senso de proporção o mais exato possível. Simplesmente desenhe a construção como se estivesse desenhando um mapa. — Não iria pedir mais, pensou, ou ela poderia se assustar.

— Vou tentar — disse ela —, mas só tenho um pouco de tempo por dia, então não vou ser rápida o suficiente para você.

Nirmal levantou-se e sacudiu a poeira da calça.

— Um pouquinho por dia já basta — falou. — Para começar.

Ao longo dos dias seguintes, Nirmal dedicou-se aos seus documentos no escritório com algo semelhante à antiga objetividade, alegrando-se com longas horas de trabalho enquanto planejava a escavação de Songarh. Estava tomado por um contentamento de um tipo que não sentia desde o seu retorno. Era um sentimento raro que geralmente o acometia, quando o acometia, bem no alto de uma cadeia de montanhas, nas imensas dobras e picos de colinas e vales que se estendiam à sua frente, com os contornos borrados sob o ar da noite. Nesses momentos, ele via a si próprio como se estivesse olhando do céu, um pontinho infinitesimal no meio de uma gigantesca superfície de terra, e no entanto uma parte tão insignificante, tão inseparável das montanhas, dos arbustos cor-de-rosa de azeda-brava e das árvores quanto os esquilos velozes que subiam correndo os cedros ao seu lado.

Nirmal agora sentia que a casa estava se acostumando a tê-lo de volta, e Bakul se mostrava menos truculenta. À noite, ela às vezes seguia Mukunda até o telhado de Nirmal e ficava por perto enquanto seu pai ensinava o menino a identificar as constelações. Algumas vezes, quando estava sentado junto a Mukunda, mostrando-lhe livros de ilustrações com imagens da Acrópole e das tumbas de Tutankâmon, reparava que Bakul estava espiando por cima do seu ombro. Não dizia nada a ela. Caso o fizesse, sabia que ela iria embora. Ele havia devolvido a caixa da filha ao seu lugar debaixo da cama de Kananbala, mas não se esquecera dos planos de levá-la a Manoharpur. Certa noite, perguntou:

— Quando começam as férias de verão?

— Ah, ainda falta muito — respondeu Mukunda. — Não sei a data.

— Eu sei — disse Bakul. — Nós recebemos um calendário de datas importantes no início do ano letivo. É a partir do dia 10 de maio. Até o final de junho!

Nirmal levantou-se e foi até um calendário na parede. Traçou um grande círculo vermelho em volta do dia 12 de maio e sorriu para os dois. Bakul e Mukunda se entreolharam com os olhos cheios de perguntas.

— O que vocês dois achariam de ir a Calcutá? E depois a Manoharpur? Podemos ter um compartimento de primeira classe só para nós, com quatro beliches, um banheiro e um espelho. Iremos ao zoológico e ao Museu Indiano. Pegaremos o bonde e andaremos a cavalo na esplanada, o que acham? Vamos visitar o avô de Bakul e pegaremos um barco para descer o rio em Manoharpur.

Mukunda passou essa noite acordado em seu minúsculo quartinho do quintal. Mosquitos zumbiam em volta de suas orelhas com seu som agudo. Ele os esmagava contra a pele quase sem perceber. Na imaginação, ouvia o apito distante do trem, urgente, com destino a lugares mais importantes do que qualquer um que ele já houvesse visitado. Esse barulho era uma constante no seu orfanato, que não ficava muito longe da linha do trem. Durante o dia inteiro, podiam ouvir os trens passando para lá e para cá. Acordavam com o barulho do trem de mercadorias Sealdah Goods e saíam cambaleando do quarto, mascando galhinhos de *neem* para limpar os dentes. Ao meio-dia era a vez do trem que descia de Danapur e, se esse trem atrasasse, o almoço atrasava. À noite, enquanto se remexiam e se reviravam, apertando com os punhos barrigas famintas e vazias, eles escutavam o barulho do trem cujo nome desconheciam; o trem passava tão tarde da noite que poderia ter sido um espectro em seus sonhos, então eles o chamavam de Trem *Bhoot*, imaginando que transportava fantasmas pelo país.

Fora ele, Mukunda, quem bolara o plano de fugir de trem. Convencera três meninos mais velhos de que poderiam fazê-lo: sabia que não conseguiria sozinho. Ele e os outros — Birsa, Subhas e Michael — escaparam do orfanato no meio de uma manhã e saíram correndo pelo caminho atrás do prédio. A pouca distância ficava a floresta que os separava dos trilhos do trem. Não tinham autorização para ir até lá, mas nesse dia correram, varando arbustos e grama, fazendo borboletas se erguerem diante deles como pétalas, insetos zumbirem irritados. Correram por trechos úmidos, feriram-se em urtigas, passaram por densas sombras penetradas por poças de luz brilhante do sol, estenderam a mão para cachos de flores brilhantes ao passar, arrancando-as e acenando com elas enquanto corriam, gritando e rindo. Por fim, chegaram à beira da floresta e viram uma estrada estreita por onde passavam os trilhos do trem. O silêncio era total a não ser pelos gritos alarmados de uma família de macacos e da própria respiração rascante dos meninos. No mesmo instante em que se perguntaram se algum trem iria aparecer, ouviram os trilhos zumbirem e chiarem, ouviram a agitação distante de seu apito. Antes de perceberem, o trem já estava ali, um borrão de metal resfolegante e de fumaça, e eles puseram-se a pular, acenando freneticamente para o trem parar, para diminuir a velocidade de modo a poderem subir, fazer funcionar seu plano, fugir, chegar a outra cidade. Mas nas janelas as pessoas levavam suas vidas alheias dentro do trem, descascando uma banana, olhando para fora com olhos distraídos, ou então lendo enquanto passavam por cidades e meninos que acenavam, sem saber quanto haviam sido aguardadas, observadas com anseio; pessoas indiferentes próximas o bastante para os quatro meninos as verem, mas evanescentes, desaparecendo com cada estalo de roda e cada arroto de fuligem preta. Uma criança no último vagão acenou de volta para os meninos, e depois disso onde havia o trem ficaram apenas vazio e silêncio, preenchidos mais uma vez pela algazarra dos macacos.

Mukunda se lembrava da surra que haviam tomado na volta e da dor que sentira na barriga por causa da fome. A diretora os mandara ficar em pé no canto vendo os outros comerem: não receberiam comida nenhuma nem naquele dia, nem no dia seguinte. Isso os faria aprender.

Uma viagem de trem! Nesse dia, Mukunda soube que iria viajar, que iria muito longe, muito longe.

Apesar do avançado da hora, Bakul anunciava a Kananbala:

— Sabia que vamos visitar a casa da minha mãe, de trem?!

— De trem, é? Seu girinozinho, quem é que vai levar vocês para viajar de trem? Você não sabe que ninguém sai desta casa? Olhe só para *mim*.

— Ah, você está com inveja! Não sabe o que é um trem! Só porque nunca saiu desta casa!

— Um trem! Eu já andei de trem, andei em muitos trens, mas isso faz muito tempo.

Em outro cômodo, Manjula dizia a Kamal:

— Quando foi a última vez que tiramos férias? Vou dizer uma coisa! Que dia mais horrível aquele em que meu pai decidiu me dar em casamento a esta família, tão longe da cidade e de qualquer animação. Por que nós nunca vamos a lugar nenhum?

— Ora, nós fomos a Varanasi três anos atrás. Já se esqueceu? E aquela viagem a Puri e Dakhshineshwar? Quem levou você?

— Essas viagens todas foram para rezar por um filho, não foram férias, só dias de jejuns e mantras. E as preces não funcionaram. Nada funcionou na minha vida!

— Pare de resmungar — disse Kamal. — Pare de fazer parecer que eu sou responsável por tudo.

— Se não é você, quem é?

Em sua cama ao lado de Bakul, Meera estava deitada, irrequieta, na terra de ninguém, entre o sono e a vigília. Ela e Nirmal estavam juntos em uma *tonga*, voltando da cidade. Sua cabeça balançava junto ao colarinho da camisa azul amarrotada que ele vestia, e os olhos dele lhe sorriam, e ela podia ver a barba despontando em seu queixo, escurecendo as marcas de expressão que desciam por suas faces. Como todas as *tongas*, aquela dali era apertada, e seus quadris e ombros eram projetados ao encontro um do outro a cada buraco do caminho. O cavalo ofegava nos trechos de subida. O único barulho era o puf-puf da respiração do cavalo. Acima deles, as flores suculentas de *semul* oscilavam, vermelho-sangue, contra o céu azul e varrido pela brisa de primavera.

Ela abriu os olhos e fitou o teto, agora totalmente acordada. Fazia mais ou menos vinte dias. Ela havia concluído três desenhos das ruínas. Estavam ficando mais úteis, mais exatos. Todas as tardes, saía da casa de fininho depois do almoço e ia até a ruína. Com os anos, Manjula havia se acostumado a suas caminhadas excêntricas e sem hora certa, e já não fazia mais perguntas. As crianças estavam na escola ou então brincando. Esse horário sempre havia sido só seu.

Mas agora, Meera sabia, em algum momento de cada tarde o horário já não era mais só seu. Ela não ficava mais sentada satisfeita com seus cachorros. Ficava esperando. Mais cedo ou mais tarde, Nirmal aparecia. Olhava seus desenhos, fazia comentários, e dizia-lhe que parte da ruína desenhar em seguida, que detalhe realçar. Recostava-se, acendia um cigarro e contava-lhe sobre seu trabalho nesse dia, sobre suas viagens anos antes. Perguntava-lhe sobre a vida que ela havia deixado para trás, uma vida tão distante no passado que parecia pertencer a outra pessoa.

Meera sabia que as suas conversas não iriam levar a lugar nenhum — não *podiam* levar a lugar nenhum, e caso isso acontecesse só haveria decepção. No entanto, durante o curto tempo que passava sentada ali entre as ruínas, com a cadela e seus filhotes barrigudos saltitando ao seu redor, ela não tinha vontade de olhar para o futuro. Bastava estar feliz no presente, sentir o cheiro da fumaça que vinha dele, aquele seu cheiro enfumaçado.

Ainda faltava muito para a viagem planejada por Nirmal, mas Bakul tinha um calendário no canto de seu quarto de estudo onde havia marcado uma data duas folhas mais abaixo. Começara a riscar com um x os grandes números impressos nas folhas de cima, um por dia, todos os dias. Durante as refeições, falava sobre as comidas que levariam no trem, e em outros momentos informava Mukunda sobre as delícias de Manoharpur e Calcutá. O fato de ela ter apenas uma ideia vaga e imaginada de ambas as cidades não afetava seu estilo.

Na casa da sra. Barnum, no parapeito acima da lareira, ficava o globo de vidro. A sra. Barnum nunca os deixava tocá-lo, mas nesse dia, quando Bakul suplicou: "Preciso ver onde fica Manoharpur, sra. Barnum, por favor, deixe-me olhar o globo", a sra. Barnum sorriu, franzindo o rosto magro.

O globo era oco, cheio de um líquido dentro do qual flutuavam samambaias verdes e rochas sem peso. Se fosse girado depressa, os azuis misturavam-se aos verdes e os amarelos viravam marrons, mares se fundiam a cordilheiras, e as Américas se uniam à Ásia. Bakul foi se sentar curvada diante do globo sobre a mesa de jantar, às vezes girando-o depressa, outras vezes mais devagar, até localizar a Índia, distraída às vezes pelas pequeninas girafas e zebras pintadas em algumas regiões da África.

— Sua boba, a sua Manoharpur não vai estar no globo, o globo é para lugares grandes — disse Mukunda.

— Vai, sim! — Bakul estava arrebatada. — *Thakuma* falou que fica perto de Calcutá, só um pouco mais longe, depois dos arrozais e campos de lótus. Primeiro precisamos encontrar Calcutá. — Ela tornou a girar o globo.

A sra. Barnum aproximou-se da mesa e, com uma unha comprida e cor de âmbar, indicou um ponto do globo junto ao azul-turquesa do mar.

— Aqui — disse. — Aqui está sua Calcutá.

Sentou-se novamente em sua cadeira e fechou os olhos. Podia ver a si mesma rodopiando, girando, com o vestido rodando.

— Passar a noite inteira dançando — sussurrou. — Em Calcutá eu sempre passava a noite inteira dançando e indo ao cinema com meu vestido verde-mar, e os homens usavam gravata-borboleta e bebíamos champanhe depois, e meus pés mal tocavam o chão durante a dança. Eu era sempre a mais bonita do baile, todos os homens esperavam para dançar com Larissa.

Mukunda pegou a Torre de Pisa dentro de seu globo de vidro e ficou olhando a neve cair. Aquilo tinha a capacidade de enfeitiçá-lo, de fazê-lo sonhar com lugares que nunca vira, lugares que estavam esperando a sua chegada. Imaginou-se dentro do globo, sentindo a neve no rosto, entrando na torre inclinada e olhando de suas pequeninas janelas, vendo aquele branco todo flutuar à sua volta.

Era tímido demais para contar a Bakul suas fantasias, mas às vezes sentia vontade de fazê-lo. Queria dizer a ela que os seus sonhos o levavam muito além de Songarh, além de Calcutá, até o outro lado de oceanos, em direção a *icebergs*. O que ela diria? Com certeza diria: “Leve-me com você! Eu também quero ir!” Será que ele a levaria? Talvez. Mas o que faria com uma menina em um navio? Nas histórias que ele lia, nunca nenhum dos homens altos e valentes levava uma menina nos navios.

Nessa noite, ao se encontrar sozinha com Nirmal no pé da escada, Manjula disse:

— Acho que é má ideia levar as crianças nessa viagem.

— Má ideia? — Nirmal ficou perplexo. Não estava com vontade de iniciar uma conversa que fosse abalar sua calma recém-encontrada.

— Não se preocupe — disse, subindo a escada para longe de Manjula. — Talvez ela nunca aconteça.

— Esses dois não deveriam sair de férias juntos. Eles ficam horas sumidos, não sabemos onde, e passam metade do tempo com aquela anglo-indiana que bebe e fuma. Nirmal, eu acho...

— Está tudo bem — disse Nirmal do alto da escada en direção ao rosto erguido da cunhada. — São só crianças brincando, *didi*, não se preocupe. É melhor eu correr. Tenho de trabalhar. Agora que a escavação está para começar, há tanta coisa a fazer...

Ele virou as costas para ela. Fora só depois de anunciar a viagem que sentira uma verdadeira diminuição da hostilidade de Bakul em relação a ele. Teve vontade de dizer a Manjula, deixe-me em paz, não se intrometa.

— Trabalho a fazer — repetiu Manjula entre os dentes. — Os homens são todos iguais, pensam que têm trabalho importante e que nós não passamos de desocupadas estúpidas.

No final da tarde seguinte, Nirmal estava sentado com Meera na ruína, um pouco distraído, sem olhar realmente para seus novos desenhos. Sabia que os colegas do escritório estavam farejando um escândalo. Alguém o vira com Meera na ruína certo dia à tarde, e estavam começando a comentar sobre seus desaparecimentos diários. Por ora, no entanto, deixou essas ideias de lado. Somente aqueles momentos proporcionavam as palavras que faltavam à história de seus dias e completavam-na para ele.

Foi virando as páginas à procura de desenhos da lateral esquerda do domo, mas só encontrou pássaros e cachorros.

Meera estava ocupada com os cães a uma pequena distância. Ele continuou virando as páginas. Ela sobressaltou-se, assustada com a risada súbita e alta dele.

— Ah, não — disse, correndo até onde ele estava —, você pegou o caderno errado!

Ele arrancou-o das mãos aflitas dela e continuou a rir.

— Está muito boa — disse. — Está muito, muito boa. — Estava olhando para uma caricatura de Manjula, com as narinas dilatadas acima de um pescoço bovino e muitas dobras de pele, os olhos saltados de raiva, imensas bolas de ouro penduradas nas orelhas, as mãos nos quadris fartos.

— Você deveria desenhar caricaturas também — disse, virando a página e olhando para Kamal, cuja pança se estufava qual um travesseiro debaixo do *kurta* enquanto suas mãos pequenas se projetavam do tronco como talos de gordas *brinjals*.

— Por favor, Nirmal *babu* — disse Meera com voz de súplica. — Por favor, me dê...

Nirmal virou a página e deparou-se com um retrato de si próprio. Não era uma caricatura. Era um esboço. A testa e as faces haviam sido cuidadosamente sombreadas. Os cabelos estavam desenhados em fios individuais. Os olhos eram pensativos. Na página seguinte, outro desenho dele, de um ângulo diferente, dessa vez com um livro, de óculos, com as pernas compridas passadas por cima do braço de uma cadeira da forma que ele sabia que sempre se sentava quando lia. Na página que vinha depois dessa, mais um desenho dele, dessa vez inacabado, sentado sob a figueira-de-bengala na ruína. Não eram esboços. Eram uma declaração de amor.

Meera olhou para o outro lado, aterrorizada.

Teve a sensação de que a Terra havia começado a se mover sob seus pés. Pensou que fosse cair. Ficou tonta e segurou uma árvore para se apoiar.

Ouviu a voz de Nirmal vinda de muito longe.

— É um terremoto, acho que é um terremoto. — Ele olhou em volta, gritando descontrolado: — Bakul! *Ma*! Precisamos voltar para casa. Afaste-se, afaste-se do prédio, ele pode cair, já está desmoronando! Preciso encontrar Bakul.

Começou a correr pelo caminho, para longe da ruína, mas foi forçado a parar. Era como andar sobre a água. A terra batida em volta do chafariz movia-se como um animal que se sacode para acordar. Subia e descia como se o animal houvesse se transformado em uma onda do mar. Ouviram um rugido profundo e distante, vindo de algum lugar bem lá embaixo.

Manjula e Kamal, que tinham saído correndo para o jardim quando a casa começara a tremer, puderam ver a sra. Barnum do outro lado da rua usando uma camisola comprida e azul, com bobes nos cabelos, chamando seu *khansama* aos gritos. Ela escancarou o portão e atravessou a rua correndo até onde eles estavam. Nunca mais tinha ido à casa deles desde o piquenique com Kananbala.

— É um terremoto, não é? Hein, menina? — Estava sorrindo para Bakul. — É o seu primeiro? — Chegou até onde estavam os outros, com os cabelos se soltando, a camisola escorregando do ombro. Virando-se para Kamal, fez um comentário, falando como se estivessem em uma festa no jardim. — O senhor acha que vai ser tão forte quanto o último? *Aquele*, sim, foi um terremoto, mas eu estava em Calcutá nesse dia, dançando o suficiente para fazer o chão tremer sem nenhuma ajuda de terremotos.

— Se ao menos nós tivéssemos uma corneta de concha! — exclamou Manjula, quase em prantos. Estava apavorada demais para reparar no ombro exposto da sra. Barnum ou em seus cabelos despenteados.

— Eu sei que a tradição manda tocar uma corneta de concha para impedir a terra de tremer — disse a sra. Barnum. — Mas nem mesmo Tritão soprando sua concha em espiral seria capaz de fazer isto parar!

— Onde está Mukunda? — exclamou Bakul. — E *Thakuma*? — Correu na direção da casa ao encontro da avó enquanto a sra. Barnum gritava:

— Eu não entraria na casa se fosse você... ela pode desabar!

— *Radha Krishna*, *Radha Krishna*, *Radha Krishna*, salve-nos, proteja-nos do mal, *Radha Krishna* — murmurava Manjula.

— Acabou — disse Kamal para Manjula. — Não está vendo? A casa continua em pé, e nada mais está se mexendo.

— Acabou? — repetiu a sra. Barnum. — Que pena! Tão curto!

— Onde está Meera? — perguntou Kamal. — E Nirmal? Por que não saíram? Hoje é feriado e ele está trabalhando? Que coisa mais estranha!

Meera estava agarrada à figueira-de-bengala para se equilibrar, com o coração aos pulos, um gosto salgado de náusea na boca. O chão sob seus pés estava imóvel, mas ela estava dominada pelo terror de que recomeçasse a tremer. Olhou em volta à procura de Nirmal e viu-o emergir de trás da ruína, rindo feito um menino. Assim que viu que não era um terremoto sério, notou que havia se esquecido inteiramente de Bakul e da mãe, e em vez disso havia corrido para examinar a ruína.

— Já está tão desmoronada que não há nada mais para desmoronar — gritou. — Você acredita, nem mesmo o domo despencou. Não parece ter havido nenhum dano.

Ele chegou perto dela e disse, ofegante:

— Magnífico, você não achou magnífico? As placas da Terra se movendo, continentes se formando, cordilheiras se erguendo, oceanos migrando. Incrível que lá no fundo seja tudo um líquido quente! Fogo sob os oceanos.

Meera olhou para Nirmal e imaginou se o terremoto por acaso haveria soltado algum parafuso dentro da cabeça dele.

— Milhões de anos, esses continentes levaram milhões de anos para se separarem uns dos outros, para se distanciarem — dizia Nirmal. — Depois para se ancorarem nos lugares onde podemos encontrá-los agora. Nós, humanos? Até mesmo os antigos que eu estudo? Nós somos novos como a borboleta, nascidos hoje, amanhã já mortos.

— Sim, imagino que sim — disse Meera. — Você acha mesmo que está seguro agora?

— E se não estivesse? — indagou Nirmal, com os olhos brilhando. — E se começasse tudo outra vez e nós fôssemos todos morrer? O que você gostaria de fazer antes de morrer? — Ele riu da expressão atônita dela e insistiu. — Vamos, diga-me.

— Cebola, alho, peixe — respondeu Meera, surpresa pelas palavras que lhe saíam da boca, pela clareza da própria afirmação. — Gostaria de comer tudo que é proibido para mim. Gostaria de comer *tudo* uma vez antes de morrer.

Mukunda estava sentado no chão do quarto da sra. Barnum. Havia entrado lá correndo no início do terremoto, pensando que fosse encontrá-la e carregá-la para longe do chão que se movia e das paredes que tremiam. O quarto recendia a uísque. Uma garrafa aberta havia caído e escurecido o tapete. À toda sua volta havia coisas caídas de estantes, paredes e mesas: um quadro partido, um vaso rachado, livros. Rodeado pelos destroços, Mukunda lia. Segurava na mão uma folha de papel-bíblia fina, translúcida, que começava assim: "Minha querida, isto aqui parece mesmo um antípoda sem você. Estou rodeado por gente estranha, meu corpo está aqui e minha mente com você, sempre, debaixo da nossa figueira-de-bengala. Trabalho até ficar com as mãos esfoladas, um dia vou ganhar o suficiente para levar você embora e vamos ficar juntos de novo."

O coração de Mukunda batia com mais força do que batera quando a terra começara a tremer. Podia ver uma longa pena branca e mais duas cartas dentro da caixa, mas a caligrafia era apressada, e muito embora ele não tenha se demorado diante de palavras como antípoda, que não conseguia entender, levou tempo demais para decifrar as letras compridas, cheias de arcos. Sabia que tudo iria terminar caso fosse pego. Pensou ter ouvido alguém, empurrou a caixa para o lado e saiu correndo do quarto, com a carta ecoando em seus ouvidos.

"Minha querida, isto aqui parece mesmo um antípoda..." Uma carta para a sra. Barnum, pensou, só podia ter sido do seu amante. Devia ser verdade, então, que os dois haviam assassinado o sr. Barnum e planejado fugir juntos.

Mas não podia ser — ela era boa demais para matar alguém.

O que ele deveria fazer? Onde estava Bakul?

# 4

Depois da ruína de Songarh, arbustos de acácia e *ber* se estendiam até o topo da colina onde um pequeno templo branco brilhava sob o sol da tarde. O templo não era velho, mas havia conquistado a reputação de possuir um poder benigno.

Meera olhou em volta, reparou em abelhas percorrendo o ar acima de flores selvagens de cor lilás que nasciam junto ao chão, pensou na extraordinária pergunta de Nirmal depois do terremoto da véspera, e na própria resposta ridícula. O que ele devia estar pensando? Não lhe havia perguntado mais nada, simplesmente olhara para ela como se fosse a primeira vez. Mas ela sentia um espasmo de vergonha sempre que recordava as palavras gulosas.

O sol da tarde estava forte demais para ser confortável. Lá em cima, o céu se estendia, vazio e alto, sem nenhum sinal de nuvens. O verão havia chegado da mesma forma súbita que fazia a cada ano, e todos precisavam se acostumar mais uma vez à presença opressiva do calor. Na subida da colina, ela tropeçou em pedras e torrões de terra, enxugando o rosto suado com uma ponta do sári. Era seu caminho de sempre, mas por que parecia mais difícil nesse dia? Debaixo das árvores, onde trechos de sombra verde se alternavam com manchas brilhantes de luz do sol, estava mais fresco, e ela parou. Pôde ver garrafas vazias e caixas de fósforos jogadas aqui e ali, dois maços de cigarros amassados, mas não da mesma marca que Nirmal fumava. Sabia que aquele era um lugar popular para encontros às escondidas, e sacudiu a cabeça. Não estava ali para um encontro, não havia por que sentir culpa. Fora até ali para desenhar o forte.

Chegou à beirada das ruínas e parou. Nirmal já estava lá. A cadela estava sentada ao seu lado, e os filhotes davam cambalhotas uns por cima dos outros e em volta dele como se fossem velhos amigos.

Nirmal tentou não encarar Meera, não reparar na transpiração em seu lábio superior, na blusa colando de suor nas costas, nos fios de cabelo grudados à bochecha, no sári com o qual ela enxugava o rosto.

— Ficou quente, não é? — disse ela, subitamente encabulada. Olhou para o outro lado, reparou em uma marmita de aço junto a Nirmal e reconheceu-a como a que havia preparado para ele naquela manhã. Lançou-lhe um olhar intrigado. Ele lhe estendeu a marmita e ela a pegou. Abriu o fecho e viu, no compartimento superior, dois pedaços de peixe frito, e mais embaixo um pouco de arroz. No terceiro compartimento sabia que havia legumes: não precisava olhar mais.

Ergueu os olhos para ele, novamente tomada de repulsa pela avidez que a fizera dizer o que lhe dissera na véspera.

— Vamos — disse Nirmal —, não tem ninguém olhando.

— Não posso.

— É um ótimo peixe — disse Nirmal com a voz suave. — Foi maravilhosamente bem preparado. É uma boa forma de quebrar um jejum longo e inútil. — Ele olhou para o outro lado e começou a brincar com os filhotes enquanto ela encarava a marmita de peixe que tinha nas mãos, imaginando se tinha mesmo vontade de comer aquilo depois de tantos anos de abstinência. Como seria a textura, o cheiro, a sensação daqueles ossos minúsculos, translúcidos, parecendo espinhos em sua boca?

Partiu um pedaço com os dedos. Virou a cabeça para longe de Nirmal, quase com medo de que ele a visse cometer aquele ato. Embora ele parecesse entretido com os filhotes, ela sabia que a estava olhando com o rabo do olho. De tão atrapalhada, ela engoliu o pedaço inteiro, sem sentir o sabor.

Deu uma risadinha nervosa e disse:

— Pronto! Comi! Provei do fruto proibido!

Uma leve brisa juntava folhas secas. Periquitos piavam no céu quando Nirmal olhou para Meera e parabenizou-a com um sorriso.

Desde o terremoto, quando ele havia encontrado a carta para a sra. Barnum, ela havia se transformado aos olhos de Mukunda. Os seus silêncios começaram a parecer sinistros. Seu gim e seus cigarros pareciam identificá-la como uma mulher perdida, como nos livros de suspense que Mukunda lera. Ele se pegava olhando para suas unhas compridas e imaginando se ela tivera de limpar sangue delas. *Será* que ela poderia ter matado um homem? Ou ajudado alguém a matá-lo? Ele sentiu os cabelos da nuca se arrepiarem quando ela veio se postar atrás dele, acariciando-lhe os ombros enquanto ele lia. Pensou nela enfiando uma faca em pele, osso e coração. Mas então, quando ela se sentou ao seu lado para lhe explicar trechos da versão infantil das peças de Shakespeare escrita por Charles Lamb, não soube o que pensar. Teria de ler as duas outras cartas, pensou, para descobrir a verdade. Talvez não fossem cartas para ela — afinal de contas, seu nome não aparecia na que ele havia lido.

Dez dias depois do terremoto, Mukunda teve sua oportunidade. Não sabia quanto tempo teria. Vinha tentando ler o difícil começo de *Lorde Jim* à mesa de jantar da sra. Barnum quando ela disse: "Continue, vou até o Finlays e já volto", e saiu no carro dirigido pelo *khansama*. As mãos dele começaram a tremer, seus joelhos bambearam, mas assim que ele viu o carro virar a esquina correu para o quarto dela.

Quantas coisas a sra. Barnum tinha dentro do quarto, constatou ele em pânico. Não havia reparado nelas durante o terremoto. Tentou adivinhar de onde a caixa teria caído. No canto, pôde ver o vaso que despencara naquele dia. Um retrato na parede de uma mulher de rosto verde e aspecto embriagado, rachado bem no meio. Dois *almirahs* de teca esculpida na parede mais afastada, ambos trancados, de modo que os descartou. A cama era grande, coberta por uma colcha roxo-escura aveludada. No pé da cama estendia-se uma pele de tigre, com a cabeça de olhos de vidro, boca aberta e dentes afiados rosnando bem na direção do travesseiro. Na parede oposta à cama havia uma estante alta cheia de objetos variados.

Foi essa estante que Mukunda resolveu vasculhar. Subiu em uma cadeira, empurrando para o lado velhos enfeites empoeirados, livros, uma caixa — mas não era a caixa certa. Tentou tomar cuidado para recolocar as coisas no lugar na mesma ordem. Lembrou-se de que a caixa com as cartas era esverdeada e feita de madeira. Por fim, no canto mais afastado, viu a caixa que queria. Puxou-a em sua direção e abriu-a. Ali estava a pena branca.

Mas e as cartas? Não havia mais nada dentro da caixa. Ele a sacudiu, incrédulo.

— Satisfeito, Mukunda?

Mukunda congelou em cima da cadeira, com a sensação de que os joelhos haviam se liquefeito. A caixa caiu de suas mãos com um baque. A pena ficou meio para fora. Lentamente, ele se virou.

A sra. Barnum era mais alta do que ele, mesmo ele estando em pé sobre uma cadeira. Ele quis descer mas não conseguiu. Quis dizer alguma coisa, mas sua língua parecia feita de papel.

Ela se sentou na cama e começou a acariciar a cabeça do tigre. Usava um vestido de seda da mesma cor alaranjada da pelagem do animal.

— É isso que você me dá em troca da minha confiança? — perguntou ela, com a voz mais rouca do que o normal.

Eu queria provar que a senhora era inocente, Mukunda desejou poder dizer. Só queria provar que todos os outros estão errados. Eu queria saber a verdade. Mas sentiu que, se abrisse a boca, iria começar a chorar.

— Desça dessa cadeira — ordenou ela.

Ele desceu, com as pernas bambas. Não conseguia desviar os olhos da mão que acariciava o tigre. A mão ostentava um grande anel de pedra verde em um dedo de unha comprida.

Ela se levantou e acendeu um cigarro. Tragou e tossiu. Talvez, no final das contas, a situação não fosse tão ruim assim. Ela não podia estar furiosa se estava fumando, sempre dizia que fumar a fazia relaxar. Ele abriu a boca para explicar e aspirou uma grande golfada da fumaça ao seu redor.

Ela tornou a se virar para ele.

— Não diga nada — sibilou. — Nem tente. Vá embora, suma. Nunca mais volte. *Saia daqui, saia*!

Sua voz foi ficando mais alta conforme ela falava. Ela tossiu com violência e enxugou os olhos. Mukunda foi se afastando aos poucos para fora do quarto. Quando saiu, ouviu-a gritar para o corredor.

— E quando estiver saindo, procure "traição" no dicionário, sim? Procure "traidor", procure "trapaceiro"!

Nirmal estava anunciando durante o chá que finalmente tudo estava em ordem — os funcionários, os teodolitos e as câmeras, os trabalhadores, as barracas, as permissões e a papelada — e que dali a dois dias eles começariam a montar a escavação na ruína.

— O que vai acontecer agora? — perguntou Manjula. — Talvez encontrem um castelo debaixo da ruína! Não me importo se essa velha ruína for destruída e um grandioso *stupa* for encontrado. Finalmente vai acontecer alguma coisa nesta cidade velha e tediosa, e as pessoas virão visitá-la.

— Nada vai ser destruído, mesmo que encontremos alguma coisa — repetiu Nirmal. Estava empolgado demais pensando no trabalho que tinha pela frente, para deixar qualquer outra coisa lhe ocupar a mente. — Vamos começar pelos montes de trás. É um trabalho delicado, talvez leve meses. Vamos erguer algumas barracas ali. Os trabalhadores, sobretudo, não podem ficar subindo e descendo o caminho todo.

Olhou de esguelha para Meera à espera de uma resposta, mas ela parecia distraída com os próprios pensamentos. Desde a tarde em que comera o peixe que ele trouxera, Nirmal percebia que ela parecia estar respeitando os estágios educados da conversa e do interesse, mas que tinha os olhos distantes. Havia parado de visitar o forte, ou de subir ao telhado de manhã para estender a roupa. Ele nunca a pegava sozinha para pedir uma explicação. Não que ela me deva qualquer explicação, pensou, mas mesmo assim — há alguns desenhos que ela precisa terminar.

— É o fim dos casais românticos, não é? — disse Kamal em tom de galhofa. — Os pombos não eram os únicos a trocar carinhos e arrulhar lá em cima.

— As ruínas vão passar algum tempo cheias de gente, sim — disse Nirmal, preenchendo um silêncio constrangedor. — Também não vai haver lugar para os fantasmas de reis e rainhas.

— Sobretudo de reis e rainhas que troquem carícias — disse Kamal, olhando para uma mancha marrom sobre a superfície de madeira arranhada da mesa.

— Fique quieto — disse Manjula. — Não está vendo que tem uma criança aqui?

Bakul, que lia um livro junto à janela sob a luz oblíqua da tarde, de repente deixou-o de lado e levantou-se com um pulo.

— Mukunda? Mukunda? — chamou, saindo da sala.

Meera levantou-se e começou a tirar as xícaras e os bules de chá, juntando-os com alarde sobre uma bandeja de metal.

— Ah, por que a pressa? — disse Kamal. — Ainda quero mais uma, não posso tomar outra xícara? Por favor, prepare outra para mim.

Meera parou. Encontrou uma xícara limpa sobre a mesa e começou a servir chá dentro dela, derramando uma pequena poça no pires. Acrescentou um pouco de leite.

— Ora, ora — disse Kamal com tristeza. — Todos esses anos, e você não consegue se lembrar de que não gosto de leite no meu chá.

— Vou pegar outra xícara. — Meera girou nos calcanhares e saiu da sala.

— Por que está criando caso? — indagou Manjula. — Beba e pronto.

Nirmal levantou-se para seguir Meera até a cozinha, e tentar arrumar um jeito de ficar a sós com ela por um minuto. Mas Kamal disse:

— Ah, Nirmal, não vá embora enquanto estou tomando meu chá, fale-me sobre a escavação, o que vai acontecer agora exatamente?

Mukunda saiu correndo do quarto da sra. Barnum e desceu a escada até o jardim, sem perceber a parte onde havia jacas que eles evitavam no escuro, sem perceber o laranja brilhante do grande sol poente recortado pelos galhos das árvores. O *khansama* estava no jardim, juntando suas galinhas dentro do galinheiro.

— Psiu — chamou o *khansama*. — Ei, Mukunda — disse ele. — Venha me ajudar com as galinhas!

Mukunda enxugou o nariz entupido pelas lágrimas e tentou dizer alguma coisa, depois saiu correndo na direção do portão.

— Venha hoje à noite, vou matar uma galinha. — O *khansama* deu uma risadinha. — Quando ela perde a cabeça e sai correndo respingando sangue é muito engraçado, você vai gostar.

Mukunda passou correndo pelo portão que pendia frouxo das dobradiças. Um de seus painéis de madeira havia apodrecido, o outro estava pregado de qualquer maneira, e um pedaço caiu com um ruído exausto quando ele bateu o portão atrás de si. Saiu correndo pela rua sob o crepúsculo, cada vez mais depressa, ofegante, aparentemente sem direção e desesperado. Sua respiração vinha aos soluços. Saiu da rua principal e começou a correr por um caminho de terra que passava por campos iluminados pela luz suave do poente. Os últimos pássaros se arrufavam e piavam empoleirados em seus diversos galhos noturnos enquanto ele pulava por cima de valas, e seus chinelos, que batiam no chão, deixavam uma nuvem de poeira sobre seus cabelos e seu rosto.

Por fim, ele pôde ver as ruínas e a crista da montanha mais atrás. Entrou no pátio interno, com seu grande fosso de pedra vermelha e arabescos apagados ainda lutando para emergir do chão empoeirado ao redor. A figueira-de-bengala ali perto começava a ficar maior com as escuras sombras da noite.

Ele se jogou aos pés da figueira.

Bakul já estava sentada ali. Ela disse:

— Você também soube? A partir de amanhã eles vão escavar a ruína. Não vamos mais ter uma ruína para onde vir. — Ela olhou em volta para os musgos e samambaias que despontavam dos muros, os muros rachados que eles haviam escalado tantas vezes, imaginando quartos onde agora não havia nenhum.

Mukunda olhou para ela sem entender. Não havia sequer percebido que ela estava ali.

— O meu pai *tinha* de fazer isso — disse Bakul. — Ele *tinha* de voltar e estragar tudo.

Mukunda desejou poder pôr a cabeça entre os joelhos e chorar. Desejou poder explicar tudo para a sra. Barnum, ou pelo menos para Bakul. Mas nunca poderia falar com ninguém sobre o que havia feito. Sabia que jamais iria se perdoar por perder a confiança da sra. Barnum, jamais pararia de sentir a vergonha que lhe dava vontade de passar mal. Afundou a cabeça nos joelhos e sentiu o sal das lágrimas na boca.

— Não há mais lugar para os fantasmas de reis e rainhas — arremedou Bakul. — Ele acha isso muito engraçado.

Uma revoada de periquitos verdes acima deles os fez erguer os olhos. Uma única estrela brilhava no céu do início da noite. A figueira-de-bengala para onde os pássaros se dirigiam era agora uma sombra.

— Ei — disse Bakul para a cabeça enterrada de Mukunda quando ele não respondeu. — Vamos, é ruim, mas não é *tão* ruim assim. Ele diz que não vão estragá-la nadinha. — Ficou alarmada com os soluços abafados dele e levantou-se. — Vamos, já está tarde — disse. Tinha medo do escuro e das formas pretas nas árvores, mas não podia confessar isso para Mukunda. Sabia que das florestas, à noite, saíam raposas e leopardos. Já vira casais de raposas, curiosamente parecidas com cães, às vezes até mesmo em plena luz do dia nos campos.

Eles começaram a correr pelo caminho bordejado de árvores de volta para os campos. Ainda era fácil ver os sulcos no chão e pular por cima deles sob a luz fraca, arroxeada. A escuridão dava a impressão de se adensar e borrar as formas à sua volta, fazendo tudo parecer maior. Podiam sentir o cheiro de eucalipto esmagado, pungente e aromático, em uma das partes do caminho sombreada pelas árvores esguias. Logo ficou mais difícil ver exatamente onde estavam pisando. Deram-se as mãos enquanto seguiam correndo o mais rápido que conseguiam. Quando Mukunda tropeçou, Bakul segurou sua manga com mais força e disse:

— Cuidado, tem uma pedra grande aí!

Mukunda olhou para trás. Será que alguém os estava seguindo, alguém de quem tinham de correr? Não conseguia ver nada a não ser o tigre rosnando sobre a cama da sra. Barnum. Mais alto do que o som de seus arquejos e do que os estalos de seus chinelos, ele conseguiu ouvir — havia alguma coisa atrás deles. Segurou a mão de Bakul com mais força e sussurrou:

— Não fique com medo!

— Não estou com medo — sussurrou ela.

Chegaram aos campos. No espaço aberto, longe das árvores, havia mais luz. Bakul continuou a puxar a manga de Mukunda enquanto os dois desciam correndo os declives que separavam um campo do outro.

— Olhe — exclamou ela. — Olhe! Lá em cima!

Ele parou de correr e ergueu os olhos. Acima deles, até onde a vista alcançava, o céu azul, quase preto, estava coalhado de estrelas, tantas estrelas que não parecia haver espaço para elas, mas apesar disso ele parecia infinito, um domo imenso, cintilante, curvado acima do campo iluminado pelas estrelas, tantas que, se você ficasse em pé olhando durante algum tempo, sentia-se tonto. Em meio às estrelas corria um rastro de luz branca, flamejante, uma luz de um tipo que eles nunca tinham visto antes, curvando-se para baixo até desaparecer no horizonte.

De mãos dadas, ficaram em pé no meio dos campos vazios sob o céu estrelado, esquecidos dos problemas, do medo e do longo caminho que ainda tinham pela frente até chegar em casa.

Meera estava sentada na cozinha, sem reparar que não havia acendido a luz, que sua barriga, seus braços e seus pés estavam cobertos de picadas de mosquito, que, na verdade, se houvesse tentado acender a luz, não teria conseguido, porque estavam sem energia elétrica.

Não conseguia pensar em nada a não ser na varanda ao anoitecer, dez dias antes, quando Kamal havia se aproximado dela, com uma discrição da qual ela não o teria julgado capaz, e dito:

— Você trabalha mesmo demais.

Ela dera um sorriso educado.

— Não, só estou guardando os vidros de conservas. Não queria correr o risco de os empregados quebrarem algum.

— Eu só estava pensando em como deve ser difícil para você, como deve ser solitário.

Ela rira, mais intrigada do que desconcertada, e dissera:

— Estou acostumada.

— Ah, mas é mesmo uma pena, as regras terríveis que a nossa sociedade cria, e a cegueira com a qual as impomos a nós mesmos. Acho que precisamos nos rebelar um pouco. — Ele estava entretido limpando um pedaço encardido do *kurta* branco que sujara na parede da varanda.

— É melhor eu ir juntar os vidros. — Ela se afastou dele até o canto da varanda, onde os vidros de conserva de manga estavam arrumados em uma fileira, ainda mornos com o sol do dia que guardavam em si.

Quando ela se curvou para pegar os vidros, sentiu a mão de alguém nas costas, no ponto onde terminava a blusa, tocando sua pele nua. Deu um pulo para longe, espantada.

— Não fique alarmada — disse Kamal. — Eu só queria... dizer que, se você precisar de alguma coisa, é só me dizer. Não pense duas vezes. — Ela viu seu olhar percorrê-la inteira, como se ele estivesse mentalmente desenrolando seu sári e desabotoando sua blusa.

Ele se calou. Em seguida, olhou para o céu e disse:

— Deveríamos ter chuva logo logo, não é?

Dez dias haviam se passado desde essa noite. Ele não dissera mais nada, não tentara mais tocá-la, mas, quando a olhava, ela sabia que estava olhando por baixo de sua roupa. Quando os olhos dele se demoravam sobre seu corpo, ela estremecia como se uma lagartixa houvesse rastejado por sua pele. Por que ele fizera isso, perguntava-se vezes sem conta. Fazia muitos anos que ela morava na casa, e ele nunca havia tentado nada desse tipo. O que teria despertado sua repentina luxúria? Recordou as duas semanas anteriores, e não conseguiu se lembrar de nada fora do comum. As conversas entre eles, se é que poderiam ser chamadas assim, ocorriam sempre à mesa do jantar, quando ele pedia uma segunda porção de alguma coisa e ela o servia.

A verdade a atingiu feito um soco. É claro! Ele devia ter percebido a amizade dela com seu irmão! E decidiu tentar a sorte também. Ela se levantou, agitada. É claro! Era isso, era assim que os homens pensavam: a amizade com um homem não podia ser outra coisa que não um flerte, e se você flertava com alguém você era fácil, uma vadia, disponível para outros.

O que ela deveria fazer? A única mulher com quem podia conversar era a esposa do homem em questão. Fazer acusações contra o irmão com Nirmal era impossível. E se ele dissesse que ela estava reagindo de forma exagerada à amizade e à compreensão? E se ele não fizesse isso e, pelo contrário, resolvesse enfrentar Kamal?

Meera acendeu uma lamparina quando percebeu que estavam sem energia. Foi até o latão de arroz e despejou três xícaras em um prato. Metodicamente, começou a catá-lo em busca de pedras, tentando acalmar a mente e decidir o que fazer.

Um pouco mais tarde nessa noite, quando Mukunda e Bakul entraram de fininho vindos do forte, viram Meera debruçada por cima de um prato em meio a uma poça de luz amarela de uma lamparina, com a sombra alta desenhada na parede oposta. Suas costas rígidas e sua cabeça curvada desencorajavam qualquer pergunta. Eles se esgueiraram por ela, sabendo que iriam levar uma bronca. Mesmo na ampla varanda do primeiro andar, que terminava com a janela de vitrais de Amulya — um dos painéis havia rachado e fora substituído por outro, todo azul, que supostamente combinava com o resto —, não havia ninguém. Era ali que Kamal ficava sentado todos os dias tomando seu chá. Uma lamparina fora deixada ali, escurecendo com fuligem as teias de aranha bem no alto do teto. Bakul e Mukunda se aproximaram mais um do outro. Seguiram pisando macio até a pequena varanda que conduzia aos aposentos de Manjula e ouviram um murmúrio indefinido de vozes saindo lá de dentro.

— Acho que ela tem razão — ouviram a voz de Kamal dizer. — Foi tudo um erro desde o início.

— Não é um erro só porque eles chegam atrasados uma noite — foi Nirmal quem disse isso.

— Vamos, vamos, Nirmal, todos nós cometemos erros de avaliação. Não se lembra de Kundu *babu*? Primeiro ele casou a filha com aquele homem que se revelou impotente, e, para completar, dizem que era caolho, depois ela voltou para a casa dos pais e eles não conseguiam mais olhar para ninguém de tanta vergonha.

— O que Kundu *babu* tem a ver com esta história? — Nirmal soava irritado.

— O que estou querendo dizer é que os mais velhos cometem erros, será que você não entende? — A voz de Kamal soava apaziguadora. — Se quiser saber a minha opinião, o primeiro erro foi do nosso pai. Nós já não éramos tão ricos assim, por que é que ele precisava bancar o padrinho?

Um fósforo foi riscado. Kamal disse mais alguma coisa, baixo demais para ser ouvida. Um leve cheiro de cigarro flutuou na direção de Bakul e Mukunda. Ao longe, puderam ouvir o grito solitário de uma raposa chamando o parceiro. Desabaram no chão da varanda, ainda morno por causa do sol do dia, e recostaram-se na parede lado a lado. O suor fazia as roupas colarem em suas costas.

— Temos de ser práticos, Nirmal.

— A praticidade não é tudo.

Houve um breve silêncio. Acima de Bakul e Mukunda, uma meia-lua coberta de pintas havia subido devagar em um céu fragmentado pelo toldo de folhas que cobria a varanda. Estrelas frias, brancas e distantes brilhavam por entre as árvores. A raposa tornou a chamar, agora mais próxima, e dessa vez foi respondida por outro grito. Ao longe, podiam ouvir o leve som de Afsal Mian afinando seu *tanpura*.

— Pensem na despesa! — ouviram Kamal dizer. — Ele está crescendo, mas o dinheiro da herança de *baba* não, certo? Passou esses anos todos comendo tanto que quase nos obrigou a vender a casa. Estou lhe dizendo, Nirmal, existem boas instituições para meninos como ele. Eles vão assumir tudo, e a nossa dor de cabeça vai... quero dizer, ele talvez fosse responsabilidade de *baba*, de certa forma, mas como é que nós vamos...

— Eu vou cuidar dele, qualquer que seja o custo adicional. Não precisamos mandá-lo embora por causa de dinheiro. — Nirmal soava mais lacônico e mais brusco do que antes. — Você não precisa se preocupar. Não precisou se preocupar até agora.

— Meu querido rapaz, dinheiro não é a única despesa, você sabe — disse Kamal.

— Estou lhe dizendo, ter de ficar aqui cuidando do menino e de Bakul não é fácil, Nirmal. A menina está crescendo, ele também! Outro dia mesmo, fiquei muito assustada quando... — Era Manjula falando. Ela baixou a voz, então Bakul e Mukunda não puderam saber por que a haviam deixado assustada.

Então a voz dela tornou a se fazer ouvir, mais alta:

— Isso tudo não tem problema nenhum, Nirmal, e você pode até pensar que eles são crianças, mas não são. Olhe só hoje. Ainda não voltaram, e já está tão tarde, não fazemos a menor ideia de onde estão ou do que estão fazendo! E eles fazem isso o tempo todo. Você talvez não fique preocupado, mas eu fico!

— Não há nada com que se preocupar. — A voz de Nirmal soava teimosa. — Eles são amigos desde os seis e quatro anos de idade. Eu confio neles. São como irmãos.

— Mas eles *não são* irmãos, Nirmal — disse Kamal com uma voz paciente. — E os dois estão na idade em que...

Manjula deu um muxoxo.

— Eles nem vão saber o que estão fazendo antes de estar feito. E então será um terrível desastre. Como é que vamos poder mostrar a cara?

Alguém pousou um copo com um baque. Mukunda e Bakul chegaram mais perto um do outro; ela pôde sentir o hálito de Mukunda no rosto, cálido, recendendo a balas maltadas. Eles estavam falando em mandar Mukunda embora. Suas vozes continham uma escuridão aterrorizante.

— Mesmo assim — dizia Nirmal —, eu não acho que eles estejam aprontando nada. É verdade que hoje estão atrasados. Só precisam de uma boa bronca.

— Uma bronca? — Kamal deu um muxoxo. — O menino precisa é de uma surra! Ideias acima do nível dele. Mas, afinal de contas, nós o mimamos, então o que você esperava?

Manjula interrompeu:

— Estou lhe dizendo, Nirmal, você passou tempo demais nas montanhas, não faz a menor ideia. Acha que é só no escuro que as pessoas fazem o que não devem?

— Mukunda faz parte desta casa, ele é o único amigo de Bakul, não podemos simplesmente mandá-lo embora. — A voz de Nirmal era implacável.

— Se você não fizer nada agora, vai se arrepender por muito tempo, é isso que eu penso — sentenciou Kamal. — Mas a filha é sua.

Bakul e Mukunda ouviram uma cadeira se arrastar pelo chão e encolheram-se ainda mais para dentro do abrigo escuro da varanda, com as mãos unidas em um aperto forte, suado, e uma onda nauseante de medo a revirar seus estômagos.

— Melhor eu ir ver o que Meera está fazendo com o arroz — ouviram Manjula dizer. E então as primeiras notas da voz melancólica de Afsal Mian juntaram-se às cordas de seu *tanpura*.

Nirmal saiu para dar uma volta no jardim. Fora uma noite exaustiva: primeiro aquela longa discussão com o irmão e a cunhada, depois ter tido de se encarregar de repreender Bakul e Mukunda por terem desaparecido. Na opinião de Kamal, o menino merecia seis varadas. Encontrar o tato e a paciência para dissuadi-lo fora extenuante.

Sentindo o cheiro das gardênias e *raat ki rani* plantadas pelo pai, ele pegou o maço de cigarros. Não havia mal nenhum em competir com o cheiro das flores, pensou consigo. Desejou que Meera saísse para o jardim. Fazia muitos dias que não tinham uma conversa de verdade, apesar de se encontrarem em todas as refeições.

Nirmal deu a volta na casa até os fundos. Uma luz baça, amarela, riscava um pedaço quadrado da escuridão, e ele se aproximou para olhar, curioso. A luz vinha do quarto no canto do quintal, o quarto de Mukunda. Pela janela, ele viu Mukunda curvado acima de um livro ao lado de sua vela, acompanhando uma linha com o dedo, mexendo os lábios sem emitir nenhum som. Ele havia tirado a roupa e usava apenas um short. O suor fazia sua pele luzir ao brilho da vela, que delineava com sombras escuras seu corpo jovem e magro. Quando ele se abanou com um caderno de exercícios, Nirmal reparou nos músculos tesos do braço de Mukunda. Seu peito, que também havia desenvolvido músculos — todo aquele trabalho com os baldes d'água, pensou Nirmal —, afinava-se na direção de uma cintura que exibia uma tênue linha de pelos. Seu rosto havia perdido a maioria das curvas infantis. Agora os malares estavam mais acentuados do que antes, a covinha no queixo mais funda, os traços mais fortes. Somente os olhos ainda pareciam ter longos cílios, quase como os de uma garota.

Nirmal, com a testa enrugada de preocupação, tornou a andar até a casa. Nunca havia olhado Mukunda de tão perto antes. Mas nessa noite... Mal podia admitir para si mesmo que seu cansaço nessa noite se devia a ter discutido durante horas não apenas com Kamal e Manjula, mas também com uma parte de si.

Subiu pisando macio a escada vazia a caminho do telhado, rumo ao seu quarto. Pensou que merecia outro cigarro e um rum depois do jantar. E talvez Meera estivesse no terraço.

Quando chegou ao primeiro andar, porém, algo estalou em seu pensamento, e ele se virou na direção do quarto onde Bakul dormia. Espiou pela porta aberta e viu sua forma coberta de sombras esparramada sobre a cama como um Jesus crucificado de bruços, as pernas nuas pálidas ao luar da varanda. Por causa do calor, ela havia jogado o lençol para o lado. Sua camisola estava embolada junto à curva recém-adquirida de seu quadril. Seus cabelos em desalinho cobriam o travesseiro.

Nirmal afastou-se de fininho.

No dia seguinte, Meera estava sentada no quarto de Kananbala, debruçada sobre um esboço, quando a criada Kalpana entrou e, sem se deixar abalar ao ver a concentração de Meera no que estava fazendo, disse:

— Me dê o sabão e traga as roupas que precisam ser lavadas. Você não deixou nada no quintal.

Kalpana, desengonçada e corcunda, tinha uma voz penetrante, um coque apertado, sobrancelhas retas e grossas e um bigode escuro. Apoiou um ombro caído na porta enquanto esperava Meera e disse para Kananbala:

— Como vai, *Thak'ma*, inventou algum palavrão suculento ultimamente? Que tal jumento com cara de bosta? Ou fodedor de irmã de nariz sebento?

Meera respirou fundo, sem dizer nada, e continuou trabalhando na curva complicada do domo, apagando uma linha que saíra errada.

— *Arre baap*. — Kalpana lançou na direção de Meera um olhar arregalado de espanto fingido. — Está todo mundo muito ocupado hoje — observou —, desenhando coisas que já existem há centenas de anos. Com essa gente que passa o tempo todo passeando para lá e para cá por ruínas e templos, imagino que eu nem precise mais lavar roupas ou arrumar a casa! — Ela enxugou o rosto com um gesto exagerado puxando o sári e sentou-se no chão, encarando Meera, cujo lápis tremia sob aquele olhar sarcástico.

Mukunda apareceu e pôs-se a se remexer junto à porta.

— Manjula-*di* está chamando você na cozinha — disse ele.

Meera lançou-lhe um olhar severo.

— Diga a ela que agora eu não posso — falou. — Estou ocupada. Será possível eu fazer um pouco do meu próprio trabalho nesta casa?

— Oooh, o seu próprio trabalho! — A voz de Kalpana soava zombeteira. — Você anda com muito trabalho ultimamente!

A testa de Meera começou a latejar. Ela viu a criada examiná-la dos pés à cabeça, dizendo sem dizer o que todos pensavam: que Meera também era uma empregada de luxo, uma empregada instruída, uma empregada que estava cobiçando o patrão, uma viúva que havia começado a sonhar com um futuro impossível.

Ela empurrou a cadeira para trás com tanta força ao se levantar que a fez cair no chão. Seu bloco de desenho e seu lápis caíram no chão sem que ela lhes desse atenção. Mukunda olhou para seu rosto e fez um movimento de recuo. Meera foi até Kalpana, que se levantou às pressas.

— Se você não consegue falar com alguma decência — disse Meera —, não fale comigo. Entendeu?

Antes de a criada conseguir responder, uma voz trêmula veio da direção de Kananbala:

— E com quem é que você anda trepando ultimamente, Meera? — dizia ela. — Com quem é que anda trepando? Com... quem... é... que... anda... trepando?

Meera girou na direção de Kananbala, horrorizada. Os olhos da velha eram invisíveis atrás dos óculos sobre os quais batia o sol da manhã. Seu sorriso era doce, sem dentadura. Ela repetia as palavras em um tom distraído de cantilena, batucando em uma das latas da sra. Barnum para marcar o compasso. Kalpana soltou uma gargalhada. Meera saiu correndo do quarto, com lágrimas fazendo arder seus olhos. Ela não podia, *não podia* continuar morando em Songarh. Precisava ir embora. Qualquer lugar seria melhor do que ali. Iria procurar o irmão e implorar por guarida, procurar um emprego em uma cidade, qualquer coisa que não aquele pesadelo.

Correu até o quarto do meio e sentou-se na beirada da cama, sentindo outra vez nos ombros aquele conhecido formigamento de dor. A sua vida tinha fugido ao seu controle enquanto ela não estava olhando. O que eu esperava, pensou, lembrando-se de um dos ditados de Manjula, que fosse salpicar água fria em óleo fervente e não me queimar com os respingos?

Depois de algum tempo, percebeu que sua respiração estava chiada e barulhenta. Onde está meu baú?, pensou, em pânico.

Onde está o baú em que trouxe minhas roupas quando vim para cá? Esse pensamento começou a crescer e anuviar sua mente. Ela se levantou e olhou debaixo da cama. Procurou no sótão do cômodo comprido. Não conseguiu distinguir sua conhecida cor mostarda entre as formas entulhadas lá dentro. Frenética, subiu correndo a escada até o forro, mas também não estava lá em cima. Quando estava descendo a escada, cruzou com Kamal, que ia em direção ao quarto. Ele lhe sorriu com aquele sorriso novo que havia criado só para ela.

Meera desceu correndo a escada, deslizando os dedos pelo corrimão. Nirmal estava subindo, mas parou no patamar para deixá-la passar.

— Para onde está correndo? — perguntou, soando ansioso, mas ela não parou.

Deteve-se junto à porta para calçar os *chappals* e saiu da casa. Havia um peso no ar, a imobilidade que precede um temporal. Começou a andar com passos rápidos. À medida que foi se distanciando da casa, ela parou e ergueu os olhos para o céu carregado.

Sentiu um súbito impacto forte no rosto, do vento, que ganhou força e fez seu sári esvoaçar. As árvores altas na beira dos campos dobraram-se ao meio, surpreendidas pela violenta rajada. A poeira se juntou em nuvens ocre e precipitou-se na sua direção. Ela cobriu o rosto com o canto do sári e fechou os olhos com força. Acima dela, o céu cor de chumbo rachava e se partia com os relâmpagos. As *gulmohars* reluziam com um laranja intenso, atraindo a meia-luz. Ela sentiu as primeiras gotas de chuva nos braços e o cheiro doce, marrom, de água se misturando à terra seca. A chuva começou a cair mais depressa. Ela afastou o *aanchal* do rosto e ergueu os olhos para o céu, fechando-os para se proteger do que a essa altura já era uma enxurrada. Debaixo das árvores estavam abrigados alguns grupos isolados de pessoas que a olhavam com espanto.

Alguma coisa se destravou bem no fundo de seu ser enquanto a chuva caía em seu rosto e na terra ao seu lado, sujava seu sári de lama e cobria seus chinelos de terra. Em algum outro lugar, onde ninguém a conhecesse, iria começar tudo outra vez. Iria embora assim que pudesse. Iria para uma cidade grande onde ninguém a conhecesse. Criaria um lugar para si.

A chuva já começava a amainar, deixando atrás de si apenas o cheiro de terra úmida que apagou toda a lembrança dos dias escaldantes que haviam acabado de passar.

Fazia apenas cerca de seis meses que Nirmal voltara para Songarh, e a serenidade que ele pensava ser uma conquista definitiva havia se perdido ao longo das duas últimas semanas, deixando em seu lugar uma profunda inquietação. Enquanto fumava o décimo quarto cigarro do dia, ele descansou os cotovelos no parapeito de seu telhado, escutando o piano da sra. Barnum, que, mesmo daquela distância, soava violento, solitário e triste. As notas altas eram reconfortantes, um som vindo de um passado remoto, inalterado desde a sua infância. Desejou ser um fóssil reagindo ao tempo geológico, rangendo, calcificando-se, endurecendo, afundando cada vez mais em um paredão de rocha ou leito de rio, levando milhares de anos para se metamorfosear de carne, osso e medula em pedra; melhor ser um fóssil do que um ser humano, quase todos os dias prestes a passar por algum doloroso acontecimento novo.

Nos anos desde a morte de Shanti, ele havia se acostumado tanto à solidão que perdera a capacidade, talvez até a necessidade, de ter amigos. E agora, de repente, Meera havia lhe dito que estava de partida para a casa do irmão.

— De partida — repetira Nirmal.

— Sim.

— Quando você volta?

— Eu... ele quer que eu fique, diz que há uma escola perto da casa dele, eu poderia dar aulas de desenho... ou de alguma outra coisa. Além disso, a mulher dele se sente sozinha, e minha mãe também me quer por perto.

Ela havia apertado o sári mais um pouco em volta do corpo, lançado um último olhar para o forte em ruínas e dado as costas aos cachorros, que, ainda embolados em seu sári, cutucavam-na com as patas para pedir mais comida, rolando no chão de alegria por vê-la novamente.

— Eu só vim ver os filhotes uma última vez, tenho de ir embora amanhã.

— Eles têm esperado por você todo fim de tarde — dissera Nirmal. — Não entendiam por que você tinha parado de vir, não paravam de olhar para o caminho achando que você fosse aparecer.

— Eu sei — respondera Meera. — Como eu poderia tê-los feito entender? Estava pensando neles também, mas não foi possível vir.

— Não consigo entender! — explodira Nirmal. — Por que essa súbita decisão de partir? Você não poderia ficar mais um pouco para...

Meera o havia interrompido no meio da frase.

— Eu preciso ir — tinha dito. — Está tudo combinado. — Depois de começar a se afastar, havia parado para dizer: — Se você pudesse continuar a dar comida aos cachorros, só até os filhotes ficarem um pouco mais velhos...

Dormindo ou acordado, Nirmal tinha os mesmos pensamentos. O que havia mudado? Será que ele tinha feito alguma coisa que levara Meera a ir embora? Será que tinha sugerido algo inadequado? Será que estava ofendida por ele ter levado peixe para ela comer? Com certeza não! Será que estava assustada com a naturalidade da intimidade entre eles?

Ele não estava atônito apenas com Meera. Sua mente se alternava entre pensar nela e em Mukunda; sentia-se incapaz de se libertar deles. Ficava recordando vezes sem conta a primeira vez em que fora ao orfanato de Mukunda porque não tinha mais nada a fazer, o capricho de uma agradável manhã de inverno — pensara em ir visitar a criança para quem o pai tinha deixado dinheiro em seu testamento —, e voltara trazendo o menino de apenas seis anos de idade.

Nessa tarde distante, fora Manjula quem havia aberto a porta para Nirmal; atrás dele estava o menino. Tinha um rosto fino, com uma covinha no queixo, cabelos sebosos, olhos grandes e brilhantes de curiosidade, e cílios longos e curvos, como os de uma menina. Usava uma camisa azul que parecia pertencer a alguém bem mais velho do que ele, e seu short descia até bem abaixo dos joelhos.

— Este é Mukunda — explicara Nirmal. — Eu o trouxe para casa.

A discussão sobre ficar ou não com Mukunda havia continuado por dois ou três dias. Nirmal se recusara a ceder. O menino era bom demais para o orfanato; eles lhes ensinavam muito pouco, alimentavam-nos ainda menos, e batiam neles quando desobedeciam. Afinal de contas, nosso pai queria que cuidássemos dele. Precisamos lhe dar um lugar para morar, uma vida.

— O quê, nos nossos quartos? — A voz de Manjula tremia de raiva. — Nós lá sabemos qual é a casta dele? Ele poderia ser de qualquer casta, poderia até ser muçulmano. Não vou tolerar isso. *Hari, hari*!

— Eu não vou devolvê-lo — insistira Nirmal. — Ele pode ficar no meu quarto.

— No seu quarto! Mas o seu quarto fica no meio da casa. Eu não vou permitir uma coisa dessas. *Não vou.*

Chegaram a um meio-termo. O menino iria ficar, mas na casinha do quintal. Será que sentiria medo? Nirmal lhe fizera essa pergunta, e Mukunda abrira um sorriso radiante. "Eu, com medo? Eu não tenho medo de nada!"

E agora Mukunda tinha de ir embora. Kamal e Manjula haviam ganho a longa batalha.

Ao trazer Mukunda para casa, pensou Nirmal, ele havia agido por impulso. Agora iria mandá-lo embora com a mesma arbitrariedade. É claro que disfarçaria o fato. Agiria com o pretexto de mandá-lo para uma boa escola em Calcutá. Cuidaria de suas necessidades e seus confortos. Diria a Mukunda que era para o seu futuro, para ampliar seus horizontes, dar-lhe novas oportunidades.

Mas Nirmal não conseguia disfarçar o fato para si mesmo. Havia trazido uma criança para dentro de casa quando lhe fora conveniente, e, agora que Bakul estava crescendo, isso deixara de ser conveniente.

Nirmal ficou fumando um cigarro atrás do outro e andando para lá e para cá pelo terraço, sentindo saudade da época que antecedia a volta para Songarh, quando dormia na cama baixa do acampamento, separado do céu apenas pela lona da barraca, cansado demais para pensar, preocupar-se ou sentir depois de um dia inteiro de trabalho sob o sol.

"Tudo que queria era estudar terremotos", pensou, "não causá-los".

Meera estava pronta para partir. Todas as suas coisas haviam cabido no baú com o qual havia chegado. Seu trem sairia dali a uma hora. Mukunda fora chamar uma *tonga* para levá-la até a estação. Ela pecorreu cada um dos cômodos para verificar se estava deixando para trás alguma coisa importante.

Alguém tocou-lhe o braço. Ela se virou, reprimindo um grito.

— Qual o problema? — indagou Manjula. — Eu só queria...

— Ah, Manjula-*di*. — Meera sentou-se na cama mais próxima com um baque. — Você me assustou. — O contato da mão de Kamal em suas costas estava sempre em sua mente.

Manjula olhou por cima do ombro para se certificar de que ninguém estava bisbilhotando e tirou da cintura um pequeno embrulho. Abriu-o e estendeu-o para Meera.

— O que é isso?

— Fique com isso — disse Manjula. — Nunca se sabe quando pode precisar de ajuda, uma mulher sempre precisa de alguma coisa para lhe servir de garantia.

Meera abriu o embrulho. Lá dentro havia uma grossa corrente de ouro e seis braceletes. Eram pesados em suas mãos e reluziam na penumbra do quarto.

— Não posso — disse ela. — Não posso aceitar isso.

— Nada de melindres — disse Manjula com um sussurro aflito. — E não diga nada, eu não falei sobre isso com ninguém. Apenas guarde logo. O ouro serve de pai e marido a uma mulher que não tem nenhum dos dois. Olhe, lá vem Mukunda subindo a escada. — Ela deu um aperto breve na mão de Meera.

Meera ficou olhando-a se afastar e foi golpeada pela certeza de que Manjula sabia. Devia saber. Devia saber o que o marido tinha feito.

Mas não havia tempo para pensar. Mukunda já chegara com a *tonga*. Enquanto embarcava, Meera tornou a olhar para a casa. Parecia um pouco menor, ou quem sabe as árvores haviam crescido desde a primeira vez em que ela as vira, tantos anos antes. A tinta havia começado a escurecer em alguns pontos, e ela pôde ver as folhas de uma pequena *peepal* começando a despontar de uma rachadura no piso superior, junto ao parapeito onde havia se debruçado tantas vezes para olhar as ruínas. Pensou se tornaria a vê-las. Pensou se o que sentia era tristeza, medo ou alívio.

Na casa em frente, uma das janelas da sra. Barnum se abriu com um rangido, e eles ouviram uma voz gritar:

— Até logo, Meera, veja se volta de vez em quando!

Então a janela tornou a bater, e somente o cacarejar de uma galinha rompeu o silêncio da tarde.

Meera estava sentada no trem vendo Mukunda andar para lá e para cá na plataforma do lado de fora, sem nada para dizer, e no entanto incapaz de ir embora antes de o trem partir. Perguntou-se que tarefa poderia mandá-lo cumprir de modo a fazer a espera passar mais depressa, mas não havia nada; a estação não era grande o suficiente para uma banca de revistas, e ela já trouxera comida. Sempre que dizia: "Não espere, Mukunda, vá para casa", ele sorria e respondia: "O que há para fazer, Meera-*di*? Vou ver o seu trem partir." À sua volta, as pessoas se acotovelavam e empurravam. Ele parecia mais magro fora de casa, ou talvez, pensou Meera, faça muito tempo que eu não olho para ele de verdade. Mukunda usava uma camisa puída, azul e grande demais para ele, cerzida grosseiramente em um dos ombros. Meera sentiu algo dentro de si se contrair ao ver aquele cerzido. O menino devia ter cerzido ele próprio aquela camisa de segunda mão. Desejou ter trazido algumas roupas para ele antes de ir embora. Durante os últimos dias ele havia se mostrado retraído, reprimindo a própria agitação. Desde que ficara sabendo da própria partida iminente para uma nova escola em Calcutá, havia parado até de brincar com Bakul.

Agora se recusava a olhar para ela, ali em pé com sua camisa remendada, riscando a sujeira do chão da plataforma com o chinelo. Ela teve vontade de estender os braços e lhe dar um abraço.

— Você e eu chegamos aqui a essa casa no mesmo ano, e agora estamos indo embora rumo a coisas novas no mesmo ano também — disse ela. — Você vai para uma escola boa e grande, vai ver uma cidade grande, vai virar um estudante de verdade! Nós vamos nos encontrar de novo, não vamos? — Ela estendeu a mão pela janela do trem para tocar o rosto dele, mas o trem já havia começado a andar.

— Cuide-se, Mukunda — gritou ela sentindo um soluço na garganta, sem saber por que estava chorando, com os olhos molhados. — Venha me visitar um dia, venha me visitar logo.

Nirmal entrou correndo na estação tarde demais, bem a tempo de ver o rosto de Meera desaparecer de vista, riscado pelas grades da janela do trem.

Duas semanas depois, outra *tonga* chegou à porta da casa, um conjunto diferente de bagagens foi empilhado em cima dela, e Nirmal e Mukunda partiram para a estação de trem em meio a uma nuvem de poeira. Depois de eles irem embora, Bakul voltou para casa caminhando devagar. Parou ao lado do poço e da mangueira. Chutou um seixo por todo o caminho até o antigo quarto de Mukunda, não conseguiu entrar por causa da dor de vê-lo vazio, então voltou para dentro de casa, passando de quarto em quarto, quase sem ar com o terror de saber que não iria encontrar Mukunda. Quando as pessoas morriam, você não tornava a vê-las. Ela nunca tinha visto a mãe — era assim, não doía. Mas saber que Mukunda não estava morto, saber que ele estava vivo, e que estava se afastando cada vez mais a cada giro da roda da *tonga*. Saber que ele estava vivo, mas muito longe, em um mundo diferente, fazendo coisas que ela não conseguia visualizar, fazendo amigos que ela não iria conhecer, esquecendo-a com o tempo, parando até de pensar nela. Saber que ele começaria a se esquecer de sua aparência. Pensar que não ouviria sua voz todos os dias junto aos ouvidos. Saber que esse dia poderia ter sido apenas um dia normal, como qualquer outro, quando os dois teriam passeado pelo jardim, brincado e conversado. Pensar que gritar "Mukunda!" na direção do poço ou do quarto dele não lhe traria mais um grito de resposta.

Bakul foi passando de quarto em quarto, tentando reprimir o grito que brotava dentro dela. Não iria chorar, não iria dar essa satisfação aos adultos. Nunca mais falaria com o pai. Será que ele não poderia ao menos ter esperado as férias prometidas em Manoharpur antes de mandar Mukunda embora? "Não", tinha dito o pai, daquela sua maneira impessoal. "A escavação acabou de começar, não posso tirar férias agora. Preciso ir a Calcutá a trabalho na semana que vem, e dessa vez vou levar apenas Mukunda. Nós podemos ir a Manoharpur mais tarde. Iremos juntos, esta não é a última vez que você vai vê-lo, Bakul, seja sensata."

Não era? Ela sabia que era a última vez, sabia que nunca tornaria a vê-lo e, caso visse, não poderia ser a mesma coisa. Mukunda sabia disso também, embora nenhum dos dois tivesse dito nada naquela manhã, deitados na grama do jardim. O vestido de Bakul havia juntado caules e espinhos, fragmentos teimosos que Mukunda tentara remover, apertando os olhos de frustração. Ela decidiu que não iria lavar o vestido usado na última manhã com Mukunda. Iria mantê-lo como estava, em um canto do armário, e os espinhos a fariam se lembrar dele.

No peitoril da janela do quarto de estudo, ela reparou em um objeto. Pegou-o. Era uma flauta de bambu fina e comprida. A flauta de Mukunda; ele a havia comprado na *mela* de Songarh alguns anos antes. Aprendera a tocar estranhas e breves melodias com ela. Como poderia ter se esquecido de colocá-la dentro de seu baú novinho em folha, junto com suas roupas novinhas em folha?

Bakul sentou-se no peitoril e acariciou a flauta, correndo os dedos pelas saliências e pelos furos. Levou-a aos lábios como se fosse tocar.

Então ergueu a flauta e usou-a para golpear a si mesma na palma da mão aberta. Olhou para a palma da mão, então tornou a bater. Bateu de novo, depois outra vez e mais outra, como em um transe, até a palma de sua mão ficar vermelha e cheia de bolhas e a pele se partir.

# PARTE III
*À beira d'água*

# 1

— Olhem, um esqueleto! — exclamou um dos meus operários.

Por mais ocupado que estivesse, e qualquer que fosse o número de prédios que estivesse construindo, eu sempre supervisionava o primeiro dia de escavação de todos eles. Nesse dia, estava sentado em uma cadeira de metal dobrável no local da obra, protegido por minha habitual sombrinha grande e preta, a essa altura já tão gasta que o sol passava por seus muitos buraquinhos como por um saleiro. Na semana anterior, havíamos limpado o resto do entulho da mansão em ruínas que demolíramos, e o trabalho nas estruturas do novo prédio havia acabado de começar. Eu estava discutindo com meu gerente alguns detalhes de sua prestação de contas quando ouvi a voz do operário: "Olhem, um esqueleto!" Depois de uma pausa, ouvi outro operário soltar um muxoxo de decepção. "Ah, é só um cachorro ou um gato, Nandu, pode continuar."

Olhei para a terra revirada e, dentro de um emaranhado de raízes descoradas de ervas daninhas, vi um esqueleto marrom em estado quase perfeito de preservação do que devia ter sido um cachorro, com os restos bolorentos de uma coberta e uma tigela de alumínio na qual ele devia ter passado a vida inteira comendo. Sentei-me em uma pedra ao lado do túmulo, tomado por uma tristeza desproporcional em relação àquele cachorro que não conhecera, à família que havia enterrado sua coberta e sua tigela junto com ele por não suportar separar o cão de seus pertences. Pensei, sem motivo, nas crianças que deviam ter brincado com o cachorro no jardim daquela mansão desaparecida.

Antigamente havia uma casa que eu conhecia, muito bem. Sabia quais eram as árvores do jardim, da primeira à última, onde os degraus estavam lascados, qual das janelas não fechava. O oftalmologista um dia me perguntou: "Corpos estranhos alguma vez interferem na sua visão? Pontinhos pretos flutuantes?" E eu pensei: Corpos não, casas, e estranhos não, gravados no meu sangue.

— Devemos continuar, *babu*? — perguntara o operário depois de uma pausa intrigada. Ver-me sentado praticamente no chão ao lado do túmulo do cachorro o havia deixado surpreso.

Eu não podia suportar a ideia de jogar o cachorro fora junto com seus pertences como o resto do lixo que empilhávamos diariamente em caminhões e mandávamos embora.

Oito famílias hoje vivem em lajes, umas por cima das outras, sobre esses ossos e essa tigela, que eu enterrei bem fundo nos alicerces do prédio. Naturalmente, elas não sabem nada sobre isso; esqueletos não têm lugar em apartamentos novos.

As pessoas têm medo de fantasmas em casas velhas. Eu sei que as casas novas são assombradas pelas casas desmoronadas que substituem. Casas velhas não vão embora. Continuam à espreita, desmoronadas e úmidas, seus cômodos cheios de teias de aranha ainda pairando acima dos cantos precisos de cozinhas novas e banheiros de mármore reluzentes, seus jardins e escadarias ainda presentes em algum lugar dentro do poço do elevador.

Se eu pudesse escolher — apesar da minha profissão —, deixaria as casas velhas permanecerem exatamente como a minha memória me dizia que sempre haviam sido. Os cupins escreveriam suas histórias em tetos e paredes, e suas linhas sinuosas mapeariam a eventual destruição. Depois que os cupins houvessem dissolvido as casas, devolvendo-as à terra, um ciclo natural estaria completo.

Sei tudo sobre casas e lares, eu que nunca tive nenhum dos dois.

Meu nome é Mukunda. Esta é a minha história.

Outras pessoas têm fábulas sobre seus nomes. O meu avô me chamava de Nachiketa, elas talvez digam, e depois meu pai mudou meu nome para Arjun. Eu não tenho nada disso. Quem me batizou? Por que me deram um nome hindu? Não tenho respostas para essas perguntas. Talvez Amulya *babu*, que, segundo me dizem, foi quem me pôs no orfanato que me proporciona minhas primeiras lembranças do mundo, tenha me dado esse nome por impulso quando lhe pediram para preencher o formulário. Talvez minha mãe, quem quer que tenha sido, pensasse que, caso tivesse um menino, iria batizá-lo de Mukunda.

As pessoas também têm histórias sobre seus traços físicos: até uma idade avançada, continuam a se perguntar se herdaram o nariz do pai ou o queixo da mãe. Será que são altos porque seu avô também era? E será que seus filhos vão herdar a propensão familiar para a insanidade ou a calvície? Eu estou livre de tudo isso. Reconheço que passei alguns anos da minha infância observando desconhecidos à minha volta, perguntando-me se o mapa de seus rostos iria me mostrar um caminho para meus pais perdidos. Mas não por muito tempo. Conforme fui crescendo, passei a ter uma sensação de liberdade em meio aos meninos com pais: eles tinham uma centena de coisas que lhes eram proibidas, e eu não tinha nenhuma. Podia me criar como desejasse. Estava livre de casta e religião, que eram preocupações para o resto do mundo. Sentia-me liberado do fardo das origens, do fardo de pertencer a algum lugar ou a alguém.

No ensino vocacional, eu e meu amigo Arif fazíamos flexões pendurados no galho de uma mangueira, eu para ganhar ombros largos, Arif para ficar mais alto. Os cabelos de Arif já haviam rareado, mas ele era tão musculoso que parecia ameaçadoramente forte, como um boxeador baixinho e careca. Na verdade, não conseguia nem esmagar uma barata com os chinelos, era demasiado delicado, calmo e facilmente impressionável. Éramos amigos por sermos ambos forasteiros: eu provinciano, sem casta, sem dinheiro; ele muçulmano. Eu era mais alto do que Arif, então gostava de andar ao seu lado, com minha cabeleira penteada para trás em um volumoso topete, meu cinto novo com um unicórnio empinado na fivela a reluzir na cintura. Eu tinha duas camisas folgadas, de algodão branco, que usava com as mangas arregaçadas, e juntos passeávamos por Chowringhee, lançando olhares para as moças anglo-indianas de saia, perguntando-nos como iniciar uma conversa. Apesar de nossos ares de rapazes da cidade, éramos tímidos e nervosos demais para puxar assunto, e as Roxannes e Lisas passavam direto, animadas, sem nos dar atenção. Acendíamos cigarros, sentindo-nos observados ao soltar a fumaça. Tentávamos parecer descolados, mas olhávamos boquiabertos para Calcutá como se fosse uma cidade estrangeira.

Dessa forma chegamos os dois ao nosso décimo oitavo aniversário, o dia e mês de Arif certos, os meus qualquer um que eu escolhesse. Corria o ano de 1945, e tínhamos ambos terminado o nível intermediário do ensino vocacional. Eu não tinha ideias formadas sobre o futuro, mas o mundo do trabalho e da possibilidade de ganhar meu próprio dinheiro começou a me atrair como um feitiço. Eu havia passado a vida inteira vivendo de caridade. Durante meus primeiros anos no orfanato, não me dera conta disso, mas ao longo dos anos seguintes, quando morei com a família de Nirmal *babu*, sentira-o com a mesma intensidade de uma bolha no pé esfregada sem descanso pela borda dura de um sapato. Aos dezoito anos, resolvi que nunca mais iria depender de ninguém. Sabia que Nirmal *babu* queria que eu estudasse mais, mas sabia também que não iria fazê-lo. Assim que arrumei um emprego, embora fosse apenas um trabalho de escritório malremunerado em um curtume, parei de recolher os juros do depósito fixo de Nirmal *babu*. Escrevi-lhe uma carta sucinta dizendo que havia me formado e que ele não precisava mais me mandar nenhum dinheiro extra. Saí do meu quarto no alojamento sem deixar endereço.

Cortei meus laços com Songarh da mesma forma que Songarh um dia havia feito comigo. Nenhum piloto solitário em meio às nuvens, nenhum escalador no pico de uma montanha poderia ter experimentado a minha combinação de vertigem e euforia.

Agora que havia concluído o curso superior, comecei a procurar um lugar para morar e fazer as refeições. "Arrume uma esposa", diziam rindo os rapazes do alojamento, "uma esposa rica, afinal de contas você não é um bom partido, seu bastardo sem casta?" Arif estava prestes a ir embora de Calcutá, pois havia conseguido um emprego como contador para um parente rico, um fabricante têxtil em Lahore. Dois dias antes da data marcada para a sua partida, fomos dar um longo passeio pelas ruas de Calcutá, caminhando de forma agradavelmente sem destino na direção da casa onde ele estava se hospedando. Era um dia de ar parado, e nuvens pesadas começavam a se juntar. Um feixe de luz riscava o céu de vez em quando, e o rugido baixo de trovoadas distantes chegava até nós após uma pausa de um minuto. Ficáramos perambulando pelos gramados do Maidan, comêramos um prato de *kababs* e *rotis* na rua em Dharamtolla, depois seguíramos na direção da College Street. Arif estava olhando a vitrine de uma livraria quando eu, em pé de frente para a rua, lhe disse:

— Rápido, acho que vai chover.

Foi então que os vi em pé na calçada do outro lado da rua: Nirmal *babu* segurava uma sacola de pano em uma das mãos e tinha o rosto mais magro do que eu me lembrava, os cabelos mais recuados na testa do que antes. Ao seu lado estava uma moça que devia ser Bakul. Parecia-se com Bakul exceto pelo sári, pois eu nunca a tinha visto de sári — se ela houvesse se virado um pouco para a esquerda, eu poderia ter visto o seu rosto. Fiquei olhando por entre a confusão de tráfego e de gente. Torci para eles se virarem na minha direção. Tudo que precisava fazer era atravessar aquela rua larga abarrotada de carros em movimento e pessoas passando para chegar junto deles e dizer: "Depois de todos esses anos!" Mas como era possível eu tê-los visto e eles não terem me visto? Em vez disso, ficaram olhando para o outro lado, em direção ao outro extremo da rua. Algumas vezes falavam um com o outro, e Nirmal *babu* olhava para o relógio.

Virei-me para Arif.

— Vá indo para a casa de Suleiman *chacha*, eu preciso...

Eu ainda podia ver a cabeça alta de Nirmal *babu* se balançando pela rua. Logo acima dele estava pendurado um cartaz do creme facial Cuticura, enferrujado e torto, com a modelo de rosto rosado soltando tinta. Atrás dele, uma fileira de livrarias, com livros despencando lá de dentro na calçada. Comecei a atravessar a rua, parando no meio para deixar passar um bonde. O bonde parou na minha frente como um muro. Amaldiçoei-o por parar bem ali, bem naquela hora. Mas ele havia feito isso para pegar passageiros, pensei estupidamente. Era isso — Nirmal *babu* e Bakul estavam olhando para o outro lado à espera do bonde, que agora havia chegado. Quando o bonde começou a se mover, eu corri. Do lado de fora, pude ver Nirmal *babu* andando pela seção masculina, procurando um lugar, e o rosto de Bakul na seção feminina, a apenas poucos metros de mim. Abri a boca para chamá-la, talvez até o tenha feito, pois pareceu-me que por um momento ela olhou para fora como se estivesse procurando alguém, mas então o bonde começou a se mexer, ela se virou para o outro lado e eu fiquei para trás.

— Um 23! — disse Arif, olhando para o bonde que se distanciava. — Por que não me chamou, ele teria ido direto para a casa de Suleiman *chacha*... Ei, Mukunda, está me ouvindo? Parece que você viu um fantasma.

— Não é nada — balbuciei. — Estamos do lado errado da rua, e não conseguiríamos chegar a tempo mesmo que tivéssemos corrido. — O instinto me fizera correr na direção deles, mas aqueles instantes do lado de fora do bonde, vendo-os sem que eles me vissem, perguntando-me se não queriam me ver, despertou minha velha amargura em relação à forma como eu havia sido expulso de suas vidas.

Suleiman Khan era o senhorio de Arif — Arif hospedava-se na casa dele, e ambos o chamávamos de Suleiman *chacha* em deferência à sua idade. Quando chegamos à sua casa depois de nosso passeio que durou o dia inteiro, ele estava lendo seu jornal, com o papagaio a ciscar-lhe o ombro. O rosto de *chacha* estava escondido atrás do *Statesman*, mas eu de vez em quando sentia seus olhos pousados em mim. Quando eu estava prestes a ir embora, ele falou. Disse que ele e a mulher iriam se sentir sozinhos sem Arif. Sempre tinham tido um hóspede; antes de Arif houvera outros. Será que eu gostaria de morar no quarto de Arif?

Ele hesitava. As palavras saíram atabalhoadas e ficaram ali entre nós dois, crescendo no silêncio. Era quase uma presunção da sua parte. Eu talvez fosse o único menino da universidade a visitar Arif em casa e comer ali com ele. Visitá-lo já era ruim, imagine *morar* ali! Um hindu morando na casa de um muçulmano era algo inimaginável, especialmente naquela época, quando as pessoas eram incapazes de falar sobre outra coisa a não ser se o país seria dividido em áreas hindus e muçulmanas, Índia e Paquistão. Caso isso acontecesse, qual dos dois eu iria escolher? Eu não me sentia muito hindu, nem me sentia nada em particular, pois as minhas origens não passavam de especulação e boato. Mas ali estavam me oferecendo um teto. Devo ter começado a sorrir, pois vi *chacha* sorrir para mim e em seguida para Arif, que me deu um tapinha no ombro e disse:

— Aqui não é o alojamento, Mukunda, você vai ter de se civilizar!

Suleiman *chacha* havia me oferecido um lar quando eu estava prestes a ficar sem ter onde morar. Será que percebeu minha necessidade por sentir que ele também logo ficaria sem casa? Será que nessa época já sabia que, quando viesse o ano seguinte, as turbas iriam percorrer as ruas em busca de vítimas, que teria de voltar para casa todos os dias antes do anoitecer? Provavelmente houve um pouco de presciência em sua espontaneidade comigo, senão por que teria oferecido sua casa a mim, praticamente um desconhecido?

Peguei meu baú e mudei-me para o quarto de Arif. Eles não aceitavam aluguel e davam-me duas refeições por dia. Não tinham filhos, diziam, e a casa era grande. Também nunca haviam aceitado aluguel de Arif. Fiquei estarrecido com a sua generosidade, e soube que jamais poderia retribuí-la.

Suleiman *chacha* era professor de história. Durante muitos anos lecionou em uma escola caindo aos pedaços em Baghbazar, e, embora a escola tivesse reputação de ser um estabelecimento indisciplinado, os meninos raramente frequentassem as aulas, eles compareciam em massa às de Suleiman *chacha*. *Chacha* não entendia apenas de imperadores, mas também de suas concubinas, escravos, esposas e generais. Suas aulas muitas vezes ultrapassavam os quarenta minutos previstos enquanto ele falava sobre as residências, os bazares, as estradas, os médicos, as escolas e os camponeses de tempos idos. A maioria dos outros professores ficava felicíssima quando tinha de dar aula logo depois de Suleiman *chacha*, porque tinha de lecionar cerca de vinte minutos a menos e podia pôr a culpa nele, embora alguns, enciumados de sua popularidade junto aos meninos, tivessem reclamado com o diretor, dizendo que ele não ensinava o currículo exigido e deixava os alunos despreparados para as provas. Mas talvez o diretor estivesse ele próprio enfeitiçado por Suleiman *chacha*, e não fez nada para colocá-lo nos trilhos.

Em muitas noites sufocantes e escuras na casa, quando estávamos sentados na varanda espantando mosquitos com nossos leques, eu também escutava fascinado *chacha* falar sobre a biblioteca de Jahangir, ou sobre a última viagem melancólica de Bahadur Shah para a Birmânia. Para Suleiman *chacha*, o passado estava sempre no presente. Nisso ele me lembrava Nirmal *babu*, que costumava medir o tempo em séculos, em vez de minutos e segundos. Música lembrava a Suleiman *chacha* as canções que Tansen cantava para o imperador Akbar; *kababs* convidavam a uma história sobre o *khansama* de Lorde Clive; uma ferida dolorida que tinha no joelho o fazia contar, rindo, as trocas de insultos entre *vadis* e *hakims* da época medieval. Enquanto ele falava, pigarreando com frequência, eu não apenas via o passado diante dos meus olhos, mas podia sentir seu cheiro e ouvir seus ruídos. Quando tentava repetir suas histórias para alguém, contudo elas nunca soavam iguais.

Ele não tinha uma aparência imponente. Era um homem baixo, que mal chegava ao meu ombro. Havia perdido os cabelos cedo, o que o deixara com uma careca luzindo com a transpiração que é o presente de Calcutá a seus cidadãos durante a maior parte do ano. Sua barba era bem aparada, embora rala, e seu rosto ossudo e comprido era protegido de ambos os lados por orelhas desmesuradas cujos lóbulos chegavam-lhe quase até a linha do maxilar. Seu único traço bonito eram os olhos, de um cinza luminoso, encimados por sobrancelhas que, pela própria abundância, compensavam a escassez de cabelos na cabeça e no queixo.

*Chachi* e ele haviam se casado muito jovens, e, quando os conheci, o comportamento habitual da mulher com ele era uma espécie de exasperação. Ela o repreendia por tudo, algumas vezes em voz alta, outras vezes com murmúrios: por deixar sua água do banho esfriar nas manhãs de inverno; por se esquecer de transmitir suas instruções ao leiteiro; por abarrotar tanto a casa com seus livros; por suas visitas chegarem cedo demais e irem embora tarde demais. *Chacha* a escutava com um brilho nos olhos e, quando ela parava de falar, dizia: "Ora vamos, Farhana *Begum*, já faz tanto tempo que levei uma bronca, será que entrei na casa errada por engano?"

Sua casa, embora situada em um beco repleto de lojas, era arejada, com dois andares e uma pequena área de chão de terra batida que abrigava uma mangueira e um limoeiro. *Chacha* a havia herdado de um tio que morrera e não tinha descendentes. A casa tinha poucos móveis e era muito limpa, mas era possível ver que as colchas estavam puídas, e as cortinas ostentavam uma infinidade de cerzidos que apareciam à contraluz quando o sol batia pela janela. Eles só podiam se dar ao luxo de um ventilador, que só era ligado à tarde e à noite no grande cômodo do meio.

Havia motivos para essa existência austera. O salário de *chacha* era modesto — quando é que professores já foram ricos? —, mas além disso, mesmo quando havia dinheiro sobrando, ele não conseguia resistir a gastá-lo com livros e música. Sempre que chegava em casa com um livro ou disco, novo ou de segunda mão, subia a escada de fininho tentando escondê-lo nas roupas, enquanto *chachi*, que o desmascarava pela atitude, gritava:

— De novo! Você fez de novo! Este não era o mês de comprar um *kurta* novo? Sabia que as crianças na escola zombam de você por causa das suas roupas?

— Ah, Farhana *bibi*, mas fazia meses que eu estava procurando este livro, e justo na hora em que ia subir no ônibus eu o vi sobre a pilha, e então regateei... Tinha algum dinheiro sobrando e comprei alguns belos braceletes para você, mas, com essa história toda, sabe que perdi o ônibus e...

— Não me venha com essa baboseira toda, não quero saber!

Ele se virava para mim em busca de apoio.

— Este livro é incrível, *bhai*, leia e me diga, diga à sua *chachi*... — Estendia-me o livro para eu olhar, e então, em poucos segundos, arrancava-o de volta para abri-lo e cheirar as páginas. Caso houvesse uma bela gravura na folha de rosto, ele me mostrava. Retirava a sobrecapa e tateava a gravação a ouro na lombada, e então, já inteiramente esquecido da bronca de *chachi*, chegava-se a ela e dizia:

— Olhe aqui, Farhana, veja que linda esta fonte!

*Chachi* saía da sala, mas podíamos ouvi-la resmungando na cozinha e sempre que passava por nós. Quando chegava a hora do jantar, porém, eu via o *roti* quente sendo servido primeiro para *chacha*, e à noite a paz reinava enquanto ele lia seus livros e ela cerzia roupas cantarolando antigas melodias entre os dentes, e eu ficava andando para lá e para cá, perguntando-me o que fazer, até *chacha* erguer os olhos com o cenho franzido e dizer:

— Não pode ficar quieto? Leia o livro que lhe dei na semana passada.

~

Eu tinha dezenove anos e já estava morando havia um ano na casa de Suleiman *chacha*, embora não consiga me lembrar nem do mês nem da estação, apenas de detalhes irrelevantes em relação a esse dia. Por exemplo, lembro que nessa tarde havia comido pão com chá. Raramente tinha pão para comer, porque custava mais caro do que *rotis*, mas nesse dia por acaso passei em frente à minha antiga escola, aquela em que Nirmal *babu* havia me posto depois de Songarh. A padaria ao lado da escola ainda existia, e o cheiro de pão recém-saído do forno que havia me atormentado durante os anos de escola ainda enchia a rua. Não pude me conter; gastei todo o trocado que tinha no bolso em um pão cilíndrico fresquinho. Quando voltei para casa segurando o pão, Suleiman *chacha* disse:

— Agora temos um hóspede rico! Está na hora de aceitarmos algum aluguel.

— Se você queria pão tanto assim, por que não disse nada? — perguntou *chachi*. — Pensei que gostasse dos meus *rotis*.

Saquei a manteiga amarela da marca Polson's que também havia comprado — uma despesa ainda mais extravagante — e grelhei o pão no anel elétrico do fogão. Até hoje, o cheiro de pão tostado me provoca um leve enjoo. Passei-lhes as fatias grossas, crocantes e de bordas coradas, encharcadas de manteiga amarela com sal. *Chacha* mergulhou a sua no chá quente.

Os pés de *chacha* estavam calçados com velhos *chappals* macios marcados com a forma redonda dos dedões. Seu *kurta-pyjama* estava gasto, com várias costuras soltas. Como de hábito, estávamos sentados na ampla varanda, aproveitando os últimos resquícios de luz do dia. De longe veio um pouco de barulho, algumas explosões de fogos de artifício, e *chacha* disse: "Alguém comemorando alguma coisa." Acendeu um cigarro e soltou a fumaça com um suspiro. Pude sentir o cheiro da fumaça, agradavelmente pungente. Apesar do barulho, um contentamento tranquilo reinava ali na varanda, como se estivéssemos aninhados dentro de um globo translúcido que mantivesse o mundo do lado de fora. As xícaras, os pires, as flores roxas desbotadas pintadas na louça, o leve cheiro de chá, até mesmo as lascas na velha borda dourada dos pires, tudo parecia de uma perfeição que me deixava sem vontade de tocar em nada com medo de estragar. A oeste, os últimos vestígios de laranja no céu escureceram até virarem um cor-de-rosa luminoso.

Depois de terminarmos de comer o pão e de bebermos todo o chá, *chachi* embrulhou o resto da manteiga no papel enquanto eu subia até o telhado para fumar.

Meu fósforo permaneceu apagado. Ao longe, margeando o horizonte, via-se um colar incandescente de beleza aterrorizante: a cidade fora incendiada. Chamas cor de laranja saltavam, diminuíam, ressurgiam em outro lugar. O céu havia adquirido um assustador matiz vermelho. Pude ouvir um rugido distante, monótono, rompido de vez em quando por algum grito agudo. Depois de mais uma daquelas explosões, dei-me conta de que não eram fogos de artifício coisa nenhuma, eram provavelmente bombas. Um manto engordurado de fumaça pairava sobre a cidade, recendendo a cabelo, carne humana e borracha queimada. Embora soubesse que estava longe demais para correr qualquer perigo, senti uma bruma de medo se erguer dentro de mim e escurecer todo o resto. Sabia que algo maior do que eu podia imaginar estava ocorrendo lá fora, no escuro, entre as luzes do incêndio, algo que meu instinto me dizia que iria mudar as coisas para sempre.

Eu estava fascinado demais pelas chamas e pelos gritos das pessoas para perceber que Suleiman *chacha* havia se juntado a mim. Ele pôs a mão no bolso e sacou um pacote de papéis de cigarro translúcidos. O barulho do papel metalizado me fez sobressaltar. Ele iniciou a complexa tarefa de encher seu papel com fumo. Só ergueu os olhos para as chamas quando seu próprio canudinho de tabaco também reluzia no escuro.

— Acho que vamos ter de ir embora por algum tempo — disse ele, como quem discute as férias de verão.

— Ir embora? Como assim? Para onde?

— Ficar com meus parentes em Rajshahi — respondeu ele. — Já faz mesmo muitos anos que eles estão me convidando para fazer uma visita. Agora é um bom momento.

— O senhor não precisa ir a lugar nenhum — exclamei. — Nada disso vai afetá-lo. São as favelas que eles estão incendiando.

— Ah, vamos, isso não tem nada a ver com nada sendo incendiado, eu só acho que a sua *chachi* precisa de uma mudança. Ela está ficando um pouco deprimida.

— Se ela precisa de uma mudança, vão para Darjeeling. Por que não?

— Esses parentes precisam de uma visita — disse Suleiman *chacha*, meio rindo. — E se eles nos esquecerem? E sabe, eu tenho um ou dois quartos em uma casa antiga lá. Não deveria ir me apropriar do que é meu?

Eu sabia tão bem quanto Suleiman *chacha* que ele não podia falar sobre o verdadeiro motivo para ir embora. Desde a época em que havia começado a morar com *chacha*, eu sentia que os distúrbios políticos e a violência que nos cercavam, as notícias sobre rebeliões no Punjab e nos bolsões muçulmanos do norte o deixavam profundamente preocupado, assim como a todos. Costumávamos conversar sobre isso de vez em quando, mas como distúrbios que fervilhavam a alguma distância de nós, que podiam nos chamuscar nas bordas mas sem queimar; nunca tínhamos pensado que as chamas chegariam perto o suficiente para nos ameaçar.

Agora haviam chegado.

Quando eu entrava em algum aposento onde *chacha* estava sentado com os amigos, ou mesmo somente com *chachi*, fazia-se uma pausa silenciosa na conversa, e em seguida eles começavam a falar de algum assunto inócuo. E, enquanto *chacha* antes saía com frequência para encontrar seus amigos hindus, agora parecia encontrar apenas com seus amigos muçulmanos, e em casa. Quando não achavam que eu estava por perto, eles discutiam um com o outro sobre sair do país. Certo dia, à tarde, quando estava prestes a entrar em casa, tornei a sair quando ouvi fracos ruídos de soluços do outro lado da porta. Comecei a me sentir cada vez mais um forasteiro no lugar que havia se tornado a minha casa.

— Vocês não precisam ir embora — repeti, mas já sem convicção alguma. Nessa época, pessoas que eu considerava normais e sensatas falavam em estocar garrafas de ácido para servir de armas. Se a turba viesse atrás de Suleiman *chacha* e *chachi*, onde eu poderia escondê-los? Como poderia salvá-los?

Suleiman *chacha* deu mais uma tragada funda, mas o seu cigarro, como acontece com os cigarros enrolados à mão, havia se apagado.

Ele vasculhou os bolsos à procura de fósforos e tornou a acender o rolinho enegrecido de aspecto úmido.

— Você pode continuar morando aqui na casa — ele tornou a dizer. — Na verdade, seria bom não instalar nenhuma tranca... ninguém sabe o que pode acontecer. Cuide dela até nós voltarmos.

— Quanto tempo vão ficar fora? — perguntei.

— Espero que não muito — respondeu ele. — Deixe só esses problemas diminuírem, e estaremos de volta antes que você perceba.

— E a escola? — perguntei.

— Não vou dizer nada a eles — respondeu. — Simplesmente vou dizer que estou tirando uma licença de dois meses.

— Mas eles com certeza vão entender, não?

— O diretor é um homem bom. Ele não me pediu para ir embora. Mas, de certa forma — disse ele, com uma risadinha —, acho que vai ficar aliviado se eu partir.

Eu sabia sobre a casa antiga de Rajshahi: *chacha* era reticente sobre o passado, mas *chachi* não. Aquela casa era motivo de irritação entre os dois, mais ainda quando o dinheiro ficava escasso. *Chacha* era o segundo de quatro filhos de um oficial do governo em Rajshahi, e seu pai havia deixado terras e uma grande casa ao morrer. Tudo deveria ter sido dividido em partes iguais entre os irmãos, mas Suleiman *chacha*, que não vivia em Rajshahi — e na verdade não vivia realmente no mundo material —, fora trapaceado e não recebera a sua parte. Teoricamente ela existia, mas ele não tinha mais direitos sobre ela. À medida que o final de cada mês se aproximava e que o dinheiro de *chachi* para cuidar da casa escasseava, ela começava a ter uma sensação de privação mais intensa do que sentia no início do mês. Nesses momentos, ela me dizia: "Se conseguíssemos, nem que fosse a oitava parte, e pudéssemos vender essas terras de arrozais, teríamos dinheiro suficiente para não nos preocupar. Então eu prepararia *phirni* e *biryani* para você todos os dias, e poderíamos ter ventiladores de teto em todos os cômodos e não passar o verão inteiro suando. Mas você acha que o seu *chacha* faz alguma coisa a esse respeito? Pessoas como ele nunca deveriam se casar, somente ficar sentadas debaixo de uma árvore sendo Buda."

*Chacha* desconversava rapidamente dizendo: "Sonhos impossíveis, mais sonhos impossíveis. Quando é que você vai parar com isso?" Mas era essa ínfima possibilidade de ganhar dinheiro com suas terras que lhes dava energia para seguir em frente quando vasculhavam os fundos dos armários em busca de trocados na última semana de cada mês.

E agora, de repente, *chacha* e *chachi* estavam sendo forçados a partir para Rajshahi, para requisitar a parte da casa e das terras que haviam perdido muito tempo antes.

No final das contas, a questão mais complexa em relação à partida de *chacha* e *chachi* não foi o emprego, nem a casa, nem os parentes ou amigos, mas sim seu papagaio, que teriam de confiar aos meus cuidados. Não gosto de pássaros morando perto de mim. Eles pertencem a um elemento diferente do nosso, e é lá que devem ficar. Eu sentia tanta afeição pela lagartixa que rastejava atrás da minha mesa de cabeceira quanto por aquele pássaro dentro da gaiola. Esperava que ambos mantivessem uma boa distância de mim.

O papagaio de Suleiman *chacha* era fêmea e se chamava Noorie. Tinha o mesmo aspecto de todos os papagaios, verde vivo, com um anel vermelho-arroxeado em volta de um pescoço que parecia capaz de dar uma volta inteira quando ela observava as pessoas de sua gaiola. Toda noite, Suleiman *chacha* cobria a gaiola com um pano enquanto murmurava para o pássaro em um tom afetuoso que só usava com ele. Durante o dia, *chacha* e *chachi* se revezavam para oferecer ao pássaro pimentas verdes retorcidas e sementes. A gaiola era grande e tinha um poleiro. Ficava na ampla varanda do andar de cima, com vista para as árvores, de modo que Noorie, assim pensava eu, pudesse invejar livremente seus compatriotas livres.

Estou sendo injusto, pois o pássaro passava boa parte do dia voando dentro de casa. Assim que Suleiman *chacha* terminava suas preces matinais, ia até a gaiola e levantava o pano com um floreio, emitindo pequenos arrulhos para o pássaro, que respondia com uma série de estalos do bico e uma ou outra palavra pronunciada baixinho. *Chacha* havia lhe ensinado a dizer seu nome e meia dúzia de outras palavras, repertório em relação ao qual nutria um orgulho desmedido. Como pais fazem com crianças pequenas, ele mandava o pássaro falar para as visitas verem.

Assim, murmurando um para o outro, os dois se encontravam todo dia de manhã, e então Noorie ia se empoleirar em uma porta ou, quando disponível, no ombro de *chacha*, enquanto ele cuidava de seus afazeres. Algumas vezes pousava em mim também: suas garras perfuravam meu fino *kurta*, suas penas faziam cócegas nas minhas orelhas. Tenho certeza de que ela sabia que eu não a queria ali.

— Não querem levar Noorie com vocês? — perguntei a *chachi*, sem vontade nenhuma de ficar responsável pelo pássaro.

Eu a havia seguido até a cozinha, onde ela agora estava sentada no chão, encostada na porta, catando arroz em busca de pedrinhas. Espiava o arroz, afastando punhados com o indicador de modo a formar duas pilhas na grande travessa, separadas por um rio de cobre. Ela não ergueu os olhos. Sua voz estava um pouco trêmula, como acontecia com frequência nessa época.

— Não fazemos ideia de onde vamos ficar, como é que podemos levar um pássaro conosco?

— Mas vocês têm uma casa, vão morar lá, e é apenas por um ou dois meses.

— Eu nunca vi essa casa. Já há muitos parentes dele morando lá. Eu ficaria feliz se eles nos dessem um canto para dormir.

Tive certeza de que ela estava exagerando, irritada por ter de sair de Calcutá de forma tão inesperada. Alarmado, ergui os olhos para Noorie, que estava empoleirada na porta da cozinha estalando a língua e murmurando consigo mesma, sem saber qual seria o seu destino.

Eles foram embora dois dias depois. *chachi* preparou alguns *parathas* para a viagem e embalou alguns outros alimentos secos: biscoitos e *muri*, o arroz estufado. Não estavam levando mais do que um baú cheio de roupas e um colchonete. Na véspera de sua partida, *chacha* me levou para dar uma volta pela casa, mostrando-me onde ficava o medidor de energia elétrica, falando-me sobre as contas que deveriam ser pagas a cada mês. Mostrou-me até onde guardava os documentos do imposto sobre a propriedade e deu-me um cheque pré-datado para um pagamento que iria vencer dali a quatro meses.

— Mas vocês já vão ter voltado — insisti.

— Claro que já — disse *chacha* com a voz afetuosa, como se eu fosse uma criança que ele precisasse consolar. — É só para o caso de nos atrasarmos...

*Chachi* havia comprado um estoque de uma semana de pimentas verdes crocantes e meio quilo das sementes que o pássaro gostava de comer.

— Você conhece o barulho que Noorie faz quando quer uma pimenta, não conhece? — perguntou ela. — E lembre-se: a cumbuca deve estar sempre cheia d'água.

— Eu sei que é um pouco trabalhoso — disse *chacha* —, mas você vai precisar limpar a gaiola de vez em quando.

— Não tem problema — balbuciei, sentindo o peso de uma pedra no coração.

— Converse com ela todos os dias de manhã antes de sair para o trabalho — disse ele. — Ela vai se sentir sozinha sem ninguém em casa. Não está acostumada.

— Vocês vão voltar rapidinho — tornei a falar.

— Claro — disse *chacha*. — Por que eu iria querer ficar longe da minha própria casa?

Noorie parecia ter entendido que algo estava prestes a acontecer, e ficava voando de um lado para o outro dentro da gaiola, fazendo barulhos altos. Antes de eles saírem, cobri sua gaiola com o pano.

Eles não quiseram que eu os acompanhasse até a estação.

— Não quero que Noorie fique sozinha quando formos embora — disse *chacha*. — Nós podemos, sozinhos, dar conta desta pouca bagagem.

Fiquei olhando-os avançar com dificuldade até a entrada da rua, vergados pelo peso das trouxas e do baú. Os cantos dos meus olhos estavam úmidos de lágrimas, e eu as limpei sentindo-me ao mesmo tempo impaciente e perplexo com meu desalento. Eles sumiram de vista sem se virar. Fechei o portão e voltei para tirar o pano de cima da gaiola de Noorie.

— Agora somos só você e eu — sussurrei, em busca de consolo. Ela continuou no canto da gaiola e não quis sair.

Na manhã seguinte, minha disposição piegas já havia me deixado. É estranhamente reconfortante quanta distância o sono é capaz de criar entre os acontecimentos. Olhei em volta para meu império. O silêncio havia substituído os barulhos costumeiros da manhã: os gargarejos e pigarros altos de *chacha* ao escovar os dentes, a série de espirros de *chachi* todos os dias bem cedo. Pela primeira vez na minha vida, não havia ninguém para quem eu me sentisse obrigado a ceder uma cadeira. Podia pôr os pés em cima da mesa. Podia ser quem quisesse, estava sozinho em uma casa e em uma cidade onde praticamente ninguém me conhecia. Fui tomado por uma súbita sensação de euforia e espaço. Tirei o pano que cobria o pássaro e abri a gaiola.

— Estou livre! — anunciei para Noorie. — E você também!

Noorie não quis sair da gaiola.

Não liguei. Joguei-lhe algumas pimentas e sementes. Quando pus a mão dentro da gaiola para pegar a cumbuca d'água, ela bateu as asas e me bicou, tirando sangue.

— É melhor você não fazer isso — disse eu com um rosnado. — Agora somos só você e eu!

Sinto vergonha de dizer que mal pensei em *chacha* e *chachi* sacolejando na viagem rumo a Rajshahi, com as costas doendo por causa dos encostos duros de um trem lotado, cansados e preocupados, sem saber o que os esperava no seu destino.

Passei um longo período morando na casa de Suleiman *chacha* sem qualquer mudança verdadeira na minha rotina. Não tomei liberdades. Por exemplo: não me mudei do meu pequeno quarto para um dos maiores. Todos os dias dava comida ao pássaro como tinha visto Suleiman *chacha* fazer, mas ele muitas vezes sequer tocava nas sementes e se recusava a sair da gaiola. Eu não imaginava que pássaros ficassem de luto, mas aquele certamente parecia estar. Uma ou duas vezes, Noorie me bicou com força no pulso quando eu estava colocando ou retirando sua comida e água. “Seu pássaro maldito”, dizia-lhe eu então, cuspindo. “Saia daí que eu torço esse seu pescoço verde idiota!” Eu trancava a gaiola e saía para trabalhar no curtume, de onde voltava tarde da noite, despindo a camisa suada enquanto subia os degraus de dois em dois. Encontrava Noorie agachada no canto da mesma forma que a havia deixado, como se não houvesse se mexido durante as nove horas que eu passara fora. Se eu estendesse a mão para verificar sua cumbuca d’água, ela me bicava de novo e eu gritava: “*Haraami*! Se eles não fossem voltar, eu fazia guisado de papagaio com você.”

Um ano depois, porém, *chacha* e *chachi* ainda não haviam voltado. Não voltaram para ver o país cindido em dois, em 1947, nem para ver os britânicos irem embora, não voltaram para os discursos nem para as novas bandeiras. Estavam fora durante a maior parte das matanças, e naturalmente, como eram muçulmanos, eu não esperava vê-los entre os refugiados que chegavam cambaleando a Calcutá. Deviam ter encontrado um lugar ao sol no Paquistão oriental — foi essa a explicação que dei a mim mesmo —, deviam ter fincado raízes, e talvez um dia fossem escrever e mandar buscar Noorie. Eu não queria deixar entrar na minha mente o pensamento de que talvez nem tivessem chegado a Rajshahi, de que poderiam ter sido mortos no caminho.

Durante meses depois de *chacha* e *chachi* irem embora, tranquei portas e janelas todas as noites, com medo de a casa ser invadida por pertencer a muçulmanos. Bem na hora em que comecei a pensar que estava seguro, uma turba apareceu certa noite com tochas e gritou para Suleiman Khan sair ou iria ver só. Ouvi seus gritos e saí de fininho pelos fundos, indo me esconder atrás de uma caixa d’água baixa. Não havia lugar para pensamento nenhum na minha cabeça a não ser a certeza de que estaria morto em poucos minutos. Ouvi passos se aproximando da caixa d’água, uma voz dizendo: “Acho que o mulá está escondido aqui.” Vi pés pisarem a grama ao meu lado. Quando o homem apontou a tocha que carregava para meu rosto, exclamou: “*Você*? Você por aqui?” Para minha sorte, ele era do meu bairro, e eu muitas vezes havia conversado com ele na loja ali perto quando estava comprando ovos e cigarros.

Esgueirei-me de trás da caixa d’água. Havia perdido a voz. Em uma espécie de sussurro, consegui dizer que Suleiman Khan havia fugido e deixado a casa. “Deixou a casa para você?”, exclamou ele. “Seu nanico sortudo!” Consegui dar um sorriso, e a casa ganhou uma trégua.

Mas eu não. O dono do curtume onde eu trabalhava como funcionário de escritório era muçulmano. Ele decidiu fechar as portas e sair da cidade.

Eu tinha poucos amigos. A maioria dos rapazes do meu curso vocacional intermediário havia se espalhado pelo mundo, e eu não mantivera contato. O único homem que parecia nutrir alguma simpatia por mim era o chefe do escritório do curtume, que me levou para almoçar em uma barraca de beira de rua no dia em que iríamos nos separar. Ficamos sentados de frente um para o outro, com as pernas sobre um banco de madeira, e pratos de alumínio fumegando à nossa frente com arroz e *curry* de peixe. Barababu lavou as mãos com a água do seu copo e fechou os olhos, murmurando uma prece. Então mergulhou os dedos no arroz.

— Olhe — disse Barababu. — Pense no meu caso. Eu tenho mulher e três filhas. Para você não é tão ruim. Você só precisa tomar conta de si mesmo. Eu o invejo, meu amigo.

— Inveja a mim? Eu sou um idiota sem sorte — exclamei. — Na hora em que as coisas parecem se acomodar, estou na rua de novo.

— Na rua? — exclamou Barababu. — Você tem um teto, um presente dos céus. Quanta sorte mais você quer?

— Esse teto não é meu — respondi. — Eles vão voltar a qualquer momento. E o dinheiro que deixaram acabou. Preciso encontrar dinheiro para pagar as contas e os impostos.

— Meu caro rapaz — disse Barababu, concentrado em retirar uma espinha do peixe. — Ninguém que foi embora vai voltar. Você já viu alguém voltar? Os donos da sua casa a esta altura já devem ter ocupado a casa de algum hindu no Paquistão, e você ficou com a deles. É propriedade do inimigo, filho, propriedade do inimigo! Você é o patife sortudo que estava no lugar certo na hora certa.

Ele pôs uma bola de arroz e peixe na boca e, olhando para trás de mim, mastigou com grande concentração. Com a boca finalmente vazia, deu uma risadinha como quem diz para si mesmo: “Tanta sorte e tanta ingenuidade.” Sua boca tornou a se contorcer e ele voltou ao peixe. Uma gotinha de gordura estava presa ao seu bigode.

Eu podia ver que Barababu não achava isso possível, mas, apesar do que eu dissera à turba, realmente nunca havia considerado a casa de Suleiman *chacha* minha, para fazer com ela o que quisesse. As palavras dele escancararam uma porta que estava entreaberta na minha mente.

— Acho que talvez eu possa fazer alguma coisa com a casa — disse eu. — Ou então como vou pagar as contas?

— Olhe aqui, filho — disse Barababu, que, segundo percebi, havia adquirido o hábito de me chamar de "filho" com cada vez mais frequência —, dezenas e mais dezenas de pessoas chegaram pela fronteira, dezenas não, centenas, milhares, milhões! — Ele gesticulou para as ruas apinhadas à nossa volta. — Todas elas precisam de lugar para ficar! Alugue esses quartos! Você nunca mais vai precisar trabalhar. E, se mesmo assim quiser trabalhar, posso apresentá-lo a um parente meu. Ele trabalha em construção, e tem dito que precisa de um rapaz como você.

Nessa tarde, Barababu insistiu em voltar para casa comigo, segundo ele para poder me aconselhar melhor. Lançou um olhar de aprovação para o jardim enquanto eu abria o portão e, assim que entramos, precipitou-se até o canto e, arregaçando o *dhoti*, trepou na mangueira.

— Você não sabe o quanto minha alma anseia por isso — disse ele, enlevado, olhando-me por entre uma franja de folhas em um galho alto. — A aldeia, nossas árvores, as frutas que eu catava quando menino. Onde é que se pode encontrar árvores nas favelas de Calcutá? Já decidi, meu rapaz: vou voltar para minha aldeia e cuidar da terra que eu tiver lá.

— O senhor não quer descer? — perguntei. — Não garanto que esses galhos sejam fortes, a árvore é jovem.

— Ah, eu sei tudo sobre árvores — disse ele, descendo com mais agilidade do que eu pensaria ser possível para um homem da sua idade. Seguiu-me até a porta da frente, murmurando: — Dois andares, hein, e deve ocupar o quê, uns cento e setenta metros quadrados de área? — Enquanto eu punha a chave na fechadura, ele enfiou a mão dentro da sacola de pano suja que trazia pendurada ao ombro e sacou lá de dentro uma garrafinha de vidro cheia de uma água turva.

— Casa de muçulmanos, sabe como é, precaução nunca é demais... — disse ele. Desatarraxando a garrafa, salpicou algumas gotas de água nos degraus da frente e, como por acidente, algumas gotas em mim, balbuciando um mantra ininteligível. Então, uma vez encerrados os ritos de purificação, entrou e examinou um cômodo de cada vez, murmurando palavras de aprovação. — Este papagaio, você precisa se livrar deste papagaio. Olhe como está cagando por toda parte — foi tudo o que disse.

Passei os dias seguintes refletindo sobre o conselho de Barababu. Fiquei horas debruçado na ponte de Kalighat, fitando a água barrenta lá embaixo. Na maré baixa quase não havia água, e as margens exibiam anos de sujeira. Mas na maré alta o rio ficava cheio, de um marrom calmo, líquido. Havia um casebre de barro encarapitado a meio caminho da margem direita, e coqueiros espiavam para dentro d'água. Aquilo ali estava a um mundo de distância dos bondes ruidosos da cidade, das multidões que se empurravam, dos cheiros de podre e das ruas lotadas de mendigos emaciados que diziam todos não comer nada havia muitos dias. Debruçado na ponte, pensei o impensável, pensei em trair a confiança de Suleiman *chacha*. Podia vender a casa, ou então alugá-la e transformá-la em casa de cômodos. Poderia viver como um *zamindar*, um proprietário de terras, e trabalhar por prazer. Poderia escrever livros, compor músicas, viajar. Poderia ser um cavalheiro de verdade.

Na manhã seguinte, quando descobri a gaiola de Noorie, ela estava falando. Alguma coisa — seria conveniente demais dizer que foi alguma mudança em mim —, alguma coisa a fizera voltar a falar, e ela estava repetindo os xingamentos que eu passara todas aquelas semanas gritando para ela. "Maldito", gritava ela. "Fodedor de irmã, ordinário, fodedor de irmã." Ditas com aquela voz nasalada e sem modulação de um papagaio, as palavras soavam grotescas, muito embora fizessem parte da minha conversa normal de todos os dias. Em um canto remoto da minha mente, elas reavivavam lembranças em que eu não queria pensar. Lembrei-me de uma velha meio louca em um quarto minúsculo em Songarh, Kananbala, cujos xingamentos eu costumava imitar por diversão. Não queria que me fizessem lembrar desse mundo.

Depois disso, passei a tomar cuidado quando falava com Noorie, mas ela já havia aprendido minhas obscenidades e, para meu desconforto, eram praticamente as únicas palavras que dizia.

# 2

Quando penso no homem para quem fui trabalhar em seguida, a primeira coisa que vejo são suas mãos. Eram pálidas, com dedos longos, levemente trêmulas. Cada dedo tinha pelo menos um anel, e cada anel tinha uma pedra diferente e poderosa — eu podia identificar um topázio, um olho-de-gato, um rubi, até mesmo um diamante. Ao todo, ele usava doze anéis. Quando já fazia um ano que eu trabalhava para ele, e podia entrar em seu quarto sem autorização prévia, encontrei-o sentado diante de sua escrivaninha encerada, girando um dos anéis e fazendo-o dar várias voltas. Ele ergueu os olhos quando entrei e disse: "Sabe o que são estes anéis? Eles são o meu destino." Fechou os punhos e levou-os ao peito. "Com estes anéis eu guardo meu destino aprisionado em minhas próprias mãos."

Eu só havia conseguido o emprego por causa de Barababu, depois de longos meses de procura em que a cidade parecia repleta de rapazes como eu, todos formados no curso vocacional intermediário, todos desempregados. Nessa época, eu me sentira tentado, pela atração da comodidade, a levar uma vida de proprietário de imóveis graças à casa de Suleiman *chacha*. O emprego de Aangti *babu* aparecera bem a tempo de interromper minhas fantasias de *zamindari*. Tive medo então e, ansioso para agradar, disse: "Os anéis são seu destino, e o senhor é o nosso."

Na intimidade, nós o chamávamos de Aangti *babu* e brincávamos que dez dedos eram pouco para ele. Sempre que Aangti *babu* saía para um compromisso misterioso à tarde, a notícia se espalhava depressa pelo pequeno escritório. Ninguém desconfiava de nenhuma mulher, exceto talvez uma que fosse astróloga. Ele nunca revelava o astrólogo que havia acabado de descobrir, mas nós ficávamos sabendo mesmo assim. Havia um homem em Bhowanipore, não muito longe de onde eu morava, e eu também fui me consultar com ele depois de ficar sabendo que ele era o último achado de Aangti *babu*. Nunca havia acreditado em previsões do futuro, estava apenas curioso em relação à paixão de Aangti *babu*.

O astrólogo estava sentado em frente a uma escrivaninha vazia em um pequeno cômodo. Era um velho de óculos grossos que brilhavam, e eu não conseguia ver seus olhos por trás das lentes. Os óculos cobriam a maior parte de seu rosto pequeno e bochechudo. Ele não me deu um sorriso de boas-vindas. Mal ergueu os olhos quando disse: "Mapa astral?"

Senti-me pouco à vontade, pois a porta coberta por uma cortina atrás dele estava aberta, e tive certeza de que havia alguém nos escutando. Apesar do meu ceticismo, comecei a sentir que o astrólogo sabia tudo sobre mim, e que era importante ninguém mais ficar sabendo.

— Não tenho mapa astral — balbuciei.

Ele pôs a mão dentro de uma gaveta com um suspiro e pegou uma caneta e um papel.

— Hora de nascimento? — perguntou-me, parecendo um funcionário público.

Eu lhe disse que não sabia.

— Data de nascimento? — continuou ele, em um tom igualmente cansado.

— Não sei ao certo.

— Não sabe ao certo. — O homem deu um suspiro alto e surpreendente, que se concluiu com uma risada, e pegou um copo d'água do peitoril da janela ao seu lado. — *Moshai*, eu sou astrólogo, não mágico. Preciso de alguns detalhes. — Pôs-se a beber sua água como se já houvesse terminado de me atender. Quase esperei que ele fosse olhar por cima do meu ombro e dizer "Próximo!", embora não houvesse ninguém mais esperando para vê-lo.

— Pensei que o senhor pudesse ler a minha mão — disse eu, agora sem vontade de ir embora antes de descobrir alguma coisa. — Ou talvez o meu rosto — acrescentei. — Existem pessoas que leem rostos. — Por que eu fora até ali? Não tinha mais certeza. A essa altura, já havia esquecido a curiosidade em relação a Aangti *babu*. Talvez, como todos os outros que procuram pessoas assim, eu estivesse apenas querendo atenção. Senti-me decepcionado, como se houvessem me negado um presente.

As lentes brilhantes se ergueram na minha direção. Ele me olhou durante um segundo sem fazer nenhum comentário. Desviei os olhos de sua expressão implícita de quem estava me zombando.

Ele estendeu a mão. Estendi a minha também, dizendo:

— Não sei se deveria ser a direita ou a esquerda...

Ele passou vários minutos examinando a palma da minha mão, e eu fiquei olhando junto com ele como se nunca a houvesse visto antes. Era toda sulcada, confusa, cheia de cruzes e traços desordenados que a partiam em dois. Já vi mãos quase sem linhas. A minha não era uma delas, longe disso. Aguardei como quem espera um veredicto.

— Um verdadeiro mapa — disse ele, acompanhando com os dedos as linhas mais compridas. — Que rios de desejo, que montanhas de ambição!

— Eu queria... quero dizer, eu esperava que...

— Queria, queria, esperava, esperava — arremedou o astrólogo —, é isso que sua mão diz, também, *moshai*: sua mão não passa do mapa de um desejo impossível. — Ele cutucou minha linha da vida antes de completar. — Nada além de desejos.

Passou algum tempo sem dizer nada. Eu estava com uma cãibra no braço de tanto mantê-lo esticado por cima da mesa. O rebuscado relógio de madeira na parede marcava as horas. Minha cadeira dura não tinha braço. Sua cabeça curvada, seus óculos opacos nada revelavam. Comecei a me perguntar se ele estava dormindo. Ou morto. Tossi como quem precisa beber água e mexi a cadeira, emitindo um ruído de algo se arrastando. O astrólogo sobressaltou-se e exclamou:

— O trem de terça-feira! O trem de terça-feira! — Ele então se sacudiu um pouco e, como se estivesse continuando uma conversa, falou: — A vida é feita de tijolo e pedra, tijolo por tijolo.

— Eu sou assistente de construtor — informei-lhe. — Já faz quase um ano que trabalho no mesmo lugar. Agora meu patrão começou a me mandar negociar com os clientes. — Eu estava orgulhoso disso. Poucos dias antes, Aangti *babu* havia me mandado conversar com alguns potenciais compradores.

— Hum. — Ele balbuciou alguma coisa e tornou a falar. — Você veio aqui falar de si ou escutar?

Calei-me, envergonhado.

— O que você queria saber, hein? — perguntou. — Deixe-me lhe dizer. O seu passado é nebuloso, mas o seu futuro é cristalino. O seu passado mostra desterro, o seu futuro mostra lares, isso é o que está mais claramente visível. Você vai se casar. Vai se sair muito bem no emprego. Vai ganhar dinheiro. Irá muito além de onde começou. Não terá filhos. Não, não viajará muito. Algo mais?

Senti uma mistura de irritação e desapontamento. No entanto, reprimindo meu impulso de ser grosseiro, perguntei-lhe em tom humilde:

— Se puder me contar algo mais sobre como será minha vida...

— Nada mais. Mas espere. — Ele apertou os olhos para minha mão de novo e, sacando uma lupa, examinou uma de suas partes. O alto de sua cabeça estava próximo do meu nariz. Fios de cabelos grisalhos e cor de cobre brotavam de seu crânio calvo como mudas recém-plantadas em um canteiro marrom.

— Vejo você em pé sobre degraus, há água na sua frente, mas será que você vai entrar nela e nadar? Ou será que vai continuar em pé na margem?

Ele soltou minha mão e, empurrando a cadeira para trás, disse:

— Está tarde, é só isso.

Antes de eu poder lhe perguntar o que ele tinha querido dizer, ele desapareceu atrás das cortinas desbotadas que pendiam molengas no vão da porta que dava para o interior da casa. O jornal sobre a escrivaninha levantou voo de repente, soprado pelo ventilador, e espalhou-se pelo cômodo enquanto eu corria de um lado para o outro tentando catá-lo.

Aangti *babu* de fato estava prestando mais atenção em mim. Durante mais ou menos o primeiro ano que fiquei no escritório, eu mal passava de um faz-tudo que registrava a Correspondência Recebida e a Correspondência Enviada, as Cartas de Compromisso e as Procurações em um grande fichário vermelho. Via Aangti *babu* chegar ao escritório imerso nos próprios pensamentos, aparentemente alheio à profusão de gestos obsequiosos que lhe dirigiam o chefe do escritório, o supervisor e os fornecedores em visita. Algumas vezes, conforme percebi mais tarde, ele deixava cair de propósito alguma coisa a seus pés para quem quer que estivesse ao seu lado ter de se curvar para pegá-la do chão. Nosso desejo de fazer as vontades dele era tão grande que todos mergulhávamos ao mesmo tempo, esbarrando uns nos outros na tentativa de alcançar a caneta ou o clipe de papel fujão. Durante um desses mergulhos, observei que, embora suas mãos fossem brancas e de unhas compridas, e a unha do mindinho estivesse até pintada com esmalte vermelho, as solas de seus pés eram rachadas e sujas. Mesmo assim, naquele *puja* da deusa Durga, fui à sua casa tocar-lhe os pés e pedir sua bênção.

Ele me olhou quando me levantei de junto a seus pés e disse para um homem sentado ao seu lado:

— Este é o rapaz sobre quem lhe falei.

Toquei também os pés desse cavalheiro, com o coração disparado. Aangti *babu* tinha falado com alguém a meu respeito!

— Então, o que acha de uma mudança? — perguntou Aangti *babu*. — Pode abandonar os registros e me acompanhar até uma obra amanhã?

Ergui os olhos dos pés dos dois homens, cheio de gratidão e incredulidade.

Deveríamos nos encontrar no dia seguinte em uma obra em Ballygunj, uma área da cidade próspera demais para fazer parte da minha vida cotidiana. Cheguei cedo e fiquei esperando Aangti *babu*. Um velho prédio meio em ruínas se erguia no meio de um grande jardim abandonado. Os operários ainda não tinham chegado. Pude ver que não haviam progredido muito exceto em derrubar as janelas da frente, o que fazia parecer que os olhos do prédio tinham sido arrancados. Pelos buracos viam-se escuridão e cantos, pisos vermelhos empoeirados. Nos fundos do prédio havia uma casinha miserável, com dois quartos no máximo e uma torneira quebrada ao lado, pingando água.

Passei pela casinha, pensando estar sozinho, mas fui surpreendido por um homem que surgiu tremendo. Sua cabeça tremia e seu corpo tremia, e as mãos que seguravam a porta tremiam também. Ele tinha cabelos brancos sujos e olhos amarelos. Seus ombros caídos estavam dentro de uma camisa surrada sem botões. O colarinho aberto revelava ossos sob uma pele cor de madeira coberta por pelos cinza desgrenhados. Atrás dele apareceu uma moça magra, que tentou fazê-lo tornar a entrar. Era jovem, mas seu rosto tinha um aspecto cansado, sem viço. Ele se recusava a obedecer. Com a voz esganiçada, sem tirar os olhos de mim, protestava: "Deixe-me em paz, eu não vou sair. Não vou sair."

Virei-me e andei até o portão, intrigado. Esqueci-me dele no instante seguinte, pois Aangti *babu* havia acabado de aparecer, ofuscante à luz forte da manhã com seu *dhoti* branco engomado e seu *kurta* amarfanhado. Já fazia calor. Suas axilas eram círculos de pano translúcido. Corri até ele e ergui uma sombrinha acima de sua cabeça para protegê-lo do sol. Estava atabalhoado de tão nervoso. Era a primeira vez que ficava sozinho com ele em uma obra, e Aangti *babu* podia ter um temperamento de cão. Eu não queria dar nenhum passo em falso. O supervisor viera juntar-se a nós. Era um homem alto, de traços marcantes, monossilábico, que não ficava correndo atrás de Aangti *babu* como o restante de nós fazia. Pôs-se a escutar as instruções que lhe eram dirigidas sem qualquer medo aparente de que fosse esquecer alguma coisa.

— Aquelas mangueiras precisam ser retiradas para abrir espaço para a caixa d'água — disse Aangti *babu* quando chegamos a um quintal nos fundos. — Diga-me o quanto conseguimos pela madeira, e não a venda para o homem que leva as janelas, ele costuma pagar um preço ruim por madeira.

Aangti *babu* dava passos rápidos, avaliando o trabalho a ser feito.

— Nivele aquele terreno — falou, apontando em uma direção — Empilhe os tijolos ali — ordenou, apontando em outra. — Empilhe as janelas, conte-as primeiro! E os corrimãos? Temos de conseguir um preço melhor do que o da última vez. Havia um corrimão esculpido na escadaria de cima, quero que seja instalado na minha casa. Cuide disso, sim?

Fui anotando tudo em um pedaço de papel, sem ter certeza de quais instruções eram para mim e quais eram para o supervisor.

Dobramos no canto da casa e chegamos à casinha dos fundos, agora com as portas fechadas, com a torneira do lado de fora ainda a pingar como antes.

— Eles ainda estão aqui? — disse Aangti *babu*, parecendo irritado. — Cuide disso, sim — Enxugou a nuca com um lenço úmido e encardido, enquanto eu me esforçava para manter o guarda-chuva acima de sua cabeça em movimento. Quando estávamos saindo da obra, dirigiu-me as primeiras palavras:

— Está vendo o que fazemos? Vai ser capaz?

Na vez seguinte em que fui à obra, o terreno em volta da casa parecia limpo e espaçoso. De repente, havia muita luz onde antes houvera um jardim escuro repleto de árvores e grama. As árvores haviam desaparecido, a casinha também. A torneira ainda pingava, molhando a terra ao seu redor.

O método de Aangti *babu* era comprar casas velhas, algumas abandonadas às pressas pelos que haviam fugido por causa da Partição, outras pertencentes a um número grande demais de parentes às turras, outras ainda ocupadas por inquilinos que os senhorios já não desejavam. Consequentemente, ele as comprava barato. Sabia como se livrar de parentes descontentes e inquilinos remanchões. Então, se o bairro fosse bom, podia construir uma mansão e lucrar vendendo-a para um homem rico. Algumas vezes deixava o imóvel passar anos desocupado, dizendo: "Uma mina de ouro, você vai ver, um dia isto aqui vai ser uma mina de ouro." Enfiava o mindinho no ouvido e, com um dos olhos fechados, remexia lá dentro até a unha emergir com a borda coberta de cera. Enquanto examinava a cera, repetia: "Você vai ver, meu rapaz."

Meu local de trabalho, em um prédio de Bowbazar, consistia em duas salas, uma delas ocupada por Aangti *babu* e a outra por todos os outros, e uma chaleira e um fogão que passavam o dia inteiro chiando. Do lado de fora havia um mercado de rua onde as cascas escorregadias dos legumes apodreciam sob os pés dos passantes e vendedores gritavam até a noite cair. O prédio estava em mau estado, e as salas eram pequenas, pintadas de um lilás que o sebo havia transformado em cinza, e não servia como propaganda para uma empresa de construção. Do lado de fora da sala de Aangti *babu* havia um corredor estreito e escuro. Era ali que eu agora ficava sentado em frente a uma mesa, orgulhoso, com o tinteiro à minha frente, livro de registro, régua e plantas arrumados ao meu lado, uma lâmpada em um bocal barato em forma de pires pendurada acima da minha cabeça, a me conferir uma aura amarela.

Além de mim, havia um menino faz-tudo, fornecedores diversos, bombeiros, eletricistas e operários temporários, e dois homens contratados por Aangti *babu* que, segundo suponho, eram pequenos criminosos em dias de vacas magras. Ele os usava quando tinha de lidar com encrenqueiros do bairro e coisas assim. Um dos homens, flácido e carrancudo, chamado Bhim, era rápido para xingar e começar brigas, e o outro, um anglo-indiano cadavérico e alto chamado Harold, tinha um rosto de bochechas encovadas e um nariz avantajado e marcado de beberrão. Já tinha sido jogador de rúgbi e boxeador, e seu físico era uma ode aos *scrimmages* e aos *uppercuts*. Tinha, porém, um temperamento melancólico, e nas horas vagas recitava orações e um poema que havia aprendido na escola e que dizia: "Veja as estrelas lá em cima, veja, veja as estrelas lá em cima...." Entoava-o diariamente quando a tarde caía, e algumas vezes até mesmo quando o céu se cobria e o dia escurecia antes da hora.

Eu não conseguia imaginar qual seria sua utilidade para Aangti *babu* até que um dia um pequeno camundongo ficou preso na ratoeira do escritório e eu vi Harold soltá-lo. Ele aninhou o camundongo na mão e, olhando para sua carinha aterrorizada, disse com uma voz triste e gentil: "Ó criaturinha delicada, apavorada e temerosa, quanto pânico dentro de seu peito!" Enquanto falava, foi apertando o pescoço do camundongo, apertou-o até os olhos do roedor saltarem das órbitas.

Eu antes me considerava um homem sentimental: lembro-me de, em determinadas épocas da vida, passar dias cismado com algum assunto, chegando até a chorar escondido, embora meninos não chorem. Quando inquilinos tinham de ser expulsos pela astúcia ou pela força, quando subornos tinham de ser pagos, quando eu olhava para os rostos destruídos das pessoas que viam suas casas serem demolidas, dizia a mim mesmo que esse era o mundo real, o mundo em que viviam os homens adultos. Quando Harold e Bhim eram convocados a agir, eu desviava os olhos, e minha imaginação fugia para o rosto contorcido do Buda na árvore da ruína de Songarh, ainda um refúgio embora eu tivesse tirado da cabeça tudo o mais relativo àquela cidade. Eu sabia que não estávamos fazendo nada contra a lei, que os inquilinos que estavam sendo expulsos não tinham nenhum direito legal ao imóvel, que a irmã de olhos marejados que viera dar uma última olhada na casa de sua infância não havia herdado nenhuma parte dela. A compaixão não tinha lugar no mundo das finanças, gostava de dizer Aangti *babu*. Tinha de haver um perdedor; de outra forma, como poderia haver um ganhador? Era assim que o dinheiro circulava. Se eu alguma vez hesitasse, ele dizia: "Quem detém os direitos legais? Tudo que estou lhe pedindo para fazer é aquilo que é legalmente certo." Eu às vezes refletia sobre a justiça amarga e poética do meu trabalho: expulsar pessoas de suas casas como eu próprio um dia fora expulso.

Aprendi o trabalho depressa. Havia coisas que eu gostava de fazer: ver um prédio se erguer a partir de desenhos em um papel, encontrar soluções rápidas e definitivas para problemas em obras, ver os operários me respeitarem, passar por um prédio que eu havia construído quando as janelas estivessem com as luzes acesas e cortinas penduradas, amarelas e vermelhas. Encontrei em mim mesmo uma capacidade inesperada de ser *prático* em relação às coisas, apesar do incômodo ocasional. Foi por isso que Aangti *babu* começou a confiar cada vez mais em mim. Eu o considerava um benfeitor que estava me ensinando um ofício; ele me tratava de forma diferente de como tratava os outros. O faz-tudo agora tinha de servir o chá na minha mesa; eu não ficava mais sentado esperando a minha vez no banco do lado de fora da cozinha, junto com os operários, Harold e Bhim. As pessoas começaram a temer e a respeitar minha proximidade com o patrão. Depois de uma vida inteira fazendo rapapés para os outros, agora havia pessoas que faziam rapapés para mim. Nos rostos delas eu via meu antigo rosto.

Só voltava para casa por causa de Noorie. Diariamente, na volta do trabalho, comprava pimentas frescas, que lhe dava uma por uma, contando-lhe o que havia acontecido no trabalho naquele dia. "Aangti *babu* me mandou visitar uma obra, e descobri que os capangas das redondezas haviam cercado o terreno", dizia eu. "Fodedor de irmã", dizia Noorie. "Ordinário." A sensação de suas garras pressionando meu ombro através do *kurta* havia começado a se tornar conhecida e reconfortante. "Eu posso chamar Harold e Bhim, e você sabe como eles sabem ser ameaçadores juntos, não precisam sequer levantar o dedo para obter resultados", dizia eu, estendendo-lhe uma pimenta. "O que você acha que Suleiman *chacha* diria sobre o meu trabalho, hein?"

Perguntava-me o que ele teria pensado de mim agora, ele que sequer conseguia garantir uma parte de seu próprio imóvel. Eu poderia ter resolvido esse problema para ele. E Nirmal *babu*? Eu não gostava de pensar nele — Nirmal *babu*, incapaz de deixar as ruínas virarem pó sem vasculhá-las com pincéis e palitos. O que Nirmal *babu* teria achado da minha profissão, quando queria que eu me enterrasse nos livros e tornasse a emergir, dali a vinte anos, um acadêmico com uma biblioteca empoeirada e os cabelos ralos?

— *Haraami* — grasnava Noorie, interrompendo meus pensamentos e deixando cair a pimenta que segurava no bico. — *Gaandu.*

— Não é por muito tempo, Noorie — dizia eu em dias mais difíceis do que os outros. — Vou juntar algum dinheiro e depois procurar um emprego diferente. Não fui feito para isso. — Ela emitia leves estalos, adequando-se ao meu tom de voz, acariciando meus cabelos com o bico.

Os palavrões de Noorie haviam começado a soar como palavras afetuosas. No meu mundo sem amigos, ela era minha única companheira de conversas, e os palavrões eram para nós uma espécie de comunicação. Certa vez, em uma noite de ócio, achando especialmente divertidas as suas obscenidades grasnadas, perguntei-me se Kananbala teria morrido e renascido em forma de papagaio. Sob certos aspectos, o rosto encarquilhado de Noorie se parecia com o da velha. Como Bakul teria reagido às minhas ideias estapafúrdias?

Mas eu não podia me permitir pensar em Bakul. Era algo que nunca me autorizava. Peguei uma pimenta e voltei para junto de Noorie. Minha companheira constante era ela, não Bakul. Era somente a ela que eu podia confidenciar o medo que meu sucesso me causava, medo de talvez estar me transformando em alguém que meu antigo eu teria desprezado.

Algum tempo depois de a minha situação no escritório de Aangti *babu* ter se estabilizado, e quando eu já estava cuidando de boa parte dos seus negócios, Barababu, chefe do escritório do curtume onde eu costumava trabalhar, apareceu para me visitar. Depois de terminarmos de compartilhar nossa incredulidade em relação ao calor do dia, ele começou a vasculhar sua velha bolsa de pano e acabou tirando lá de dentro um envelope branco com uma mancha ocre de açafrão-da-terra em um dos cantos.

— Casamento de filha, Mukunda, não é uma tarefa fácil. Quando isso terminar, vai ser um peso retirado das minhas costas. — Ele riu ao me estender o convite. — Você vai, não é? É um casamento de vilarejo, e nós somos gente de vilarejo, mas eu teria muito prazer se você fosse.

Cheguei ao seu vilarejo na véspera do casamento. Havia acabado de largar minhas malas e estava perguntando a Barababu como ele ia passando quando uma moça entrou trazendo uma bandeja de comida arrumada com capricho, que pôs na mesa à minha frente. Na outra mão segurava uma jarra d'água tampada de metal. Só vi seu rosto de relance, pois ela usava o *aanchal* do sári sobre a cabeça, em atitude de decoro. Estava acompanhada pela mãe, que disse em voz alta para Barababu: "Essa sua filha, ora que menina mais teimosa! Ter preparado todas essas coisas em um dia tão atarefado! Nem quis me escutar quando eu disse: vamos mandar comprar *mishti* e *shingara*! Pastéis e docinhos. Não, *ma*, disse ela, o amigo de *baba*, como mora sozinho, provavelmente sempre come comida pronta, precisamos lhe oferecer uma boa comida caseira!"

Lancei um sorriso educado na direção do rosto coberto pelo sári da mocinha. "Vamos, Malini", ordenou a mãe, virando-se para sair da sala. A moça foi atrás, a própria encarnação da obediência, mas então, junto à porta, ao ver que o pai estava de costas, lançou-me um olhar demorado, quase atrevido, e deixou o sári cair da cabeça até os ombros. Se eu não houvesse julgado tal coisa inconcebível, diria que ela mostrou a língua para mim.

Na noite seguinte, depois do casamento e de um grande banquete, quando eu estava sentado com Barababu e seus parentes compartilhando sua euforia pós-matrimonial e o *hookah* que passava de mão em mão, Barababu disse:

— Tudo na vida tem hora certa, meu rapaz, tudo tem hora certa. Para você, chegou a hora do *grihaprastha*... sabia?

— *Grihaprastha* — repeti, tonto de tanta comida.

— Sim, *grihaprastha*. Com quantos anos você está agora? Vinte e um?

— Vinte e um! Isso foi em outra vida — disse eu. — Estou com vinte e três, nasci em 1927.

— Isso prova o que estou dizendo — falou Barababu, exaltado. — Você agora precisa se tornar chefe de família. Já é hora de ter uma esposa, filhos. Vai esperar até precisar de dentaduras?

— Filhos — repeti. — Eu sequer tenho uma noiva em mente. E não tenho pais que possam procurar uma noiva para mim.

— Reconheço que vai ser difícil encontrar uma noiva para você... você teve uma boa criação, mas mesmo assim ninguém conhece a sua casta — disse Barababu. — Mas eu não acredito nesse tipo de coisa. — Ele olhou em volta para seu público sonolento. — Na minha opinião, deve-se julgar um homem por suas ações. E pelas suas ações, eu diria... — Ele tornou a olhar em volta. — ...que você é digno de se tornar marido da minha própria filha, sim, da minha própria filha, embora eu seja brâmane como qualquer outro brâmane que já tenha pisado esta Terra.

Eu nunca tivera consciência de precisar de uma esposa, mas nunca me sentira mais feliz quanto depois de me casar com a filha do meio de Barababu, a moça que, depois de se tornar minha esposa, revelou de fato ter mostrado a língua para mim naquela manhã no vilarejo. Depois de nosso filho nascer, senti que não havia mais nada que eu pudesse querer ou precisar. Minha mulher riu ao me ver maravilhado com os dez dedinhos do pé do bebê, com seu traseiro macio feito um pudim.

— Vou procurar de novo aquele astrólogo charlatão — disse-lhe eu. — "Você não terá filhos", disse ele. Vou mostrar a ele o meu filho!

Minha mulher sorriu e disse:

— Talvez ele não seja uma criança. Afinal de contas, você o venera como um pequeno deus.

Minha mulher tinha razão. Eu estava fascinado por meu filho, pelo fato de ter um filho. Havíamos batizado o menino de Goutam, em homenagem ao Buda de que eu me lembrava da figueira-de-bengala de Songarh. Mas eu nunca o chamava pelo nome, usando em vez disso uma série de termos carinhosos afetuosamente ridículos. Ele agora estava com um ano, e durante onze meses eu havia comemorado seu aniversário mensalmente, da mesma forma que me lembrava de a sra. Barnum fazer. No dia 12 de cada mês, pedia para minha mulher preparar um *payesh*, a versão bengalesa do arroz-doce, e acender uma lamparina de *ghee* em frente ao meu filho, e trazia algo especial da rua — peixe frito ou costeletas — para nossa refeição da noite e uma fatia de doce para ele. "Comemoração demais é melhor do que de menos", disse eu à minha mulher quando ela protestou contra minha extravagância. "Nós três vamos passar a vida inteira comemorando."

Do chão onde eu estava sentado, ergui os olhos para minha mulher, deitada na cama com o rosto junto à beirada, os cabelos compridos e soltos roçando meu joelho, o rosto redondo e risonho cheio de covinhas. Meu filho estava deitado ao meu lado no chão fresco tentando chupar o próprio dedão do pé. Enrolei uma mecha dos cabelos dela com o indicador. Fazia dois anos que estávamos casados, dois desconhecidos cujo único vínculo era o pai dela. Ela fora criada em um vilarejo e não lera nada além de contos populares e histórias infantis, enquanto eu agora era um homem da cidade que, ao longo dos anos, tinha lido todos os livros da coleção de Suleiman *chacha*. Sob muitos aspectos ela ainda era uma criança, espontânea, brincalhona e tão ansiosa para me agradar quanto era difícil agradar a ela. No início não foi fácil para nós: silêncios tensos, caras emburradas e mal-entendidos, seguidos por longas noites de reconciliação cheias de luxúria. Aos poucos, fôramos nos acostumando um com o outro, companheiros em uma grande cidade solitária. Ainda havia muitas coisas que éramos incapazes de compartilhar, mas havia outras que eu sabia que não podia compartilhar com mais ninguém.

Soltei seus cabelos e alisei-lhe a face. Ela segurou meu dedo e levou-o à boca, acariciando-o com a língua.

Empoleirada na porta, Noorie emitiu um estalo para nós como uma velha e sábia eremita. A única ferida em nossa existência plácida era o fato de minha mulher não gostar de Noorie temer que o animal fosse bicar o bebê. Mas eu tinha certeza de que isso iria mudar.

Minhas fantasias infantis de aventura e romance eram agora tão absurdas que eu sequer chegava a me lembrar delas. Aquele quarto, com minha mulher, meu filho e meu pássaro, parecia ser tudo que eu jamais quisera na vida. Olhei em volta e pensei que, se pudesse capturar a vida e aprisionar um pedacinho dela para saborear vezes sem conta, era aquele pedaço que guardaria dentro de um globo de vidro, para sacudir como aqueles chalezinhos estrangeiros cobertos de flocos de neve, e lá entrar sempre que quisesse.

A essa altura, Aangti *babu* havia começado a procurar oportunidades em lugares mais afastados. Falava de cidades perto de Calcutá que estavam mudando: algumas estavam se tornando capitais de distrito; outras, dizia-se, iriam se tornar capitais de estado à medida que a Índia recém-independente se organizasse em estados diferentes. Aangti *babu* parecia estar reunindo informações sobre vários desses lugares.

Certa tarde, ele me convocou à sua sala.

— Traga suas coisas amanhã, vamos fazer uma viagem. Uma noite, talvez duas.

Eu já tinha feito viagens com ele, mas essa é aquela da qual me lembro com mais clareza. Pegamos um trem em uma linha de um metro de gabarito, eu no compartimento da terceira classe junto com a bagagem de Aangti *babu*, ele na primeira classe. Isso não me incomodava. Eu gostava da solidão das multidões da terceira classe, onde moradoras das aldeias viajavam sentadas no chão, ladeadas por cestos de produtos frescos, cheios ou vazios, dependendo do horário do dia, e os rostos castigados pelo vento, admirando o mundo borrado pela velocidade que passava do lado de fora com um olhar exausto, ausente. Gostava da sensação de não ter nada a fazer a não ser ficar vendo passarem pela janela os campos verdes, coalhados de lagos e folhas de bananeira, tomando um chá aromatizado pela terra úmida de sua xícara de cerâmica.

Sentia-me tranquilo e descansado quando descemos do trem em uma plataforma feita de terra batida e protegida do mundo exterior por uma cerca baixa de metal onde estava pendurada uma placa com o nome da estação em bengali e inglês: MANOHARPUR. Fiquei rolando o nome pela língua, certo de que já o havia provado antes. Será que Suleiman *chacha* o havia mencionado? Ou talvez... será que eu o havia escutado de alguém no colégio? Só sabia que conhecia esse nome.

Não conseguimos *tonga* nem riquixá; não parecia haver nenhum na estação. Começamos a andar, e Aangti *babu* amaldiçoou a falta de transporte, enquanto eu repetia Manoharpur, Manoharpur a cada passo, tentando me lembrar. Tivemos de atravessar a cidadezinha e seu pequeno *bazaar* até sair dela e descer uma estrada de terra batida, onde passamos por casebres de barro e arrozais onde garças brancas meditavam entre os juncos, antes de chegar a um imenso portão de ferro que parecia fora de lugar naquela paisagem. Subimos um caminho comprido margeado de jaqueiras, coqueiros, pés de marmelo-de-bengala e mangueiras. As caixas e os colchonetes que eu carregava a essa altura já haviam ficado tão pesados que meus ombros pareciam estar em chamas. Quando chegamos à larga varanda que ocupava a frente da casa, pousei nossa bagagem com um suspiro e enxuguei o suor do rosto encharcado.

Aangti *babu* sentou-se em uma das cadeiras de ratã e disse:

— Vá providenciar tudo, chame alguém.

Dei a volta no jardim até os fundos da casa e, sem aviso, deparei-me com um rio. Corria bem rente à casa, uma superfície larga, marrom-clara. Desci até a margem do rio, surpreso com sua proximidade. A margem ficava a poucos metros dos degraus que conduziam à varanda dos fundos, que era mais ampla e mais grandiosa do que a da frente. Essa varanda estava vazia — não havia cadeiras, nem bandejas de chá esquecidas desde a manhã. Seria de se esperar que uma varanda assim fosse um lugar de destaque, usada para conversas ou instantes solitários, mas ela parecia abandonada. Na margem oposta, eu podia ver o alto de pequenos casebres e alguns prédios de tijolos. Mas estavam distantes. Esqueci-me da ordem recebida quando uma embarcação baixa e chata passou por mim, impulsionada por uma vara que o barqueiro manejava com destreza. Uma brisa soprava do rio, refrescando meu rosto afogueado pelo calor. Por algum motivo, a cena toda me fez sentir uma tristeza inexplicável, e encheu-me com a sensação de já ter estado ali antes, em uma vida anterior, uma sensação tão poderosa que quase tive medo de sua força. Será que eu tinha sido uma perereca de rio ou um camundongo naquela casa em minha última encarnação? Por que Aangti *babu* tinha ido até ali?, perguntei-me com uma súbita onda de náusea e pânico. Será que estava planejando comprá-la e derrubá-la também?

Antes de eu poder incorrer na ira de Aangti *babu* por causa do meu atraso distraído — e, devo acrescentar, pouco característico —, alguém se aproximou de mim e disse: "Ah, as pessoas de Calcutá?"

Pensei que fôssemos atravessar a casa até a parte da frente, onde Aangti *babu* estava esperando, mas o homem me conduziu pelo mesmo caminho da ida. Então a casa ainda não está vazia, pensei. Estudei as costas do homem que estava seguindo. Seus cabelos grisalhos quase brancos estavam cortados em círculo, como se o barbeiro houvesse posto uma cuia sobre sua cabeça e usado a tesoura rente à beirada. Abaixo do círculo de cabelos havia um couro cabeludo áspero, onde os cabelos raspados tornavam a brotar depressa. Não era alto — sua cabeça ficava bem abaixo dos meus ombros —, mas tinha aquele ar arrogante, atarefado, com o qual muitas pessoas baixas tentam compensar a falta de estatura. De vez em quando ele olhava para trás, como para ver se, qual um cachorrinho perdido, eu havia me afastado para algum lugar. Nesses momentos, eu aproveitava a oportunidade para estudar seu rosto, marcado e sem graça, com uma infecção purulenta que fazia um líquido escorrer de um dos olhos. Resolvi que não iria mais olhar para ele, com medo de pegar sua doença.

— Bom, não vai nos convidar para entrar depois dessa longa viagem? — perguntou-lhe Aangti *babu*.

— Eu convidaria, convidaria — disse o homem de ar arrogante, tornando-se obsequioso. — Mas é que lá dentro está tudo em ruínas, tenho vergonha! Vergonha, *huzoor*!

— Bobagem — disse Aangti *babu*, erguendo o corpo avantajado da cadeira de ratã. — Eu insisto.

— Por favor, *huzoor*, é mais reservado conversar aqui!

— O velho está no quarto, não está? Ele está doente, não? Eu insisto! Preciso ver!

Quando Aangti *babu* insistia, poucos conseguiam resistir. Eu sabia isso por experiência, e já tinha começado a me mover na direção da porta principal, que estava fechada.

O cômodo do lado de dentro estava de fato em estado lamentável. Eu já tinha visto muitas casas velhas e malconservadas, mas aquela era a pior de todas. As cortinas haviam apodrecido e recendiam a mofo; o piso havia se esfarelado em alguns trechos e revelava os tijolos mais embaixo; os móveis, como soldados caídos, estavam aleijados, alguns sem perna, outros sem braço, outros jogados de lado como se fossem meros pedaços de madeira. Um imenso espelho emoldurado pendia torto da parede, tão coberto de poeira que não conseguíamos discernir nele sequer a sombra de nossos rostos. Mantas comidas por traças cobriam alguns dos móveis. Retratos, que imaginei serem de ancestrais da família, estavam enquadrados em molduras elaboradas. Tanto as molduras quanto os retratos estavam cinzentos por causa dos fungos. Até mesmo a escadaria que subia em um dos cantos do cômodo, uma grande escadaria em arco, dava a impressão de que um passo de camundongo a faria ceder e desabar em uma pilha de entulho. A única coisa relativamente intacta estava pendurada no teto: um enorme candelabro ornamentado por gigantescas teias de aranha.

Aangti *babu* deu um espirro e vociferou:

— É esta a casa que o senhor quer que eu compre?

— Shh, fale baixo, *huzoor*. — O homem que estava nos mostrando o imóvel olhou por cima do ombro na direção de uma porta entreaberta, em atitude de súplica. — Como eu disse, está empoeirado aqui dentro, vamos ficar mais à vontade lá fora...

O fato era que a casa pertencia a um cavalheiro muito idoso, aparentemente sem herdeiros, e agora muito doente. Estávamos falando com um morador das redondezas que, durante o último ano ou algo assim, havia se tornado indispensável para o proprietário doente, como uma espécie de misto de enfermeiro e administrador. Agora que o velho estava muito mal, o enfermeiro queria vender a casa antes que surgisse algum herdeiro inconveniente. Segundo os boatos, havia um candidato possível.

— Precisamos verificar tudo isso, é claro — disse Aangti *babu*. — Meus advogados vão examinar os documentos.

— *Huzoor*, não há nada de errado — disse o homem. Em um acesso de bravata, arrematou: — Outras pessoas já viram esses documentos.

— Ah — disse Aangti *babu*. — Está tentando me dizer que há outros interessados? Ah. — Ele tirou um *paan* da caixinha de prata que usava em viagem e enfiou-o na boca com desprezo. — Nesse caso — disse, com a boca cheia —, por que o senhor não vende para esses outros?

Mastigou um pouco, em seguida cuspiu um jato vermelho de sumo de bétel, que salpicou a parede branca da varanda e coloriu o braço da cadeira de ratã ao seu lado.

Como eu deduzia, Aangti *babu* sabia que o homem conseguira que seu patrão assinasse a escritura em meio a alguma espécie de torpor causado pela doença, quer por meio de astúcia ou de força, eu não gostava de pensar em qual dos dois.

— E quanto aos móveis? O senhor disse que estão incluídos? Preciso dar um jeito de tirá-los daqui, então é melhor esclarecermos logo tudo — disse Aangti *babu*, fazendo a frase soar como uma pergunta casual.

O homem estava macambúzio, vendo que até ali havia sido derrotado nas negociações.

— Eu não disse nada sobre os móveis — grunhiu ele.

— Ah, bem, isso é problema do senhor, não meu — disse Aangti *babu*, e fez menção de se retirar. — Vamos ficar com a casa, mas queremos que esteja vazia. Por favor, livre-se dos móveis... e do velho, é claro. Avise-me quando ele sair. Não posso esperar muito. Não quero que meu dinheiro fique preso.

Pude ver o homem fazendo cálculos rápidos. O que iria fazer com candelabros de cristal e estantes vitorianas esculpidas ali naquela pequena cidade? A esposa do homem havia chegado e estava em pé no canto do aposento. Ela lhe lançou um olhar exasperado.

— Bem, se o senhor quiser tanto assim a mobília — disse o homem —, pode ficar com ela, mas por um preço.

Saímos da casa depois de mais alguns regateios. Enquanto descíamos até a estação, pois havíamos decidido voltar para Calcutá naquele mesmo dia, Aangti *babu* deu uma risadinha e tirou outro *paan* da caixa.

— Esse imbecil se acha muito esperto — disse-me com ar radiante. — Deu-me toda a mobília por uma pechincha. Posso conseguir trezentas rupias do leiloeiro por apenas um daqueles candelabros. Você viu?

— O quê? — indaguei. O candelabro não me parecera grande coisa, apenas um amontoado empoeirado de vidro, e sua única virtude era estar intacto em um cômodo cheio de móveis estragados.

— Meu rapaz, você tem um longo caminho pela frente e muito a aprender, basta ficar ao meu lado. — Ele deu uma risadinha e fez com os dedos cheios de anéis o gesto de quem mergulha alguma coisa na água. — Mergulhe um daqueles candelabros no rio, retire-o, e verá o cristal. Cristal belga legítimo, nada menos do que isso. — Ele tornou a rir. Sua alegria provocou-lhe um acesso de tosse, e fez sumo vermelho de bétel jorrar de sua boca em direção ao chão como um vulcão virado de cabeça para baixo. — Você tem muito a aprender — disse ele.

Chegamos à estação. Apesar de seu bom humor, ele não me convidou para viajar no seu compartimento, mas quando eu estava me afastando rumo ao final do trem com nossa bagagem, disse em tom de galhofa:

— Agora tudo de que precisamos é que o velho morra.

Quando voltei para casa naquela noite, estava tomado por uma melancolia inabitual, e mal reparei nas mãos da minha mulher me tocando.

— O que foi? — reclamou ela por fim.

Contei-lhe sobre a casa e o rio.

— O velho ali, morrendo — disse eu —, tão sozinho, tendo a casa roubada. Por que alguém iria passar os últimos dias de vida tão sozinho? A casa ficava em um lugar chamado Manoharpur... você já foi lá? Um verdadeiro paraíso! E morrer de forma tão infeliz cercado por tanta beleza!

Minha mulher estava farta.

— Você e seus acessos de melancolia! Vou lhe contar! Ainda faltam muitos anos para você ficar velho, e já está soando antigo. — Ela se virou de lado, sentindo repulsa por meu humor taciturno e por minha falta de ardor.

Fiquei olhando para o teto escuro. Aquela sensação de já ter visto a casa antes era secreta demais para compartilhar com minha mulher. Por sua falta de interesse, percebi que aquilo não tinha ligação com ela, com minha vida ao seu lado. Não falei mais nada, embora tenha passado muito tempo acordado.

Para terminar a história: essa foi a única vez, até onde eu sei, que Aangti *babu* saiu perdendo em um negócio. No final das contas, o velho enfermeiro com quem havíamos conversado estava fazendo um jogo duplo. Aparentemente, ele já havia extraído dinheiro de cinco pessoas antes de Aangti *babu*, mostrando documentos falsos a todas elas. Quando foi descoberto, já havia fugido. Ninguém podia denunciá-lo à polícia, porque haviam desrespeitado a lei tentando comprar o imóvel. Aangti *babu* espumou e praguejou, mas não havia muita coisa que pudesse fazer. Nem ele nem qualquer outra pessoa sabiam onde estava a escritura original, sem a qual nada podia ser comprado nem vendido.

Dessa vez, fiquei radiante pelo fato de o negócio ter sido uma enganação, e nem um pouco incomodado com minha deslealdade. Fiquei feliz em pensar que a casa iria continuar como estava, serena junto ao rio, intata.

Em poucos dias, a casa tornou-se apenas mais uma entre tantas outras, e eu me esqueci completamente dela quando mergulhei nos preparativos para mais uma demolição.

Alguns meses mais tarde, Aangti *babu* chamou-me cedo a seu escritório certo dia. Na véspera, tinha me dito que precisaria falar comigo bem cedo, então eu estava preparado, com o coração batendo desconfortavelmente depressa, a testa úmida de suor. Tentei relembrar a semana que havia passado, os dias imediatamente anteriores a esse, e não consegui pensar em nenhum erro que tivesse cometido no meu trabalho.

Ele queria conversar sobre negócios. Pediu que eu me sentasse. Eu sempre havia ficado em pé na sua sala, e continuei em pé, com a cabeça um pouco abaixada, respeitoso e atento. Ele ergueu os olhos para mim, irritado, e disse:

— Não pode se sentar quando eu mando? Vou ficar com o pescoço doendo de tanto falar olhando para cima.

Sentei-me em uma cadeira enquanto Aangti *babu* enfiava um *paan* entre os lábios ressecados e tingidos de vermelho por causa do bétel.

— Escute com atenção — disse ele. — Você vai ter de cuidar disso sozinho, então tome notas e lembre-se do que eu disser.

Olhei em volta à procura de papel e lápis, agindo de modo furtivo para evitar que Aangti *babu* comentasse sobre a minha falta de preparação. Mas ele não se deu ao trabalho, pois havia acabado de fechar os olhos, unir os dedos para formar uma pirâmide e começar a falar.

— É outra casa grande, um pouco parecida com aquela à beira do rio que fomos visitar alguns meses atrás — disse ele. — Tem muitas terras em volta e fica em uma região que achamos que vai prosperar. A cidade hoje é pequena, mas me disseram que há boas chances de ela se tornar capital de distrito daqui a um ou dois anos. — Ele abriu os olhos e me surpreendeu com uma pergunta. — Você fala híndi? — perguntou.

— Sim, falo, eu cresci perto de...

— Certo — retrucou ele, tornando a fechar os olhos. Nunca havia demonstrado interesse em saber nada pessoal a meu respeito. Eu estava acostumado com isso, e não esperava nada diferente.

— A casa pertence a dois irmãos. Há uma disputa. — Aangti *babu* sorriu para si mesmo, ainda de olhos fechados. — Sempre há. Se não, como é que eu iria ganhar a vida, hein? Um dos irmãos vendeu essa casa para mim — continuou. — Ele precisava de dinheiro... um negócio falido, uma família grande, todas as coisas de sempre. Mas o problema é o seguinte. — Ele abriu os olhos. — Está me ouvindo?

— Sim, claro — falei.

— Então diga alguma coisa de vez em quando — falou Aangti *babu*, estreitando os olhos antes de tornar a fechá-los. Comecei a balbuciar uma resposta ao final de cada frase. O ventilador zumbia e rangia acima de nós, agitando o ar parado. A manhã havia se tornado opressiva. O suor colava minhas costas à camisa, e minha camisa à cadeira. Olhei com desejo para o copo d'água coberto em cima da mesa, mas não me atrevi. Meu lápis escorregava com o suor da minha mão.

— A casa pertencia aos *dois* irmãos. O que me vendeu a casa diz que tentou convencer o outro a vender, e chegou até a dar ao outro a sua parte do dinheiro. Ah! A mesma velha história!

— Hum — concordei.

— Enfim, não é da nossa conta. O irmão mais velho é procurador do mais novo porque... ah, esqueci os detalhes. O mais velho vendeu a casa usando os poderes de procurador. Então, *legalmente*, não temos problema nenhum.

— Então... — falei, com um murmúrio.

— O irmão mais novo está se recusando a desocupar a casa. Ah, não tem problema, nós já lidamos com esse tipo de situação antes. Consegui um preço melhor do irmão mais velho por causa desse problema. E esse é fácil... o irmão mais novo, quero dizer. Não é um inquilino. Ele cedeu seus direitos. Tudo que você precisa fazer é lhe dizer para ir embora, sair, desocupar a casa... convencê-lo.

— Convencer? — falei, perplexo. — O irmão mais velho já não tentou fazer isso?

Aangti *babu* abriu os olhos, subitamente furioso. Vi que as bolsas debaixo deles estavam cinza, e vasos sanguíneos vermelhos serpenteavam pela parte branca.

— Se eu tivesse a sua idade, aproveitaria correndo essa oportunidade e não faria perguntas idiotas — disse ele com um rosnado. — Mas é que eu estou ocupado demais para ir cuidar desse assunto. Entendeu?

— Não, não, quero dizer, sim, claro — gaguejei.

— *Convença-o* a ir embora. Entendeu? Mandei Bhim e Harold fazerem as coisas de sempre: esmurrarem as portas à noite, tocarem a campainha e sumirem, quebrarem uma ou duas janelas. Não adiantou. Quero que você vá até lá. Quero a casa vazia. Se tiver de cortar a água e a energia... se tiver de amedrontá-lo... Mas nada de polícia. Não se meta em encrencas com a polícia. Simplesmente tire-o de lá.

Aangti *babu* achou um bloco de anotações e escreveu algumas linhas. Escreveu com esmero, sibilando entre os dentes as palavras que ia formando. Ouvi o que ele estava escrevendo antes de ler. Quando ele terminou, minha mão, que não parecia mais me pertencer, estendeu-se para pegar o papel. A caligrafia de Aangti *babu* era caprichada e redonda, como a de uma criança. O bilhete confirmava o que eu havia escutado, mas mesmo assim os recantos teimosos do meu cérebro se recusavam a deixar entrar a informação que estava na minha frente.

Saí da sala de Aangti *babu* sentindo-me desconectado das minhas pernas e braços. Estava no escritório, mas ao mesmo tempo não estava lá. Meus ouvidos haviam começado a assobiar como se eu estivesse repentinamente fraco de cansaço. Quando o faz-tudo depositou uma xícara sobre a minha mesa com algum alarde e disse "Mas você ficou surdo? Aqui está seu chá", passei vários minutos olhando para ela, como se não soubesse o que significava uma xícara contendo um líquido quente e marrom. Passei o dia inteiro cuidando das coisas de que precisava cuidar, mas quase sem perceber o que fazia.

Em casa, minha mulher me espantou ao tocar-me o cotovelo quando eu estava em pé na escuridão perfumada de jasmim da varanda, com a mente disparada léguas diante do corpo. No jantar, ao ver minha comida intocada, ela exclamou: "Se é isso que um pouco de responsabilidade faz com você, simplesmente passe a vida inteira sendo assistente, seria melhor para todos nós."

Por fim, chegou o dia da minha partida. Eu não sabia o que havia posto na mala nem como cheguei lá, mas em algum momento da tarde, muito antes da hora do trem, vi-me em meio à multidão caótica da ponte de Howrah, olhando para as barcas que rangiam por sobre o rio chato e lamacento. As pessoas esbarravam em mim e praguejavam ao se locomover, como formigas, por baixo dos imensos arcos de metal da ponte. Bondes passavam chacoalhando, reduzidos a brinquedos mecânicos pela multidão e pela ponte. Segui em frente, olhando para o rio e para uma das barcas, em cuja proa tremulava uma bandeira puída laranja e verde. Ao meu lado, os supersticiosos faziam mesuras e sussurravam preces para o Ganges.

Eu me sentia esvaziado de palavras e de preces, com a mente em turbilhão.

Doze anos depois de Nirmal *babu* ter me mandado embora de Songarh para Calcutá, eu estava voltando para lá. Aangti *babu* havia comprado minha antiga casa de Kamal. Eu teria de despejar Nirmal *babu* da casa onde havia crescido.

E Bakul. Teria de despejar Bakul.

# 3

Fiquei sentado junto à janela, com os cabelos agitados pelo vento. Do lado de fora, as sombras iam sendo tragadas para dentro da noite enluarada. A brisa que entrava pela janela aberta estava morna, mas mesmo assim diminuía a sensação de abafamento do vagão de metal superaquecido da terceira classe. Ao meu lado, no beliche seguinte, uma forma dormia encolhida, inspirando com um ronco, depois expirando com um assobio. De cima, o braço de outro homem pendia quase até o meu nariz. O trem parecia avançar junto com meus pensamentos. "Bakul, Bakul", dizia cada giro das rodas, conforme ele corria pelas planícies de Bengala em direção ao planalto rodeado de colinas de Songarh.

Durante todos aqueles anos, eu não havia me permitido pensar nela, porque sabia que isso abriria portões da minha infelicidade que eu sabia não ter poder para fechar. Nunca deixava minha mente desenhar a sua imagem: seu nariz arrebitado, seus cabelos sempre revoltos, a penugem em suas bochechas magras, e seus olhos, como piscinas de água de rio, que mais faziam encarar do que olhar. Desde que eu tinha seis anos, e ela uns quatro, havíamos estado juntos. Nas manhãs frias de inverno, ficávamos olhando nosso hálito se condensar e se misturar, e no calor das tardes de verão jogávamos baldes de água fria do poço um no outro e dávamos gritinhos de prazer. Na primeira vez em que Bakul ficou menstruada, foi para mim que veio correndo contar, alarmada, empolgada, volúvel — fiquei nauseado e horrorizado com as manchas de sangue, pensando que ela houvesse de alguma forma se ferido. Éramos os confidentes secretos um do outro, éramos dois órfãos que haviam encontrado refúgio.

Não tínhamos noção de nossa falta de outros amigos. Talvez isso não fosse natural. Um menino e uma menina, tão íntimos, que sequer eram parentes. Isso deve ter incomodado os outros, embora nós nos mostrássemos alegremente alheios às suas preocupações.

Foi por isso que fui mandado embora, é claro — agora que eu também era pai, entendia isso. Na época, porém, quando Nirmal *babu* me disse que me mandaria estudar em uma escola de Calcutá e que eu teria de ir embora de Songarh, minha mente não tinha lugar para motivos. Os poetas falam metaforicamente em corações partidos, mas eu sei que o meu se partiu de verdade nessa época. Pude senti-lo rachar, uma dor física, uma faca em minhas costelas, quando Nirmal *babu* me disse que eu tinha de ir embora e repetiu quando eu não acreditei. Quando perguntei por quê, a caminho da estação — somente uma vez, depois nunca mais perguntei —, ele sorriu de uma forma que eu sabia ser falsa e disse que era para eu ter uma educação melhor e para evitar que continuasse recebendo ordens das outras pessoas da casa. Nessa noite, quando eu tinha treze anos e o mundo desmoronava enquanto o trem, aos solavancos, me levava correndo para longe de Bakul e de Songarh, tive de morder a coberta para Nirmal *babu* não me ouvir chorar. Tomei uma decisão. Nunca mais voltaria a Songarh, nunca mais tornaria a falar com ele por ter me jogado de um lado para o outro, do orfanato para Songarh e depois para Calcutá — uma partida de *badminton* na qual eu era a peteca.

Depois de me pôr na escola, Nirmal *babu* pagava as mensalidades em dia, escrevia-me cartas algumas vezes por ano, e foi me visitar duas vezes. Lembro-me especialmente da primeira dessas visitas, de vê-lo no corredor, de ouvir o inspetor Motilal dizer a Nirmal *babu* "Aqui está seu garoto" e de olhar sem ver para sua camisa marrom disforme, seu dedão esticado para fora de uma sandália desengonçada, sua calça frouxa, seu rosto emaciado estranhamente ansioso para agradar. Saímos caminhando pelo gramado de esportes embrutecido pelo calor e atravessamos os portões da escola em meio a um silêncio desconfortável, pontuado apenas por suas perguntas educadas. Ele percebeu, assim como eu, que fora dos espaços de Songarh, em uma situação casual na qual não havia necessidade de perguntas, nenhum de nós dois sabia o que fazer. Percorremos sem vontade o Museu Indiano e passamos pela Missão Geológica, vendo o calor emergir em volutas dos caminhos de cimento, os riachos de suor escorrer por nossas costas, nos fazendo cócegas, e Nirmal *babu* perguntou se eu queria um sorvete no meio de uma preleção sobre os períodos Gandhara e Kushana, enquanto eu o seguia alguns metros mais atrás, engolindo a pergunta que queria gritar para ele: "Por que você me deu um lar e depois me expulsou dele?"

Tornei a me recostar então no beliche de madeira duro do trem, fitando a escuridão. Estava sendo novamente mandado para Songarh, uma vida inteira depois de ser expulso. Só que agora eu não era mais uma peteca, mas uma flecha varando a noite para ferir.

O homem do beliche ao lado começou a emitir roncos congestionados. Eu estava agitado demais para dormir. Não conseguia pensar em nada específico, mas mesmo assim minha cabeça estava tão abarrotada de pensamentos que sequer havia lugar para eles.

Sra. Barnum. Fazia anos que eu não pensava nela. Será que ainda estaria viva? Ela havia decidido desenhar o meu retrato no mesmo instante em que me vira. "Sente-se e fique quieto", exclamara, apontando para uma grande poltrona azul e vasculhando à procura do bloco e do lápis. "Mas que estrutura óssea! Qual é o seu nome, menino?" Quando me mostrou o que havia desenhado, vi um menino de rosto anguloso, olhos grandes, covinha no queixo e um nariz um pouco comprido demais para o rosto. "Não se parece nada comigo", pensara eu, mas não me atrevera a dizê-lo. Bakul desatara a rir ao ver o retrato, dizendo: "Sim, é assim mesmo que ele é. Que cara engraçada!"

Pensei se também veria a sra. Barnum. Como seria, mesmo que anos e anos houvessem transcorrido desde que ela me surpreendera bisbilhotando em seu quarto? Como eu fora capaz de invadir sua privacidade do jeito que fiz, sobretudo depois da forma como ela havia me educado com todos os livros que tinha em casa, suas enciclopédias, suas revistas *Women's Weekly* e seus romances? Lembrei-me do primeiro de seus aniversários mensais, ocasiões assustadoras em que ela evocava espíritos e predizia nossos futuros. Ela usava uma roupa de festa, um vestido longo de cetim e uma tiara, e corria de um lado para outro, apertando minha bochecha ao passar. Batia palmas. "Música!", exclamou. "Vocês precisam de alegria e de música, crianças!" Havia pego a sineta ao seu lado e sacudido-a até o som ressonar. Cinco minutos depois, ouvimos o *khansama* subir as escadas com a respiração chiando.

— Senhora? — disse ele, com uma deferência exagerada.

— Precisamos de música, *khansama*, ponha o disco, aquele disco! — Ela tornou a se acomodar na cadeira, de olhos fechados.

O *khansama* caminhou arrastando os pés até a alcova na penumbra do canto da sala, onde ficava um gramofone com um bocal metálico. Já havia um disco posicionado na bandeja, um disco preto que podíamos ver de nossas cadeiras. Ele limpou a poeira do disco com a ponta da camisa, deu corda no gramofone e colocou uma pesada agulha em cima do disco quando ele começou a girar.

Ficamos sentados em nossas cadeiras, rígidos, enquanto o som saía serpenteando do gramofone. Não reconheci nenhuma parte dele como música. Começou com um barulho tremido que parecia uma árvore caindo ou um navio se chocando contra uma geleira. Depois ficou quase silencioso. Se eu não tivesse uma audição apurada, teria pensado que a música havia terminado. Mas então ela se tornou outra vez alta e ameaçadora, uma imensa mistura de sons dissonantes que aumentava e diminuía de volume. Fiquei esperando a canção começar, mas não havia voz humana. Imaginei na música os picos de neve dramáticos e solitários sobre os quais Nirmal *babu* tinha falado, imensos espaços abertos e pequeninos regatos. A música se enchia, depois tornava a derreter, e uma ou duas vezes eu quase me levantei da cadeira pensando que houvesse terminado, mas recomeçava sempre. Olhei para Bakul em busca de ajuda. Os olhos da sra. Barnum estavam fechados, e um sorriso curvava os cantos de seus lábios. De repente, a música foi ficando mais fraca. Durante alguns segundos, pensei com alívio que ela de fato houvesse finalmente terminado.

Dessa vez o silêncio foi rompido pelo fino som de uma flauta. Eu sabia reconhecer flautas. Era o instrumento que tocávamos no orfanato, e eu agora tinha a minha própria flauta, comprada em uma feira. Mas aquela ali não soava como nenhuma outra. Foi somente depois de eu conhecer Suleiman *chacha* e assobiar a melodia para ele que fiquei sabendo o que era — "Finlândia", de Sibelius, disse-me ele, uma música vinda de muito, muito longe.

Mais tarde, sempre que eu pensava em Bakul, no alojamento da escola de Calcutá, rangendo em cima da minha cama dura e modesta, matando mosquitos, pensava nela com aquela música, naquela casa, perto do laguinho de ninfeias onde havíamos nadado juntos, onde eu havia sentido seus lábios pressionados contra os meus, onde havia tocado seus seios do tamanho de pêssegos através do fino vestido de verão, onde ela havia pressionado a boca contra a minha e depois se afastado, posto a mão dentro da minha camisa, depois tateado dentro do meu short, que parecia ter ganhado vida. Em momentos de fantasia, eu costumava sonhar em partir com ela em um navio, atravessando mares negros e *icebergs* cintilantes até o fim do mundo. Tinha a sensação de quase poder escutar a flauta que amansava as ondas geladas, e perguntava-me se Bakul também a escutava.

O trem para Songarh seguia chispando. Eu não havia pensando em minha mulher nem em meu filho desde que saíra de casa. Mas na hora isso não me ocorreu. Quando o verdadeiro motivo da viagem se infiltrava em minha mente, eu o empurrava para longe.

Tanta coisa havia mudado em Songarh nos anos que eu passara fora que não consegui encontrar nenhum marco conhecido, e fui ficando cada vez mais confuso no caminho do hotel até Dulganj Road. Tudo parecia mais desenxabido, menor. Eu estava acostumado com Howrah, que pensava ser a mais imensa, grandiosa e movimentada estação de trem possível; a estação de duas plataformas de Songarh me lembrou as cidadezinhas *mofussil* que tinha visitado com Aangti *babu*. A tinta descascava nas paredes do Finlays, uma placa pendurada em frente à loja estava torta, e os manequins eram rígidos e tinham bustos pontudos. Pude ver que as lojinhas que margeavam a única rua principal vendiam coisas baratas e banais. Mas havia algumas ruas e prédios novos, e eu fiz o condutor de *tonga* errar o caminho várias vezes até termos uma discussão a respeito do preço da corrida, de modo que já passava das cinco da tarde quando finalmente me vi em frente à porta do número 3 da Dulganj Road. Minha antiga casa.

No trem, eu tivera a fantasia de que iria esbarrar com ela, surpreendê-la sozinha, mas Bakul não estava no jardim nem junto ao poço. Atravessei o jardim vazio até a porta da frente. Respirei fundo, corri os dedos pelos cabelos penteados, estendi a mão para a conhecida aldraba de bronze, e então percebi que ela não estava mais ali. Na parede ao lado da porta, encontrei em vez disso uma campainha elétrica. Quando a apertei, em algum lugar bem dentro da casa ouvi seu toque e o latido de um cão.

Meu coração havia começado a bater de forma desconfortável. Tentei regularizar a respiração, querendo estar calmo e coerente. Para me distrair, tornei a olhar para o jardim atrás de mim. Em um dos muros havia uma *madhabilata* totalmente florida. A trepadeira não existia ali antes — era uma intrusa cor-de-rosa em flor no meio de um jardim todo branco. As mangueiras haviam crescido, e mesmo de longe se podia ver seus frutos pequenos e verdes. O sol ainda estava quente e alto em um céu azul ofuscante.

A porta não se abrira. Tempo suficiente havia se passado para que eu tornasse a tocar a campainha. Dessa vez, apertei o botão com mais força.

Assim que a campainha tocou, ouvi uma voz agitada se erguer mais alto do que os latidos frenéticos do cão; a voz vinha de trás da porta.

— Quem é? — Era a voz de um menino.

Quase respondi: "Sou eu", como sempre fazia anos antes, mas então lembrei-me e disse:

— Eu... meu nome é Mukunda.

— Não posso abrir a porta. Não sei quem o senhor é.

— Escute, preciso falar com...

— Já disse que não posso.

Podia sentir o suor escorrer por meu couro cabeludo e minha testa. Minha camisa azul limpa já havia começado a colar nas costas. A irritação de ter que falar através de uma porta e de ouvir o cão latindo para mim me fez gritar.

— Escute aqui, não sei quem você é, mas preciso falar com Nirmal *babu* e não vou embora antes de ter feito isso. Onde ele está? Se não me deixar entrar, eu simplesmente vou pular o muro do quintal.

Houve um breve intervalo nos latidos. Então a voz, agora levemente trêmula, disse:

— O senhor não me assusta. Não vai conseguir pular nada. Eu não vou abrir a porta. E o cachorro morde.

Olhei com exasperação para a porta — um bloco de madeira que já tinha visto inúmeras vezes antes. Recuei alguns passos e olhei-a de cima a baixo, perguntando-me o que fazer. À direita, junto ao poço, ficava a porta externa que dava para o quintal e para o meu quarto. Pude ver que tinha um trinco. Embora eu houvesse ameaçado escalar o muro do quintal, e embora fosse possível fazê-lo, senti-me tolo ao pensar nisso. Voltei para a porta e gritei:

— Você ainda está aí?

Não houve resposta.

— Eu só quero falar com Nirmal *babu* — disse eu. — Sou... um velho amigo dele. Diga a ele que é Mukunda. Ou diga a Bakul que é Mukunda.

Esperei. Dali a alguns instantes a voz, soando menos beligerante, falou:

— O senhor vai ter que esperar do lado de fora, não posso abrir a porta. Eles vão voltar logo.

Tornei a andar até o jardim. Colhi uma folha ao passar e comecei a rasgá-la em pedacinhos minúsculos, que recendiam a manga. Fui até o poço e fiquei apoiado em sua borda, que parecia muito mais baixa do que na minha lembrança. O jasmim branco junto a ele ainda estava ali, ainda coalhando a água com suas flores. Pude discernir o reflexo escuro da minha cabeça no círculo distante de luz que ficava na base do poço. Deixei cair uma pedra lá dentro. O barulho de sua queda soou muito distante, o círculo de luz tremeluziu e se rompeu, depois tornou a se imobilizar. Toda a água que eu havia tirado daquele poço! Todos os baldes que havia enchido!

Comecei a caminhar pelo jardim, entediado com meus próprios pensamentos, cansado de esperar. Não sabia muita coisa sobre plantas e árvores, mas podia ver que aquele era agora um belo jardim, repleto das antigas árvores frutíferas que eu reconhecia, de arbustos perfumados, trepadeiras e várias mudas novas amarradas a estacas. Apesar da folhagem e do poço, não havia sequer uma gota d'água ali, e o calor tinha secado minha garganta até eu não conseguir pensar em mais nada, nem sequer no estranho comportamento do menino. Por fim, sentei-me na minha antiga cadeira de balanço do jardim, desanimado e cansado demais para me importar que minhas roupas ficassem todas amarfanhadas e se transformassem em uma maçaroca suada. Fechei os olhos e comecei a me balançar.

Devo ter cochilado. Eles estavam em pé na minha frente, olhando para baixo, de cenho franzido e curiosos. Como os ursos quando encontraram Cachinhos de Ouro, disse Bakul mais tarde. Estava quase anoitecendo. Seus corpos se delineavam na suave contraluz. Pisquei os olhos para espantar o sono e tentei me levantar. O balanço se projetou para a frente, atingindo minhas pernas, e tornei a cair sentado em cima dele.

Bakul deu uma risadinha, em seguida cobriu a boca com a palma da mão. Consegui sair do balanço.

— Faz muito tempo que o senhor está esperando? — perguntou Nirmal *babu*. — Não tenho certeza se fomos apresentados. — Ele soava cauteloso.

— Ora, *baba* — disse Bakul com a voz aguda. — Não está vendo? É o Mukunda!

Não fiquei surpreso por ela ter me reconhecido. Não esperava outra coisa. Eu também a teria reconhecido, em qualquer lugar. Seu rosto havia mudado, mas só um pouco: as bochechas estavam agora roliças onde antes eram magras e chatas, e os cabelos chegavam à cintura. Estavam presos, mas em volta de seu rosto ignoravam os grampos e o óleo, ou o que quer que ela houvesse usado para penteá-los; fios haviam se soltado e se enroscavam no pescoço e na testa. Seus olhos tinham a mesma cor estranha, mas seu olhar estava diferente, bem-humorado e intrigado, quando antes era observador e taciturno. À luz do crepúsculo, seu sári, amarelo como a flor de mostarda, reluzia contra o fundo de sua blusa branca desengonçada que pendia em um dos ombros, revelando uma fina corrente de ouro. O sári caía em curvas que eu deveria ter esperado, mas que mesmo assim me surpreenderam.

Desviei os olhos.

— É você mesmo, Mukunda? — perguntou Nirmal *babu*.

Ele ajeitou os óculos, óculos que eu nunca o vira usando antes, para me olhar mais de perto.

— Claro! — disse ele. — Achei mesmo que você parecesse conhecido. Que tolice a minha. Como pude... Que vergonha, o menino fez você esperar do lado de fora. Mas ele não podia saber.

Subi a escada deslizando os dedos pelo corrimão, como costumava fazer quando morava naquela casa e subia e descia correndo os degraus muitas vezes ao dia, realizando vezes sem conta as mesmas tarefas. Quase pude ouvir Manjula e Meera chamarem: "Mukunda! Onde está esse menino! Escondido de novo!"

O corredor no alto da escada parecia igual, mas o gesso do teto havia começado a se esfarelar. Meu olho de profissional reparou em suas fendas esboroadas, nos tijolos expostos, nas marcas de umidade junto aos banheiros, nas vigas de ferro oxidadas que sustentavam o teto, nas paredes que precisavam de pintura, nas vidraças embaçadas rachadas em alguns pontos. O interior quase abandonado contrastava com o jardim, onde cada planta e cada árvore parecia cuidada.

Nirmal *babu* e eu fomos nos sentar à mesa, uma mesa menor do que a que antes existia junto àquelas janelas. Uma cadela vira-lata de pelo marrom e preto emaranhado estava sentada a seus pés, limpando cuidadosamente as patas com a língua, depois esfregando os olhos. Em seguida coçou as orelhas e mordiscou furiosamente a base do rabo. Então, posicionando a cabeça entre as patas da frente, fechou os olhos e deu um profundo suspiro. Nirmal *babu* sorriu para a cadela e disse:

— Você se lembra de Meera, não é?

— É claro — respondi.

— Ela costumava dar comida aos vira-latas do velho forte. Depois que ela foi embora, fui eu quem comecei a dar comida a eles, e trouxe um dos filhotes para casa... e aqui está ela... com doze anos agora.

— Exatamente o número de anos desde que Meera *didi* e eu fomos embora — falei, sem querer soar repreensivo. — Como vai Meera *didi*? — perguntei-lhe, para dissipar o incômodo entre nós. — O senhor tem notícias dela?

— Ah, sim — respondeu ele, parecendo hesitante. — Eu... eu a vejo de vez em quando, ela é professora de artes em uma escola de Darjeeling... há lindas caminhadas a fazer por lá, nas colinas... você sabe como ela gostava de caminhar... e ela pinta e desenha. Na verdade... — Ele se levantou, foi até um canto e tirou da parede uma paisagem emoldurada que mostrava chalés e árvores precipitando-se de cabeça na direção de um vale. — Este aqui é dela.

Segurei o quadro para admirá-lo. A sensação de verticalidade que causava, a impressão de energia nas árvores e colinas fazia dele um quadro fora do comum. Nirmal *babu* pegou-o de volta e tornou a colocá-lo em seu lugar na parede depois de lançar-lhe um olhar sorridente.

— Sim — disse ele —, a descida desse declive é muito íngreme, é preciso uma bengala e sapatos resistentes. Mas há lindas orquídeas e samambaias, e rododendros raros. — Ele então se lembrou de mim e disse: "Ela pergunta sobre você, sempre gostou de você.

Haveria afinal algum fundo de verdade nas fofocas que ouvíramos durante aquele último ano em Songarh? Outro silêncio começou a impregnar o ar entre nós dois.

Nirmal *babu* olhou na direção da escada e disse:

— O que Bakul está fazendo... preparando um banquete para você?

Imaginei Bakul na cozinha, dizendo à empregada para preparar chá, tentando encontrar alguma coisa para me servir. Ela nunca tivera talento para cozinhar nada. Depois de algum tempo, porém, subiu a escada seguida por um menino de cerca de doze anos, que carregava uma bandeja contendo comida, água e chá. Ele usava um short que pendia até abaixo dos joelhos, e um *kurta* cinza caído nos ombros. Suas orelhas pareciam alças pelas quais segurar a cabeça. Seus cabelos, cortados bem rentes, realçavam as orelhas desmesuradas. Ele me lançou um olhar de viés, em seguida pousou a bandeja sobre a mesa. Era a mesma bandeja de bronze, e eu poderia ter jurado que a porcelana era a mesma que eu às vezes lavava.

— Este é Ajay — disse Bakul. — Você precisa perdoá-lo por não tê-lo deixado entrar, mas nós lhe dizemos para manter as portas trancadas. *Baba* e eu raramente saímos juntos, mas quando saímos...

— Não foi nada, mesmo — falei.

Segurar a xícara de chá quente e acender um cigarro pareceram atenuar a desconfiança de Nirmal *babu*, e ele disse:

— Que prazer ver você, Mukunda, de verdade. Passei todos esses anos me perguntando se você tinha terminado os estudos, se eu algum dia iria tornar a vê-lo. Diga-me, o que você faz? Está casado? Tem filhos?

Ele escutou pacientemente minhas respostas e, quando eu dizia coisas que considerava engraçadas, a maioria sobre meu filho, ele sorria, mas não dava sua risada exuberante e de som estranho que sempre terminava com uma tossida de fumante. Ele parecia mudado. Os óculos haviam alterado seu rosto. Seus cabelos estavam grisalhos, o que não era de surpreender, embora hoje, quando penso no assunto, vejo que ele na época devia ter apenas uns cinquenta anos. Era mais do que a idade. Seu rosto havia escurecido, e seus olhos estavam cercados de sombras. Parecia um homem que não dormia muito, ou bem. Era ansioso de uma forma que eu não me lembrava. Havia emagrecido, o que o deixava corcunda.

Senti remorso. Por que havia cortado relações com ele? Por que não fora visitá-lo? Por que fora ele quem eu havia culpado, durante todos aqueles anos, pela forma como Manjula costumava me servir porções menores do que a todos os outros, mantendo a colher a quase quinze centímetros de distância do meu prato de intocável? Pela maneira como Kamal me mandava fazer coisas para ele; pelo quartinho cheio de ratos onde eu dormia; pelo canto distante da mesa que me era reservado? O que me havia deixado tão amargurado? E por que Nirmal *babu* havia se tornado o centro de minha intensa amargura? Agora, cara a cara, eu não sentia nada da antiga raiva — ou quem sabe estivesse olhando para ele com a magnanimidade triunfante dos fortes pelos fracos.

Quando Nirmal *babu* saiu da sala por alguns instantes, Bakul disse:

— *Baba* se aposentou antes da hora porque teve um ataque cardíaco. Ele também está diabético. Mas é muito teimoso. Sei que come todo tipo de coisa proibida quando não estou ao seu lado para impedir.

— Você... um anjo da guarda! — falei. — É difícil imaginar você cuidando do seu pai com um livro de dieta e uma receita médica.

Ela deu um sorriso maroto ao mesmo tempo em que erguia os olhos da cadela que acariciava atrás da orelha.

— Tão difícil quanto imaginar você casado e pai de um filho.

Ela parou de falar ao ver Nirmal *babu* retornar.

— O que você faz da vida, Mukunda? — perguntou ele. Não queria ir para a universidade? Lembro que você queria escalar montanhas e atravessar mares, queria ser explorador. Não era isso?

— Sim — respondi. — Que ideias românticas nós temos quando crianças. E veja só o que aconteceu. Hoje não passo de um funcionário em um escritório de arquitetura, e passo a maior parte dos meus dias preso a uma escrivaninha!

Não dei mais detalhes. Aangti *babu* não era arquiteto coisa nenhuma, e eu não era mais um inocente funcionário de escritório. Não mencionei a verdadeira natureza do meu trabalho. Deveria ter lhe revelado imediatamente o motivo da minha viagem, mas é claro que fui incapaz.

— Posso dar uma volta pela casa? — perguntei, para mudar de assunto. — Só para ver...

— Não precisa pedir — disse Nirmal *babu*. — Esta casa sempre foi sua. Espero que fique aqui o tempo todo que for passar em Songarh.

Bakul seguiu-me alguns passos mais atrás enquanto eu entrava no cômodo do meio, para o qual se abria o amplo corredor. No lugar das duas camas onde dormiam Meera e Bakul, agora havia apenas uma. Quando olhei para Bakul com ar intrigado, ela disse:

— Eu me mudei para o quarto da frente para poder olhar pela janela.

O quartinho anexo a seu antigo quarto estava vazio, com exceção de uma confusão de caixas e tralhas. A cama estreita e a forma coberta de branco de Kananbala encolhida em cima dela haviam desaparecido.

— Ela morreu — disse Bakul antes de eu poder perguntar. — Apenas um ou dois anos depois que você foi embora. Certa manhã, nós a encontramos... ao lado da cama... no chão. Ela deve ter chamado durante a noite, mas ninguém... Eu estava dormindo no quarto ao lado e não ouvi nada. Se tivesse ouvido, talvez...— Ela fechou a porta antes de completar. — Vamos lá para fora.

Abri a boca para contar a Bakul sobre Noorie, sobre como seus xingamentos sempre me faziam pensar em Kananbala, mas, sem saber por onde começar, não falei nada.

Nirmal *babu* estava nos esperando no jardim. A macieira e o pé de toranja logo estariam carregados de frutas, disse ele com orgulho. Junto ao portão, mostrou-me quinze mudas de goiabeira e limoeiro que, segundo ele, iriam florir e frutificar dali a alguns anos.

— *Baba* vem se sentar aqui todas as noites para conversar com suas árvores — disse Bakul. — Diz que não tem tempo para canteiros de plantas que só duram um ano, o que quer são árvores, legumes e trepadeiras cheirosas. Acho que ele quer que eu também ponha a mão na massa, mas não estou nem um pouco interessada.

Sorri, identificando-me com ela. Somente para os jardineiros os jardins parecem lugares de deslumbramento e dramaticidade. Até hoje, só sou capaz de identificar umas poucas árvores comuns; se quisesse um ambiente agradável, contrataria um jardineiro.

Nirmal *babu* acendeu um cigarro.

— Quando eu era jovem — disse ele —, tampouco me interessava por jardins. Meu pai ficava muito decepcionado por ninguém da família se interessar pelo jardim. Nós só fingíamos interesse para deixá-lo feliz.

— Mas nós não estamos fingindo, não é, Mukunda? — perguntou Bakul com um sorriso.

Olhei para ela, incomodado. Perguntei-me se ela estaria pressentindo alguma coisa, como sempre fizera comigo, e o verdadeiro motivo de minha visita a Songarh voltou-me à mente com um choque de parar o coração.

As árvores raquíticas que despontavam por cima do muro da casa da sra. Barnum haviam adquirido uma vitalidade desordenada e intensa; era quase impossível ver que a casa um dia havia sido amarela, tão profunda a camada de fuligem negra e fungos que cobria muros. A porta da frente estava aberta e exalava o mesmo cheiro — livros velhos, carpete, caramelo e fumaça de lenha — que a casa sempre havia produzido. Subimos os degraus de madeira e entramos na sala de visitas conhecida. Eu não queria ir lá. Seu grito de "*Saia daqui! Nunca mais volte! E procure 'traição' no dicionário, procure 'trapaceiro'!*" ainda ecoava nos meus ouvidos, mas eu não poderia ter explicado isso para Bakul. Era o único segredo que eu não havia compartilhado com ela.

— Ela manteve tudo exatamente igual — sussurrou Bakul —, não acho que você vá ver nenhuma mudança. Mas o *khansama* voltou para a aldeia dele... ficou velho demais para trabalhar.

Quando a vi subir saltitando os degraus, comecei a me sentir atolado em uma areia movediça de tristeza. Quanto mais me esforçava para me mostrar descontraído e feliz, pior eu me sentia. Ainda não havia nada que Bakul e eu parecêssemos precisar explicar um para o outro. Se ela relanceava os olhos na minha direção, eu sentia que sabia o que ela estava pensando. Sabia dizer, sem olhar, qual de seus dentes havia entortado quando ela caíra e batera em uma pedra. Sabia que, no final do dia, suas batatas da perna provavelmente estariam doloridas como costumava acontecer, quando ela dizia: "Mukunda, por favor, por favor massageie um pouco as minhas pernas e eu faço o seu dever de casa de inglês antes da aula de amanhã."

Como eu podia ter esquecido tudo isso e nunca voltado para vê-la? Não me permiti pensar em como nossas vidas poderiam ter sido diferentes caso eu houvesse feito isso.

Quando entramos, a sra. Barnum ergueu os olhos de um livro e disse:

— Ah, Bakul, pontual como sempre.

— Então reparou em mim, tirou os óculos de leitura e estreitou os olhos na minha direção. Tive vontade de sair correndo para longe dali. A cena havia acontecido muito tempo antes, mas eu ainda podia ver sua mão acariciando a pele de tigre, depois acendendo um cigarro, olhando para mim trepado em uma cadeira folheando suas cartas.

— É o menino, não é? — disse ela depois de alguns instantes. — O menino que eu desenhei? Mukunda! Por que passou tanto tempo sem aparecer? Foi embora para algum lugar?

— Ah, sra. Barnum — disse Bakul. — Eu lhe disse que ele foi estudar em Calcutá. Depois ele se esqueceu completamente de nós, e nunca escreveu nem veio visitar — disse ela.

Atravessei a sala e ajoelhei-me ao lado da sra. Barnum. Ela me olhou como se eu fosse incapaz de fazer qualquer coisa errada. Acariciou meu rosto e traçou com os dedos o contorno dos meus malares.

— Ah, que ossos — disse ela, travessa. — Se eu fosse mais jovem, meu menino! — Apontou para um ponto atrás de sua cabeça, e ali estava: o desenho que fizera de mim aos treze anos, pendurado na parede com uma moldura de madeira.

Ela estava radiante.

— Isto aqui parece até os velhos tempos! Precisamos comemorar! O que era mesmo que vocês gostavam de comer, crianças? Sanduíches e refresco de limão? Precisamos preparar isso! — Ela esticou a mão para pegar a sineta na mesinha lateral e sacudiu-a com força e por muito tempo. Então virou-se para mim e disse: — Meu rapaz, sente-se, não me faça esticar o pescoço tanto assim!

Sentei-me, sentindo que a parte de mim que havia apodrecido naquela tarde distante em seu quarto de dormir, quando ela me surpreendera bisbilhotando suas cartas, acabara de ser amputada — deixando-me milagrosamente saudável outra vez.

Vi Bakul sair da sala de fininho. A sra. Barnum deu-me um tapinha no braço e inclinou-se para a frente.

— Agora me diga, como estou? — perguntou-me, e franziu os lábios borrados de batom rosa-escuro. Suas bochechas de pele fina como papel ostentavam duas rodelas de ruge da mesma cor do batom, e uns cabelos finos e gordurosos se retorciam junto às orelhas. Ela parecia pequenina, quando antes tinha sido alta.

— Linda — respondi com ardor. — A senhora não mudou nada.

Ela se inclinou na minha direção e sussurrou com um sorriso de moleca:

— Não quer vasculhar meu quarto, procurar provas, revirar tudo do avesso?

Ela não havia se esquecido, e não havia perdoado. Eu nunca deveria ter ido até ali. Quase me levantei para ir embora.

Ela soltou uma risada alta que se concluiu com uma tosse chiada, e deu um tapa na coxa magra coberta de *chiffon*, dizendo algo que não pude entender por causa da tosse.

— Mas que cara! — pensei ouvi-la dizer. — Que cara, criança! — Ela então se inclinou para mais perto de mim, com os lábios rachados, o hálito recendendo a lama velha de rio, e acho que disse, embora não tenha escutado muito bem por causa da tosse e da risada: — Vou lhe contar um segredo: eu o matei, sim. Cravei uma *kukri* na barriga dele e ainda a revirei algumas vezes, já foi tarde. — Ela cuspiu um pouco de catarro em um lenço e tornou a esticar os lábios na minha direção, mas a essa altura Bakul já tinha voltado à sala trazendo uma bandeja com copos e uma travessa de sanduíches. A sra. Barnum mudou de posição e acendeu um cigarro como se não houvesse confessado absolutamente nada. Para Bakul, disse: — Como você demorou! E quem é esse com você? Será...

Pois atrás de Bakul havia outra pessoa.

Um homem. Um homem jovem. Um homem de postura preguiçosa e elegante, com um topete acima da testa larga. Ele segurou a cortina para Bakul passar com a bandeja, e era tão alto que reduzia a altura dela à de uma criança. Entrou na sala como se fosse o dono do lugar. Usava um terno escuro e uma gravata entre o cinza e o azul, afrouxada como se não pudesse mais suportar ficar apertado. Uma barbicha penteada e gomalinada projetava-se em um estranho ângulo reto, dando a seu rosto atraente um ar levemente cômico. Tocando a sra. Barnum no ombro ao passar, ele se jogou em uma poltrona e disse:

— Que dia! Preciso de todos os sanduíches que conseguir! E morangos com creme também não seriam nada mal. — Ele falava inglês como um inglês, mas com a língua presa.

— Não há morangos em Songarh — disse Bakul.

— Há sim, se você tiver imaginação — respondeu a sra. Barnum depressa. — É esse o problema, ninguém tem imaginação! — Ela então continuou. — Mukunda, este é meu sobrinho Tommy. Tommy, Mukunda foi o companheiro de brincadeiras de infância de Bakul, sabia? Nós nos divertíamos tanto naquela época, nós três...

— Vocês três, tia? Era você a terceira? Você sempre foi mesmo um bebê. Era de casinha que vocês brincavam? Ou de esconde-esconde?

Tommy dirigia-se à sra. Barnum com um sorriso indulgente, como se ela fosse uma criança que ele precisasse bajular. Ele estendeu a mão e pegou um sanduíche, arqueando uma sobrancelha para mim.

— Sirva-se, meu camarada — disse ele.

Eu falava inglês mas, quando me deparava com alguém fluente nessa língua, minha boca se travava toda, e eu mal conseguia pronunciar uma palavra direito. Comecei a mastigar um sanduíche para evitar falar.

— E você é parente de Bakul? — quis saber Tommy. Olhou para Bakul com um sorriso. — Ela não fala muito, nunca me contou que tivesse irmãos perdidos.

— Ah, não, querido — exclamou a sra. Barnum —, Mukunda era um órfão que a família adotou. E depois ele foi estudar em Calcutá. Agora você deve ser um homem importante, não é, Mukunda?

Bakul estendeu a bandeja na minha direção e falou de modo que só eu pudesse escutar.

— Não vai tomar seu refresco de limão? Está esquentando.

Tommy arqueou uma sobrancelha. Então, como se houvesse perdido qualquer interesse por mim, virou-se para uma pilha de revistas sobre uma mesa de canto. Acomodando o corpo alto na poltrona e apoiando os pés na cadeira em frente, ele disse:

— Não me deixem atrapalhar sua conversa. Vai ser agradável ouvir todas as suas histórias. — Começou a folhear as páginas de uma revista.

— Ah, mas vocês deveriam ouvir as histórias que o Tommy tem para contar — disse a sra. Barnum. — Histórias incríveis sobre os clubes de Bombaim, as corridas e os bailes. Eu não acredito em uma só palavra, Tommy, já lhe disse que não acredito!

— Você só precisa de imaginação, tia. — Tommy sorriu novamente para ela de forma brincalhona, e estendeu o braço para segurar a mão enrugada da tia. — Foi isso que você disse, não foi? Não consegue se imaginar dançando no Iate Clube? Tenho certeza de que seria a coqueluche da cidade mesmo hoje em dia.

— Ah, sim — disse Bakul, entusiasmada. — A sra. Barnum ainda sabe dançar o foxtrote... ela me ensinou.

— Precisamos dançar então, Bakul — disse Tommy em tom de provocação. — Agora, neste minuto!

Senti a conversa girar e rodopiar à minha volta, seus personagens e incidentes desconhecidos para mim. Ria quando eles riam, mas não conseguia entender as piadas. Quando um deles, geralmente o sobrinho, parava e dizia com uma polidez exagerada: "Ora, estamos mesmo falando demais. Mukunda *babu* não teve oportunidade de nos contar nada sobre si", eu não conseguia preencher a pausa de um minuto que se seguia. Os sanduíches não tinham nem de longe o mesmo gosto de quando o *khansama* os preparava. O pão estava seco, e havia tão pouca manteiga que as duas bandas se separavam e se franziam nas bordas. Eu não estava mais com fome, mas mesmo assim comi um. Por motivos que nem eu compreendia, estava ficando preocupado com o fato de a sra. Barnum tocar a sineta para um criado que não existia. Não queria ver Bakul sorrindo para Tommy, rindo das suas piadas, olhando de relance para mim como quem diz: "Ele não é maravilhoso?" Nossa proximidade recém-resgatada estava aparentemente perdida para sempre.

Então Tommy se levantou e tocou algumas notas no piano, ainda em pé, com o corpo alto e esguio parecendo um ponto de interrogação acima das teclas pretas e cor de marfim do instrumento. Deu um suspiro e olhou para a sala em volta com um gesto teatral:

— Strauss! Ah, como eu sinto falta de rodar pelo salão dançando uma valsa! O senhor sabe tocar, Mukunda *babu*, ou gostaria de dançar? Eu ficaria feliz em providenciar a música!

Levantei-me da cadeira.

— Nunca soube dançar, e realmente preciso ir.

Tommy gemeu e disse:

— Ah, Mukunda *babu*, não foi minha intenção espantá-lo. Sente-se, por favor.

— Preciso ir — repeti, e virei-me para a sra. Barnum para me despedir.

Tommy sentou-se na banqueta e começou a tocar, com os olhos fechados, como se não houvesse nada na sala a não ser a sua música. A sra. Barnum foi se sentar na sua frente, com o rosto iluminado pela luz da tarde que entrava pela única janela da sala e uma expressão de êxtase no rosto — como se estivesse admirando um deus.

Agora eram eles três.

O jantar terminara. Nirmal *babu* havia se recusado a me deixar voltar ao hotel para comer. Faltara energia, de modo que estávamos sentados no jardim para fugir do calor abafado da casa. O ar do lado de fora estava muito parado, com exceção da brisa passageira que agitava as trepadeiras, soltando o aroma das flores brancas que reluziam no escuro. Tenho certeza de que nunca havia reparado naquele perfume doze anos antes, mas ele funcionou como uma chave para destrancar todas as minhas lembranças. E, como se isso não bastasse, ali estava Bakul ao meu lado, ela própria perfumando a noite com uma mistura inebriante de sabonete, talco e alguma outra coisa que eu não conseguia identificar.

À toda nossa volta erguiam-se as sombras negras das árvores próximas. O único pontinho de luz era o cigarro de Nirmal *babu* e, mais além, uma tênue luz amarela que tremulava na janela do andar de cima da casa da sra. Barnum. As casas que ficavam mais embaixo na rua, novas e velhas, eram sombras maciças. Uma cadeira fora trazida para Nirmal *babu* se sentar, enquanto eu e Bakul ocupávamos os degraus em frente à porta da frente. Bakul manejava um leque semicircular feito de folha de palmeira e enxugava com o sári o suor que escorria por seu pescoço. Como queria abanar nós dois com um único gesto, havia se sentado perto, tanto que eu podia senti-la roçar em mim. Em meio às sombras, eu não conseguia ver como Nirmal *babu* reagia ao fato de Bakul estar sentada ali ao meu lado. Ele não disse nada.

Perguntei-me se a proximidade de Bakul era de fato necessária por causa do leque. Durante todo o jantar, eu a sentira roçar em mim, por acidente, imaginei, quando se inclinava por cima da mesa para me servir. Seu braço se esticava para passar bem rente à minha orelha, tocando-a, ou então seu quadril esbarrava em mim quando ela se virava com a concha na direção do pai.

Agora, no escuro, enquanto ela abanava nós dois, cada ínfima partícula do meu corpo parecia dotada de vida própria. Eu tinha consciência do menor de seus movimentos, de cada toque acidental de seu ombro, pulso ou quadril. Minha mente parecia esvaziada de todos os pensamentos normais, abrindo espaço apenas para a sensação dela me tocando. Fiquei escutando a voz de Nirmal *babu* falar sobre a parte de um *stupa* que eles haviam encontrado perto da ruína de Songarh, sobre as multidões que agora iam visitá-lo e riscavam seus nomes na pedra antiga, sobre como ele quase se arrependia de jamais tê-lo desenterrado; falou sobre tentativas de escalar o Everest, sobre suas antigas viagens. A cadela começou a ganir baixinho enquanto dormia, e ele acariciou-lhe as orelhas e recomeçou seu discurso sobre fósseis recém-descobertos no Himalaia.

Durante todo esse tempo, meu corpo esperava um toque de Bakul. Meus joelhos tremiam com o esforço de não chegar mais perto dos dela.

Então uma pedra varou a escuridão e caiu a pouca distância de onde estávamos. A cadela se levantou com um pulo, latindo, enquanto Bakul suspirava e dizia:

— Hora de entrar!

Uma pedra maior ainda, dessa vez sobre um conjunto de arbustos junto ao portão. Depois de alguns instantes de intervalo, ouviu-se um estranho ruído de choro, como o de um bebê ou de um gato.

— O que está acontecendo? — exclamei, levantando-me alarmado e encaminhando-me na direção do barulho. — Quem está aí? — gritei para a escuridão. — Saiam daí, seus covardes!

— Sente-se, Mukunda — disse Nirmal *babu* com uma voz resignada, sem surpresa. — Eles não podem nos alcançar aqui. Não vão entrar se souberem que estamos sentados aqui fora. E talvez pensem que nós temos um grande pastor alemão.

— Como assim? Eu vou sair e encontrá-los. O que está acontecendo?

Então, antes mesmo de Nirmal *babu* começar a explicar, eu entendi. Eram os homens de Aangti *babu*, meus colegas Bhim e Harold. Sabendo do que eram capazes, eu podia ver que ainda estavam apenas brincando, que não haviam ainda arregaçado as mangas para valer. Seus rostos pareciam pairar acima do muro, zombando da minha difícil situação.

— Pensei que fôssemos poder poupá-lo desses detalhes desagradáveis — disse Nirmal *babu* em meio à escuridão com o mesmo tom resignado —, mas acho que... sente-se, Mukunda, de nada adianta ficar andando de um lado para o outro.

Voltei ao meu lugar ao lado de Bakul, mas não parei de olhar para o muro da rua, perguntando-me quando viria a próxima pedra. Podia imaginar o cadavérico Harold entoando "Veja as estrelas lá em cima, veja, veja as estrelas lá em cima", enquanto procurava pedras do lado de fora e arremessava-as pelo céu noturno na direção do jardim.

— Foi por isso que Ajay não pôde deixar você entrar — dizia Nirmal *babu*. — Alguns dias atrás, quando Bakul foi comigo ao médico para verificar minha pressão arterial, dois homens entraram dizendo serem funcionários da empresa de energia elétrica. Ajay os deixou entrar, e eles foram até a caixa de força e cortaram nossa energia. Quando voltamos, a casa estava às escuras. Os eletricistas trabalharam metade do dia para consertar. Então agora Ajay tem instruções para não deixar ninguém entrar, pois é jovem demais para poder avaliar.

Nirmal *babu* remexeu nos fósforos. A ponta vermelha de um cigarro tornou a aparecer.

— O motivo pelo qual você não está vendo Kamal nem Manjula é porque eles foram embora de Songarh. A empresa faliu, e Kamal ficou afundado em dívidas, apesar de ter vendido todos os bens... inclusive a fábrica e algumas terras para plantar ervas medicinais. As necessidades deles também mudaram. Kamal pensou que pudesse arrumar um emprego, e Manjula nunca foi feliz aqui mesmo.

Nirmal *babu* fez uma pausa, como se lhe fosse difícil falar.

— Ah, *baba*! Não invente desculpas para eles! — exclamou Bakul. — Eles foram horríveis — disse ela em tom de desprezo. Virou-se para mim. — Um dia, descobrimos que tinham vendido a casa sem nos avisar, usando uns documentos velhos que *baba* lhes dera na época em que passava o tempo todo viajando. Eles não nos disseram absolutamente nada, apenas que tínhamos de nos mudar, e usaram uma quantia insignificante de dinheiro para tentar nos subornar.

— Subornar não, Bakul — disse Nirmal *babu* —, era só uma parte, uma compensação.

Outra pedra caiu no jardim com um baque. Um punhado de cascalho tilintou no telhado de zinco da casinha junto ao portão. Ajay apareceu e levou embora a cadela descontrolada.

— Tenho certeza de que poderíamos ter contestado isso tudo na justiça, mas *baba*...

— Não quero desperdiçar a vida em um tribunal — interrompeu Nirmal *babu*, incisivo, como se já tivesse dito isso muitas vezes. — Há outras coisas em que pensar e a fazer.

Bakul deve ter resolvido não comprar briga com o pai. Respirou fundo, mas não disse nada.

— Não consigo ver nenhuma saída, Mukunda — disse Nirmal *babu*. — Não quero desperdiçar minha vida nos tribunais, principalmente brigando com meu próprio irmão. Quero casar Bakul e depois me mudar para um lugar menor.

Bakul deu um muxoxo, mas baixo demais para o pai poder escutar.

— Você sabe que eu nunca fui muito chegado a parentes, Mukunda — disse Nirmal *babu*, forçando um sorriso. — Mas agora estou realmente tendo de me relacionar com eles para encontrar um noivo adequado para Bakul. Diga-me, você conhece alguém que pudesse ser candidato? Um dos seus amigos?

No escuro eu não conseguia ver seu rosto, e, embora seu tom fosse de brincadeira, ele talvez estivesse falando um pouco sério. Afinal de contas, Bakul estava com quase vinte e três anos, e na sua idade a maioria das moças já estava casada. Mas ela não pensava assim, imagino, e exclamou:

— *Baba*!

— Bem — disse Nirmal *babu* com um suspiro —, eu só preciso de um pouco de tempo, mas o empreiteiro que comprou a casa está com pressa, e mandou seus capangas nos infernizarem. Em uma noite são pedras, na outra é nossa campainha que não para de tocar, ou então descobrimos que alguém jogou lixo no nosso poço. Nunca vimos ninguém, mas essas coisas vêm acontecendo nas últimas duas semanas, mais ou menos.

Ele esfregou os olhos com as mãos e disse:

— Por hoje, talvez as atividades deles já tenham terminado. As pedras devem ter acabado. — Ele se levantou da cadeira e se espreguiçou. — Passe a noite aqui, Mukunda; por que voltar para o hotel quando tem sua própria casa?

Também me levantei.

— Preciso ir — gaguejei. — Tenho trabalho a fazer, de verdade, uns documentos. Não conseguia encará-lo nos olhos, nem mesmo no escuro, sabendo os segredos que os meus próprios olhos escondiam.

— Ele não quer ficar, *baba* — disse Bakul com desdém. — Gosta dos confortos do hotel.

— Não, não — protestei. — Não é isso, Bakul, o hotel não vale nada, mas...

— Mas esta casa é muito pior?

Pude ver seus dentes brilhando em um sorriso no escuro.

— Não o atormente, Bakul — disse Nirmal *babu*. — Mas veremos você de novo?

— Vou voltar — prometi. — Amanhã.

Servi-me uma dose generosa de rum da garrafa que havia comprado em uma loja perto da estação. A água que misturei à bebida estava morna, e já era tarde, mas tomei um gole grande, que fez arder minha garganta. O que devo fazer, não parava de repetir para mim mesmo, o que devo fazer? Não podia desistir do emprego de Aangti *babu* e lhe dizer: "Não vou fazer seu trabalho sujo, encontre outra pessoa." E se ele encontrasse mesmo? Qualquer um seria mais implacável do que eu.

Poderia tirá-los da casa delicadamente, encontrar um bom lugar para eles. Mas pensar naquela casa, o meu lar, indo parar nas mãos de Aangti *babu* e seus capangas, sendo arrombada, destruída, vendida em pedaços, substituída por outra construção, esquecida... Impossível!

Eu nunca havia pensado que o trabalho que fazia fosse um dia voltar para me atingir dessa forma; seu lado obscuro sempre havia permanecido trancado atrás das portas da vida dos outros. Parecia fora de cogitação eu continuar fazendo o que fazia. No entanto, se desistisse do trabalho com Aangti *babu*, o que iria fazer? Que outro ofício conhecia? Como iria dar de comer ao meu filho? E à minha mulher?

Fiquei deitado encarando o teto, e pela primeira vez reparei no ventilador. Seu centro redondo era engordurado e amarelo. A gordura era tão grossa e pesada que não parecia que o ventilador fosse aguentar muito mais tempo. Ele rangia a cada volta, tão devagar que eu podia ver que as pás estavam cobertas de uma fuligem rugosa. A cada giro, uma gota de sujeira parecia se formar, e eu esperava que caísse dentro dos meus olhos abertos.

Minha mulher. O que ela iria achar de eu estar flertando com Bakul da forma como passáramos a noite inteira fazendo? E Tommy. Por que Bakul e ele pareciam tão à vontade juntos, tão íntimos? Seriam amantes?

E se fossem, por que isso me incomodava?

O sol batia direto no meu rosto. Já era meio-dia. Passei mais alguns instantes deitado, coçando o calombo de uma picada de mosquito perto da orelha e escutando os sons abafados do hotel. Finalmente me levantei e olhei com ar amargurado para a garrafa de rum pela metade, para o copo ao lado da minha cama, e peguei minha toalha. O banheiro no final do corredor deve estar vazio, pensei, e um banho demorado iria me fazer bem.

Quando abri a porta, quase pisei em uma massa de folhas do lado de fora. Parecia um buquê de flores. Peguei-o e voltei para o quarto. Havia apenas uma flor grande: era de um branco puro, algum tipo de lírio com estames curvos. Fora retirada da terra junto com as folhas compridas e carnudas. No final das folhas ficava o bulbo, grande, esbranquiçado, parecendo um rabanete, com raízes despontando da carne e pedaços da lama onde crescera ainda presos à pele.

Sentei-me na cama segurando a planta. Havia algo de indefeso e de infinitamente vulnerável naquele bulbo, como se um coração houvesse sido arrancado do corpo e deixado a céu aberto para qualquer um ver. A flor britava e crescia no meio daquela normalidade grosseira, inigualável, perfeita. Pus a planta na mesa de cabeceira, mas não consegui tirar os olhos dela. Parecia sucessivamente enigmática, patética e até mesmo malévola. Eu não conseguia imaginar por que motivo fora deixada junto à minha porta, ou por quem. Seria uma das definições excêntricas de Harold para uma ameaça?

O hotel havia começado a parecer sinistro, e saí de lá assim que pude. Estava sem apetite para *rotis* quentes, encharcados de *ghee*, ou para as enormes quantidades de *curry* de batatas que eram servidas no salão ruidoso. Apesar das indagações ansiosas do garçom, saí depois de um ou dois bocados e fui andando rapidamente até o bairro onde ficava minha antiga escola. Ali estava ela, o mesmo casebre rodeado por vegetação baixa e arbustos desgrenhados, com o mesmo grupo de meninos sem sorte debaixo da mesma figueira-de-bengala. Olhei em volta à procura do professor que nos batia todos os dias com a palmatória. Teria ficado feliz em encontrá-lo — em encontrar qualquer pessoa conhecida, até mesmo o peixeiro ou o vendedor de *samosa* gritando: "Ei, Mukunda, é você?" Fui até uma *tonga* parada junto à barraquinha de chá — a mesma barraquinha de chá, porém maior, e com pessoas diferentes — e pedi que me levassem até a Dulganj Road.

Partimos. O gosto do ar de verão na minha língua era morno e conhecido, sua poeira, seu sol e seus arbustos de lantana, sua textura seca tão diferente do ar suado de Calcutá. Parecia meu dever revisitar os lugares que eu costumava frequentar, mas não sentia nenhuma inclinação para fazê-lo. Não queria ver as casas novas que tinham se erguido nos campos onde costumávamos brincar. Não queria ver meu velho forte abandonado com um guichê de ingressos na entrada e VIJAY AMA SUNITA rabiscado nas paredes.

Paguei o *tongawallah* e entrei no jardim da sra. Barnum através de uma abertura no muro dos fundos. As árvores em volta do laguinho de ninfeias haviam crescido, e agora formavam um toldo que escondia quase todo o céu. Ali, a maior parte do calor do dia era atenuada pela escuridão fresca da folhagem. Grandes ninfeias roxas flutuavam na água verde e espumante do lago.

Será que algum dia fôramos pequenos o suficiente para nadar ali dentro? Deitei-me de bruços na grama junto ao laguinho, apoiando o rosto nas mãos. Na minha mente, eu estava dentro d'água, entre as plantas aquáticas, e Bakul nadava ao meu lado, entrando e saindo da água opaca. Eu a estava perdendo de vista, tentava chamá-la, mas a água abafava todos os sons. Ela tornou a nadar até junto de mim, e pude ver suas roupas flutuando para longe de seu corpo, depois se colando a ele, só que dessa vez ela não tinha seios de pêssego, e sim seios de adulta. Pensei que não devia olhar, então ela nadou até mim e, através da água, deu-me um beijo na boca.

— Está dormindo, Mukunda?

Abri os olhos cansados, protegendo-os da luz. Então percebi que a luz havia diminuído, e sentei-me com um sobressalto.

— Como você sabia que eu estava aqui? Parece o dia de ontem repetido!

— Pensei que, de alguma forma, você estaria aqui. Passei o dia inteiro pensando que você fosse aparecer, mas não apareceu, então vim aqui procurar você.

Ela sentou-se na grama ao meu lado com seu sári da cor de uma nuvem de monção e sua blusa verde-mar. A roupa fazia seus olhos de cor estranha parecerem ainda mais estranhos. Ela sorriu, e vi aquele dente torto. Ela estava escondendo alguma coisa no sári, e mal conseguia conter sua empolgação, como quando era menina. Bakul nunca conseguia guardar um segredo de mim durante muito tempo.

— Bem, o que está escondendo? — perguntei-lhe, tornando a me deitar na grama. Ela me parecia tão conhecida que eu poderia ter lhe dito qualquer coisa, mas mesmo assim me sentia ao mesmo tempo extremamente tímido.

— Nada — respondeu ela. Então, como se não conseguisse mais esconder, revelou o que estava escondendo com um floreio e uma pergunta. — Lembra-se disto aqui?

— A flauta? A *minha* flauta?

— A sua flauta. Aquela que você comprou quando fomos à *mela*, lembra?

Estendi a mão para pegá-la, toquei sua superfície lisa e encerada, corri os dedos pelos pedaços de barbante que havia enrolado nas pontas para protegê-la. Minha flauta de doze anos antes, uma flauta da qual eu havia me esquecido. Ela a havia guardado durante todos aqueles anos. Senti alguma coisa dentro de mim virar de cabeça para baixo. Estendi-lhe a flauta. Não saberia dizer se ela reparou no leve tremor em minhas mãos.

— Não a quer?

Tornei a me deitar de bruços e mergulhei uma das mãos na água, correndo os dedos por ela, sentindo-a resistir.

— Ela é sua agora — falei. — Tenho certeza de que nem sei mais tocar.

— Sabe de uma coisa? — perguntou ela. — Eu aprendi a tocar. Só que eu não faço aqueles...

— Barulhos de pum?

Ela explodiu em uma gargalhada, em seguida levou a flauta aos lábios e os franziu, mas então começou a rir de novo. Irritada, exclamou:

— Olhe só o que você fez agora, se continuar assim eu não consigo tocar.

— Vamos pensar em alguma coisa triste — falei. Prendi a respiração, mordi a bochecha e encarei-a nos olhos. Estava pensando em seus lábios tocando minha flauta no mesmo lugar onde os meus a haviam tocado. Um pensamento piegas, idiota, mas que mesmo assim me agradou.

— Você parece que... — Ela deu outra risadinha, e eu também ri.

— O que foi agora? Não pode tentar ficar séria por um minuto, Bakul? Não temos mais dez anos de idade, e não podemos ficar tendo acessos de riso.

Ela pôs a flauta de lado e disse:

— Não consigo mais imaginar como seria rir assim, você consegue? Parece que faz tanto tempo. Você consegue nos imaginar pequenos o suficiente para nadar neste laguinho? Está lembrado? — Ela ficou esperando eu dizer alguma coisa.

Deitei-me de costas apoiado nos braços e olhei para o céu por entre as folhas, agora com uma cor mais suave de fim de tarde. Os pássaros haviam recomeçado a cantar, como se revigorados pela perspectiva de uma noite fresca. De que ela se lembrava? De que queria que eu me lembrasse? Ou será que havia esquecido tudo e estava apenas jogando conversa fora? Será que alguém a havia tocado depois de mim e a feito esquecer?

Quando ela considerou que a hora de eu responder havia passado, ergueu a flauta até os lábios, e do instrumento saiu flutuando o que agora eu sabia ser uma melodia para flauta de Sibelius, límpida e comovente. Suas notas tremiam um pouco, como se ela estivesse nervosa, e uma ou duas delas soaram em falso, mas ela recomeçava a cada vez. Estava de olhos fechados. Tinha os lábios franzidos, e suas faces estavam encovadas sob as maçãs proeminentes do rosto. Pude ver em sua bochecha esquerda uma pequena pinta marrom. À brisa da noite, seus cabelos começaram a oscilar junto a sua face. Ela balançou a cabeça para se livrar dos cabelos. Eu não queria que ela parasse de tocar. Estendi a mão e os afastei, esperando poder fazer isso sem ela perceber.

É claro que era apenas uma desculpa para tocá-la, e ela parou.

Mas eu já a havia tocado, e agora não conseguia parar. Acariciei sua bochecha. Tracei o contorno de seu maxilar. Senti o formato da sobrancelha com a ponta do dedo, e a fragilidade de sua pálpebra fechada como se eu fosse um cego memorizando-a para depois. Girei a bolinha de ouro que pendia de sua orelha furada e senti a pétala de pele macia atrás dela.

Não me lembro por que a flauta não se partiu entre nós, nem quando ela a pôs de lado, nem como seu sári desapareceu.

Lembro-me da sensação de seus lábios, de sua língua, do cheiro de grama recém-cortada de seu hálito e de como, apesar de minha boca sobre a sua, ela conseguia repetir sem parar: "Por que você não voltou? Por que não voltou? Eu fiquei esperando."

Quando nos deitamos de costas sobre a grama um ao lado do outro já estava escuro, e através do círculo de folhas acima de nós podíamos ver as estrelas que começavam a aparecer uma a uma por detrás do céu roxo. De algum lugar um pouco afastado, uma voz velha e melodiosa cantou as primeiras notas de uma canção popular na época, "*Babul Mora*", dizia a voz, "*Naihara*..."

— Ouvir música é bom, mas entreouvir música é melhor ainda — murmurei, sorrindo junto aos cabelos de Bakul.

— Terrível — murmurou ela de volta. — Foi isso que Calcutá fez com você?

— É o Afsal Mian, não é? — sussurrei. — Ele ainda canta.

Ela mudou de posição, apoiando o queixo no vão do meu pescoço, e não foi preciso ela me dizer que estava pensando naquela noite em que voltáramos correndo juntos da velha ruína e depois nos beijáramos em uma campina escura e vazia, ofuscados pela luz das estrelas e pela estrela cadente que varava o céu negro.

Quando chegamos à casa, Nirmal *babu* estava sentado no canto do jardim, no escuro. O pontinho vermelho de seu cigarro nos guiou até ele.

— Eu tenho de ir — falei para seu rosto iluminado pelas estrelas quando ele deu alguns tapinhas no lugar ao seu lado no banco.

— Por que a pressa? — indagou ele. — Sente-se e sinta o cheiro das gardênias, que maravilha, e das damas-da-noite... todas as flores noturnas do meu pai perfumando o ar. Não quer jantar e depois ir? Bakul, não podemos...

Antes de ela poder falar, eu disse:

— Tenho que pegar um trem, realmente preciso ir. Mas virei de novo quando puder, e se o senhor precisar de alguma coisa de Calcutá... livros? Música?

— Eu não cheguei a perguntar — disse Nirmal *babu*. — O que o trouxe até aqui? Você não veio apenas nos ver, veio?

— Vim — respondi com um sorriso, sem olhar para Bakul. — Na verdade, vim apenas ver vocês.

O trem levou-me sacolejando de volta para Calcutá, e novamente fiquei sentado sem dormir, mas dessa vez mal vi a paisagem do lado de fora. Não conseguia pensar em outra coisa que não a forma como Bakul havia se agarrado a mim, tremendo, recusando-se a soltar. Pensar que, depois de todos aqueles anos, eu não fora o único a ansiar para estarmos juntos novamente! Depois de fazermos amor, eu caíra no sono ao lado daquele laguinho de ninfeias, e acordara com ela olhando para mim com uma expressão de atenção concentrada. "Como você pôde pegar no sono?", dissera. "Quando temos tão pouco tempo juntos?"

Ela correu os dedos pelo meu rosto. Curvou-se e beijou minhas pálpebras fechadas. Tive a sensação de que um passarinho havia roçado nelas. Aquilo parecia ao mesmo tempo completamente errado e inteiramente certo.

— Isso faz cócegas — falei, ainda tonto de sono.

— Em que você está pensando? — perguntou ela com uma voz quase inaudível.

— Em nada — respondi, rindo. — Minha cabeça está vazia.

Ela não respondeu, mas pude sentir seus olhos a me fitar. Abri os meus.

— O que foi, Bakul? — Eu estava meio entorpecido de sono.

— Nós não fizemos uma coisa errada?

— Você acha que fizemos? Está infeliz?

— Não — respondeu ela com veemência. — Por que deveria estar? Tenho a sensação de ter prometido algo a mim mesma durante a minha vida inteira, e de agora tê-lo feito.

Uma curiosa serenidade tomou então conta de mim também. Enrolei com os dedos uma das mechas de seus cabelos e disse:

— Então por que a pergunta?

— Não vamos contar para ninguém, não é? — continuou ela. — Não quero que você tome nenhuma atitude estúpida. Você tem mulher e filho.

— Eu sei — falei, tornando a fechar os olhos e puxando-a mais para perto. — Eu sei. E você provavelmente logo terá um marido e um filho.

Eu agora estava deitado no meu beliche do trem sacolejante, sorrindo de felicidade para a escuridão. Depois de todos aqueles anos, tinha certeza de que ainda compartilhávamos um vínculo que ninguém mais no mundo compartilhava. Nada mais importava, nem mesmo ter de me afastar de Bakul.

A outra parte do meu cérebro estava ocupada com assuntos mais mundanos. Eu sabia que teria de enfrentar Aangti *babu*. O que iria lhe dizer? Eu não havia cumprido as suas ordens. Longe de intimidar Nirmal *babu*, eu sequer conseguira mencionar o assunto. Não fora ter com Harold, Bhim, ou algum outro capanga que estivesse infernizando meu antigo lar, não lhes dera novas instruções, e eles certamente iriam contar a Aangti *babu* sobre a minha falta de rigor, ou até mesmo minha traição. Aangti *babu* iria desconfiar que eu houvesse feito algum tipo de acordo com os moradores da casa. No fim das contas, ele não confiava em ninguém, e tinha uma estratégia implacável preparada para qualquer eventualidade.

Conforme o trem me levava mais para perto daquele mundo de engrenagens, artimanhas e finanças, e mais para longe de Nirmal *babu*, Bakul e meu antigo lar, foi ficando mais claro para mim que eu precisaria pensar em alguma coisa para subverter o plano de Aangti *babu* de despejá-los e tomar posse da casa. Mas o quê?

Devo ter caído no sono, pois acordei com uma ideia que me fez sobressaltar no beliche com o coração aos pulos, uma ideia quase absurda de tão simples.

# 4

— VOCÊ *NEM REPAROU* — DISSE MINHA mulher fazendo o beicinho que sabia que eu achava irresistível. — O neném aprendeu a ficar em pé. Você deveria ter visto a carinha dele quando conseguiu!

Era a noite da minha volta de Songarh.

— Ah — falei. — Tinha de acontecer durante os dois dias que passei fora.

Peguei meu filho do chão para pô-lo no colo e tentei prestar atenção na minha mulher, que continuava falando, dando-me os detalhes de tudo que havia acontecido na minha ausência. A mãe do entregador de leite, uma velha senhora gorda de sessenta e poucos anos, havia passado a entregar nosso leite diluído em mais água do que seu filho costumava acrescentar; a mangueira do quintal estava finalmente florindo — quanto tempo fazia que estava ali? Sempre estivera ali, não é? E, ah, sim, uma gata parecia ter dado cria na varanda de trás. Isso era bom ou mau presságio? Segundo a mãe de Champa, significava que logo haveria outras crianças naquela casa, não era engraçado?

Pensei que a estivesse escutando, mas meu olhar devia estar perdido ao longe, porque ela parou de repente e disse:

— Repita o que eu acabei de dizer.

— Você disse: "Repita o que eu acabei de dizer."

Ela franziu o cenho e disse:

— Não seja irritante. Repita o que eu acabei de dizer.

— "Repita o que..."

Ela desatou a rir, pegou uma almofada e atirou-a em mim.

— Não, estou falando sério, disse. — Você não estava escutando nada.

Era verdade, eu não estava mesmo. Desde que fizera amor com Bakul, eu estava tomado por uma espécie de empolgação irrefreável, e era impossível pensar em qualquer outra coisa. Não sentia culpa nem repulsa por mim mesmo, nem considerava aquilo nenhum tipo de traição em relação à minha mulher. Fazer amor com Bakul era um acontecimento inevitável e independente, natural e óbvio. É claro que eu estava errado, mas naquela noite a minha mente não tinha espaço nem tempo para outros pensamentos.

— Estava sim, é só que... — falei, soando muito contrito, mas minha mente estava em disparada. Tirei o menino do colo e continuei. — Fiquei pensando durante a viagem. Tive uma ideia. Diga-me o que você acha.

Ela se sentou com uma expressão grave no rosto, compreendendo a seriedade da consulta. Hoje penso nesse dia com pena. Minha mulher tinha certeza de que todas as minhas decisões estavam sendo tomadas com o intuito de cuidar dela e do meu filho, e de que eu jamais lhes faria qualquer mal.

— Esta casa — disse eu. — Como você sabe, ela não é nossa. Já faz muito tempo, seis anos, e Suleiman *chacha* ainda não voltou, nem mesmo escreveu depois dos primeiros dois anos. Ela é quase nossa, mas não de verdade.

— Sim? — indagou ela, parecendo um pouco preocupada.

— Talvez *chachi* e ele tenham morrido. Quem sabe quando algum herdeiro deles que não conhecemos vai aparecer para exigir a casa? Eu agora já aprendi bastante sobre o meu ofício: essas coisas acontecem o tempo todo, e então, de uma hora para a outra, vamos ficar na rua. Quero começar a trabalhar sozinho. Nós três não precisamos de um lugar tão grande. Vamos vender esta casa enquanto podemos e nos mudar para um lugar menor, assim tudo vai ficar garantido e eu terei um pouco de dinheiro para montar meu próprio negócio.

Esperei pela reação dela.

— Isso tem alguma coisa a ver com Songarh? — perguntou ela, desconfiada.

Durante meus anos com ela, eu havia feito reminiscências sobre Songarh, mas minhas lembranças sempre haviam sido bem editadas, ou assim eu pensava.

— De certa forma — falei em tom meditativo. — A viagem me fez pensar. Veja o que aconteceu lá: um irmão traiu o outro e deixou-o sem casa. Em quem se pode confiar se não no próprio irmão? E nós aqui não somos parentes de *chacha*, não somos nem da mesma religião!

— Mas eu gosto desta casa. Gosto da varanda e do meu limoeiro. E a mãe de Champa e os vizinhos? Onde nós vamos morar? Em algum lugar desconhecido, novo e pequeno! Eu não quero o dinheiro.

— Não se trata apenas do dinheiro. Podemos perder tanto o dinheiro quanto a casa. Agora que já se passaram cinco anos desde a Partição, e que as coisas não estão muito boas para os bengaleses no Paquistão Oriental, alguns deles estão voltando. Só estou tentando ser precavido.

Ela se deitou com um suspiro e enterrou o rosto em um travesseiro.

— Não sei o que deu em você — disse com a voz abafada. — Vai passar dois dias fora e volta com essas ideias estranhas. Por que está me consultando? Será que iria sequer me ouvir se eu dissesse não?

Eu sabia que ela estava chorando em silêncio contra o travesseiro ao pensar em deixar nossa casa rodeada de árvores, mas já havia começado a acreditar na minha própria história. Muitas vezes, dizia eu a mim mesmo, os acontecimentos nos mostram o caminho. Eu sempre me sentira inseguro em relação àquela casa, ao fato de morar nela sem ser seu dono. Por que eu — e agora minha família — deveria passar a vida em uma casa emprestada? Agora o meu dilema também era moralmente urgente: como eu poderia ficar sem fazer nada enquanto Nirmal *babu*, que havia me criado, era despejado?

Fui trabalhar no dia seguinte com alguma apreensão, perguntando-me se Aangti *babu* iria concordar com meu plano. Passei a manhã inteira levantando-me da cadeira sempre que ouvia alguém entrar no escritório de duas salas, mas ele só chegou à tarde. Fiquei esperando junto à porta. Ao chegar, ele me cumprimentou com um grunhido, sem sorrir, e disse:

— Na minha sala. Daqui a cinco minutos.

Dessa vez não me pediu para sentar. Ocupou-se extraindo um *paan* de sua caixinha e em seguida enfiando-o na boca já vermelha. Então, com a boca cheia de suco de bétel, acenou para a cadeira e balbuciou alguns sons que interpretei como:

— Sente-se, conte-me as notícias, eles saíram da casa?

Harold, Bhim e companhia ainda não haviam voltado de Songarh, então ele ainda não tinha como saber da minha deslealdade.

Contei-lhe essencialmente aquilo que a viagem de trem havia me inspirado. Queria uma troca. Ele poderia ficar com minha casa de Calcutá, muito mais valiosa do que uma velha casa em uma cidade pequena, caso me desse a de Songarh. À condição que ninguém ficasse sabendo da troca. Tudo deveria parecer apenas uma simples venda. E ele me daria o dinheiro equivalente à diferença de valor entre as duas casas, de modo a me proporcionar o capital para abrir meu próprio negócio. Falei depressa demais, um pouco ofegante, mas o que eu disse era lúcido, e minha língua não se embaralhou à medida que os pensamentos foram se transformando em palavras.

Aangti *babu* limpava a cabeça calva e suada com seu lenço habitualmente encardido. Quando comecei a falar, ele parecia distraído, sem prestar atenção.

Mas logo começou a olhar para mim, e um sorriso lento e astuto começou a se formar em um dos cantos de sua boca. Gesticulou para que eu me calasse, pegou sua escarradeira de latão inoxidável em forma de cara de mulher com a boca aberta, mirou um jato de cuspe vermelho lá dentro, em seguida limpou a boca. Desviei os olhos, nauseado, apesar de já estar acostumado com seus hábitos. Duas finas linhas de suco vermelho de bétel agora marcavam as rugas junto à sua boca. Ele coçou a nuca, em seguida examinou as unhas enquanto falava.

— Então — disse, pesando cada palavra. — Estou entendendo você direito? — E repetiu exatamente o que eu havia lhe dito.

É claro que eu queria que ele concordasse com a minha proposta. No entanto, como seu protegido, eu achava, ou talvez apenas torcesse para isso acontecer, mesmo sabendo que era improvável que ele fosse se preocupar com o meu bem-estar. Mesmo quando estava lhe expondo minha ideia nesse dia, esperava que ele me dissuadisse, que dissesse: "Mukunda, não seja bobo. Esse é um negócio estúpido, e estou lhe avisando para não fazer isso porque estou preocupado com você. Se fosse qualquer outra pessoa, eu teria segurado a língua e deixado-o trapacear a si mesmo."

Mas ele concordou sem hesitar e disse, esforçando-se para não soar ardiloso:

— Que ideia inteligente, Mukunda, muito esperto. Você vai ganhar uma enorme propriedade, com muitas terras ainda sem construção, e ela vai se valorizar imensamente. E eu já venho pensando há algum tempo que chegou mesmo a hora de você começar o seu próprio negócio. Já lhe ensinei tudo que podia, sabe. Você irá longe, Mukunda, preste atenção no que estou dizendo! Quanto a essa casinha velha em uma rua lateral de Calcutá que você está me oferecendo, bem, parece tudo tão incerto, sem documentos de verdade, sem escritura. Será que eu deveria me arriscar? Mas talvez eu deva fazer isso para ajudá-lo a seguir em frente, a diferença vai ajudá-lo a montar o seu próprio negócio, como você diz.

O entusiasmo com que ele aceitou me deixou ao mesmo tempo aliviado e enojado. A casa de Suleiman *chacha* tinha uma localização excelente em Calcutá, e ele sabia disso. Posse equivalia a propriedade em noventa por cento dos casos, um dos preceitos de seu ofício que ele havia me inculcado. Além disso, depois de seis anos, mesmo que algum herdeiro de um muçulmano ausente aparecesse, que chances teria contra Aangti *babu* e seus capangas? Sua casa seria vendida e o dinheiro, embolsado em dois meses. Em troca dessa quase certeza a seu favor, do ponto de vista de Aangti *babu* eu estava adotando a atitude oposta: arriscando tornar-me proprietário de uma casa disputada em uma cidade provinciana que talvez nunca viesse a cumprir suas grandiosas expectativas. Aangti *babu* não quis saber os motivos para aquela minha loucura. Talvez tenha ficado curioso, talvez até tenha tido seus palpites. Mas queria que a venda e a troca estivessem feitas antes de eu ver a luz e mudar de ideia. Mostrou-se a personificação da diplomacia, agindo como se eu houvesse acabado de propor um acordo que iria mudar minha vida. Era verdade, mas não da forma como ele pensava.

Apesar de sua pressa, porém, ele conseguiu me fazer abaixar o preço que queria pela casa de Calcutá, de modo que acabei com menos dinheiro do que esperava.

Qualquer crença da minha parte de que ele pudesse agir movido por algum impulso paternalista ou protetor em relação a mim já caíra por terra, mas, quando saí de sua sala, o sentimento que me dominava era de imenso alívio. O futuro de Nirmal *babu* e de Bakul estava em minhas mãos. Os documentos que asseguravam a propriedade do número 3 da Dulganj Road logo seriam meus. O lar da minha infância estava seguro; não iria parar na mão de desconhecidos para ser destruído e construírem outra casa por cima.

Alguns dias depois, com tudo já formalizado, sentei-me à mesa que tinha no corredor do escritório de Aangti *babu* e comecei a redigir uma carta. "Caro Nirmal *babu*", escrevi, "é difícil explicar tudo isso, mas por acaso descobri que conheço o negociante de imóveis que comprou sua casa de Kamal *babu* e consegui convencê-lo a..."

Reescrevi a carta sete vezes. Ela só estava pronta para ser postada no final do dia. Minha carta deixava claro que Nirmal *babu* não precisava pensar em procurar outra casa, pelo menos enquanto eu tivesse influência no assunto, e que eu esperava que essa situação fosse durar indefinidamente. Podia continuar morando em Dulganj Road sem se preocupar. Na entrega seguinte do correio, recebi uma carta sua mostrando-se alternadamente surpreso, grato, curioso e apologético, esforçando-se para manter a dignidade. Parecia ter acreditado e aceitado o que eu lhe dissera na carta. Sua resposta confirmava que a casa já não estava mais sendo atacada, e expressava em relação a mim uma enorme gratidão, misturada com perplexidade, pelo fato de os dias de tormento estarem terminados para ele e Bakul. Senti pena dele, e pus sua carta de lado sem enviar resposta.

Nossa mudança da casa de Suleiman *chacha* não transcorreu sem traumas, nem mesmo para mim. Minha mulher e eu tivemos brigas feias sobre o que levar. Eu não queria me separar dos livros de Suleiman *chacha*, que haviam se transformado em velhos amigos; minha mulher estava determinada a vendê-los para um negociante de livros usados. Noorie nunca conseguira seduzir minha mulher, que não achava divertido ser xingada e bicada de vez em quando. Mas consegui aplacar suas súplicas de doar o pássaro ou libertá-lo. Minha mulher queria levar alguns móveis pesados que recebera de dote, mas eu sabia que a nossa casa nova seria pequena demais para quatro camas de baldaquino e imensos armários de madeira trabalhada. A batalha durou a noite inteira. Quando eu cedia e concordava em levar um armário, chantageava-a em relação à escrivaninha de *chacha*. Fomos dormir calados e furiosos, e eu acordei carrancudo de tanta raiva contida.

Apesar de tudo, estava eufórico por ser o salvador de Bakul, sabendo que ela estava segura em sua própria casa por minha causa, que mesmo ausente eu estava cuidando dela. Aquelas poucas horas passadas em sua companhia em Songarh haviam me transformado de forma irrevogável, e eu sabia que não poderia passar o resto da minha vida da forma como vinha passando os últimos anos. Sentia que algo fundamental na minha personalidade estava mudando e tomando outra forma. Agora buscava consolo na ideia de que os seres humanos eram feitos para amar muitas pessoas. Não tentava explicar isso para ninguém; prendia-me ao fato como a uma espécie de epifania, alguma iluminação divina que houvesse decidido brilhar exclusivamente sobre mim. Afinal de contas, nós não amávamos nossos pais, irmãos, amigos, cônjuges e filhos simultaneamente e de formas diferentes? Se em determinado momento minha mulher tivesse me anunciado que amava outro homem também, além de mim, eu tinha certeza de que teria ficado feliz com isso, porque tinha certeza de que podia — de que *iria* — amar minha mulher e Bakul de formas diferentes. Eu via isso como meu destino. Isso me protegia da culpa e da tristeza que me acometiam ao ver a dor que estava causando à minha mulher e a meu filho, mesmo que ele fosse pequeno demais para perceber. De uma coisa eu tinha certeza: jamais iria abandonar minha mulher e meu filho. Pensar em meu mundo sem Bakul havia se tornado inconcebível, mas, da mesma forma, pensar na vida sem meu menininho era uma vastidão estéril que eu não suportava imaginar.

Eu não quis comprar outra casa imediatamente. Queria pôr todo o dinheiro que tinha em uma empresa de construção, e, como a maior parte do meu dinheiro estava preso na casa de Songarh, não havia muito para gastar. Preocupava-me com o quanto de dinheiro teria disponível depois que começasse a trabalhar por conta própria. Tudo em que conseguia pensar era economizar, então quis alugar algo pequeno em uma área barata. No fim das contas, aluguei dois quartos em uma casa em Shyambazaar. Não havia sequer espaço para se mexer direito lá dentro. O bairro era pobre. Esgotos a céu aberto, banheiros compartilhados e sujos. Tínhamos de fazer fila para o toalete todos os dias de manhã. Então os homens e as crianças tomavam banho em uma bica no pátio, enquanto as mulheres esperavam sua vez para usar o único banheiro. Havia cerca de onze famílias de inquilinos. Estávamos cercados por lojas de rua. Bem do lado de fora de nosso quarto de dormir, uma barraquinha passava a tarde inteira vendendo *pakoras*, e a fumaça de óleo enchia nosso quarto caso abríssemos a única janela. À noite, grupos de homens bêbados se aglomeravam junto à barraca. Todos os dias, da loja de carne de frango e carneiro vizinha, ouvíamos os grasnados aterrorizados de aves sendo sacrificadas, seguidos pelo cheiro de carne frita.

Então, certo dia de manhã, minha mulher entrou no banheiro e descobriu que a criança que estivera lá dentro antes dela havia deixado no chão uma pilha de fezes amarelo-mostarda. Minha mulher havia pisado nelas.

— No chão — gritou ela. — Que tipo de criança as pessoas criam para deixar merda no chão?!

— Aaah — exclamou a mãe da criança em voz alta. — Ora, ora, que sorte a nossa ter a rainha Vitória hospedada conosco! Está acostumada a morar em uma mansão, é?

— Cuidado com o que diz, Nakuler *ma* — berrou minha mulher com uma voz estrondosa, pesada, que pude ouvir do primeiro andar e que não reconheci.

— E o que você vai fazer? Botar-nos para fora? Seu marido por acaso é um grande proprietário de terras? Ele tem uma grande empresa. Vejam só como eles são ricos e poderosos!

Outra mulher meteu-se na confusão e disse à minha mulher:

— Vamos, cocô de criança não é impuro. Nunca ouviu dizer isso? Xixi de criança é pura *Gangajal*. Você também é mãe, por que iria se importar com isso?

Mudamos de casa duas semanas depois, assim que encontrei outro lugar, dessa vez perto de Kidderpore. Ficava em uma rua movimentada cortada por linhas de bonde em várias direções. Dia e noite, ouvíamos o toque das sinetas do bonde e as buzinas dos ônibus mais abaixo. No meio da noite, quando tudo estava parado e escuro e nem mesmo os bondes passavam, ficávamos acordados ouvindo os gritos desolados de um menino chamando o pai bêbado. "*Baba, baba*? Onde você está?", chamava ele com uma voz aguda que vinha de muitas direções, conforme ele percorria as ruas à procura do pai.

Então, longos minutos depois disso, o menino parava de gritar; talvez houvesse encontrado o pai caído sem sentidos em algum lugar e arrastado-o para casa. Finalmente pegávamos em um sono cansado e acordávamos com o crocitar dos corvos e com os bondes sacolejando novamente de um lado para o outro.

Vivíamos em um quarto só, com uma cozinha improvisada, mas ficávamos afastados dos outros e havia uma espécie de banheiro do outro lado do telhado. Pendurei a gaiola de Noorie no telhado, ao lado da janela. Ela parecia gritar menos do que nos miseráveis aposentos de Shyambazaar. Podíamos pôr meu filho no telhado em cima de um cobertor com seus brinquedos quando havia sombra. Novamente o ouvíamos soltar arrulhos de alegria. Depois do que parecia uma vida inteira sem ver a luz no fim do túnel, vi que as novas instalações haviam acalmado um pouco minha mulher, talvez simplesmente devido à constante exaustão a que nossa nova vida nos submetia, e comecei a procurar trabalho.

A trégua foi breve. Desde o início, minha mulher havia se mostrado cética em relação ao verdadeiro motivo da venda da casa; então meu sogro começou a aparecer à porta de nossa casa de tantos em tantos dias para bisbilhotar e reforçar as desconfianças da filha. A felicidade inicial do meu casamento começou a me escapar entre os dedos de forma tão inevitável quanto a água escorre da mão em concha.

Barababu me dera sua filha em casamento por causa das minhas perspectivas de sucesso. Apesar do meu passado sem família, apesar da ausência de informações sobre minha casta, meu sogro havia gostado o suficiente — ou calculado com exatidão — das minhas posses e perspectivas de sucesso para me conceder a mão dela em casamento. A mudança de nossa situação o desagradava tanto quanto desagradava à filha. “Podemos não ser ricos”, dissera-me ele mais de uma vez, “mas criamos nossa filha como uma *maharani*. Ela não está acostumada a todas essas dificuldades pelas quais você a está fazendo passar. E por quê?” Mais do que incompreensão, o que eu sentia nele era uma hostilidade latente. Fazia muito tempo que eu já desconfiava que havia lhe parecido atraente como genro em potencial mais por causa da casa de Suleiman *chacha* do que por qualquer qualidade minha.

— É só uma situação temporária, enquanto eu monto meu negócio — falei.

— Mas por que esse problema de dinheiro? É isso que eu não entendo — insistiu ele. — Você vendeu uma casa grande em um bairro tão bom, deveria estar rico! Em vez disso, fica fazendo economias de comida e não o vejo fechar nenhum contrato. Malini diz que você nem compra mais peixe todos os dias!

— O dinheiro da venda está imobilizado em investimentos — disse eu sem revelar nada, virando as costas para pôr um fim à conversa. Comecei a considerar insuportável a simples visão do meu sogro subindo a escada até nosso quarto no telhado, ofegando e grunhindo. Tudo nele começou a me irritar: seu nariz descomunal de narinas cabeludas, seu queixo inexistente, suas orelhas de lóbulos compridos atrás das quais ele ajeitava o cordão sagrado sujo quando lavava as mãos na bica, e acima de tudo a forma como ele e a filha falavam aos sussurros, lançando olhares na minha direção. Depois de ele ir embora e de minha mulher repetir as perguntas do pai para mim como se fossem suas, eu disse:

— Você não entende nada sobre negócios, fique fora disso e deixe-me fazer o que eu acho certo!

— Você está sempre gritando comigo.

— Não estou gritando. E estou tentando lhe dizer algo simples. Deixe-me fazer o meu trabalho. Não interfira, não me atrapalhe. Eu por acaso fico tentando ensinar você a cozinhar ou a educar Goutam?

— Não é só desta vez — continuou ela como se não houvesse me escutado. — Tudo que eu tenho de fazer é *abrir a boca* para você me dar um fora. Quando o chamo para vir comer, você começa a gritar: "Não vê que estou trabalhando, será que um homem não pode trabalhar em paz?" — Ela saiu do aposento batendo os pés e resmungando. — Como *qualquer coisa* que eu digo incomoda você, não vou dizer nada, espere só para ver.

Longos silêncios se abatiam sobre a casa, horas densas de tensão quebrada apenas pelo choro fino do bebê. Zangado, eu saía de casa e ia me sentar junto ao rio no Strand para ver os barcos passarem, com barqueiros emaciados enfiando varas na água para manobrar os barcos velhos. Até eles eram mais felizes, pensava eu. Sabiam qual era o seu trabalho, ganhavam sua comida e sua bebida. Talvez fossem sortudos e não tivessem esposas. Às vezes eu era tomado de repulsa por mim mesmo devido à minha duplicidade, à forma como estava fazendo minha família sofrer, mas sentia — sabia — que o curso de ação que havia escolhido era o único possível. Sentado à beira do rio certo dia, vendo os bondes passarem de um dos lados e os barcos do outro, ansiei com tanta intensidade pela época em que era livre e despreocupado, e em que percorria o Maidan com Arif conversando sobre livros e garotas, que quase me joguei no rio de tanto desespero. A Lahore de Arif agora ficava em outro país, assim como a Rajshahi de Suleiman *chacha*. Eles estavam no passado — todos os meus amigos estavam no passado. Eu estava completamente sozinho. Como o contentamento havia me abandonado? Por que eu estava tão dominado pela insatisfação? Será que aquilo valia alguma coisa, aquele mundo mudado onde eu havia perdido uma esposa e ganhado apenas um anseio por algo muito remoto, perdido em meu passado distante?

Seis meses se passaram sem muitas mudanças. Minha mulher e eu nos falávamos, mas raramente conversávamos. Seu rosto outrora sorridente havia adquirido uma rígida sisudez. Ela perdia a paciência com facilidade. Meu filho se tornara indisposto. Teve um longo surto de algum tipo de alergia dermatológica impossível de diagnosticar, e foi difícil para mim conseguir dinheiro para seus médicos e remédios. Ele passava as noites inteiras acordando, chorando e soluçando, coçando partes do corpo e do couro cabeludo, que ficavam irritadas e vermelhas. Vê-lo sofrer partiu meu coração. Durante o verão, o quarto no telhado era uma caixa superaquecida, e dormir no terraço significava ter uma sinfonia de mosquitos à nossa volta. Meu sogro tinha razão; não tínhamos mais dinheiro para comer as mesmas coisas de antes.

Não era por falta de tentativas da minha parte. Enquanto esperava oportunidades profissionais que nunca apareciam, eu conseguia pequenos serviços de supervisão. Muitas vezes Aangti *babu* me confiava esses trabalhos com um ar de sarcasmo e arrogância. Porém, agora que eu era teoricamente um trabalhador independente, não recebia mais o salário mensal, e a incerteza assombrava nossos dias. Nas semanas em que não tinha nada programado, eu dizia que estava indo trabalhar e saía de casa para andar pela cidade, dormindo nos bancos do Maidan, comendo *muri* condimentado e pouco mais. À minha volta, grandes cavalos castanho-claros mastigavam grama verde e macia, e meninos com roupa de críquete corriam de um lado para o outro com bola e taco, gritando uns para os outros com vozes esganiçadas. Eu me sentia relaxar um pouco, tomando emprestado um pouco do prazer que os cavalos obtinham de sua grama, e os meninos de seu jogo. À sombra fresca de uma árvore, ficava deitado com a cabeça apoiada no vão do cotovelo, olhando o mundo de baixo e perguntando-me se haveria nele um lugar para mim.

As coisas tinham de melhorar, disse eu a mim mesmo. Todos diziam que era demorado abrir um negócio. Eu logo teria economias suficientes para realizar o tipo de investimento capaz de me alçar à mesma situação de Aangti *babu*. De vez em quando, pegava-me tendo fantasias sobre construir uma casinha para Nirmal *babu* e Bakul no jardim e vender o resto do imóvel. Com certeza eles iriam entender a minha necessidade. Em outros momentos, nos dias mais infelizes, eu decidia vender o imóvel de Songarh novamente para Aangti *babu*, da mesma forma anônima com que o havia comprado. Caso ele ainda estivesse interessado. Mas então, quando conseguia alguns meses de trabalho como supervisor em algum lugar, punha essa ideia de lado. Algumas vezes, arrumava trabalho como subempreiteiro fora de Calcutá, em cidades menores, e estar longe de casa me proporcionava algum alívio.

Em todas as horas de todos os dias durante esse período inteiro, eu pensava em Bakul; o desejo às vezes dava lugar a pensamentos mais calmos, e outras vezes causava um frenesi que se tornava insuportável pelo fato de não poder ser explicitado. Eu sabia que havia perdido uma esposa, mas sabia também que ela estava em casa com meu filho, e que a união de todas essas coisas contrárias constituía agora inevitavelmente a minha vida. Acho que foi a inutilidade que me impediu de sequer tentar escrever para Nirmal *babu* ou Bakul.

A certeza de que eles estavam seguros por morarem na minha casa me sustentava em meio a tudo aquilo mas, caso eu lhes escrevesse, o que poderia dizer?

Quando sobrou um pouco de dinheiro, algumas semanas depois desses contratos como subempreiteiro, levamos Goutam a um especialista por causa de sua alergia de pele. Minha mulher mostrava-se mais carrancuda do que de costume. Ficamos esperando o médico nos chamar sem dizer nada, sabendo que, se conversássemos, iríamos brigar. Era o tipo de médico que tinha revistas na sala de espera, e peguei uma delas. Na capa havia a fotografia de uma bela mulher. Fui virando as páginas sem ler nada, sem prestar qualquer atenção à vida de fantasia que as páginas revelavam. Então parei em uma que trazia um pequeno anúncio de creme hidratante. Examinei-o mais de perto, incrédulo. Aquele rosto de tez rosada perfeita se parecia muito com o de Bakul.

Nessa época, nas ruas, ônibus ou bondes, eu muitas vezes me pegava olhando com esperança e expectativa para costas ou ombros, quando pareciam pertencer a Bakul. Quando a mulher se virava e eu via em vez disso o rosto de uma desconhecida, minha decepção era desproporcional. De todas as outras imagens que eu havia tomado por suas, a foto era a que chegava mais perto. Não era Bakul sob todos os aspectos. Os cabelos estavam penteados demais. A pele era rosada demais, e ela nunca sorria daquele jeito. Eu também não conseguia ver seu dente torto, ou talvez ele estivesse do outro lado de seu rosto.

— O que é isso que você está olhando com tanta atenção? — perguntou minha mulher em tom zombeteiro. — Bela mulher, não é?

— Ah, não é nada — falei virando a página, fingindo indiferença. Não havia percebido que minha mulher estava estudando meu rosto.

— Todas as mulheres são bonitas quando não precisam passar o dia inteiro varrendo, limpando e buscando água. Os homens as consideram *apsaras*, de uma beleza divina.

— Ora, vamos — disse eu, impaciente. — Será que um homem não pode nem olhar uma revista sem ser criticado? Você percebe o tom que está usando?

Eu acabara de voltar de duas semanas de uma viagem longa, quente e cansativa, resolvendo problemas na obra de uma escola do governo, onde havia passado dias a fio em pé sob o sol ofuscante. Praticamente tinha ido direto da estação para o consultório do médico. Sentia-me despreparado para brigar com minha mulher. Mas ela transbordava de raiva reprimida por ter passado todo aquele tempo cuidando sozinha de nosso bebê doente e indisposto. Não iria parar.

— Humpf. Os homens ficam estranhos na sua idade. Eu sei disso. A mãe de Binu estava me contando que encontrou fotografias ruins na prateleira do cunhado, debaixo das roupas. E imagine, ele tem quarenta e dois anos e é pai de dois filhos. *Hari*, *hari* — exclamou minha mulher. Então se remexeu na cadeira, passando o bebê suado para o outro ombro. — Não sei quanto tempo vamos ter de ficar esperando esse médico. E de que adianta? Nenhum deles adiantou nada.

— Ele é o melhor especialista em dermatologia de Calcutá — falei. — Aonde mais podemos ir?

Na confusão que ocorreu quando o médico passou a cabeça pela porta do consultório e nos disse para entrar, consegui rasgar a página da revista e colocá-la no bolso. Mesmo que não fosse Bakul, eu sentia que a tinha mais perto de mim com aquela fotografia no bolso. Podia olhar para ela quando quisesse.

Depois de voltarmos para casa e pormos o bebê exausto para dormir, escondi a fotografia no meu armário debaixo de papéis e contas, onde minha mulher jamais iria encontrá-la. Lavei-me na bica do terraço e então, despido e revigorado, fui procurar alguma coisa para vestir. As canecas de água fria que havia despejado em cima do corpo e da cabeça haviam me permitido recuperar o bom humor. "A comida está pronta?", perguntei à minha mulher enquanto atravessava o terraço quente na ponta dos pés. "Estou com fome e não como em casa há duas semanas!" Minhas poucas roupas, que agora pareciam bastante usadas, estavam todas lavadas em uma pilha ao pé da cama. Fui pondo-as de lado uma a uma, à procura de um *kurta* fino o suficiente para aquele dia de suor e ar parado.

Minha mulher chamou da cozinha.

— Você está aí? O arroz está pronto, venha comer. — Ela estava arrependida do que dissera antes, e mostrava-se solícita.

Mas eu agora mal conseguia respirar, quem dirá responder. Minhas mãos tremiam. Sentei-me na cama para me acalmar, sem reparar na pilha de roupas debaixo de mim.

Ouvi-a dizer:

— É típico de você demorar depois de me obrigar a apressar a comida, e agora fico eu aqui esperando com o arroz quente, acordada desde o amanhecer depois de ter passado metade da noite em claro com esse menino aos berros...

Enterrada sob a pilha de roupas, eu havia encontrado uma carta, posta ali por minha mulher enquanto eu estava fora. Era pouco mais de um bilhete, escrito às pressas na caligrafia de Nirmal *babu*, que dizia: "Desculpe, isto é inesperado, mas espero que você e sua família possam vir. Não vai ser completo sem a sua presença. Ainda faltam duas semanas. Conversaremos quando você chegar, e eu lhe contarei todos os detalhes."

A carta estava dobrada em volta de um cartão rígido impresso com as letras vermelhas obrigatórias e a costumeira mancha de açafrão-da-terra em um dos cantos para dar sorte.

Era um convite para o casamento de Bakul.

O casamento havia sido celebrado na véspera, quando eu estava no trem voltando para Calcutá.

Fiquei olhando para o cartão por um tempo que seria incapaz de quantificar e, embora minha visão houvesse se anuviado, o que estava escrito nele era claro como o dia. Bakul agora era uma mulher casada.

Uma montanha branca de arroz fumegava na minha frente, com *daal* amarelo escorrendo de um dos lados, e o outro lado ainda imaculado. Uma tigela contendo um pequeno pedaço de peixe em um molho de açafrão-da-terra, encimado por uma pimenta verde, estava pousada junto ao meu prato. Minha mulher estava sentada ao meu lado, com os dedos enterrados bem fundo na sua pilha de arroz, já consumida pela metade.

— O que foi? — Sua voz me espantou e me distraiu de meus pensamentos. — No final das contas, o gosto de comida caseira não é do seu agrado? Eu consegui até comprar um peixe. — Ela parecia mais magoada do que irritada, e isso me tirou do estupor causado pelo convite de casamento. Desmontei minha pilha de arroz e comecei a misturar parte dele com *daal*. Em homenagem ao meu retorno, havia legumes também. Nessa época, nunca comíamos tudo isso em uma única refeição; ela devia ter economizado o dinheiro das compras durante o período que eu passara fora.

— Estou cansado — falei, levando o primeiro bocado de comida à boca. — O cansaço me pegou desprevenido. Horas debaixo do sol, o caos da viagem, o dia inteiro gritando com os operários.

Com o primeiro bocado, comecei a sentir minha garganta se fechar. Tive de cobrir a boca com a mão para manter a comida lá dentro e fazê-la descer. Minha mulher havia voltado sua atenção para a tarefa de tirar a espinha de seu peixe. Tinha a cabeça curvada e, embora antes estivesse sentada no chão de pernas cruzadas ao meu lado, agora havia ajustado a posição para ficar curvada mais perto do prato.

— É ainda pior — falei —, porque preciso viajar de novo hoje à noite. Não consigo ter um instante de paz. — Pus a mão esquerda no chão para sentir sua estabilidade e seu frescor reconfortantes enquanto falava.

— O quê?! — exclamou ela. — Viajar de novo, hoje à noite? Para onde? Você não disse nada sobre isso antes!

No minuto que passara sentado na cama depois de abrir a carta de Nirmal *babu*, eu havia digerido o fato de que o noivo de Bakul vinha de Bombaim: o cartão deixava isso claro. Isso significava que ela iria embora de Songarh logo depois do casamento. Como eu poderia encontrá-la de novo depois disso? Precisava vê-la antes de ela partir — isso caso ela ainda estivesse em Songarh.

Eu havia decidido pegar o trem noturno para Songarh. Não parei para pensar melhor, nem para dar a mim mesmo um motivo racional para ir. Era um fato incontroverso, evidente: eu precisava ir, precisava ver Bakul mais uma vez antes de ela sair da minha vida para sempre.

Ao atravessar o Hooghly aquela noite, enjaulado pelas imensas vigas de aço da ponte, cercado por uma multidão de desconhecidos ocupados demais para reparar em mim, tive a sensação de que, depois de muitos meses sob observação, havia sido libertado — de mulher, filho, papagaio, casa. Por algum tempo, estava sozinho, era um homem que poderia fazer o que quisesse da vida. Olhei para o rio e me permiti recordar mais demoradamente o laguinho do jardim da sra. Barnum. Pensei no gosto salgado dos lábios de Bakul, no cheiro de grama de seu hálito, nas omoplatas duras sob a blusa, em seus cabelos que faziam cócegas no meu nariz e nos faziam rir.

Eu havia escolhido um beliche de cima para poder ficar deitado sozinho pensando. O trem estava surpreendentemente vazio, apesar de ser um compartimento de terceira classe, em geral abarrotado a ponto de o suor de todos se misturar. Nesse dia havia apenas um homem no meu compartimento de quatro beliches, um homem grande com um bigode de morsa vestido com um *dhoti* e que carregava uma mesinha dobrável, uma planta dentro de um saco de juta, dois baús de metal e um coelho branco de olhos cor-de-rosa dentro de uma gaiola, ao qual ofereceu folhas e rodelas de cenoura assim que entrou. Passei algum tempo a observá-lo, e então, quando o trem deu um solavanco e finalmente começou a se afastar da plataforma — com uma hora de atraso —, fechei os olhos, esqueci o homem e me perdi no laguinho de ninfeias da sra. Barnum. Se fizesse força suficiente, era capaz de esquecer o cartão de casamento que vira mais cedo nesse dia e encher a mente com imagens de Bakul tocando flauta, depois me beijando nas pálpebras quando protestei. Quase podia sentir o cheiro de seus cabelos, do sabonete e do talco que ela havia usado na noite em que me preparara o jantar.

Mas o meu compartimento foi invadido por outro cheiro, então percebi que o homem bigodudo estava ao meu lado dizendo:

— O senhor deve estar com fome, *Dada*, o trem atrasou. Quer um pouco de *poori*, *aloo* e *achaar*?

Ele falava em híndi. O cheiro das comidas que mencionava — o pão frito, a batata, a conserva — permeava cada partícula de ar do compartimento. O óleo de mostarda de sua conserva de manga praticamente encobria minha língua.

Recusei e franzi o cenho, tornando a fechar os olhos. Podia ouvir os barulhos satisfeitos do homem mastigando e engolindo. Já deve passar das onze, pensei, por que ele está comendo agora, em um trem noturno? Mas é claro que as pessoas sentem necessidade de comer no instante em que sobem em um trem.

Essa ideia me distraiu por alguns instantes, e então o desânimo que havia me dominado naquela tarde tornou a me invadir. Fechei os olhos e vi o sorriso maroto de Bakul. Sorri com tristeza para a escuridão. Qual teria sido sua aparência durante o casamento, vestida de vermelho e dourado? Será que havia pensado em mim? Será que conseguira prender os cabelos revoltos para trás de modo a parecer uma noiva recatada e convencional?

— *Dada* — dizia o homem, com o rosto se sacudindo junto ao meu —, o beliche de baixo também está vazio, por que o senhor não desce? Fico ansioso dormindo sozinho aqui embaixo com o outro beliche desocupado e o trem todo tão vazio.

— Mas eu estou na mesma cabine — protestei. — Por favor, vá dormir, o senhor não corre nenhum perigo.

A expressão do homem se animou e ele disse:

— Pelo menos o senhor está acordado, isso me deixa um pouco mais tranquilo. Estou lhe dizendo, não acho fácil dormir em trens. Preciso conversar, durante algum tempo preciso conversar. *Dada*, qual o seu nome? O que o senhor faz?

Olhei para ele. Ele estava inclinado na direção do meu beliche, uma expressão de expectativa no rosto, apoiado nos cotovelos para se sustentar em pé com o trem em movimento, e seu rosto estava a poucos centímetros do meu. Era impossível me virar e tornar a me perder em minha fantasia.

— Vou descer — disse eu. — Se isso faz com que o senhor durma mais fácil.

— E o senhor mora em Songarh? — continuou ele, ajudando-me a estender meu lençol sobre o beliche de madeira ao seu lado.

Sem esperar resposta, prosseguiu:

— Já faz quinze anos que eu moro lá. Primeiro trabalhava com madeira, hoje extraio mica, o senhor sabe o que é mica?

Aquiesci.

— Comecei durante a Primeira Grande Guerra. Nessa época havia grande demanda por mica. Depois diminuiu, quando os britânicos perderam o interesse. Mas agora, depois da Independência, agora que somos nossos próprios governantes, estamos explorando minas por toda parte. Os britânicos não ligavam para isso, não é?

— Não ligavam, não — respondi, fazendo eco ao que ele dizia.

— Panditji se importa — disse o homem. — Ele está construindo uma nação.... templos para a Índia moderna, minas, represas... prometeu todas essas coisas.

Ele interpretou minha falta de interesse como desacordo e disse:

— Eu sei que vocês bengalis são anti-Panditji, dizem que Nehru é mau, e dizem que Gandhiji é mau também. Quando Gandhiji foi morto por um extremista hindu, fiquei estupefato. Como ele poderia não ser bengali? Está vendo, o senhor também fica irritado simplesmente ouvindo falar nesses dois líderes.

— Não estou irritado — respondi. — Me desculpe, mas estou com muito sono, vou dormir agora.

— Certo, tem razão — disse o homem gordo, puxando um lençol por cima da cabeça. — Está tarde e precisamos dormir.

O ar entrava pela janela, mais fresco do que antes. Tudo que eu podia ouvir, agora que homem fora dormir, era o clac-clac do trem que me levava correndo em direção a Bakul casada — e a seu marido.

A voz do homem soou na escuridão.

— Está dormindo, *Dada*? Sinto que não está.

Sentei-me, resignado. Ele também se sentou, e do bolso sacou um pouco de noz-de-areca doce, que me ofereceu. Falou na esposa e de como ela não gostava de Songarh. Falou do fato de não terem filhos.

— Isso está me levando a me dedicar mais ainda à minha mulher, *Dada*, nós não temos mais ninguém — disse ele. — Mas quem é que vai cuidar dela depois de eu morrer, quem?

— Ela pode morrer antes do senhor — falei, comovido com seus sentimentos, mas querendo que ele calasse a boca.

— Alguns anos atrás, eu quase morri — disse, com a voz menos exaltada. — Quer que eu lhe conte a coisa estranha que me aconteceu? O senhor sabe que a mica não é encontrada no fundo da terra, não é preciso cavar minas, ela fica rente à superfície. Fica espalhada por aí, brilhando e à espera, poucos metros abaixo do chão. Eu estava acampado no meio de um terreno selvagem não muito longe de

Songarh. Em que ano foi, deixe-me pensar... não me lembro, mas talvez uns quatorze anos atrás, por volta de 1940. Estava acampado lá, e tudo à minha volta era um vazio selvagem. Não é de espantar que minha mulher fique preocupada comigo. Passei a noite inteira ouvindo raposas, corujas e sons estranhos que não conseguia identificar. Meus trabalhadores *adivasi* já estavam todos meio bêbados ou drogados, sentados ou dormindo junto às fogueiras, como em suas tribos. Era tarde, mas não muito. Provavelmente início da noite, mas estávamos muito cansados porque acabáramos de terminar um dia iniciado de madrugada. Eu estava descansando na barraca antes do jantar quando de repente... confusão! Confusão!

— O que aconteceu?

— Saí correndo da barraca para ver. Meus trabalhadores estavam todos calados de tanto medo, apontando para o céu. Olhei para cima e o que vi, *Dada*? O que vi? Era uma nave espacial.

— Nave espacial?

— Nave. Espacial. Isso mesmo. Uma coisa estranha voando no céu. Na época, eu não sabia o que era. Ficamos pensando: será uma estrela cadente? Um problema de visão? Mas não, era circular, estava cintilando e flutuando acima do nosso acampamento, descendo na direção da Terra.

Ele fez uma pausa e passou algum tempo mastigando o *supari*.

— Meus trabalhadores começaram todos a rezar e gritar. Eles vão sugar nossa alma, são pessoas vindas do céu, diziam. Eu também estava com medo, a nave agora estava muito baixa, e podíamos ver que tinha um formato bem definido e que não era uma estrela nem nada assim. Mas eu precisava agir como líder e falei: Calma, homens, calma! À toda nossa volta, a floresta ficou silenciosa. Mas tudo estava iluminado por uma forte luz branca que vinha da nave espacial. Um zumbido baixo ecoava em nossos ouvidos, como uma vibração. Nessa época, eu sabia tanto sobre naves espaciais quanto meus trabalhadores, pensei que fosse uma carruagem vinda do céu que tivesse chegado para nos levar. — O homem fez uma pausa e, com ruídos de gargarejo, bebeu água de uma garrafa que segurava uns dez centímetros acima da boca aberta.

— E então? — perguntei, impaciente para saber.

— Então? Então nada. A nave passou algum tempo flutuando acima de nós, depois se ergueu e foi embora. Encontrei muitas pessoas depois disso, e perguntei a elas: Algum de vocês viu essa coisa que nós vimos na noite passada? Ninguém, ninguém tinha visto nada. As pessoas começaram a achar que eu estivesse um pouco, sabe... — Ele bateu com o indicador na lateral da cabeça. — Se os meus trabalhadores não estivessem comigo e não tivessem visto, eu mesmo acharia que estava... — E tornou a bater na cabeça.

Quando acordei de manhã, já fazia algum tempo que o trem estava parado na estação de Songarh. O gordo e seu coelho haviam desaparecido. Não fosse pelo cheiro ainda presente de conserva de manga em óleo de mostarda, eu teria duvidado da existência tanto dele quanto da nave espacial. Será que Bakul e eu tínhamos visto o que o homem vira naquela noite, muitos anos antes, no campo estrelado? Isso havia acontecido realmente quatorze anos antes? Na minha mente, a imagem daquela noite — a luz no céu, a proximidade de Bakul e o terror que ambos havíamos sentido — era tão vívida que tudo parecia ter acontecido na véspera.

Do lado de fora da estação havia a fileira habitual de *tongas*, com seus cavalos e condutores cobertos por xales. Embora já estivesse quente e desagradável em Calcutá, ali no planalto elevado de Songarh, cercado pela floresta, era apenas o final de uma primavera um pouco fria, e eu estremeci quando minha *tonga* ganhou velocidade e o ar começou a soprar na ladeira que descia em direção à Dulganj Road. Eu havia decidido que não desperdiçaria tempo indo primeiro para um hotel. E se eu a perdesse por pouco?

A *tonga* dobrou a esquina e entrou na Dulganj Road. A rua estava vazia à meia-luz, com o céu ainda hesitando entre a noite e o dia na borda ocidental, enquanto o leste já exibia a cor do sangue. Lembrei-me de estar em pé no terraço em um dia de *puja* de Saraswati, em um mês de janeiro frio, muitos anos antes, à espera de Bakul e seus parentes, sem permissão para entrar na sala de *puja* durante as preces. Paguei o *tongawallah* a alguma distância da casa e ouvi-o se afastar com um ruído de cascos. Estava sozinho na rua, com exceção de dois trabalhadores encolhidos junto a uma barraquinha de chá usando xales cor de lama. Quase podia ouvir o orvalho pingando das folhas e da grama em meio à profunda paz da aurora. Em algum lugar, um cuco hesitante ensaiava a voz, enferrujada desde o inverno. Percebi que na beira das ruas, a intervalos regulares, havia pilhas de lascas de mica brilhantes. Até ouvir o relato de meu companheiro de viagem na noite anterior, eu mal havia reparado nisso. Peguei uma fina lasca de mica e a guardei no bolso para dar sorte.

Caminhei na direção da casa. Meus pés se arrastavam. Não conseguia mais pensar no que diria a Bakul quando — e se — a encontrasse. Continuava vendo o homem do trem piscando e rindo para mim, batendo com o indicador na testa. Cheguei ao portão e olhei para dentro. Não havia nenhum sinal visível de casamento recente — nenhuma tenda no jardim, nenhuma pilha de cadeiras dobráveis, nenhum lixo do banquete. Talvez a cerimônia e o jantar tivessem acontecido em algum outro lugar, não na casa.

Levei a mão ao trinco, e no mesmo instante uma janela se abriu no primeiro andar da casa, primeiro uma persiana, depois a outra. Pude ver um clarão cor de laranja quando Bakul se inclinou para abrir a segunda persiana. Pensei ter visto de relance cabelos soltos e um pedaço de seu rosto. Algo que devia ser ouro reluziu por um instante aos primeiros raios do sol.

Antes de ela poder me ver, girei nos calcanhares e me escondi junto ao muro, com o coração batendo tão forte dentro do peito que deteve minha respiração. Quando tive certeza de que ela havia saído da janela, afastei-me, depois praticamente saí correndo da Dulganj Road, passei pela casa da sra. Barnum, pelas residências novas, pela casa de chá com os camponeses — agora quatro, não duas —, pela esquina onde ficava o escritório de Nirmal *babu*. Não conseguia pensar de forma racional em ir embora sem vê-la, sem falar com ela, depois de ter vindo de tão longe. Tinha ido até ali para vê-la, mas para encontrá-la como esposa de outro homem? Não fui capaz de conduzir a viagem à sua conclusão lógica.

Não havia nada para mim em Songarh, mas eu não podia suportar voltar para Calcutá. Fui me hospedar no quarto barato que havia reservado para os dois dias seguintes e fiquei deitado na cama, alternando um torpor morto e anestesiado, cheio de sonhos agitados, e longos períodos de vigília. Não queria comer nem me levantar. Tinha a sensação de que não seria capaz de mover meu corpo da cama mesmo que tentasse, como se ele tivesse um peso separado de mim e imenso como o de uma pedra que eu não fosse capaz de levantar. Não queria tomar banho nem escovar os dentes. Sequer ligava para o fato de, como eu quase não tinha economias, mal poder me dar ao luxo de pagar um hotel. Fazia frio em Songarh e eu estava sem roupas de inverno, então passei o dia inteiro tremendo debaixo de uma colcha fina, recusando-me a abrir a janela para deixar o sol entrar.

Tinha a sensação de que, depois de ter sido amado, eu agora fora jogado na lixeira dos mal-amados; lançado da sombra fresca para o sol putrefato, do abrigo para a selva. Sabia muito bem, mesmo em meio a toda essa escuridão e confusão, que Bakul não tinha culpa nenhuma, mas mesmo assim sentia que ela havia me abandonado.

Não tenho certeza de quanto tempo passei no hotel. Pareceu-me uma eterna infelicidade. Depois de algum tempo, arrastei-me de volta para casa, cansado e desorientado demais para inventar desculpas para minha mulher.

Quando abri a porta da escada e cheguei a nosso terraço, a primeira coisa que percebi foi que a gaiola de Noorie estava aberta e o pássaro não estava lá dentro. O terraço se estendia sob o sol, estéril e vazio sem ela.

Em seguida, vi que nossa porta estava fechada com seu grande trinco de latão. Quando desci a escada até a casa da vizinha com quem geralmente deixávamos a chave, ela me lançou um olhar estranho e entregou-me a chave com um bilhete. Fechou a porta na minha cara sem dizer uma só palavra, o que não era comum. Minha mulher e eu sempre ríamos da sua tagarelice.

"Estou voltando para casa", dizia o bilhete. Só isso. Ela sequer se dera ao trabalho de lacrar o quadradinho de papel dentro de um envelope para evitar as fofocas dos vizinhos.

Minha mulher não podia ter levado Noorie consigo para a aldeia. Devia ter pensado que deixar a porta da gaiola aberta fosse permitir ao pássaro encontrar sozinho o que comer. Mas como um papagaio domesticado encontraria comida? Ela devia ter ficado dentro da gaiola, encolhida em um canto como costumava ficar depois que Suleiman *chacha* foi embora, sem se atrever a sair voando, esperando eu chegar com pimentas verdes e água fresca.

Remexi na gaiola e procurei Noorie, emitindo os estalos aos quais ela respondia. Agachei-me em um canto do terraço, sentindo o sol escaldante do meio-dia queimar as solas dos meus pés. Sabia que era inútil. Não haveria nenhum clarão verde conhecido. Nenhuma garra iria se enterrar no meu ombro, nenhum bico iria mordiscar minha orelha e procurar entre meus cabelos, consolando-me com obscenidades grasnadas.

Acima de mim, no céu sujo e azul acinzentado de Calcutá, milhafres de rapina voavam em círculos, e corvos saltitavam crocitando pelo parapeito, zombando uns dos outros.

Entrei por fim em nosso quarto, perguntando-me o que teria feito minha mulher ir embora daquele jeito. Ela estava acostumada com minhas viagens, e certamente com ausências longas como aquela. Por que teria achado que dessa vez era diferente?

O quarto parecia limpo e arrumado, como se ela houvesse se demorado nos preparativos da partida. Em cima da mesa junto à janela, em uma pilha bem disposta, estavam os livros de Suleiman *chacha*, nosso radinho velho e o antigo caderno de exercícios que ela usava para o cuidadoso controle do orçamento doméstico, anotando cada caixa de fósforos e cada quilo de arroz que comprava.

Dentro do caderno de orçamento estava a fotografia que eu havia arrancado da revista naquele dia no consultório médico, e o convite de casamento de Bakul.

Mais tarde, por um funcionário do escritório de Aangti *babu*, fiquei sabendo que minha mulher estivera lá durante minha ausência. Afinal de contas, além de ser meu patrão, ele era parente distante do pai dela. Eu não podia perguntar a Aangti *babu* o que fora dito durante a visita, mas supus que ela estivesse preocupada com meu sumiço e tivesse ido lhe perguntar quando eu estaria de volta. O que ele teria dito a ela para fazê-la ir embora daquele jeito? Ela nunca viajara sozinha antes. Em geral, ia visitar os pais uma vez por ano, na época do *puja*, e era eu quem ia deixá-la em sua aldeia natal.

Aangti *babu* provavelmente não tinha resistido à oportunidade de ser malicioso quando minha mulher foi procurá-lo para ter notícias minhas. Eu podia imaginar a cena. Aangti *babu* girando os anéis de pedras azuis e amarelas que penetravam na carne de seus dedos, extraindo informações da minha mulher com sua voz aguda. Pela ignorância dela em relação a Songarh, ele deve ter deduzido que eu não havia lhe contado sobre a casa que tinha naquela cidade.

"Minha criança", ele devia ter dito, "os homens são tão terríveis que realmente pensam que as mulheres não precisam saber tudo isso. Não culpe o seu marido, ele está dando duro para tentar fazer seu negócio dar certo. É uma pena vocês agora terem de levar uma vida difícil, mas isso tudo um dia vai mudar! Essa casa que ele tem em Songarh, que descobri pertencer a seu antigo protetor e à jovem filha deste último, uma casa assim não é fácil de vender, não é mesmo? Valor sentimental! Isso por acaso não conta? Eu os conheci, são pessoas muito dignas, e a moça é tão bonita que mais parece uma flor, a senhora teria gostado deles imediatamente."

É claro que eu estava supondo tudo isso. Apesar das minhas suspeitas, não podia antagonizar Aangti *babu*. Um número grande demais dos meus contratos dependia dele, e eu tive de continuar aceitando seus contratos de supervisor como se nada houvesse acontecido. Ele tampouco disse nada. Talvez eu estivesse errado. Talvez ele houvesse tentado me proteger, e minha mulher tivesse tirado as próprias conclusões.

Quando ela não voltou dali a duas semanas, comecei a sentir cada vez mais saudades do meu filho. Escrevi-lhe uma carta perguntando sobre seus planos. Ela queria que eu fosse buscá-los nos próximos dias? Depois disso, eu iria passar algumas semanas ocupado com um novo contrato. A carta ficou sem resposta.

Foi mais ou menos um mês depois disso que saí para dar uma volta e de fato olhei para o mundo que me cercava. O calor estava menos intenso. Eu podia sentir a umidade na leve brisa que tocava minha pele. Era uma sensação suave, como o toque de uma pluma, uma brisa que me fazia ter uma alma capaz de se desdobrar e se esticar. Sentei-me em uma grade junto a um caminho de pedestres, à sombra de um ponto de ônibus depredado. O dia havia escurecido, anunciando um crepúsculo mais cedo do que o normal. O céu estava carregado de nuvens baixas, roxas e cinzentas, que pareciam pesadas demais para flutuar. Em pouco tempo, o esperado dilúvio começou, e fechei os olhos, aliviado, enquanto o som estrondoso da chuva abafava o canto dos pássaros do fim da tarde. As folhas das árvores à beira do caminho cobriram-se de um verde brilhante, vergadas e pesadas com a chuva. Durante algum tempo, sob o tamborilar da chuva, tudo pareceu possível.

As últimas semanas haviam sido as mais sombrias da minha vida: sentado sozinho naquele telhado, sob o calor escaldante, dia após dia, absorvendo pela primeira vez o fato de que Bakul não era mais minha. Ela estava em uma cidade desconhecida, em uma nova casa que eu não conseguia visualizar. Na cama com um homem que talvez amasse. Quando eu conseguia afastar esse pensamento, outro vinha me assombrar: eu me preocupava com a alergia de pele de Goutam e com os cuidados que ele poderia receber na aldeia da minha mulher. Ansiava por seu cheiro de leite, de bebê, e por sua voz aguda e melodiosa. Ele devia estar sentindo muito a minha falta, pensei, devia perguntar por mim todos os dias. Quando afastava esse pensamento, um terceiro vinha me atormentar: Noorie, morta de fome, estraçalhada por outros pássaros e gatos enquanto tentava me encontrar, ou encontrar comida.

Sentia-me incapaz de prestar atenção em qualquer outra coisa. O quarto no terraço foi ficando abandonado e poeirento. Eu jogava minhas roupas no chão em uma pilha, e as vestia sujas no dia seguinte. Devia estar cheirando mal — não havia ninguém para reclamar, exceto o entregador de leite, que vinha todos os dias porque eu não tinha coragem de lhe dizer que não havia na casa mais nenhum bebê que precisasse da bebida.

Depois de passados dois meses sem resposta às minhas várias cartas, fui à cidade da minha mulher para tentar convencê-la a voltar. Era um lugar bonito, uma aldeia que havia se transformado em cidade graças a algumas casas maiores. Uma dessas casas relativamente grandes pertencia em parte a meu sogro, Barababu. Eu não tinha avisado à minha mulher que iria. Até subir no trem, não tinha certeza se iria de fato. Na verdade, eu estava um pouco apreensivo em relação à sua mãe, às suas tias brigonas que falavam alto, e ao seu pai.

Resolvi ir a pé da estação até a casa, apesar de ser longe. Assim eu teria tempo para pôr os pensamentos em ordem. Além do mais, gostava de caminhar pela estrada margeada de verde-esmeralda e mangueiras. Algumas partes dela eram ladeadas por antigos templos de terracota erguidos no meio de bosques com velhas árvores altas. Do outro lado, a meio caminho descendo a estrada, ficava um *pukur* um tanque aberto do tamanho de um pequeno lago, cheio de uma água verde-musgo onde, quando se ficava parado, era possível ver as sombras dos peixes passando.

Meu sogro morava em uma casa que pertencia a várias famílias, uma longa sequência de cômodos unidos de forma improvisada, com varandas, pátios e corredores. Nos primeiros dias eu havia me perdido várias vezes lá dentro. Quando me aproximei da porta verde incrustada nas paredes amarelas da casa, fiz uma prece aos deuses dos templos pelos quais acabara de passar. A porta do primeiro pátio interno se abriu, revelando um espaço amplo cercado por uma varanda fresca e coberta que ocupava os quatro lados, onde todos os anos era organizado o *puja* de Durga da família. Eu já tinha visto aquela varanda cheia de risos, barulho, fumaça de incenso e pessoas, mas nessa manhã do auge do verão ela estava vazia e silenciosa.

A família de minha mulher ocupava aposentos no pátio seguinte, subindo um curto lance de escada. Quando eu estava subindo a escada, deparei-me com a tia mais velha da minha mulher. Ela se retraiu como se eu fosse um assassino. Sorri e comecei a tocar-lhe os pés, mas ela passou depressa por mim dizendo, como quem fala sozinha: "Ah, *ma*, a torneira d'água deve estar aberta, preciso me apressar."

Quando cheguei ao conjunto de aposentos onde viviam meus sogros, parei do lado de fora e tirei os chinelos. Através do mosquiteiro da porta, pude ver meu sogro lendo o jornal diante de sua mesa redonda de mármore. Não vi minha mulher nem meu filho. Pigarreei e bati na porta. Ele ergueu os olhos. Viu-me e não sorriu, dizendo em vez disso:

— Você veio?

Entrei e sentei-me ao seu lado.

— Como tem passado? — ensaiei.

— Está mesmo preocupado com a minha saúde? — perguntou ele.

— Escrevi muitas vezes para dizer que vinha buscá-los, mas não tive resposta — falei, decidindo deixar de lado as amenidades.

— O que você esperava? — disse ele, exaltado. — Minha filha descobre que tem de viver na penúria porque você está sustentando outra família, e você guarda fotografias de mulheres desconhecidas no seu armário, depois espera que ela volte? Qual mulher que se dá ao respeito faria isso?

— Eu não estou sustentando outra família — falei, tentando manter a voz calma. — Não sei o que vocês ouviram, mas não é verdade.

— Não é verdade que você comprou um imóvel grande em outra cidade?

— Sim, mas...

— Contou isso à sua mulher?

— Não — respondi. — Mas...

— E não é verdade que essa casa pertence a uma antiga família que você conhece, de pai e filha?

— O senhor não está entendendo... — comecei.

— Chega! — bradou ele. — Estou entendendo muito bem! Você imobilizou todo seu dinheiro nessa casa; não a vendeu, quem pode saber por que motivo? Todos dizem que é por querer sustentar essa outra família. Enquanto isso, o que acontece com a minha filha? É obrigada a sair da própria casa, a vender metade das coisas que lhe demos de casamento e viver com desconforto em uma casa alugada. O que mais eu preciso entender?

— Posso falar com ela? — perguntei, dessa vez com a voz tão alta quanto a dele.

— Acha que ela quer falar com você?

— Isso cabe a ela decidir.

— Volte depois de ter vendido essa tal casa — disse ele com a voz firme. — É a única coisa que ela pede. Enquanto isso, não há necessidade de falar com ela.

— Meu filho — falei. — Onde está meu filho?

— Venha buscá-lo quando tiver condições de ser pai — respondeu ele, tornando a pegar o jornal como seu eu não estivesse mais presente.

Levantei-me da cadeira zangado e fui até a porta. Quando me abaixei para calçar os sapatos, vi minha mulher em pé junto à porta lateral do cômodo. Ela havia escutado a nossa conversa. Comecei a andar na sua direção, mas ela recuou, quase como se estivesse com medo. Abriu a boca para dizer alguma coisa, mas então uma sombra passou pelo vão da porta aberta atrás dela e ela pareceu se sobressaltar. Virou-me as costas depressa, retirando-se para o outro aposento.

Refiz meu caminho até o pátio da frente. Dessa vez, o lugar não estava vazio. Meu filho brincava na varanda. Junto com ele estava outro menininho. Tinham mais ou menos a mesma idade, quase três anos. Meu filho segurava um seixo na mãozinha fechada. Com cuidado, colocou-o no chão e foi até a beirada da varanda, onde pegou outro seixo de uma pilha e foi colocá-lo junto ao primeiro.

Fiquei olhando para ele, fascinado pelos detalhes da brincadeira que o entretinha. Esqueci a existência do outro menino e da criada sentada ao seu lado. Meu filho ergueu os olhos para mim uma vez, e em seguida voltou à brincadeira. Eu não soube dizer se ele estava emburrado ou se não havia me reconhecido. Quando um de seus seixos rolou para fora da varanda, abaixei-me para pegá-lo. Ele estendeu a mãozinha espalmada, cor-de-rosa e cheia de sulcos, a palma que eu adorava levar até junto do nariz, soprar e acariciar.

— *Golu* — falei, chamando-o. — Goutam, olhe só quem está aqui! O seu *baba*! — disse eu sorrindo, estendendo os braços.

— O nome dele é Akshay — disse a criada, sorrindo. — Chame-o de Akshay e ele vai atender.

Pus o seixo em sua mão e fechei seu punho. Ele olhou para o punho com o cenho franzido e voltou correndo para a brincadeira.

Saí do pátio sentindo voltas e mais voltas de arame farpado se apertarem ao redor do meu coração.

Nesse dia, fiquei sentado por muito tempo junto ao lago da cidade, olhando para a tamareira e para as bananeiras que sombreavam suas margens, para os degraus que desapareciam dentro d'água, para os dois meninos morenos reluzentes que entravam e saíam da água na outra ponta. Quando chegou a hora do trem da noite, levantei-me, sacudi a poeira das roupas e fui embora.

# 5

Nos primeiros tempos do meu casamento, eu achava assustador pensar em separação e em ficar sozinho. Houve uma briga particularmente séria entre minha mulher e eu — não lembro por que motivo —, ao fim da qual saí de casa pisando firme e dizendo: "Não vou mais voltar." Quando voltei, horas depois, ela não estava em casa, embora fosse tarde da noite. Lembro-me de como um buraco silencioso de medo havia se aberto dentro de mim enquanto eu pensava: Dessa vez ela voltou mesmo para a casa dos pais.

Agora que nossa separação era uma realidade, curiosamente eu não sentia medo, e depois daqueles primeiros meses ruins comecei até mesmo a sentir um contentamento culpado. Depois do trabalho, voltava para o quartinho vazio no telhado. Preparava um pouco de *daal* e arroz e, depois de comer, ficava sentado sozinho no terraço, sentindo a cidade latejar abaixo de mim enquanto eu olhava para as estrelas acima do meu pequeno oásis, tomando rum, sentindo o conhecido langor se espalhar aos poucos até as pontas dos meus dedos. Caso fosse até o parapeito do terraço, podia ver os bondes se movendo como lagartas, fazendo estalar os fios que os guiavam, e os quadrados de luz amarela das casas à minha volta. Três andares mais abaixo ficava a rua, onde eu podia ver as sombras das pessoas em movimento, pigmeus anônimos cuidando de afazeres dos quais eu não precisava saber.

Minha solidão era absoluta. Durante o dia, eu conversava com operários, fornecedores e proprietários de construtoras, mas, fora as conversas profissionais, não me relacionava de verdade com ninguém. Meus vizinhos me evitavam, considerando-me um homem mau, que não apenas tinha feito a mulher ir embora, mas que, além de tudo, bebia. Isso não me incomodava. Nos raros dias em que eu era dominado pela solidão, ia a um restaurante muçulmano popular de

Dharmatolla e comia *rezala*, um curry de carne bem condimentado, e *roti*, absorvendo o barulho junto com a gordura.

Tudo parecia ter se tornado muito mais simples. Eu tinha espaço para pensar e fantasiar. Depois de muitos anos, recomecei a comprar livros e comecei a ler. Por impulso, quando estava passando por uma feira certo dia e vi algumas lojas de música, entrei e comprei uma flauta de bambu com um timbre forte, ressonante. Depois de várias tentativas, consegui tocar a melodia de Sibelius na flauta. Meu terraço transformou-se imediatamente no jardim da sra. Barnum, e eu tive a sensação de que Bakul estava me ouvindo de algum canto escuro.

Quando o inverno chegou e os mosquitos desapareceram por causa do frio, levei minha cama para o terraço e passei a ficar deitado ali enquanto bebia, com os olhos erguidos para o domo preto, fuliginoso e fracamente iluminado do céu. Em uma noite assim, vi uma estrela cadente e, na minha imaginação, voltei ao rastro flamejante de luz que Bakul e eu víramos no céu anos antes. E se tivesse sido uma nave espacial? E se, naquela noite, extraterrestres houvessem tocado Bakul e eu com sua mágica, com seus raios ou vibrações? E se com isso tivessem nos modificado para sempre?

Talvez eu devesse ir fazer uma surpresa a Bakul em seu lar de mulher casada em Bombaim. Mas o que lhe diria frente a frente? E se ela se mostrasse fria e distante, como às vezes fazia, e perguntasse o que tinha me feito ir até lá?

Caso isso acontecesse, eu inventaria uma desculpa, diria que fora a Bombaim por causa do trabalho.

Ela conversaria amenidades comigo, e talvez até me oferecesse um chá. Falaríamos sobre Bombaim, sobre os preços da batata, sobre o trabalho de seu marido, e depois nos despediríamos. Seu bebê (ela deveria ter tido um) começaria a chorar. Ela diria que tinha coisas a fazer. Seu marido apareceria e perguntaria quem eu era.

Eu iria a Bombaim de trem na semana seguinte. Inventaria uma desculpa, diria que o trabalho tinha me obrigado a ir até lá, e Bakul, com os olhos em brasa, diria: Mentira! Você veio me ver! Confesse! Eu a puxaria para junto de mim e teria a sensação de que tempo nenhum havia se passado, de que não existia ninguém entre nós dois.

Eu iria a Bombaim e, quando estivesse parado no meio da rua tentando descobrir onde ficava a sua casa, Bakul me cutucaria no ombro. Eu começaria a dizer que tinha viajado a trabalho e ela me interromperia: "Eu sabia que um dia você viria me procurar."

Sorri para mim mesmo no escuro e peguei a lasca de mica que me acompanhava dentro da minha carteira nessa época, como recordação de Songarh. Acendi um fósforo e vi a mica cintilar à luz da chama, depois usei o fogo para acender o cigarro.

Na rua lá embaixo, o filho desesperado do homem bêbado chamava: "*Baba*? *Baba*! Onde está você?", como em todas as outras noites. Sua voz calou-se e depois voltou, calou-se e tornou a voltar. Depois desapareceu.

Dois anos se passaram assim. Eu estava começando a encontrar cada vez mais trabalho independente. Aangti *babu*, no final das contas, ensinara-me o ofício, e agora eu era um negociante implacável. Era capaz de intimidar as pessoas para fazê-las abandonarem suas casas. Era capaz de subornar funcionários do governo com facilidade. Era capaz de obrigar os operários a carregar mais peso sobre suas cabeças do que o combinado. Era capaz de reter pagamentos de trabalhadores emaciados e famintos caso eles faltassem um dia. Desenvolvi um faro para a compra e venda de imóveis e um ouvido para escutar boatos sobre velhas mansões que haviam começado a desmoronar. Estava ganhando mais dinheiro do que conseguia gastar. Todo mês, mandava uma soma generosa para minha mulher. Todo mês, junto com o dinheiro, escrevia uma carta breve: contava o trabalho que estava fazendo, falava sobre o tempo. Durante algum tempo, tinha achado que nossa separação fosse ser temporária e que ela voltaria, esquecendo-se de nosso último ano, que fora ruim. Nunca havia sido minha intenção fazê-la ir embora, e eu nunca imaginara que fosse perder meu filho, e que ela fosse ficar tão amargurada a ponto de mudar o nome do menino. Minhas cartas nunca receberam resposta. Ela sempre havia resistido e relutado muito para escrever, e sua caligrafia era redonda, infantil, escrita com muita pressão sobre o papel. Também ocorreu-me a ideia de que talvez meu sogro, ao ver que eu havia ignorado seu ultimato, estivesse interceptando as cartas e o dinheiro que eu mandava, e que minha mulher talvez não soubesse nada a respeito. Caso isso fosse verdade, a minha traição, aos seus olhos, devia parecer terrível demais para poder ser perdoada.

Eu não queria trabalhar com Aangti *babu*, mas não tinha escolha, pois nossos respectivos trabalhos haviam se tornado, ao longo dos anos, estreitamente relacionados. Ele, por sua vez, não deixava passar nenhuma oportunidade de me provocar. Certo dia, quando eu estava saindo de sua sala, disse: "No final das contas, então, a casa de Songarh não saiu nenhuma pechincha, não foi?" Então deu aquela sua risada nasalada. "Quando é que você vai usá-la, Mukunda? Você é um negociante? Ou é *Mahatma* Gandhi?" Seus olhos pareciam menores em um rosto que se tornava obeso e flácido. Os anos passados mascando bétel haviam manchado seus dentes e lábios de forma irreversível. Ultimamente, sua respiração chiava.

Achei melhor não lhe responder. Já fazia alguns anos desde a troca com a casa de Songarh, e eu havia tolerado muitas vezes as suas zombarias. Em vez disso, saí da sala com um sucinto: "Preciso viajar, volto na semana que vem." Saí para a recepção — Aangti *babu* havia prosperado e construído uma área de recepção — e comecei a juntar alguns papéis da minha antiga mesa, que ocupava um dos cantos da nova sala. O único sofá, estofado de marrom, estava ocupado por uma mulher grisalha sentada com a cabeça apoiada nas mãos. Ela não estava ali quando entrei na sala de Aangti *babu*, uma hora antes. Não ergueu os olhos quando remexi papéis nem quando conversei com o faz-tudo. Quando sua cabeça pendeu para a frente em um movimento sonolento, percebi que ela havia pegado no sono. Apesar de estar dormindo, ela mantinha uma das mãos sobre um baú roxo lascado ao seu lado, vigiando-o. O baú tinha um desenho de rosas vermelhas e folhas verdes, desenho que eu tive a impressão de já ter visto antes — mas, afinal de contas, aquele tipo de objeto era bem comum. Perguntei-me o que ela estaria fazendo ali; era raro ver mulheres no escritório de Aangti *babu*. Para não acordá-la, cessei todos os barulhos que estava fazendo e saí do prédio.

Minutos depois de eu ter saído pela porta para a confusão da rua onde as pessoas suadas se acotovelavam, ouvi um chamado, e então a mão de alguém segurou meu cotovelo. Virei-me, prestes a protestar, e deparei-me com um homem idoso, magro e de óculos. Suas roupas pareciam usadas, e em seu ombro havia uma *jhola*, uma bolsa simples de pano. Sua cabeça calva reluzia de suor. Pensei que ele trabalhasse para algum partido e disse: "*Dada*, estou com pressa." Não queria ficar ali parado escutando os benefícios de ser esquerdista ou membro do Congresso, não naquele momento, embora esse tipo de conversa muitas vezes me divertisse.

— Não está me reconhecendo, Mukunda? — perguntou o homem com um sorriso.

O quebra-cabeça de seu rosto voltou ao lugar. Ele havia raspado a barba, o que lhe dava um aspecto inteiramente diferente, mas então eu percebi.

— Suleiman *chacha*!

No mesmo instante em que pronunciei as palavras, tive vontade de me virar e sair correndo, sair correndo para o mais longe possível dele e da velhinha na sala de espera com o baú roxo.

— Vamos nos sentar e tomar um chá em algum lugar? — perguntou *chacha*. — Sua *chachi* está muito cansada.

Não queríamos conversar no escritório de Aangti *babu*, então abrimos caminho pela miséria do mercado de rua de Bowbazar em busca de um lugar adequado. O mercado estava em sua hora de maior movimento: legumes, peixes, flores, cadeiras bambas, pássaros engaiolados, bugigangas e brinquedos, tudo despejado aos nossos pés, vendedores gritando uns mais alto do que os outros até ficarem roucos, alardeando a perfeição de suas mercadorias. Não parávamos de perder *chachi* de vista e tornar a encontrá-la. Eu esbarrava com o baú nas pernas das pessoas no meio da multidão e fingia não escutar os xingamentos que elas proferiam. Por fim, encontramos com alívio um daqueles restaurantezinhos que existem espalhados pelas ruas de toda Calcutá, aqueles com bancos de madeira e copos esverdeados com o vidro cheio de bolhas. Três desses copos estavam dispostos sobre a mesa engordurada à nossa frente, cheios de um chá fumegante. *Chacha* e *chachi* comiam *parathas* com ovo e carne, mas eu fiquei enjoado com a simples visão da comida. Será que eles sabiam o que eu havia feito? Será que sabiam que eu tinha trocado a casa que me haviam confiado? Que ela estava sendo demolida naquele exato instante em que tomávamos nosso chá? Esse pensamento não me saía da cabeça, mas eu não conseguia juntar forças para abordar o assunto.

Mal escutei as coisas que Suleiman *chacha* disse sobre o Paquistão Oriental, sobre como a vida lá fora difícil no começo e sobre a saudade que sentia de Calcutá.

— Eu ficava me lembrando de coisas estranhas, *bhai* — dizia ele. — Os toques dos navios à noite no porto, sabe, aquele chamado espectral. Nunca havia reparado neles de verdade quando morava aqui, mas lá meus ouvidos ansiavam por isso. E a escola, as crianças. Pensei que estivesse farto de sua estupidez e das agressões dos meninos mais velhos, mas comecei a me perguntar: Será que Monohar acabou passando nas provas? Será que Supid acabou aprendendo a soletrar Nizamuddin? Será que Aslam emigrou para o Paquistão Oriental, ou será que ficou em Calcutá? E aquele livreiro que eu frequentava em College Street, será que se recuperou do eczema? Nada lá parecia certo, embora, pensando bem, Rajshahi não fique assim tão longe... mas é a nossa casa, não é? Pode ser um pardieiro, mas se for a sua casa você não consegue evitar sentir saudade.

Pedimos mais chá. Perguntei-me quando eles iriam abordar o assunto, ou será que eu deveria fazê-lo?

Por fim, ele disse:

— Fomos à nossa antiga casa, claro. — Depois de uma mordida em um *paratha*, ele continuou. — Fomos direto da estação para lá. Sua *chachi* estava toda ansiosa, embora eu não parasse de alertá-la que nove anos haviam passado e que as coisas mudam.

— Você está um homem feito agora — disse *chachi*. — Eu não o teria reconhecido na rua.

Fiquei olhando fixamente para minha xícara de chá. *Chachi* estendeu a mão por cima da mesa e tocou minha face, dizendo:

— Olhe só para você, tão magro, suas bochechas sumiram. E suas roupas! Você não está casado? Ninguém cuida de você? Às vezes ficávamos nos perguntando.

— Vocês nunca me escreveram — falei. — Por que não escreveram?

Suleiman *chacha* sorriu da forma gentil que eu me lembrava.

— *Arre bhai*, Mukunda — disse ele. — Você não tem ideia do que estava acontecendo. Muitas vezes sua *chachi* e eu não sabíamos nem onde iríamos passar a noite, ou de onde viria nossa próxima refeição. Tentei muito arrumar um emprego, mas eles não queriam professores de escola por lá, sobretudo não de história. — Ele riu. — Tornei-me assistente em uma relojoaria. Ainda trabalho com o Tempo, viu, sou uma espécie de historiador! — Ele tornou a rir.

— E a sua família? — perguntei, tentando não soar como se estivesse contrariado com a sua volta, embora na hora fosse assim que eu me sentisse.

— O que poderíamos ter esperado? — disse ele com a voz resignada. — Todos nos disseram para ocupar uma casa vazia cujos donos houvessem fugido. Mas isso não parecia certo. E se os proprietários voltassem, assim como nós pensávamos em voltar para Calcutá? Nunca pensamos que fôssemos ficar lá para sempre, então seguimos morando em quartos alugados, aqui e acolá. A casa da família revelou-se lotada demais para poder nos acolher.

— Casa da família! — disse *chachi* com desprezo, e fuzilou o chá com o olhar enquanto ajeitava o sári do jeito indignado que as mulheres às vezes têm. — Que família? Que casa? Eles nos olhavam como se fôssemos usurpadores... mesmo quando íamos visitar.

— Fomos procurar nossa casa — disse *chacha* —, e só encontramos entulho. O terreno pareceu tão grande, eu não achava que a antiga casa tivesse aquele tamanho todo. — Seus olhos estavam envergonhados demais para encarar os meus. Embora fosse eu quem tivesse cometido o crime, era como se o criminoso fosse ele, e os meus pecados houvessem se transformado nos seus.

— Os comerciantes vizinhos à casa não sabiam nada sobre você — disse *chachi* —, mas disseram-nos para procurar Aangti *babu*. Foi uma sorte você aparecer agora, estávamos prestes a desistir.

— Esperei muito tempo — falei. — Mas as minhas cartas ficaram sem resposta...

— Tivemos de nos mudar com frequência. No início, eu só conseguia arrumar pequenos trabalhos...

— ... e então houve uma crise financeira — falei, vasculhando a mente em busca de alguma coisa para dizer a ele. — E tive muita dificuldade para encontrar dinheiro para pagar as contas e impostos, e havia também a possibilidade de eu perder a casa para algum grileiro...

— Nós perdemos coisas demais para nos preocuparmos em perder uma casa — disse *chacha*. — Meu irmão, meu tio e meu sobrinho morreram nos motins, e eu só fui descobrir um ano depois. Passei muito tempo procurando por eles lá. Ouvi dizer que tinham sido desventrados, e então...

*Chachi* fuzilou-o com o olhar e disse:

— Por que remoer tudo isso agora? — Ela lançou olhares furtivos à sua volta, para ver se alguém o havia escutado.

— Eu não esperava que a antiga casa estivesse lá, só sua *chachi*. Ela não parava de dizer...

— Eu só achava que a casa fosse estar cheia dos filhos de Mukunda brincando lá dentro. — Ela olhou para *chacha*, zangada. — Mulheres da minha idade querem ser avós de alguém! Foi só isso que eu disse, nada sobre a casa. Sei que estes anos foram difíceis para todo mundo. — Ela, assim como ele, parecia desesperada para encontrar desculpas para o mal que eu havia feito.

— Mas chega desses assuntos fúteis — disse *chacha*. — Já faz tantos anos, uma vida inteira. O que poderíamos ter esperado? Você tem uma vida para viver, por acaso iria esperar para sempre?

— O que vão fazer agora? — perguntei a eles. — Vão ficar aqui em Calcutá? Posso arrumar trabalho para o senhor. O senhor pode trabalhar comigo. Se não quiser trabalhar, não tem problema, posso cuidar de vocês. Não tenho mais ninguém, Suleiman *chacha*, deixe-me cuidar de vocês! Dessa vez venham vocês morar comigo!

Eu olhava para seus rostos cansados com urgência e desespero. Nada me parecia mais vital agora do que cuidar dos dois. Primeiro eu os levaria até meu quartinho do terraço, faria suas camas e lhes prepararia arroz quente e *daal*. Então, depois de terem passado a noite descansando, eu iria procurar uma casa grande o suficiente para abrigar nós três, como antes. Não deixaria *chacha* trabalhar, compraria livros e discos para ele, e veria-o levar uma vida de lazer. Para *chachi* compraria belos sáris e um harmônio. Ela sempre quisera um harmônio. Viveríamos juntos como antes. Eu iria compensá-los pelo que havia feito.

*Chacha* olhou para mim com um sorriso de quem acha graça. Coçou a cabeça calva.

— Não sei, Mukunda. Acabei de chegar, deixe-me ver. Primeiro preciso visitar algumas pessoas, amigos que não vemos há anos... Bashir, lembra-se dele, que mora em Tollygunj? Nós lhe avisamos que iríamos chegar.

Baixei os olhos, desconsolado.

— Por que você diz que não tem ninguém? — perguntou *chacha*, preocupado. — Não se casou? Não tem filhos?

Esfreguei os olhos com as mãos e menti para eles em relação à minha mulher e ao meu filho: disse que eles precisavam viver na aldeia porque eu viajava muito, e o clima de Calcutá não fazia bem para a alergia de pele do meu filho. Os olhos de *chachi* examinaram meu rosto com tanta atenção que tive de desviar os meus.

— Quando nós nos acomodarmos aqui de novo — disse ela — vou preparar um pouco de óleo de *neem* para fazer massagens na criança. Isso não é jeito de uma família jovem viver, assim separada, e você com esse aspecto tão terrível.

O garçom do restaurante começou a nos lançar olhares impacientes, aparecendo de vez em quando para limpar nossa mesa e em seguida para nos obrigar a nos levantar. *Chacha* deu um suspiro e se remexeu na cadeira.

— Está bem tarde — disse ele, olhando para *chachi* com uma sobrancelha erguida. — É melhor irmos andando, não tenho certeza se vou encontrar fácil a casa de Bashir depois de tanto tempo.

Quando eles se levantaram para ir embora, peguei o baú com as rosas. Eles levavam mais algumas trouxas que *chachi* contou ansiosamente. Ela ergueu os olhos para mim e tornou a me tocar na bochecha, dizendo:

— Não se culpe, o que mais você poderia ter feito? Pelo menos esperou todos esses anos. Há quem tenha vendido outras casas com os travesseiros ainda mornos do calor da cabeça dos donos.

Andamos até ponto de ônibus. A multidão havia aumentado, e o ar do início da noite estava quente, espesso e amarelo com a luz dos postes. Apertei os olhos, espiando ao longe, e disse para Suleiman *chacha*:

— Deixe-me chamar um táxi para vocês. Não vão de ônibus.

— *Arre bhai*, Mukunda, quando na minha vida eu lá peguei um táxi? — perguntou *chacha*, rindo. — Tampouco saberia como dar instruções ao motorista... não consigo me localizar, tudo mudou tanto! Que número de ônibus devo pegar? Ainda é...

Vi seu ônibus avançando por cima das pedras que calçavam os trilhos do bonde, atrás de dois outros, e falei:

— Está chegando. Vai levá-los direto a Tollygunj.

Quase tímido, *chacha* perguntou:

— Havia só uma coisa... que eu estava me perguntando... sobre Noorie?

— Ora, vamos — disse *chachi* —, quanto tempo vive um papagaio?

— Ela foi feliz — respondi. — Foi feliz e saudável, mas não parava de chamar pelo senhor, como fazia quando o senhor morava aqui.

— E depois? — *Chacha* olhava para mim, ansioso.

Comecei a confessar antes de ele poder perguntar:

— *Chacha*... eu sinto...

O sinal havia aberto, e seu ônibus avançava na nossa direção.

— Não tem problema — gritou ele, encaminhando-se para o ônibus. — Ela foi feliz com você! Isso me basta.

— *Chacha*! — chamei em meio à confusão. — Qual o endereço de Bashir? Como vou encontrá-los? E o senhor também não anotou o meu!

Ele já havia começado a subir no ônibus. Alguém o empurrava. Ele oscilou perigosamente, equilibrando uma das trouxas, e *chachi*, assustada, segurou seu braço.

— O endereço, *chacha*! O endereço!

Suleiman *chacha* suspendeu a cabeça por cima do ombro de outro homem e tentou gritar o endereço. Irritado, o homem disparou:

— *Arre Dada*, se quiser conversar, desça do ônibus e deixe-me subir!

Suspendi baú para cima do ônibus atrás deles, e perdi seus rostos de vista em meio à turba de passageiros que se empurravam em busca de lugares lá dentro para apoiar os pés e se segurar. O ônibus começou a avançar em meio a uma nuvem de fumaça preta. Saí correndo atrás dele. Iria subir, ir para onde eles estivessem indo, havia passado minha vida adulta inteira subindo em ônibus em movimento. A porta traseira do ônibus estava abarrotada de gente. Consegui segurar a barra de metal junto à porta e me pendurei nela enquanto meus pés procuravam uma brecha onde enfiar um dedão. Havia quatro outros homens na porta também tentando subir. O ônibus ganhou velocidade, senti a barra lisa escorregar. Senti meus pés encontrarem a rua em velocidade de corrida e em seguida se deterem aos tropeços, e meus braços penderem sem vida nas laterais do meu corpo.

As luzes brilhantes escureceram com as sombras das pessoas que me cercaram feito mariposas. Fiquei parado no meio da rua. Elas se apinharam à minha volta, multidões de desconhecidos com amigos e familiares em casa à sua espera. Além daquela rua havia outras, e depois dessas mais outras ainda, uma imensa teia de ruas fervilhando de desconhecidos, centenas, milhares, uma infinidade de desconhecidos em uma cidade onde eu não tinha mais nenhum amigo, onde ninguém nunca estava me esperando em casa.

Passei muito tempo andando nessa noite. Na ponte Kalighat, parei para olhar o rio lá embaixo, escuro como couro de búfalo na noite, com as luzes nele refletidas esforçando-se para reluzir em sua superfície coberta de espuma. Aquilo não era mais água, e sim uma sopa gordurosa, fétida, pútrida. Eu não sabia como havia andado tanto, desde o Bowbazar até Kalighat. Minhas pernas doíam. Inesperadamente, lembrei-me da vez em que tinha ido soltar pipa com minha mulher no Maidan. Era uma tarde de inverno, poucos meses antes de nosso casamento terminar. Tínhamos tido uma longa discussão na noite anterior, e eu acordara decidido a me redimir. Pensei em levar minha mulher e meu filho para passar o dia no Maidan. Eles nunca saíam. Fui à rua comprar algumas pipas grandes e toda a parafernália para soltá-las em uma loja mais embaixo na nossa rua. Voltei para casa e, fingindo entusiasmo, falei:

— Vamos, o festival de Sankranti está quase chegando! Precisamos soltar estas pipas! Vamos, vamos!

Minha mulher havia olhado para mim sem entender. A discussão da véspera fora apenas uma entre muitas ao longo da semana.

— Estou cansada — disse ela. — Passei a manhã inteira de pé. Além do mais, onde já se viu uma mulher correndo para empinar pipas?

— Ah, vamos! — falei. — Estou tentando fazer alguma coisa para nos divertir. Vamos sair de casa, pegar um bonde.

Chegamos ao Maidan. Mal soprava uma brisa. Meu filho andava de um lado para o outro maravilhado, dizendo palavras inarticuladas, batendo palmas de alegria, olhando para as outras pipas que coalhavam o céu, esperando que a nossa fosse se juntar a elas. Eu disse à minha mulher para pegar a pipa e suspendê-la para eu poder puxar o fio e fazê-la voar. Ela não conseguia suspendê-la direito, embora fosse algo bem simples de se fazer. Deixava-a cair baixo demais, ou cedo demais, ou simplesmente de forma desajeitada demais. Não parava de ajeitar o sári e dizer:

— Ah, *ma*! Isso lá é coisa para uma mulher fazer? — Ou então olhava em volta e dizia: — Está todo mundo rindo de mim. Está vendo alguma outra mulher aqui, fazendo isso em público? É terrível.

A pipa se recusava a voar. Ficava no ar por alguns segundos, depois começava a vertiginosa descida que a fazia desabar no chão. Talvez eu também houvesse perdido o jeito, mas fui ficando cada vez mais frustrado, e repreendia minha mulher a cada vez que ela cometia um erro. Meu filho perdeu o interesse e sentou-se na grama, onde começou a arrancar folhas e a se divertir sozinho. Depois de várias tentativas, durante as quais ela conseguiu enroscar uma pipa no sári e rasgá-lo, perdi a paciência e gritei:

— Você é uma inútil. Já fez alguma coisa na vida a não ser trabalho doméstico? Existem mulheres que sobem em árvores e nadam!

Fui tomado pelo remorso no mesmo instante em que as palavras me saíram da boca e larguei o fio da pipa para ir até junto dela. Ela desabou no chão e começou a chorar.

— Estou cansada — choramingou. — Passei o dia inteiro trabalhando, minhas pernas estao doendo, não consigo mais correr, estou cansada.

Nessa noite, fiquei acordado até tarde, tomado por um frenesi de arrumação. Fazia anos que meu armário não era limpo. Fiz uma grande trouxa de roupas velhas, tão rotas e imundas que não podia imaginar que um mendigo as fosse aceitar. Joguei fora os poucos sáris que minha mulher havia deixado para trás. Parei por alguns instantes para olhar as roupas da época em que meu filho era recém-nascido. Ele agora devia estar com quase seis anos, e eu não o via desde os três. Mas depois enfiei as roupas também dentro da trouxa. As prateleiras da cozinha estavam cheias de vidros empoeirados e mofados de especiarias descoradas, *papads* úmidos grudados uns nos outros, e pós inidentificáveis dentro de embalagens de papel cheias de carunchos. Joguei tudo fora. Baratas fugiram dos esconderijos onde haviam passado muito tempo sem ser incomodadas. Empilhei todos os utensílios cuidadosamente em um canto e passei algum tempo em pé olhando para eles. Havia o barco de latão que minha mulher e eu compráramos juntos em uma *mela*. O moedor que eu havia esculpido especialmente para ela, com o desenho de um peixe sorridente. Separei o *jhinuk* de prata que havia comprado logo depois do nascimento do meu filho para lhe dar leite. Quase não o havíamos usado; ele passara direto do seio para o copo.

Fui até o outro aposento, tirei todos os livros da prateleira, coloquei-os no chão e comecei a separá-los. A maioria era de Suleiman *chacha*. Ele havia lido trechos de muitos deles para mim, e todos estavam anotados com sua caligrafia elegante. Cartas caíram de dentro de alguns deles, uma folha seca de outro. Presos entre os livros na prateleira havia prestações de contas para Aangti *babu*, e em uma delas eu havia rabiscado: "Preciso contar a ele que podemos tirar o velho da casa de Dharmatolla por menos do que isso. Também que talvez o cheque de Sushanta volte." Dentro de um dos livros, eu havia escrito em inglês: "Querido Suleiman *chacha*, com os melhores votos pelo seu aniversário, muitos anos de vida, Mukunda."

Entre os livros, dentro de um envelope marrom, encontrei meu certificado do curso vocacional intermediário. E uma carta de Nirmal *babu*, a última antes de eu interromper meu contato com ele:

*Meu caro Mukunda,*

*Estou muito feliz em saber que você passou nas provas. Quando contei a Bakul, ela riu, e não acreditou em mim até eu lhe mostrar a sua carta. Quais são seus planos agora? Espero que continue e faça faculdade, depois siga estudando. A educação é de fato a melhor coisa que a vida pode oferecer. Olhe eu aqui lhe fazendo sermão, mas você precisa me perdoar, eu sou um velho. Conheço você desde que era um menino. Você era uma criança de olhos brilhantes, esperta, e agora está se revelando um homem inteligente e letrado. Fico ridiculamente emocionado ao ver que você alcançou essa importante etapa da sua vida. Gostaria que tivéssemos podido celebrar juntos, mas eu já quase não viajo. Talvez um dia você venha a Songarh visitar nós todos, e então falaremos sobre os velhos tempos. Enquanto isso, quando souber onde vai morar, mande-me seu endereço para eu poder visitá-lo se for a Calcutá.*

*Meu amor e minhas bênçãos,*

*Nirmal* babu

*P.S.: Estou mandando junto um pequeno cheque; por favor, use-o para comprar algo bonito de presente para você. Por que me pede para parar de lhe mandar dinheiro de vez em quando? É por afeto que o faço.*

Não sei quando finalmente fui dormir nessa noite, esparramado no meio da bagunça. Minha cabeça doía, meus olhos doíam, eu nunca mais queria acordar. Mas o crocitar dos corvos interrompeu meu sono como de hábito. Abri os olhos um pouquinho, em seguida me sentei, totalmente desperto.

Eu iria desistir da minha profissão. Não era tarde demais, não era possível eu estar totalmente podre, ainda havia tempo. Eu não tinha nem trinta anos. Aprenderia a ganhar a vida de alguma outra forma, pensaria em alguma outra coisa, mesmo que isso significasse alguns anos de dificuldade. Naquele dia mesmo, iria ao escritório de Aangti *babu* fechar minhas contas para ficarmos quites. Iria me impedir de me transformar nele.

Quando acordei na manhã seguinte e abri a porta para o leiteiro, este segurava uma carta junto com o leite.

— Deve ter chegado ontem, *babu* — disse ele. — Estava na soleira da sua porta.

Depois de o leiteiro ir embora, abri o grande envelope rígido endereçado a mim com a caligrafia de Nirmal *babu*. Uma noite depois de eu ter relido sua antiga carta. Não nos correspondíamos desde que ele enviara o convite de casamento de Bakul e mudara minha vida para sempre. Perguntei-me que nova bomba estaria escondida naquele envelope.

A primeira coisa que escorregou lá de dentro foi uma fotografia mostrando uma casa grande, praticamente uma mansão, que parecia ter no centro uma espaçosa varanda e quartos de ambos os lados. As laterais eram cercadas por palmeiras altas. Grandes colunas, do tipo que havia sido moda antigamente, erguiam-se até o primeiro andar, lembrando-me prédios como a prefeitura de Calcutá. Um telhado extravagante as encimava. Ao fundo havia água: junto às colunas, ondas e redemoinhos.

Percebi, com um choque, que era a mesma casa que Aangti *babu* e eu tínhamos visitado uns seis anos antes, a casa junto ao rio que ele tentara comprar com documentos falsos. Ficava em... Manoharpur, era isso: pude visualizar o nome, escrito em preto sobre amarelo naquela plataforma de trem anos antes. Fora a única vez que eu vira Aangti *babu* perder seu dinheiro e sua pose.

"A fotografia em anexo é da antiga casa da mãe de Bakul, que fica junto a um rio", dizia a carta de Nirmal *babu* depois de algumas linhas de amenidades. "O rio mudou de curso ao longo das décadas, e finalmente transbordou no ano do nascimento de Bakul. Meu sogro fez muitas tentativas para impedir o desastre de acontecer, mas de nada adiantou. Nessa época, li muito sobre rios, e um escritor disse: 'Em regiões de delta, as enchentes são inevitáveis; são o método que a Natureza tem de criar novas terras, e é inútil contrariá-la em seu avanço... a solução consiste em remover todos os obstáculos que atrapalham o resultado.'" Isso era absolutamente verdadeiro em relação à casa de Manoharpur.

"Talvez você já conheça parte dessa história. Bakul nasceu um mês antes da hora, e ninguém conseguiu chegar à casa com auxílio médico porque esta e toda a região à sua volta estavam inundadas. O resultado foi que a mãe de Bakul morreu de parto. Depois da morte de Shanti, seu pai (meu sogro) tornou-se um pouco excêntrico; insistiu em continuar morando na casa, muito embora a cada monção o térreo ficasse inundado, e durante muitos anos passou semanas a fio ilhado dentro de casa. Ouvi dizer que as pessoas levavam-lhe comida de barco, e que ele lhes atirava cestos amarrados a cordas, mas recusava-se a sair. As pessoas têm estranhas obsessões que ninguém mais pode entender. Parecem irracionais, mas para essas pessoas fazem total sentido."

Era uma carta comprida. Passei para a terceira página. Era como se ele houvesse começado a escrever uma autobiografia. Parecia estar precisando conversar com alguém que tivesse conhecimento da sua história, e senti que estava se dirigindo a mim como faria com um filho. Depois do ódio cruciante que eu sentira por mim mesmo na noite anterior, a carta parecia um bálsamo curativo vindo pelo correio. Ela me relacionava, mesmo que de forma muito tênue, a um mundo onde parte de mim existia, ainda intocada pelas mudanças ocorridas depois.

"Alguns anos atrás", prosseguia a carta, "o governo decidiu construir uma barragem mais acima no rio. A obra finalmente foi concluída, e de repente, depois do caos de todos esses anos, o rio está domado. Alguma outra região teve de ser inundada por causa da barragem, mas por ora a casa está segura, no seco, e já está assim há um ou dois anos. (O jardim seria um bom lugar para encontrar fósseis.)

"Passando aos assuntos sérios: alguns dias atrás, recebemos notícias tristes que me fizeram lhe escrever esta carta. Meu sogro faleceu uns dez dias atrás ou algo assim, não tenho certeza — morreu sozinho, longe da família, mas era assim que desejava morrer, e não posso fingir, no atual estágio da minha vida, que nutria alguma afeição especial por ele. Eu sempre o havia culpado, de forma justa ou não, pela morte da minha mulher. Mesmo assim, porém, ele era avô de Bakul, e ela tem um vínculo emocional tanto com ele quanto com a casa da mãe. O que ouvi dizer é que algumas outras pessoas se reuniram na casa para reivindicar sua posse — terras e casas parecem fazer aflorar a ave de rapina que existe dentro de cada um. Há um velho empregado que afirma que a casa lhe pertence moralmente, um vizinho que a reivindica como pagamento por empréstimos que meu sogro aparentemente lhe fez ao longo dos anos, e um negociante de imóveis de Calcutá, que mandou seus homens até lá porque aparentemente pagou algum dinheiro pela casa em um negócio fraudulento alguns anos atrás. Estão todos à procura da escritura original da casa, que meu sogro parece ter escondido em algum lugar. Sem essa escritura, nenhum deles pode ficar com o imóvel."

Minha respiração havia se acelerado. Desejei que ele fosse direto ao assunto. Tinha a sensação de nunca ter lido uma carta tão longa.

"A casa pertence a Bakul por direito", continuava a página seguinte, "e ela é a única pessoa que sabe onde a escritura está; seu avô era extremamente excêntrico, como eu disse — você sabe, ele morava sozinho e não confiava em ninguém, nem mesmo nos bancos. Bakul se lembra de como ele escondeu a documentação da casa, quase como se fosse um jogo com a neta, em uma visita que ela lhe fez anos atrás. Eu não fazia ideia de que eles houvessem feito isso, porque ele a fez jurar segredo, e ela levava — e leva! — segredos muito a sério. Ela vai a Manoharpur na semana que vem para tentar recuperar a escritura e, caso ainda esteja lá, decidir o que fazer com sua herança.

"Por minha parte, eu quero vender a casa; nunca tive apego por ela — muito pelo contrário: para mim ela sempre foi o túmulo da minha mulher. Por muitos anos, depois de sua morte, não consegui me forçar a voltar lá. Sei que Bakul sempre se magoou com isso, mas eu não podia fazer nada a respeito. Caso ela decida mesmo vender a casa, eu ficaria grato pela sua ajuda. Uma vez que tivermos o dinheiro da venda em mãos, podemos começar a reembolsar você — a sua generosidade em relação a esta casa de Songarh me pesa muito, e não posso descansar antes de ter pago minha dívida, embora nem mesmo isso vá bastar para lhe agradecer por ter salvado o meu lar.

"Bakul ficaria extremamente irritada se soubesse que eu pedi a sua ajuda. Como você sabe, ela se recusa a aceitar ajuda de quem quer que seja, mesmo do próprio pai. Mas você para mim é como um filho, e a quem eu poderia pedir senão a você? Estou escrevendo esta carta à noite, e vou postá-la durante minha caminhada matinal para ela não ficar sabendo. Ficaria muito grato se você pudesse ir a Manoharpur, como se fosse por acaso, para ajudá-la com isso.

"Eu tenho de ficar em Songarh. Tenho de ficar aqui por causa da minha cadela — somente outras pessoas apegadas a seus cães não vão me considerar irracional, mas ela é incapaz de sobreviver sem mim. Além disso, como você talvez tenha percebido, eu não sou lá muito prático no que diz respeito a terras e dinheiro. Mas estou preocupado com o fato de Bakul tentar lidar com essa situação sozinha. Então espero que esta carta chegue às suas mãos a tempo para você estar lá junto com ela."

Muitas coisas na carta me preocupavam, mas o que ocupava minha mente nesse momento, acima de tudo o mais, era o seguinte: o que Bakul estava fazendo na casa arruinada do avô em Manoharpur? Onde estava seu marido, e por que ele não a havia acompanhado?

Minha mente começou a divagar no mesmo instante. Teria o marido se revelado um inepto em quem ninguém confiava? Teria Bakul brigado com ele e voltado para morar com o pai? Qualquer que fosse a situação, Nirmal *babu* havia pensado em *mim*, em mim e em mais ninguém, nessa hora de necessidade de Bakul. Agarrei-me a esse fato simples — aos olhos dele, somente eu poderia ajudá-la. Finalmente iria encontrá-la, e ela estaria sozinha, exatamente como eu havia fantasiado.

Ela estaria lá *sozinha*. Essa ideia também me enchia de apreensão. Bakul naquele local isolado, naquela selva, com todos aqueles tubarões se aproximando? Lembrei-me de como a casa ficava longe das lojas e da estação de trem, de como o terreno à sua volta a protegia de quem estava fora. Se ela gritasse, ninguém iria escutar. Tentei não pensar nisso, mas sabia melhor do que seu pai o quão perigosamente fora de seu elemento natural ela iria estar. O negociante de Calcutá que voltara para tentar tomar posse da casa não podia ser outro senão Aangti *babu*, embora talvez também houvesse outros.

Vesti uma camisa às pressas, peguei algum dinheiro no armário e desci desabalado a escada para pegar um táxi até a estação. A carta trazia a data de quatro dias antes. Talvez Bakul já tivesse chegado em Manoharpur. Eu havia desperdiçado uma noite inteira enquanto a carta esperava na soleira da minha porta. Não havia tempo a perder.

Tudo que minha mente conseguia repetir em uma cantilena sem sentido, enquanto o trem saía resfolegando da estação de Sealdah sob a luz forte das dez da manhã, era: "Veja as estrelas lá em cima, veja, veja as estrelas lá em cima, veja quantos vaga-lumes..." Tentei me lembrar do nome do poeta, mas o único nome que me veio à mente foi Harold.

Quando finalmente entramos em Manoharpur, pulei do trem antes mesmo de ele parar. Tinha a impressão de que a viagem de seis horas havia durado oito ou dez, com o trem parando pelo caminho em cada pequena estação onde houvesse passageiros, chá, vendedores de legumes e sabe-se lá o que mais. O motor chiava, grunhia e ofegava conforme ia avançando em meio à paisagem de lagos e vegetação que eu em geral achava encantadora. Nessa viagem, fiquei debruçado para fora da porta, com os cabelos ao vento, vendo a paisagem passar chispando, como se olhar para o horizonte fosse fazer Manoharpur chegar logo.

A placa na estação era nova, ainda escrita em preto sobre um fundo amarelo, porém mais brilhante e maior. Em vez de terra batida, a estação agora tinha uma plataforma de concreto, e as grades agora eram de metal, não de bambu. Havia mais gente do que eu me lembrava, e consegui uma bicicleta-riquixá logo na saída da estação. Quando disse ao homem aonde queria ir, ele falou:

— Ah, para a casa de *Pagla Dadu*? — Riu da expressão de surpresa no meu rosto. — Ah, nós sempre chamávamos Bikash *babu* assim, e ele não se importava. Sabia que o considerávamos meio maluco.

O homem começou a pedalar e disse: "Ouvi dizer que a casa está à venda. Quantas pessoas entrando lá estes dias!"

— Quem? — exclamei. — Alguém de que o senhor se lembre?

— Acabei de levar um homem para lá hoje de manhã, um sujeito alto e magro — disse o condutor do riquixá. — Mas ouvi dizer que outros também foram até lá, *babu*, o que se pode dizer da ganância das pessoas? Deus me livre desse tipo de ganância.

Ele empurrava os pedais, e seu *lungi* simples quadriculado subia-lhe pelas pernas magras e de aspecto forte.

— Contanto que eu tenha um pouco de comida para comer e alguma roupa para vestir — disse. — Ganho a vida com o meu suor, não com a morte dos outros, entende, *babu*?

Ele parou de pedalar e, sentado no selim, enxugando o rosto com a manga da camisa, virou-se para olhar para mim. "O velho morreu totalmente sozinho, entende, *babu*? — continuou. — E agora esses mesmos parentes que nunca cuidaram de *Pagla Dadu* quando ele estava vivo querem vender suas terras e sua casa e ir embora com o dinheiro.

— Estou com um pouco de pressa — disse eu, tentando interromper. — Será que o senhor poderia... — Se me lembrasse de onde ficava a casa, eu teria descido e ido a pé. Ele tornou a encarar a estrada com um suspiro e voltou a empurrar os pedais.

— Os seres humanos são abutres, *babu*, pode acreditar em mim, entende? — disse, ofegante. — Aquele genro dele... dizem que era um sujeito bem decente... mas de que adianta ser um sujeito decente? Ele por acaso cuidou do único pai da mulher dele quando o velho estava morrendo?

— Não cuidou? — perguntei, surpreso com aquela imagem de Nirmal *babu* como um vilão sem escrúpulos.

— Não, não cuidou, entende, nem um pouco! O pobre *Pagla Dadu* teve até de ser cremado pelo filho de seu velho criado, nenhum parente apareceu. Agora me diga: isso é certo? Mesmo que o homem seja meio maluco.

Agarrei-me à barra de metal enquanto o riquixá ultrapassava a cresta de um trecho inclinado da estrada de terra.

— Mas o que se há de dizer, ele só tinha uma filha, e ela morreu, pobre menina. Mesmo que estivesse viva, de que teria adiantado? Ela por acaso teria acendido sua pira? De que adianta ser um homem sem filhos? Estou lhe dizendo, *babu*, eu sou um homem pobre, não sou proprietário de terras como *Pagla Dadu*, mas Deus lá no céu me abençoou com dois filhos vigorosos. Para me darem um punhado de arroz quando eu não puder mais empurrar este riquixá. Para acender minha pira com uma tocha.

Estávamos nos aproximando da mesma entrada, agora com um aspecto ainda mais abandonado. O riquixá me deixou diante da mesma larga varanda da frente onde Aangti *babu* e eu havíamos nos sentado. A varanda estava ocupada pelas mesmas cadeiras de ratã, e eu poderia ter jurado que o pedaço descorado e marrom na parede era o mesmo onde Aangti *babu* havia cuspido seu suco de bétel. O condutor do riquixá pegou seu dinheiro e foi embora pedalando.

Havia apenas uma coisa diferente: uma das cadeiras de ratã estava ocupada por Harold.

Ele estava vestido como de hábito: um terno velho e reluzente, uma gravata azul estreita listrada de amarelo, a calça, cinco centímetros curta demais para sua altura, deixando entrever meias usadas e pretas nos tornozelos magros, mas, apesar das roupas, tinha um aspecto bastante respeitável, mais parecendo um velho professor primário do que um capanga. Quando me viu, ergueu os olhos com um sorriso radiante e exclamou:

— Ah, Mukunda, meu rapaz, como estou feliz em ver você! Não sabia que o patrão estava mandando reforços.

Ele baixou a voz e disse:

— Vou lhe dizer uma coisa, meu chapa, este serviço me colocou numa sinuca. O patrão disse para vir procurar a escritura — o velho que bateu as botas a enfiou em algum lugar dentro desta sua enorme e maldita mansão. E eu tenho de fingir que sou um comprador e simplesmente ficar visitando a casa até encontrá-la! E sabe do que mais, meu chapa? Ao contrário das outras vezes, o patrão disse: "Não seja violento, você tem uma moça para tentar convencer, apenas encontre a maldita escritura." Ele já pagou um adiantamento pela casa para algum sujeito e só precisa dos documentos de forma rápida e discreta — mas diga-me: como? Dê-me um serviço simples e eu faço, meu chapa, é fácil dar uma surra em algum homem para fazê-lo cuspir um maldito documento, mas lidar com senhoras? Eu não fui criado para intimidar o sexo frágil, meu rapaz, não mesmo.

Nessa hora, Bakul entrou na varanda da frente. Não sei se ela havia escutado Harold, mas não deu mostras de ter me reconhecido. Lançou-me um olhar rápido, um pouco frio, e disse para Harold:

— Se você e seu colega estiverem prontos...?

Virou as costas e tornou a entrar sem esperar que a seguíssemos. Harold fez uma careta atrás dela, imitando seu cenho franzido, e gesticulou para que eu o seguisse.

— Sinto dizer que o térreo está uma bagunça — começou Bakul, e sua voz ecoou no cômodo quase vazio. — O rio a inundava todos os anos, entendem, e quase não houve reparos ou manutenção. Meu avô morou no andar de cima até morrer. — Ela falava com uma polidez pausada, uma impessoalidade tranquila que me deixava confuso. Será que realmente imaginava que eu também tivesse ido até lá para enganá-la? Ou será que aquilo fazia parte de algum plano mais complexo?

Fomos passando de cômodo em cômodo, e Bakul dava explicações sobre cada um deles, com desculpas pela poeira que a tudo cobria. Falava com o mesmo tom neutro e descritivo, sem fazer nenhuma pausa para permitir que respondêssemos. Reconheci os retratos mofados do térreo da minha visita com Aangti *babu*, e o candelabro que ele cobiçara ainda pendia do teto, com certeza cinzento demais e com muita poeira e teias de aranha para poder emitir qualquer luz. Passamos por um imenso salão de bilhar com as paredes revestidas de madeira, onde a mesa de jogo estava coberta por uma alta pilha de cadeiras pernetas, caixas quebradas e fotografias emolduradas. Perguntei-me quem a teria usado no passado — com certeza nunca mais teria condições de ser usada no futuro.

Harold corria de um lado para o outro como um inseto de pernas compridas, espiando aqui e ali. Quando reparou no olhar irônico de Bakul fixado nele, disse, apressado: "Cupins, senhora, cuidado nunca é demais, não quero comprar um imóvel com cupins na madeira. Se a senhora me permite..." Bateu com o punho fechado na madeira de um armário, como para se certificar de que não estava podre.

Subimos degraus que rangiam até o primeiro andar. Lá em cima, onde eu nunca subira, havia móveis vitorianos, e tudo estava arrumado como se os moradores da casa houvessem apenas saído para dar uma volta. Sobre uma escrivaninha com tampa de ripas de madeira articuladas havia uma máquina de escrever, e, presa a esta, uma folha de papel se balançava. Uma xícara e um pires vazios, marrons de poeira, ocupavam uma mesinha lateral. Passei por um grande espelho emoldurado, tão opaco de poeira que tudo que pude distinguir de mim mesmo foi uma sombra — era como ver com os olhos de um homem parcialmente cego. Passamos por nuvens de sujeira e teias de aranha, por cadeiras e mesas fantasmagóricas, por camas de baldaquino e aparadores, por quadros nas paredes que nada exibiam senão fungos pretos e sujeira, e teias de aranha que tremulavam parecendo enfeites para uma festa macabra.

No canto de um dos cômodos havia um armário de madeira esculpida e porta de vidro, e Harold praticamente dobrou-se ao meio para olhar lá dentro. Gesticulou para mim:

— Caramba, olhe só para isso aqui, meu chapa, o patrão não iria gostar?

Dentro do armário havia cinco prateleiras de vidro, cada qual ocupada por delicados bibelôs de homens, mulheres e deuses, crianças e animais, dezenas de bibelôs, todos de marfim. Até mesmo a madeira do armário era incrustada de marfim. Alguns dos bibelôs estavam em pé, outros haviam caído para a frente sobre a poeira que cobria as prateleiras.

— Lindos, não? — A voz de Bakul me espantou. — E têm um valor incalculável. Os bibelôs representam os cinco dias do *puja* de Durga e todas as coisas diferentes que acontecem em cada dia. Só que a chave do armário se perdeu, então, quando os bibelôs caem, ficam caídos para sempre.

— Como os senhores podem ver — continuou ela, passando ao cômodo seguinte —, o andar de cima está em melhores condições, estruturalmente falando. Eu tinha planejado mandar limpar tudo antes da sua chegada, para as coisas ficarem com um aspecto melhor... mas tudo bem, os senhores chegaram mais cedo do que eu esperava. Os danos do térreo não são tão terríveis quanto poderiam ter sido, considerando que a casa ficava submersa em mais de meio metro de água a cada monção. Clientes em potencial provavelmente vão ficar sabendo disso pelos moradores da cidade... eles a chamam de casa afogada, então de nada adianta tentar esconder esse fato. É claro... — ela se virou para Harold e para mim com uma das sobrancelhas erguidas — ... que os seus clientes, ou os senhores, podem não querer ficar com a casa. — Ela deu de ombros. — Podem querer pô-la abaixo. Se for esse o caso, estão em apuros. Este lugar é sólido. Não vai se deixar derrubar sem resistência.

A essa altura, já tínhamos dobrado a esquina da ampla varanda que ocupava toda a frente da casa. Depois dela não se via nada além de árvores, e somente os pés de *bakul*. Logo as árvores estariam em flor, e o ar, carregado com seu aroma. Essa parte da varanda parecia ter sido varrida e limpa. Era como se alguém morasse ali.

— Este aqui é um dos quartos de cima — disse Bakul, em voz mais baixa do que antes. — Há mais quatro.

O quarto estava limpo e tinha um cheiro fresco, como se ainda estivesse em uso. Havia apenas uma cama coberta por uma colcha verde e de cabeceira simples, um armário comum de madeira e uma penteadeira com um espelho comprido. A janela se abria para uma árvore cujos galhos quase entravam no quarto. Outro pé de *bakul*. Na parede havia um retrato da mãe de Bakul, Shanti. Em volta do retrato estava pendurada uma guirlanda fina e seca, e na mesa em frente havia cinzas de incenso. A aparência dela era igualzinha à de Bakul naquela tarde em que tínhamos feito amor em Songarh — sua recusa em me reconhecer agora fazia tudo parecer distante demais para ser verdade.

Eu e Bakul passamos alguns instantes parados em pé no quarto, sem dizer nada, esquecidos de Harold. Lembrei-me de como ela havia passado toda a infância ansiando pela mãe, de como havia tentado esconder esse fato. Senti-me péssimo, mas não podia fazer nada. Não podia abraçá-la e lhe dizer: "Sou eu, você pode dizer o que quiser."

O instante de cumplicidade passou. A voz de Bakul tornou a soar:

— Infelizmente, os outros quartos não estão tão limpos, mas é claro que os senhores devem vê-los. O que pertencia a meu avô tem alguns armários esculpidos espetaculares, e uma cama de baldaquino muito bonita. — Ela então disse: — O que vai acontecer com os móveis? Eles fazem parte da negociação?

— Isso é uma decisão sua e de seu pai, senhora. Não temos preferência... — Harold virou-se para mim e continuou — ... embora o patrão talvez goste de alguns, hein? O patrão gosta de madeira esculpida. Aquele armário com os bibelôs de marfim... Você gostaria de ficar com alguns deles?

Fui andando depressa na frente, querendo me afastar do interesse predatório de Harold nos móveis de Bakul. Saí para a varanda e respirei fundo, perguntando-me se aquilo era um jogo complicado que Bakul estava jogando, e torcendo para que sim. Mais cedo ou mais tarde, Harold iria endurecer, exigir a escritura, e em seguida começar sua busca — e como ela poderia detê-lo? Ele acabaria encontrando o documento. Apesar de todo seu langor e sua poesia, eu nunca o tinha visto fracassar.

Bem longe da casa e da varanda eu podia ver o rio, agora um regato preguiçoso. Havia recuado um pouco de seu leito original.

— Agora há uma represa mais acima — disse a voz de Bakul de repente ao meu lado. — De modo que esta casa agora se tornou novamente viável. Ela costumava ter quase um hectare de jardim, mas a maior parte dele passou todos esses anos debaixo d'água. Agora voltou à superfície. Há também uma área equivalente de campos.

Uma vez completada nossa visita dos pisos superiores, chegamos ao alto da escada. Harold ficou para trás, dizendo a Bakul: "Se a senhora não se importar, eu gostaria de dar uma olhada sozinho, no meu próprio ritmo. A senhora sabe, um investimento dessa importância... É preciso olhar com atenção." Antes de ela poder dizer o que quer que fosse, ele se virou e entrou em um dos cômodos.

Segui-a escada abaixo até a varanda da frente. Ela caminhava decidida na minha frente, como se mal tivesse noção da minha presença. Agora que estávamos livres de Harold por alguns minutos, eu tinha de lhe perguntar o que significava aquilo tudo. Como ela podia pensar de fato que eu estivesse ali para lhe arrancar a casa das mãos? Ela precisava saber que eu estava do seu lado, não do de Harold. Como poderia duvidar disso? Eu tinha de avisá-la que Harold não era um comprador inofensivo ou de confiança, que estava ali tentando encontrar a documentação do imóvel, que era perigoso deixá-lo sozinho na casa — Nirmal *babu* tinha razão: ela precisava de mim, e, independentemente de sua disposição a meu respeito, precisava saber disso.

— Bakul — comecei quando chegamos à varanda da frente —, preciso falar...

Mas a varanda não estava mais vazia. Sentado em uma das cadeiras de ratã como se esta lhe pertencesse, assim como a casa, estava um homem mais ou menos da idade de Nirmal *babu*. Tinha um rosto de homem próspero que reluzia de gordura e suor. Usava um *dhoti* branco engomado com um *kurta* estilosamente amarrotado, onde cintilavam botões de brilhante. Ao seu lado havia um criado emaciado de expressão triste, que abanava a cabeça calva do patrão com uma folha de palmeira.

Paramos de chofre. Ele se levantou ao nos ver e disse, com uma voz de trovão:

— *Namaskar*, *Shaheb*! Para você também, Bakul. Você não me conhece, mas eu conheço você.

Bakul olhava para ele boquiaberta.

— Seu avô e meu pai eram grandes amigos, melhores amigos! Você deve ter ouvido falar. Ashwin Mullick era o nome do meu pai! E o meu humilde nome é Rathin Mullick.

— Não ouvi falar — disse Bakul.

— Sente-se — disse o homem, convidando Bakul a entrar na própria varanda como se fosse o dono dela há muito tempo. Ela o seguiu, em transe.

— Bem, é natural, como você poderia me conhecer? Pobre criança, quase nunca veio a esta casa! É estranho — disse ele, abrindo uma caixinha de *paan* e oferecendo-nos. — Não? Não querem *paan*? Bem, como eu dizia, é mesmo estranho. Você não conhece quase nada sobre esta casa, e eu conheço cada centímetro dela, e todos os parentes e amigos do seu avô. Brinquei aqui quando era criança, pus barquinhos de papel para boiar no rio e no térreo, quando este começou a inundar. Que lembranças saudosas! E o maravilhoso *dalna* de jaca que a cozinheira do seu avô preparava! Até mesmo a sua mãe... Shanti e eu... nós passamos alguns anos brincando juntos nesta mesma varanda! Ela era uma menina tímida. Sempre que perdia alguma brincadeira, começava a chorar, uma enchente de lágrimas! Ah, mas Rathin Mullick, pare com isso, você não deve usar a palavra enchente nesta casa, é uma palavra ruim, desastrosa! Depois de tudo por que esta casa passou!

Eu encarava o homem, estupefato. Sua voz e sua aparência faziam-no parecer saído de um filme ou *jatra* de má qualidade: risível, mas de certa forma ameaçador.

Bakul estava começando a parecer impaciente. Com o tom ríspido que eu conhecia de anos antes, disse:

— Em que posso ajudá-lo, Rathin *babu*? Este cavalheiro — ela olhou para mim — veio aqui a trabalho, então eu sinto muito, mas...

— Ah, os jovens — disse ele com pesar —, sempre com pressa. Eu sei por que este cavalheiro veio até aqui, criança, e por que o outro cavalheiro que o acompanha também veio. E foi por isso que eu vim. Querida criança, meu pai passou anos e anos dizendo para o seu avô: “Bikash *babu*, venda esta monstruosidade de casa, ela vai engoli-lo, venda-a e, se quiser, eu a comprarei!” Meu pai chegou a lhe dar dinheiro durante anos como sinal pela casa, e Bikash *babu*, seu bom avô, aceitou esse dinheiro... senão, como acha que seu avô teria vivido, hein? — O homem de repente começou a soar truculento. Então tornou a abrandar o tom e prosseguiu. — Meu pobre pai, que Deus o tenha, cuidou do seu avô, mandou-lhe comida durante as enchentes... e agora eu estou magoado, minha confiança na humanidade desapareceu, minha criança! Ouvi dizer, da boca de outras pessoas, que esta casa vai ser vendida, vendida pelas minhas costas! Pelas minhas costas, quando minha família já pagou centenas e centenas de rupias por ela! Será verdade? pensei, e vim ver com meus próprios olhos.

Um sapo começou a coaxar, e então foram ouvidas as sinetas de um riquixá. O criado emaciado, embora estivesse quase dormindo, continuava atrás do patrão abanando a folha de palmeira. Bakul parecia estar tremendo. Virou-se para mim e falou — e de alguma forma as quatro palavras que pronunciou limparam o ar como se uma forte rajada de brisa fresca houvesse soprado sobre nós — falou:

— *Diga alguma coisa, Mukunda*!

— Tenho certeza de que o avô de Bakul não teve a intenção de trapacear ninguém, senhor — disse eu. — Não sabemos nada sobre nenhum acordo que o senhor possa ter tido com o avô de Bakul. Naturalmente, teríamos de ver algum documento, por motivos legais seria preciso algum contrato entre o senhor e o proprietário do imóvel...

— Documentos! *Moshai*! — cuspiu o homem. — Quando um velho amigo ajuda outro durante anos e anos diante dos olhos de toda Manoharpur, com comida, com dinheiro, com remédios, com criados, em um acordo entre amigos, por acaso existe algum documento?

— Mesmo assim — falei, dominado por uma nova onda de autoconfiança vinda de todos os anos passados lidando com imóveis. Sabia que, sem documentação, ele era um inseto que eu iria espantar, uma borboleta pousada na roda de um moinho. — Eu sou um simples representante do vendedor, como posso fazer qualquer coisa sem os documentos relevantes?

Eu podia sentir os olhos de Bakul pousados em mim, agora diferentes, surpresos e sem desconfiança. O motivo que levara Rathin Mullick a ir à casa da família de Bakul era tão predatório quanto o de Harold, mas a sua aparição inesperada fora minha salvação, a sua intrusão pusera Bakul e eu do mesmo lado. Ele argumentou, alternando ameaças e apelos sentimentais, e eu deixei que argumentasse. Quanto mais ele atacava, com mais habilidade eu o repelia, e mais feliz me sentia ao poder demonstrar minha perícia — e ainda por cima diante de Bakul. Não pude resistir a me exibir um pouco, fazendo-a saber, sem sombra de dúvida, que estava do seu lado e do lado de Nirmal *babu*, que estava ali para resgatá-la e para salvar sua velha casa.

Passamos o que pareceu ser uma eternidade discutindo, e então Rathin Mullick foi embora, jurando que aquela não seria a última vez em que ouviríamos falar nele. Eu sabia que provavelmente não seria, mas o perigo parecia ter passado, mesmo que de forma temporária, e servira a um propósito: eu podia conversar com Bakul antes de Harold reaparecer. Agora, pensei, agora poderia explicar tudo a ela.

— Bakul — falei —, eu sonhei milhares de vezes com o nosso reencontro, mas nunca deste jeito. Agora escute-me, precisamos conversar. Não há tempo para...

— Bem, a vida é sempre inesperada, não? Nada acontece como esperamos ou sonhamos — disse ela, parecendo preocupada. — Nossa conversa vai ter de esperar um pouco... deveríamos entrar e cuidar daquele homem... qual é o nome dele, Harold? O que ele poderia estar fazendo lá dentro durante tanto tempo? Não consigo acreditar em nenhuma palavra que ele diz, e ele tem o aspecto mais sinistro de todas as pessoas que eu já encontrei. Mukunda, como é que você consegue trabalhar com gente assim?

Como se houvesse escutado sua deixa, Harold entrou na varanda. Parecia irritado e com calor, limpando a poeira dos cabelos e da gravata. Havia recebido ordens para encontrar a escritura ou extraí-la dos ocupantes, e em seguida desaparecer com ela, mas o tamanho da casa tornava essa ordem difícil de ser cumprida, e ele evidentemente não havia feito nenhum progresso. Olhou então para Bakul com uma expressão beligerante e disse:

— Este lugar está uma bagunça, senhora. Infelizmente, não acho que esteja em condições de ser comprado ou vendido. E os documentos, por favor. Mostre-me os documentos antes de eu poder dizer qualquer coisa sobre nossa decisão. — Harold lançou um olhar na minha direção em busca de confirmação, e disse: — Não é, Mukunda? Nada vai adiante sem os documentos, certo?

Quando ele olhou para mim em busca de validação e apoio, tive uma ideia, em um daqueles clarões que depois parecem de uma obviedade ofuscante. Por que aquilo não havia me ocorrido antes?

Harold confiava em mim para corroborar o que ele dizia: já tínhamos feito muitos trabalhos como aquele juntos, tantos que era impossível contar! Ele confiava em mim, e supunha que Aangti *babu* também confiasse. Se eu o convencesse de que tinha melhores condições do que ele de extrair os documentos de Bakul, de que minha familiaridade com a casa e seus donos iria funcionar de uma forma que suas ameaças e persuasões não tinham funcionado, e de que eu entregaria os documentos em seu nome para Aagnti *babu*, isso talvez bastasse, por ora, para retirá-lo de cena.

— A escritura não está aqui. Desculpe não tê-la encontrado — disse Bakul.

— Talvez consigamos encontrá-la, senhora, eu e meu amigo aqui — disse Harold, olhando para mim.

— De fato, é preciso mostrar a escritura para vender a casa — disse eu a ela, e em seguida dirigi-me a Harold. — Eu conheço a família desta senhora. Aangti *babu* me pediu para vir até aqui encontrá-la porque eu inspecionei o imóvel com ele alguns anos atrás... você sabe disso. Na época, não pudemos fechar negócio...

Olhei para Bakul, tomando cuidado para me virar de costas para Harold de modo que este não me visse lançar-lhe um olhar que ela conhecia de nossa infância. "*Não diga nada, confie em mim.*"

— Queira nos dar alguns instantes para discutir uma ou duas questões, eu e meu amigo — disse eu a Bakul. — Então poderemos chegar a alguma decisão adequada sobre como proceder.

— Vou esperar lá dentro — disse ela. — Pelo senhor e pelo seu *amigo*.

Chamei Harold de lado.

— Ou ela realmente não tem os documentos, ou não tem intenção de se separar deles — falei. — Qualquer que seja o caso, não podemos arrancar os papéis dela à força. Ela é durona. Eu sei como cuidar disso. Precisamos tomar cuidado. Eu conheço a família. Posso convencê-la de que somos compradores legítimos, mas vai levar algum tempo, ela precisa confiar o suficiente em alguém para mostrar os documentos. De nada adianta continuarmos os dois aqui, ela vai ficar ainda mais intimidada e cuidadosa do que já está. Volte e avise a Aangti *babu* o que está acontecendo. Tenho certeza de que nos próximos dois dias eu consigo extrair os documentos dela ou da família.

Por alguns instantes, ele pareceu hesitar, mas a lógica da situação e do que eu estava dizendo, aliados ao fato de que eu era a menina dos olhos de Aangti *babu*, bastaram. Harold tinha uma mente ágil, e não vacilou.

— Está certo, meu chapa, boa sorte — disse ele, dando um soco rápido no meu ombro. — Vou indo contar tudo ao patrão, mas tome cuidado, meu rapaz, você ainda está bem longe de alcançar seu objetivo. — Ele me acenou adeus e afastou-se devagar em direção à entrada. Fui atrás para me certificar de que estava mesmo indo embora.

Eu já havia feito isso antes em uma situação de trabalho, mas nunca estivera pessoalmente envolvido em nenhuma negociação. Depois de Harold sair pelo portão, senti-me exaurido por toda aquela argumentação e engodo. Meu pescoço doía, e um ponto atrás do meu olho direito latejava de dor. Quase havia me esquecido de que Bakul estava à minha espera.

Ela nunca havia gostado de esperar. Assim que me viu chegando perto, falou:

— Conseguiu se livrar dele? Onde aprendeu a ser tão persuasivo? Dois homens despachados em menos de uma hora! Posso mandar vir o comprador seguinte para você poder usar seu charme com ele também?

— Será que você consegue ficar calada durante uns dois minutos? — disse eu.

Ela virou-me as costas, parecendo magoada. Mas eu estava zangado demais para me calar.

— Como você ousa vir até aqui sozinha? Sim, você pode fazer tudo, sim, você não tem medo de nada, é assim que sempre foi. Mas teria sido um sacrifício trazer seu marido? Só como apoio, mesmo que na verdade você não precise dele? Não sabe como isto tudo é perigoso? Disputas imobiliárias atraem negociantes escusos e capangas. Por que Nirmal *babu* não poderia ter vindo? Vender a casa da mulher não é importante o suficiente para ele? Deixar de vir por causa de um *cachorro*! E se Harold tivesse machucado você?

A frase soou como uma tirada cômica. Ela me interrompeu.

— Negociantes escusos e capangas como você? — perguntou com seu sorriso de viés.

— Pode sorrir, Bakul, porque você não sabe o quão feia a situação pode se tornar.

— *Baba*! — disse ela. — É claro! Você deve ter vindo porque meu pai lhe disse para vir. Ele acha que não consigo fazer nada sozinha, não é? Eu deveria ter adivinhado. Imaginei que alguma coisa desse tipo devia ter acontecido no instante em que vi você, mas você entrou junto com aquele outro sujeito, e parecia estar querendo me comprar! Só tive certeza da verdadeira situação quando vi você enxotar aquele Rathin Mullick.

— Rathin Mullick é um cordeirinho comparado a Harold... as coisas que Harold faz... posso entender Nirmal *babu*, ele nunca viveu no mundo real — tornei a desabafar —, mas o seu marido... É claro que eu não deveria dizer nada sobre ele, mas mesmo assim, Bakul, como ele pôde fazer isso?

— Por que você fica falando em marido, Mukunda? Você não sabe... quero dizer, *baba* não lhe contou?

— Contou? Contou o quê?

Ela olhou para minha expressão, jogou a cabeça para trás e riu.

— Você achou *mesmo*...? — conseguiu dizer entre um acesso de riso e outro. — Ah, que cara mais... — Eu sabia que estava com uma expressão confusa e zangada, além de suado, desgrenhado e ridículo. Meu impulso era estender o braço e dar-lhe um tapa na cara caso ela não parasse de rir. Mas ela acabou parando sozinha.

— Eu não tenho marido, nunca tive — disse ela. — *Baba* não lhe contou que o casamento foi cancelado? Pensei que ele escrevesse para você sempre! Pensei que você soubesse.

— Cancelado? — repeti, quase em um sussurro.

— É — confirmou ela, tornando a dar seu sorriso maroto. — Eles descobriram... que eu não era mais virgem, que me deitei com um homem casado... e saíram correndo! De todos, quem correu mais depressa foi o noivo. Tudo que tive de fazer foi pedir a uma prima para guardar segredo e lhe contar que tinha tido um caso com um homem casado, e isso bastou! A apenas sete dias do casamento, eles cancelaram tudo! Eu saí dando estrelas de tanta alegria! *Baba* ficou lívido; passou semanas resmungando sobre como a família do noivo era arcaica, e como eu havia escapado de boa. Ficou culpando a si mesmo, porque o noivo era alguma espécie de professor de história que *baba* achava que seria perfeito para mim. Não sei por que eu concordei com o casamento... algumas vezes, morar em Songarh sem nenhuma mudança... tanta solidão, tanto tédio e nenhuma esperança de alento... algumas vezes eu pensava que qualquer coisa seria melhor, até mesmo me casar com um desconhecido. Ele tinha um aspecto bastante agradável e morava em Bombaim... mas, conforme o dia do casamento foi se aproximando, comecei a sentir que não podia, simplesmente não podia. Tudo parecia impossível demais, e não havia outra forma de sair daquela situação senão espalhar o boato e rezar para que chegasse aos ouvidos dele.

— Por que você não me contou? — perguntei. — Por que não me contou? Eu fui até lá na época: fui até Songarh! Fiquei lá me remoendo em um quarto de hotel miserável, torturando-me ao pensar em você com outro homem!

Olhei para o seu rosto sorridente. Estava furioso: como ela podia se mostrar tão casual em relação a algo que quase havia destruído a vida de nós dois? Como eu podia ter feito a viagem até Songarh e não ter sequer chegado a encontrá-la, pensando que ela estivesse casada? Como tudo teria sido simples se eu não tivesse saído correndo naquela manhã! E como *ela* podia ter sido tão idiota a ponto de nunca ter me contado o que havia acontecido? Tantos anos desperdiçados desde aquela infeliz primavera em que eu havia perdido ao mesmo tempo ela, minha mulher e meu filho. E se Bakul e eu nunca mais houvéssemos nos encontrado?

Passamos algum tempo caminhando em silêncio no terreno que cercava a casa. De tanto ter ficado submersa, a terra tinha um aspecto curioso, descorado e envelhecido. O terreno estava repleto de todo tipo de lixo — pedaços de madeira, peixes mortos, uma tigela esmaltada amassada —, como se a maré houvesse depositado aqueles objetos ali.

Bakul sentou-se nos degraus gastos da varanda dos fundos, agora expostos ao ar e à luz após passarem anos afogados. Acima de nós, o céu cheio de nuvens estava cinza e branco, tornando a luz tão suave quanto a do anoitecer, embora fosse ainda o meio da tarde. A uma curta distância, depois de um trecho de barro duro e seco que devia ter sido o jardim submerso, eu podia ver a água.

— Meu pai sempre fez isso comigo — dizia ela. — Não se lembra de como ele prometeu trazer nós dois para passar férias aqui e depois, sem motivo nenhum, mandou você para Calcutá? Durante anos, ele nunca me deixou encontrar meu avô, e depois me trouxe aqui só duas vezes, a primeira uns dois anos depois de você ir embora... foi dessa vez que meu avô escondeu a escritura comigo... e da segunda vez meu avô já estava quase velho demais para saber quem eu era. Quando estávamos aqui, *baba* se mostrou muito antipático, e em ambas as vezes fomos embora duas noites depois de fazer essa longa viagem.

Tentei prestar atenção no que ela estava dizendo sobre Nirmal *babu*, mas tudo em que conseguia pensar era: ela não estava casada, não havia marido nenhum. *Bakul não tinha marido.* Nunca tivera. Depois de anos me remoendo, eu não tinha mais ninguém de quem sentir ciúmes. Se ela ainda me quisesse (e como poderia não querer?), então nós poderíamos... mas e se ela não me quisesse mais? Ela parecia estar pensando em qualquer coisa, menos em nós.

— Aquele terrível Rathin Mullick estava certo — dizia Bakul enquanto isso. — Eu só conheço esta casa por histórias e fotografias. Quando meu avô estava doente, não fiquei sabendo. Quando ele morreu, só soubemos dez dias depois! E agora finalmente estou aqui na casa, e encontro desconhecidos por toda parte, medindo-a, avaliando-a, calculando lucros. No caminho, fiquei pensando no que faria quando chegasse aqui. Estava pensando em talvez vendê-la. Seria o mais prático. O que vou fazer com esta velha mansão caindo aos pedaços no meio do nada? Mas... — continuou ela, rindo — ...devo ter puxado o meu avô em alguma coisa. Acho que não teria conseguido vendê-la mesmo que ainda estivesse inundada e oca feito um coco de tantos cupins. Ah, é claro que mostrei a casa para Harold e tudo o mais... não poderia deixar de mostrá-la depois de ter concordado em recebê-lo, mas pensar nele... ou em qualquer pessoa sequer parecida com ele... ficando com a casa... ocupando-a! Isso me deixa toda arrepiada.

Quando ela tornou a falar, depois de uma pausa, seus olhos brilhavam.

— Todos os cômodos desta casa me fazem pensar na minha mãe. É tudo que eu tenho dela. Meu pai não pode me obrigar a vendê-la, não pode!

— Nirmal *babu*... você sabe como ele é, perdido em seus fósseis, seus cacos de potes, seus *stupas* — falei. — Provavelmente nem percebeu que você tem apego a esta casa. Só está tentando ser prático, pelo menos uma vez na vida. Ele queria que você tivesse dinheiro para viver. — No esforço de descontrair o ambiente, eu ri. — E veja só como meteu os pés pelas mãos.

— Pode rir — disse ela, quase sem conseguir controlar o tremor da voz. — Ele é adorável, não é, tão distraído, tão perdido em seu mundo de continentes e reis... Mas nunca teve muito espaço na mente para mim. Sempre se preocupou, mas será que algum dia pensou em como eu iria me sentir se... — Ela parou de falar por um instante, em seguida respirou fundo e continuou. — Olhe eu aqui falando. Conte-me de você. Como vai seu filho? Por que desistiu do seu emprego?

— O que você fez com a escritura da casa? — perguntei-lhe. — Colocou-a em um lugar seguro?

— Eu a pus no correio, Mukunda, foi isso que fiz no instante em que percebi que não iria vender a casa. Simplesmente confiei à companhia indiana de correios e telégrafos toda a riqueza que possuo na vida, e postei o documento para *baba*! Isso faz três noites. Fui direto até o lugar onde a escritura estava escondida, encontrei-a, embalei-a com segurança e despachei-a para Songarh como carta registrada. Não precisa se preocupar em me salvar desse seu Aangti *babu*. Esta casa agora é minha.

O alívio que senti desatou minha língua. Sentei-me naqueles degraus e contei a Bakul sobre minha mulher e meu filho, contei que não os via desde aquele breve encontro quando fora à aldeia da minha mulher alguns meses depois de ela ir embora. Contei-lhe como ansiava por ver meu filho, como ainda sonhava com ele do jeito que o vira pela última vez, ainda bem pequeno, mas disse-lhe que meu sogro era implacável, que minha mulher nunca respondia às minhas cartas, e que meu filho só iria me conhecer quando já fosse tarde demais.

Contei-lhe sobre as viagens que fizera à aldeia da minha mulher ao longo dos anos, sempre torcendo para me deixarem entrar na casa, e sendo sempre repelido na porta. Eu tinha um filho, e ao mesmo tempo não tinha. Como aquele astrólogo velho e senil estava certo!

Contei-lhe sobre a volta de Suleiman *chacha* e *chachi* do Paquistão oriental. Sobre o homem no trem que tinha visto uma nave espacial.

Quando terminei, minha garganta estava seca. Depois de anos morando tão sozinho, tive a sensação de que minha voz zunia nos meus ouvidos. Parei de falar.

Percorremos o chão de barro até a água calma. Aquele não era mais o rio caudaloso que eu tinha visto ao visitar Manoharpur com Aangti *babu*. Era um regato plano e tranquilo. Como poderia ter inundado a casa, feito a mãe de Bakul morrer? Ele agora mal movia o sedimento que desaparecia em suas águas, de um preto liso, sedoso e acinzentado.

Bakul tirou os chinelos e pisou na lama úmida. Fui atrás, sentindo a lama fresca escorrer entre meus dedos. Junto ao regato, ela sentou-se de cócoras, e as pontas de seu sári começaram a se molhar.

Tudo era silêncio, com exceção do chamado de um pássaro distante e monótono. Bakul tinha o queixo encostado no joelho, e seus cabelos escondiam-lhe o rosto. Parecia absorta em pensamentos. Um inseto de pernas compridas, todo em linhas retas, tremia sobre a superfície da água. Toquei-o com a ponta do dedo e ele saiu voando. Perguntei-me em que Bakul estaria pensando. Seria tarde demais? Será que seus sentimentos haviam mudado? Será que eu falara demais sobre minha mulher e meu filho? Por que ela parecia tão distante, passando uma das mãos pela água distraidamente e olhando para a outra margem como se houvesse esquecido que eu estava presente?

Quando por fim uma flor vermelha desceu flutuando pela água na minha direção, guiei-a na direção de Bakul, torcendo para ela perceber. Ela parou de se esconder atrás dos cabelos e se virou, e pela primeira vez naquela tarde sorriu para mim do jeito de antes. Estendeu a mão para segurar a minha, e nossos dedos se encontraram debaixo d'água e se entrelaçaram.

A flor, a casa em ruínas atrás de nós, as duas crianças de topete na cabeça que nos encaravam de um banco de lama do outro lado do rio, tudo desapareceu. De mãos dadas com ela, eu não conseguia ver nem ouvir mais nada. Acariciei cada um de seus dedos até eles deslizarem para longe dos meus um a um. Ouvi o barulho da água quando ela usou a mão livre para empurrá-la para a frente e para trás. Bem longe, um barco de interior chato e escuro surgiu em nosso campo de visão.

Por fim, Bakul disse:

— Mukunda?

Não respondi.

— Como eu poderia saber o que fazer? Você ainda estava casado — disse ela, puxando meu braço. — O que esperava, que eu escrevesse para você dizendo: Deixe sua mulher, deixe seu filho... venha viver comigo agora, não posso continuar assim, tudo parece errado, cada dia da minha vida parece vivido pela metade sem você... Era isso que eu deveria ter lhe dito?

Em algum lugar ao longe soou o apito de um navio a vapor. Talvez o rio verdadeiro e largo desaguasse no mar em algum lugar que não podíamos ver, mas ao alcance de nossos ouvidos.

Pensei ter respondido, mas tudo que fiz foi encará-la e repetir suas palavras dentro da minha cabeça.

Tive a sensação de que tudo havia ficado muito imóvel. Os juncos haviam parado de se balançar, a brisa havia parado de soprar em nossos cabelos, o regato havia parado de correr, as nuvens densas haviam parado de flutuar no céu, aquele pássaro havia parado de cantar, as duas crianças na margem oposta haviam congelado no meio de um gesto.

O vapor tornou a apitar, agora um pouco mais perto, melancólico, oco.

Reparei em coisas irrelevantes: que o seu sári tinha o mesmo verde de uma folha nova de bananeira, que a borda tinha toques de limão, que ela usava nas orelhas pequenos brincos de ouro em forma de peixe, que a mesma fina corrente de ouro ainda encimava suas clavículas e desaparecia dentro da blusa branca. Segui o contorno da corrente com a ponta do dedo.

Nossas roupas estavam ficando encharcadas no leito cinza do rio, nossos pés afundavam na lama, os cabelos de Bakul tinham se soltado, um de seus brincos de ouro caíra, o número de crianças que nos encarava da margem oposta aumentara de duas para sete, e elas pulavam todas, rindo, apontando e gritando coisas que não conseguíamos ouvir. Não reparei em nada disso.

Tudo que sentia era que a vida finalmente havia descido flutuando pelo rio e me alcançado.

# Agradecimentos

Christopher MacLehose — leitor perfeito, editor magnífico — mostrou-me tudo aquilo que um editor pode ser. Sua tinta invisível permeia cada página.

Ravi Dayal usou seus consideráveis poderes de persuasão para fazer com que eu lhe mostrasse uma versão preliminar quando eu estava insegura demais para me separar dela; suas sucintas anotações nas margens se transformaram em minha última conversa com ele.

Obrigada a Shruti Debi, por sua persistência e por suas descrições de velhas casas em ruínas, algumas das quais entraram na história; a Laura Palmer, por sua reconfortante combinação de simpatia e eficiência; a Nayanjot Lahiri, por me salvar de erros arqueológicos; a Katharina Bielenberg, por fazer as vezes de uma derradeira e finíssima peneira; aos escritos de Rohan D'Souza, por me ensinar sobre enchentes e a Rajdeep Mukherjee, por todos os *thrillers*. A canção tribal foi adaptada de uma canção do livro *Leaves from the Jungle*, de Verrier Elwin.

Os amigos (sobretudo os B.M.C. e Ladeez Sangeet) e parentes tornaram este livro possível pelo simples fato de existirem. Entre eles, Myriam Bellehigue, Kristine Witt-Hansen, Uday Roy, Manishita Das, Arundhati Ray, Sharmi Roy, Kavita Sivaramakrishnan e Angela Smith toleraram diversas demandas fora de hora de seu afeto, que incluíam a leitura de versões preliminares. Mukul Kesavan, Ivan Hutnik, Sikha Ghosh, Thomas Abraham, Prateek Jalan e Ram Guha proporcionaram incentivo e informações privilegiadas, e Uday Kumar, espaço e mantimentos.

Obrigada a *ma*, *pa* e à livraria dos dois, pelo espaço em suas vidas e em suas prateleiras, a Chandra Dorai e Sukanta Chaudhuri, por me darem as palavras, e a Biscoot, por deixar claro que palavras não são nem de longe tão expressivas quanto rabo, olhos e patas.

À minha mãe, por ter levado as histórias que eu rabiscava em cadernos de escola tão a sério quanto as versões preliminares deste romance, e por ter me feito acreditar que iria terminá-lo pelo simples fato de repetir que eu o faria.

Por fim, a R. — e não apenas pelos silêncios perfeitos.

EDITORA RESPONSÁVEL
*Izabel Aleixo*

PRODUÇÃO EDITORIAL
*Daniele Cajueiro*
*Janaína Senna*

REVISÃO DE TRADUÇÃO
*Sheila Louzada*

REVISÃO
*Eduardo Carneiro*
*Fernanda Machtyngier*

DIAGRAMAÇÃO
*Marcos Senna - Llum Design e Comunicação*

Este livro foi impresso em São Paulo, em abril de 2009,
pela Lis Gráfica e Editora, para a Editora Nova Fronteira.
A fonte usada no miolo é Sabon, corpo 11,5/15.
O papel do miolo é pólen soft 70g/m², e o da capa é cartão 250g/m².

Visite nosso site: www.novafronteira.com.br